TOUT
À FAIT
son style

TIA WILLIAMS

TOUT À FAIT *son style*

ROMAN

Traduit de l'anglais (États-Unis) par
ANGÉLA MORELLI

H&

Titre original :
THE PERFECT FIND

Ce livre est publié avec l'aimable autorisation de La Nouvelle Agence.

HARPERCOLLINS FRANCE
83-85, boulevard Vincent-Auriol, 75646 PARIS CEDEX 13.

www.harlequin.fr

ISBN 978-2-2804-7365-1 — ISSN 2271-0256

Chapitre 1

www.stylezine.com

Just Jenna : Secrets de style de notre intrépide glambassadrice !

Q : J'ai accumulé les petits copains affreux, mais je viens de rencontrer un mec génial et je l'adore. Le problème ? Je mesure un mètre quatre-vingt-cinq et lui un mètre soixante-dix-sept. Quand je mets des talons il ressemble à Kevin Hart et moi j'ai l'impression d'être Lurch dans La Famille Addams. *Est-ce que je peux porter des* kitten heels *ou est—ce que c'est un fashion faux pas ? @SallyLaGrande1981*

R : Oui, ma chérie, c'est un fashion faux pas. Seules Michelle Obama et Carla Bruni ont le droit d'en porter parce qu'elles sont plus grandes que leur président de mari et qu'elles n'ont pas le droit de le faire passer pour un nain aux yeux du reste du monde. C'est la clause Obama-Bruni. Deux secondes, je la dépose…

Voilà ce que je te conseille. Tu as l'air sous le charme de cet homme. Concentre-toi sur l'excitation de ce nouvel amour. Il ne se présente jamais comme on l'avait imaginé. Au lieu de vouloir cacher un prétendu défaut, mets-le en valeur. Il sait que tu es grande, et ça lui plaît. Ça devrait te plaire aussi. Enfile tes talons les plus démesurés et regarde-le t'admirer comme s'il mourait d'envie de t'escalader. À cet effet, je te suggère les escarpins à bride de Giuseppe Zanotti. Ils dégagent une vibe BDSM de folie. On les croirait tout droit sortis de la Red Room. Graou.

Jenna cliqua sur le bouton « publier », se renfonça dans son nouveau fauteuil devant son nouveau bureau chez StyleZine.com – et sourit. Elle attrapa d'un geste vif son miroir dans sa trousse à maquillage et repassa une couche de gloss sur ses lèvres. On était vendredi, ça faisait une semaine qu'elle avait commencé son nouveau job et elle avait rendez-vous dans le bureau de sa boss dans cinq minutes. Elle fit bouffer ses boucles à la Jennifer Beals, ce qui la rassura. Elle avait toujours le trac, mais, au moins, elle était bien coiffée.

Elle traversa le complexe industriel rempli de box. Un des murs était recouvert de papier peint tigré, le sol était en acier et, pour toute décoration, il y avait quelques chaises jaune vif et une affiche géante de Marc Jacobs en drag-queen. Le look que Jenna arborait ce jour-là était « Charlie's Angel Intello » (depuis l'école primaire, elle éprouvait le besoin presque compulsif de nommer les tenues qui lui passaient sous les yeux) : une jupe en jean portefeuille vintage 1970, une chemise d'homme aux manches relevées et des escarpins en liège aux talons démesurés. En s'habillant ce matin, elle s'était sentie presque sûre d'elle – comme la femme qu'elle était avant que sa vie ne qui aimaient la mode urbaine-punk-funk, elle était un peu trop… sophistiquée.) C'est une Carolina Herrera ?

— Tu as l'œil ! (Sa chemise n'était absolument pas une Carolina Herrera. Ce n'était même pas une Old Navy. Elle décida de changer de sujet avant que Terry ne puisse lui poser davantage de questions.) Je voulais te dire que je trouve ton compte Instagram époustouflant.

Jenna avait fait des recherches avant de prendre son poste et avait parcouru les comptes Insta de toutes les rédactrices de StyleZine.com, chacune suivie par des millions de followers.

— Vraiment ? Merci.

— Il y a cette photo avec la veste en fourrure blanche et oh ! (Jenna posa la main sur son cœur.) Avec tes cheveux blond platine et le leggings imprimé animal ? Ça m'a rappelé une couv' d'inspiration Alaska que j'ai faite avec Karolína Kurková en 2000. On avait des igloos artificiels et des tigres blancs. Fabuleux ! On vous prendrait pour des jumelles.

— Je n'ai jamais entendu parler d'elle.

— Karolína ? C'était une top model tchèque.

— Aaah, mais oui, je crois me souvenir du temps du bloc de l'Est. Il y a une éternité, genre quand j'étais en CE1 et que je découpais les magazines de mode de ma mère pour faire des collages. Tous les mannequins étaient avachis et pâles, et avaient l'air super déprimés. (Elle gloussa.) Le chic Tchernobyl.

— Le chic Tchernobyl, comme c'est drôle, répondit Jenna.

Les magazines de sa mère ?

En CE1 ?

Le téléphone de Terry vibra : elle baissa les yeux et poussa un gémissement.

— Arg, c'est Kevin, *ma vie est naze.* Il est tellement transparent avec son vernis à ongles noir et sa pansexualité lambda. Mec, tu viens de Myrtle Beach et tu faisais partie de l'équipe de lacrosse au lycée : tu n'es pas dangereux. De toute façon, je vais le larguer après le concert de Watch the Throne.

Jenna s'éclaircit la voix et tenta une nouvelle approche.

— J'ai été très impressionnée par la qualité de tes photos. Elles font très pro.

— Je suis la reine des filtres, expliqua Terry. C'est quoi ton compte Instagram ?

— Je n'en ai pas. Enfin, pas encore.

Terry la regarda, bouche bée.

— On est en 2012 ! Tu n'es pas sur Insta ? C'est complètement dysfonctionnel.

— Je fais des photos atroces.

La vérité ? Durant son congé sabbatique larmoyant, Jenna avait rejeté toute technologie et avait raté la révolution des réseaux sociaux.

— Je n'ai jamais pris de *selfie* de ma vie, avoua-t-elle.

— C'est un art. Ne laisse personne te dire le contraire.

— J'ai une question : si quelqu'un prend un *selfie* pour toi, comment on appelle ça ? Un *selfaide* ? Parce qu'on t'a aidée ?

Aussitôt que sa tentative de plaisanterie eut franchi ses lèvres, elle sut qu'elle avait l'air débile.

— Euh… non, répondit lentement Terry comme si elle parlait à une enfant.

— Bien sûr, je sais bien, gloussa sottement Jenna. Quelle idiote.

Pourquoi sa personnalité s'exprimait-elle de manière aussi incongrue dans cet endroit ? Toute la semaine, elle avait porté son passé comme une armure en priant pour que personne ne se rende compte qu'elle n'était que la contrefaçon d'un produit de luxe. Même sa tenue était une imitation – ce qui, pour quelqu'un qui était censé être un arbitre de la mode, était une aberration. Carolina Herrera ? N'importe quoi.

Je suis une femme de quarante ans qui porte une chemise achetée chez Wet Seal pour 4,99 $ parce que j'ai vendu toutes mes fringues de couturier pour revenir ici, j'ai juste assez d'argent sur mon compte pour payer un mois de loyer et j'en suis réduite à considérer American Eagle comme une extravagance. Je suis une femme jadis glamour qui espère que personne ne remarquera la tache sur ma jupe – une tache dont j'ignore l'origine puisque j'ai acheté ce vêtement dans un vide-greniers dans mon nouveau quartier qui ressemble vaguement à Brooklyn et où je vis dans un appartement au-dessus d'un KFC et d'un salon de coiffure baptisé Séduc'tif. Je suis une adulte qui porte des escarpins de 1974 que j'ai volés à ma mère.

Terry lui jeta un regard plein de pitié avant de murmurer :

— Juste pour être sûre… tu plaisantais, pas vrai ?

— C'était idiot.

— Sans blague ! T'es… genre… bizarre au carré ! (Elle affirma ça sans une trace de méchanceté.) C'est toujours difficile d'être la nouvelle. Détends-toi.

— Merci, répondit Jenna avec un sourire faiblard. Je n'ai pas encore bu mon café. Je ne devrais jamais essayer de faire des blagues avant midi.

Terry baissa la voix.

— Tu es nerveuse parce que tu bosses pour Darcy ?

Inutile. Bon, on a tous peur d'elle, c'est vrai, mais comme vous êtes de la même génération, elle sera certainement sympa avec toi.

Darcy était la P-DG de Belladonna Media, la compagnie de médias numériques qui possédait *StyleZine* et huit autres magazines féminins en ligne qui cartonnaient. Elle avait la réputation d'être une véritable salope.

— Elle est tellement terrifiante, poursuivit Terry en chuchotant. Elle m'a bannie une semaine le mois dernier, sans solde, parce que j'ai eu une éruption cutanée à cause des sushis périmés de chez Chuko. Elle a dit que ma peau lui donnait la nausée.

— C'est bien le genre de Darcy ça, répondit Jenna en levant les yeux au ciel. Mais elle ne me fait pas peur. Je la connais depuis nos débuts d'assistantes rédactrices. Quand je la regarde, je vois une nana de vingt-cinq ans habillée comme la chanteuse d'un groupe de ska/hip-hop.

— J'étais tellement plus prometteuse que Gwen Stefani, déclara une voix cinglante et rauque dans son dos.

Terry blêmit. Jenna pivota : Darcy se tenait derrière elle, les mains sur les hanches.

— Salut, Darcy ! fit Jenna.

— Tiens, mais ne serait-ce pas la sainte patronne des aspirantes *fashionistas* de la cambrousse ? demanda la délicate P-DG.

Elle culminait à seulement un mètre cinquante-deux, mais sa présence en imposait. Avec ses immenses yeux noisette qui passaient leur temps à juger (et n'étaient jamais satisfaits), son corps miniature aux proportions parfaites et sa voix de fumeuse qui donnait toujours l'impression qu'elle venait juste de se lever, c'était le genre de femme fascinante après laquelle les hommes couraient sans savoir pourquoi.

Elle reporta son attention sur Terry.

— Faut qu'on discute, ma chérie. Ton post avec la blonde dans la blouse fluide à motifs ethniques de Giambattista Valli ? La tenue est incroyable, mais le mannequin ressemble à Michael Bloomberg, le maire de New York. Pas de filles moches. On veut que nos lectrices crèvent d'envie de ressembler à ces gonzesses, sinon on perd des vues, des annonceurs, et nos jobs. Réveille-toi ! (Elle frappa des mains devant le visage de Terry à deux reprises.) Mitchell est un directeur photo ultra-qualifié, il ne pouvait pas faire attention ? Cette diva obèse devrait passer moins de temps à se prendre en photo devant des marchands de glaces – c'était une allusion à son tout nouveau blog gastronomique – et se concentrer sur le boulot qui paye ses putains de factures. Conneries de glaces. C'est à cause d'elles qu'il ressemble à une pile Duracell 9 volts.

— Je... je suis navrée, Darcy, je vais effacer le post.

— Et plus vite que ça. Laisse-nous, maintenant.

Terry s'éloigna d'un pas mal assuré, et Darcy lança à Jenna un regard exaspéré.

— Ces enfants...

Jenna arbora un sourire artificiel et acquiesça, presque impressionnée par sa diatribe – mais en fait, pas vraiment. Elle avait l'habitude des tirades acerbes de Darcy. Vu son passif avec la P-DG, c'était pour le moins étrange qu'elles se retrouvent dans la même pièce, qu'elles se parlent et qu'elles travaillent ensemble.

Tout avait commencé avec un homme. Quand Jenna avait vingt-trois ans, elle était sortie avec un cadre d'Arista Records qui s'appelait Marcus. Pour une gamine de la province qui venait de débarquer à la grande ville, sortir avec un type aussi important était magique ! Pendant des mois, elle avait ignoré le fait que le téléphone de Marcus sonnait à des heures incongrues et qu'il était toujours disponible à des horaires improbables (dîner à 17 heures, ou à 23 heures ?). Mais il embrassait super bien et il connaissait Method Man personnellement : elle était complètement in love.

Le jour de la Saint-Valentin, Jenna avait décidé de lui faire une surprise en débarquant dans son appartement de Brooklyn avec un gâteau fait maison. Mais ce n'est pas lui qui ouvrit la porte – une nana minuscule et furieuse avec les cheveux très courts se tenait devant elle. C'était la petite amie de Marcus. Ou plus précisément sa fiancée de vingt-quatre ans, assistante de rédaction chez *Mademoiselle*. Darcy Vale.

Elle lui prit le gâteau des mains et le lui écrasa sur la figure. Violemment. Jenna tomba dans les pommes et se retrouva avec une coupure recouverte de glaçage sur la lèvre qui nécessita trois points de suture.

Les deux femmes ne tardèrent pas à devenir très puissantes dans les médias (elles étaient des femmes *noires* puissantes) et leurs cercles sociaux respectifs ne cessèrent de se croiser. Elles fréquentaient les mêmes réceptions, les mêmes défilés et les mêmes mariages. Impossible donc de s'éviter au fur et à mesure qu'elles se hissaient de plus en plus haut dans l'industrie, et Darcy torturait Jenna dès qu'elle le pouvait.

— Comment s'est passée ta première semaine ? demanda-t-elle en gagnant son bureau d'un pas vif, Jenna sur les talons.

— C'était chouette, répondit Jenna en faisant de nouveau

bouffer ses cheveux. (Les boucles, comme tout le reste de sa personne, étaient récentes. Quand elle était en Virginie, elle était trop claquée par le Xanax pour trouver du temps pour le défrisage : elle avait donc retrouvé ses cheveux naturels.) Merci encore de m'avoir donné cette chance.

— Ce n'était pas un service. Je suis une femme d'affaires, et, pour te dire la vérité, j'ai besoin de toi. *StyleZine* a embauché quelques-uns des cerveaux les plus intéressants de la mode, mais ce sont des gamins. Ils n'ont aucun réseau. Il me fallait une rédactrice *old school* expérimentée pour attirer les annonceurs snobs et l'attention des médias. La rédactrice en chef mode de *Darling* ? La juge sympa du concours le plus ringard d'ABC, *Top Model USA* ? Tu es parfaite. (Elle ébouriffa ses mèches courtes rehaussées de reflets couleur miel à la Halle Berry.) Même si je ne sais pas pourquoi je te fais confiance. Après tout, tu m'as bien volé mon job chez *Harper's Bazaar* il y a quinze ans.

— Je ne t'ai rien volé, expliqua patiemment Jenna. Tu as été virée et ils m'ont embauchée à ta place.

— Ça faisait des mois que tu essayais de te faire proposer le job. Mais ça n'a pas d'importance. De l'eau a coulé sous les ponts, pas vrai ? fit Darcy en souriant d'un air vaguement menaçant. Tu vis où ? Certainement pas dans la maison de West Village ; j'ai lu je ne sais plus où que Brian y habitait toujours.

Jenna tressaillit en entendant son nom.

— J'ai loué un studio sur Reade.

— Reade à Tribeca ? Les loyers sont astronomiques ; Brian a dû faire jouer son réseau pour toi. Tu ne peux pas te le permettre avec ton salaire. Je suis tellement contente d'avoir embauché une journaliste compétente pour presque rien !

Elle me rappellera sans cesse que j'étais suffisamment désespérée pour accepter un salaire humiliant. Mais je suis prête à tout pour une deuxième chance.

— Non, Reade à Brooklyn, expliqua Jenna en essayant de ne pas montrer son irritation. C'est un quartier qui a de l'avenir.

— Charmant. (Darcy plissa son adorable nez.) C'était comment, la Virginie ?

Jenna plaqua un sourire joyeux sur ses lèvres.

— Cathartique. J'ai pris le temps de déconnecter, ça m'a fait un bien fou.

— Ha ! C'est ce que disent toutes les journalistes au chômage qui passent leurs journées à faire des exercices pour renforcer leur périnée tout en updatant compulsivement leur profil LinkedIn.

Jenna l'ignora et reprit le cours de son baratin bien rodé.

— Le cours sur la mode que j'ai donné à la fac publique m'a vraiment permis d'avoir un aperçu différent de…

— Ça ne m'intéresse pas. Je veux juste que tu saches que je compatis, l'interrompit Darcy. Tu es mieux sans Brian. Toutes ces fêtes sans toi, toutes ces rumeurs ! On ne peut pas faire confiance à un millionnaire parti de rien. Leurs bites sont trop raides pour ce train de vie. La prochaine fois, choisis-toi un homme avec un héritage de famille. (Elle lui fit un clin d'œil.) Pour ceux-là, l'argent est moins sexy.

Jenna la considéra un instant, trop sidérée par son impudence pour répondre.

— Darcy, je te respecte. Et je suis super contente d'être ici. Mais j'apprécierais que tu ne mentionnes pas mon ex-fiancé.

Darcy haussa les sourcils.

— Tu es devenue agressive en vieillissant. J'aime ça.

— Pas agressive. Franche.

— D'accord. (Elle dévisagea son ancienne rivale.) Je vais te dire les choses honnêtement. Je n'oublierai jamais la manière dont tu as laissé tomber tout professionnalisme et quitté la ville à cause d'un problème personnel. Tu as signé un contrat de huit mois, tu as donc huit mois pour tripler le lectorat de *StyleZine*. Si tu échoues, je te vire, et tu sais que si tu m'entubes, je t'entuberai davantage.

Jenna la dévisagea, ulcérée. Darcy était une femme qui, lors d'une fête donnée chez l'assistant de Def Jam en 1997, s'était liée d'amitié avec une nana célèbre qui dansait dans les clips de hip-hop, puis avait convaincu le petit ami de la fille en question, un rappeur, de lui payer son loyer pendant un an. Elle était une femme qui, en 2003, était sortie avec un photographe qui avait pris des clichés de son éditrice chez *Seventeen* nue dans le seul but de les lui voler pour les revendre aux blogs à scandale – sa cheffe avait démissionné et Darcy avait été nommée à sa place. Elle était un requin qui, après avoir prédit en 2007 que la presse écrite allait disparaître, avait détourné de sa femme le riche magnat Louis Belladonna, pillé son compte en banque pour lancer Belladonna Media, transformé deux blogs de déco en un conglomérat de huit sites Internet consacrés à la beauté et à la mode… puis avait divorcé.

Jenna savait de quoi elle était capable. Il était donc hors de question qu'elle laisse Darcy la menacer.

— Tu m'as déjà dit clairement que je devais être à la hauteur. Je suis ici pour écrire ma rubrique de conseils « Just Jenna » et développer une web-série sur la mode. Laisse-moi faire mon job, Darcy. Nous savons toutes les deux que, grâce à moi, ce site deviendra florissant.

— J'adore cette nouvelle Jenna, déclara Darcy. J'aurais bien aimé que tu aies été aussi mordante à l'époque. Nos joutes auraient été plus amusantes.

— Nos joutes ? répéta Jenna en riant. En 1999, tu as fait semblant d'être l'attachée de presse de Karl Lagerfeld et tu m'as envoyé par mail un faux itinéraire pour le voyage de presse Chanel ! Dix rédactrices de mode ont passé le week-end à Ibiza et je me suis retrouvée dans un atelier clandestin à Gowanus.

— Ce qui t'a inspiré le shooting « Laide beauté » pour *Darling* sur le Gowanus Canal avec les ballerines qui portaient des tenues Vivienne Westwood en lambeaux. Je t'en prie.

— C'était le bon temps, constata Jenna.

— Le bon temps, c'est maintenant, rétorqua Darcy en consultant sa montre Tank de chez Cartier. Je suis en retard. J'ai un déjeuner chez Brasserie.

Elle se leva et se dirigea vers la porte tout en criant des ordres à Jenna.

— Je veux trois « Just Jenna » de plus d'ici 17 heures. Et trouve des idées pour ta web-série… le nouveau vidéographe commence lundi. Et reprends en main ton empreinte numérique. Nos journalistes sont des stars digitales : tu dois en devenir une aussi. Débrouille-toi.

C'est à ce moment-là que Jenna se mit vraiment à paniquer. Son empreinte numérique ? Qu'est-ce que ça voulait dire ?

Chapitre 2

En Virginie, Jenna s'était coupée du monde. Elle avait passé son temps toute seule, cachée dans la maison de ses parents et, vêtue d'une chemise à carreaux et d'un short Bart Simpson datant d'environ 1989 (« Désespoir de Caravane »), elle avait pris l'habitude de fumer et bingé *Game of Thrones*. Déboussolée par l'isolement, elle s'était étiolée dans sa chambre d'enfant qui débordait de sacs-poubelle contenant des vêtements, des sacs à main et des chaussures de couturier – restes d'une vie passée. À présent, il n'y avait plus d'épilation, plus de manucure ni de pédicure, plus de sexe, et elle n'avait utilisé Internet que pour vérifier la météo. Elle n'avait éprouvé aucun intérêt pour les réseaux sociaux. Mais il était temps de se reprendre.

Jenna ouvrit son ordinateur portable dans son minuscule bureau (en tant qu'employée la plus âgée de *StyleZine*, on lui avait décerné un ancien placard à balais plutôt qu'un box dans l'*open space*. Ravie d'avoir une porte, elle avait accepté.) Comme l'idée de tremper un orteil dans Twitter lui donnait envie de mourir, elle ouvrit Facebook. Entre 2010 et 2012, le site était passé de « retrouvailles familiales sympas » à « orgie de partage d'informations ».

Elle se posait tout un tas de questions. Les GIFs – personne ne trouvait ça perturbant, comme des hallucinations dues à un mauvais trip ? Qui créait ces mantras spirituels écrits en police canon sur des couchers de soleil ? Existait-il une liste de *hashtags* officiels quelque part ? Prendre le temps de photographier son toast aux noix de pécan avant de le manger – était-ce la version numérique du bénédicité ? Kanye, Kim et le chou kale – rien d'autre ne comptait ? Jenna avait l'impression d'avoir été expulsée d'un coup de l'ère paléolithique à bord d'une DeLorean.

Déjà submergée, elle fit pivoter sa chaise pour contempler le mur derrière elle. Elle n'avait encore rien décoré, à l'exception d'un élément essentiel – son affiche vintage adorée de Nina Mae McKinney dans la comédie musicale de 1928, *Hallelujah*. Oubliée de nos jours, Nina Mae McKinney était la plus belle femme noire de Hollywood, bien avant la naissance de Halle, Dorothy ou Lena. Originaire d'une petite ville du Sud, elle avait été remarquée dans le chœur de l'église et choisie pour chanter dans la première comédie musicale noire de l'histoire – elle avait ensuite traversé l'Europe en dansant, eu des liaisons avec des princes et bu des baignoires de gin. C'était l'animal totem de Jenna. L'affiche l'avait suivie dans tous ses bureaux.

Qui serait-elle si elle était née plus tard ? se demanda Jenna. *Probablement Beyoncé, puisque Nina était une triple menace, elle aussi. Mais est*-ce que Beyoncé est une grande actrice ? Elle était fabuleuse dans Dreamgirls, *mais on aurait dit qu'elle avait un ulcère dans le rôle d'Etta James dans* Cadillac Records*…*

Son iPhone vibra juste à ce moment-là. Elle fit tourner son fauteuil pour l'attraper – et quand elle vit qui l'appelait, elle cessa de respirer.

Brian Stein. Son ancien adonis juif. Pourquoi lui téléphonait-il ? De quoi voulait-il lui parler ?

Paralysée, Jenna fixa son portable qui vibra cinq fois. Elle répondit juste avant que l'appel soit dirigé vers la messagerie.

— Jenna ?

— Est-ce que c'est encore la Pizzeria Stromboli ? Je n'ai rien commandé ; vous vous êtes trompé de numéro.

— Marrant.

— Salut.

Elle retint son souffle.

— Salut. Je n'arrive pas à croire que j'entends enfin ta voix.

— Oui. C'est bizarre. En quoi puis-je t'aider ?

— Je suppose que je devrais te féliciter d'être de retour. J'ai été surpris d'apprendre que tu avais regagné New York. Je pensais que tu me passerais un coup de fil.

— Sincèrement, je ne croyais pas que ça affecterait ta vie de quelque manière que ce soit.

— Je sais qu'on en a bavé, JJ, mais tu ne peux pas faire comme si on ne se connaissait pas. On est resté ensemble pendant presque vingt ans. On ne peut pas être amis ?

— C'est toi qui m'as quittée.

— Non, je t'ai juste dit que j'étais opposé à la vision que tu avais de notre avenir.

— Tu m'as dit ? Je n'étais pas ta secrétaire, Brian. On était deux personnes engagées dans une relation !

— Tu n'étais pas heureuse non plus.

— J'étais malheureuse parce que l'amour de ma vie – mon seul et unique amour, vu qu'on s'est rencontrés quand j'étais en première année à la fac de Georgetown – a gâché mes meilleures années en me faisant croire qu'il voulait m'épouser, puis a changé d'avis et a refusé de devenir mari et père. Quelle merveilleuse nouvelle pour une femme avec des ovocytes de trente-huit ans.

— Écoute, je veux juste qu'on reste en bons termes. Tu veux bien qu'on aille prendre un café ? Je te fais envoyer une voiture au bureau.

— Brian, je te souhaite le meilleur. Mais je n'ai aucune envie de boire un *latte* avec toi en prétendant que tu n'as pas gâché ma vie.

— Comme tu veux, JJ, répondit-il en soupirant. Il y a autre chose que je voulais te dire. Je... je préfère que ça vienne de moi. Je sors avec quelqu'un. C'est sérieux.

— Oh ?

Jenna crispa la main sur son ventre et ferma les yeux. Elle savait que ce moment viendrait, mais elle n'était pas prête. Et elle voulait avoir un petit ami avant.

— Tu la connais peut-être. Lily. Elle bosse pour *Salon*.

— *Lily L'Amour ?* Tu sors avec la chroniqueuse cœur de *Salon* ? Tu ne pouvais pas trouver une femme dans une autre branche ? Et elle ne s'appelle pas Lily. Son vrai nom est Celeste Wexler.

— Je sais.

— Anna doit être sur un nuage de savoir que tu as une petite amie juive.

— Tu sais bien que ma mère t'adore. Elle est tellement loyale qu'elle ne regarde même pas Lily dans les yeux. La seule et unique fois que j'ai emmené Lily chez elle, elle regardait un épisode de *Top Model USA*.

Cette nouvelle donna à Jenna une bouffée de satisfaction.

— Je suis contente que tu sois heureux.

— Tu es partie. Tu ne nous as même pas laissé la possibilité de résoudre notre problème.

— Résoudre quoi ? Tu t'es noyé dans ton boulot d'agent immobilier célèbre, boulot que je t'ai aidé à monter de toutes pièces. Tu ne m'as pas touchée pendant un an. (Elle déglutit.) Je me demande toujours qui tu touchais à la place.

— Bon sang. Je ne m'abaisserai pas à répondre.

— Comme d'habitude. (Elle s'affaissa dans son fauteuil, submergée par une monstrueuse vague de tristesse.) On avait planifié toute une vie ensemble. Tu es revenu sur tes promesses.

— Je ne voulais pas la même chose que toi. Mais je ne voulais pas te perdre.

— Et le trophée de la déclaration d'égoïsme masculin la plus typique est décerné à…

— Tu as pété un plomb, poursuivit Brian. Tu as vendu mes Warhol et mes Koons dans un vide-greniers pour cinq dollars. Tu t'es disputée avec moi dans la rue, tu m'as accusé de te tromper avec tout le monde, depuis la fille des propriétaires du pressing jusqu'à l'employé gay qui gère le système d'épuration dans ma résidence. L'employé gay !

— Tu étais devenu tellement secret ! Et tu es obsédé par les exfoliants hors de prix. Sans parler de ton *crush* sur George Clooney…

— Je suis un homme riche qui ne porte que des costumes. Clooney est l'homme le mieux habillé du monde. Bien sûr que j'ai un *crush* sur lui. (Il s'interrompit.) Tu es partie sans dire au revoir. J'ai trouvé ça dur.

— Dur ? La *zumba*, c'est dur !

— Je t'ai téléphoné, je t'ai envoyé des mails… et pas de réponse. Je t'ai attendue, affirma-t-il. Mais je ne pouvais pas rester seul pour toujours.

— Bien sûr. Écoute, je vous souhaite le meilleur, à Celeste et toi. Je lirai sa chronique tous les mois dans

Salon pour voir si elle mentionne ton pénis tordu. (Elle prit une profonde inspiration.) J'ai tourné la page, Brian. Je veux juste que tu sois heureux.

— Merci. Même si tu viens d'insulter mon pénis. (Un silence.) Je te laisse, je dois prendre l'avion pour la campagne.

Il veut parler de la maison dans les Hamptons que j'ai décorée. J'ai assuré la direction artistique de nos vies et c'est lui qui a tout financé. On ne pouvait que s'effondrer sous le poids de toute cette beauté.

— Au fait… félicitations pour le job. Et, JJ ? Si Darcy Vale t'ennuie, je rachèterai sa compagnie pour la revendre à OWN.

— Je peux gérer Darcy.

— Mmm. Je me souviens de toi en train de pleurer dans mes bras après l'incident du gâteau dans la figure, répondit Brian en riant. On a rompu une seule fois et, de tous les hommes de Manhattan, tu as fini avec son fiancé.

— C'était il y a longtemps.

— J'espère que tu changeras d'avis pour le café.

— J'espère que tu cesseras d'espérer que je change d'avis.

Jenna raccrocha, les yeux dans le vague. Depuis qu'elle était arrivée au bureau ce matin, elle était passée de l'excitation du retour à l'impression d'être un dinosaure largué dans une autre dimension et voilà qu'à présent elle avait l'estomac retourné. Elle s'en voulait que Brian puisse encore l'affecter de la sorte. Elle se leva, verrouilla la porte et se percha sur son bureau. Et pleura toutes les larmes de son corps.

— *Lily L'Amour ?* Avec sa rubrique débile et tatillonne, cet ersatz de Carrie Bradshaw, ce croisement entre une fanfiction de *Twilight* et de *Dieu, tu es là ? C'est moi, Margaret* ? C'est ça, la femme dont mon fiancé est fou amoureux ? Il est passé de moi à ça ? Sortez sans moi, je reste ici. À agoniser.

Plus tard ce soir-là, Jenna était étendue de tout son long sur un lit gigantesque et immaculé dans une suite toute blanche au Highline Hotel sur la 20e Rue. La directrice artistique de l'hôtel, Elodie Franklin, était la meilleure amie de Jenna depuis la fac et ce soir elle avait organisé une soirée de lancement pour la sortie d'un livre à l'hôtel, dans le Réfectoire. La fête commençait dans un quart d'heure et les filles prenaient un verre de champagne avant.

— Si tu meurs à cause de Brian Stein, je te tue.

Juchée sur la coiffeuse, Elodie était en train d'appliquer avec soin un trait d'eye-liner spectaculaire. Elle avait grandi dans une communauté hippie à Berkeley, entre une mère coréenne et un père noir (elle ressemblait à tel point à Kimora Lee qu'elle s'amusait régulièrement à signer des autographes en lieu et place de la célèbre divorcée du magnat de hip-hop). Lorsqu'elle était enfant, quand quelqu'un dans la communauté avait un problème, tous les membres s'asseyaient en cercle, laissaient échapper un cri primal et passaient à autre chose. Elodie détestait plonger trop profondément dans une quelconque émotion. Elle préférait aller droit au but, sans se mettre de limites, que ce soit pendant une dispute ou quand elle séduisait l'une de ses nombreuses conquêtes. Elle était spectaculaire et mesurait au moins un mètre quatre-vingts dans son habituel look « Prostituée médiévale/Bikeuse » : une longue robe transparente qui dévoilait son décolleté impressionnant, une tresse interminable qui retombait sur une épaule et des bottes de motarde.

— Tu es sans cœur, constata Billie Burke-Lane, l'autre meilleure amie de Jenna.

Elle était en position du chien tête en bas sur le sol. Épouse et mère débordée, le yoga était la seule chose qui la calmait, même en plein milieu d'une conversation.

— Faux. J'adore mes chihuahuas, rétorqua Elodie.

— C'est vrai. Mais Jenna vient juste d'apprendre que Brian sort avec le génie qui pond des joyaux genre « Dix manières de comprendre la personnalité de son pénis ». Tu pourrais te montrer plus compatissante, répliqua Billie.

La femme, mignonne et plantureuse au brushing noisette, avait rencontré Jenna à la cafétéria de Condé Nast en 2001 et elles avaient sympathisé, étant toutes deux des journalistes noires dans des magazines grand public. À cette époque, Billie était la directrice beauté de *Du Jour* mais, quand le magazine avait fait faillite, elle avait rejoint M. Cosmetics en tant que directrice adjointe de la com'. Des deux amies de Jenna, c'était la mère poule bienveillante qui se prosternait devant l'autel de la franchise et du grand amour. Elle tentait de trouver du temps à consacrer à ses amies célibataires et à leurs manigances – mais elle essayait surtout de ne pas devenir cinglée pour pouvoir se consacrer pleinement à sa fille de cinq ans, May, et à son mari, Jay, un poète célèbre qui enseignait les Voix de la Diaspora à l'université de Fordham.

Billie et Elodie étaient liées par leur amour pour Jenna, mais elles se chamaillaient comme un couple dans le premier tiers d'une comédie romantique.

— Billie, je refuse de te prendre au sérieux quand tu as la tête en bas, affirma Elodie. Et je suis vexée que tu ne restes pas pour assister à ma fête.

— Je suis juste venue soutenir Jenna. Je suis jetlaguée

par ma conférence marketing à Hong Kong. Je n'ai pas l'énergie de célébrer un bouquin de photos consacré à des chiens en lingerie. Je veux simplement rentrer chez moi et regarder *Veep* en culotte.

Au Highline Hotel, Elodie supervisait les galas de charité prétentieux et les événements mode – mais ce qui rapportait vraiment de l'argent, c'était les soirées de promotion pour des gens célèbres qui souhaitaient être reconnus dans un autre domaine que le leur. Ce soir, la fête mettait à l'honneur un mannequin Guess devenu photographe. Son mari, un chef célèbre, avait déboursé une somme d'argent indécente pour que son livre ait l'air légitime.

Elodie pivota sur sa banquette capitonnée pour faire face à Jenna.

— Tu as dit que Brian n'existait plus pour toi. Qu'est-ce que ça peut te faire, avec qui il couche ?

— Je suis… juste scandalisée par son choix. (Elle avait l'estomac complètement noué.) Brian a un goût très sûr. Il possède des carafes à vin plus jolies qu'elle ! Je me suis toujours efforcée d'être parfaite pour lui et maintenant, il sort avec une meuf qui ressemble à une Chelsea Handler du pauvre ?

— Honnêtement, gloussa Elodie, je n'arrive même pas à imaginer Brian avec une Blanche. Tu te souviens à quel point il était noir à la fac ? J'adore quand il se la joue Trump avec moi. Mec, ne me force pas à balancer au *Wall Street Journal* que tu as appris à toute ma résidence universitaire à danser le Roger Rabbit.

— Quand est-ce qu'il s'est transformé en sociopathe ? demanda Jenna.

— Ce n'est pas un sociopathe, répliqua Billie, à présent

installée dans la position du lotus sur l'épaisse moquette. Juste le cliché cauchemardesque du New Yorkais.

Elodie acquiesça.

— Le genre à gagner tellement d'argent qu'il croit que tu devrais en oublier tes besoins barbants et être ravie d'avoir la chance de vivre dans son orbite.

— Mais Brian était vraiment amoureux de toi, protesta Billie, qui espérait encore qu'ils se rabibochent. Il était tellement investi et pendant si longtemps. Et puis… il a arrêté.

— Et j'ai perdu la boule, soupira Jenna. Est-ce que vous vous rendez compte que c'est ma première sortie mondaine depuis Le Petit Scandale[1] ? J'ai craqué devant tout Manhattan. On s'est disputés tellement de fois en public. Sans compter le poème super naze de Dorothy Parker que j'ai posté sur Facebook…

— « Les pistolets ne sont pas légaux/Les nœuds coulants ne serrent pas assez/Le gaz pue/Autant ne pas se suicider. » (Elodie grimaça.) Je comprends pourquoi tu as quitté les réseaux sociaux.

Billie lui lança un regard noir.

— Et puis *Darling* a exigé que je me mette en congé maladie et a nommé mon adjointe à ma place dès le lendemain. Je ne suis même pas sûre que ce soit légal. J'ai quitté les bureaux de Condé Nast en sanglotant dans le hall à l'heure du déjeuner, au moment où il y a le plus de monde. Je suis certaine qu'Anna Wintour s'est retournée sur mon passage.

« Personne n'est plus important que *Darling*, avait dit sa rédactrice en chef. Tu étais partie et Bertie s'est montrée

1. En français dans le texte.

compétente. De toute façon, on avait besoin d'une énergie nouvelle. »

— Les blogs à scandale s'en sont donné à cœur joie, poursuivit-elle. *Gawker, page 6,* tous ceux de *Blind*. La honte. Je vous assure que ça fait deux jours que je me motive pour avoir le courage de me montrer à cette fête.

— Tu fais comme si tu étais Amanda Bynes, déclara Elodie. C'était des petits ragots. Ça a duré cinq minutes. Et puis ça t'a donné un truc en plus.

— Je suis d'accord, renchérit Billie. Si tu dois péter les plombs, il faut le faire bien. Regarde Elizabeth Taylor. (Billie adorait La Liz.) Quand sa vie a implosé, elle s'est gavée de poulet frit, est devenue une alcoolique rubiconde, s'est mise à porter du Halston grande taille et a épousé un républicain. Splendide.

Jenna s'assit brusquement sur le lit et attrapa la coupe de champagne posée sur la table de nuit.

— Vous savez quoi ? Je ne veux plus parler de Brian. Je suis de retour, j'ai un nouveau job génial et je ne prends plus de Zoloft ! J'ai besoin de me bourrer la gueule et d'oublier cette conversation.

— Je bois à ton retour, s'exclama Elodie en levant sa flûte. Même si tu es obligée de travailler avec l'équivalent mode d'Abbie Lee Miller.

— *Cheers* ! fit Billie en entrechoquant son verre sur les leurs. Et puis tu ne peux pas gâcher une aussi belle tenue en pleurant dans une chambre d'hôtel.

Pour la première fois depuis une éternité, Jenna se sentait jolie. Elle portait une robe blanche à bretelles et en dentelle qui lui arrivait au genou et qu'elle avait empruntée au dressing du boulot (« Michto de South Beach ») – et des escarpins orange appartenant à Billie.

— Vous savez ce que j'aimerais ? lança Jenna.

— Des mèches acajou ? demanda Billie, leur experte beauté. Ça serait super beau sur ta nouvelle coupe.

— C'est vrai ! Mais non. Du cul. Ça fait des *années*. J'ai essayé de me masturber ce matin et mon vagin s'est moqué de moi, je vous le jure.

— Oh ! ma chérie, commenta tristement Billie.

— Je me suis fait faire un maillot brésilien, ce qui ne m'était pas arrivé depuis le siècle dernier, et j'ai l'impression que c'est un pas dans la bonne direction, une direction horizontale.

— Une chatte chauve est nécessaire pour un plan cul revigorant, ce qui est ce dont tu as besoin, approuva Elodie.

— Mais est-ce que je suis prête ? Je ne sais même plus comment tailler correctement une pipe.

— Arrête, c'est comme le vélo. (Elodie tira sur sa robe pour dévoiler encore plus de son décolleté plantureux.) Allez, je file. On se voit en bas, Jenna. Ce soir, je t'arrange une rencontre.

— Avec un mec que tu ne t'es pas déjà tapé ! s'exclama Billie tandis qu'Elodie franchissait le seuil.

— Vu le monde qu'il y aura, c'est un défi ! s'écria Elodie en retour.

Billie s'installa sur le lit et tendit un rouge à lèvres d'un rouge intense à une Jenna un peu inquiète.

— Comme le disait Elizabeth Taylor : « Sers-toi un verre, mets du rouge à lèvres et ressaisis-toi. » Allez, file. Tu ne peux pas être en retard le soir de ton grand retour.

Chapitre 3

Le Réfectoire avait jadis été un dortoir de moines, et ça se voyait. Elodie avait su exploiter l'espace gothique monumental en optant pour un décor d'inspiration *Eyes Wide Shut*. De volumineux voilages blancs découpaient les lieux en six parties bien distinctes – qui avaient toutes leur propre bar. Des bougies cramoisies coulaient sur les surfaces, des lustres en or massif pendaient aux plafonds voûtés et des méridiennes en velours pourpre étaient disposées dans les recoins sombres et sexy. Comme il était d'usage pour les événements dont la pièce maîtresse était des mannequins, il y avait des hommes un peu partout.

La foule formait un mélange de tous les milieux, une parfaite représentation de la vie nocturne de New York. The Weeknd et Drake braillaient – mais personne ne dansait sauf les copines de l'invitée d'honneur qui étaient des mannequins Victoria's Secret. Leurs homologues masculins étaient agglutinés de-ci de-là, vêtus de chemises de bûcheron et suintant l'ennui. Les Costards, imbus de leur importance, stationnaient devant le bar ; c'était eux qui finançaient la plupart des projets des célébrités d'Elodie. Planant au-dessus des invités, on trouvait une poignée de stars de la NBA et de la NFL absolument canon, dont la présence était indispensable dans ce genre de soirée parce que les mannequins et les Costards les adoraient. Venaient ensuite quelques *escorts* au chic torride et aux honoraires exorbitants (destinées aux Costards trop moches pour pécho un mannequin). Et enfin, au milieu de tout ça, on pouvait apercevoir des journalistes à lunettes mignonnes à croquer, qui écrivaient des papiers artistiques ou *lifestyle*, et de jeunes *fashionistas* aussi sexy que les mannequins, mais petites et pauvres.

Jenna était sur place depuis à peine deux secondes quand sa meilleure amie fondit sur elle.

— Je t'ai trouvé un mec, déclara Elodie qui avait passé les dernières vingt minutes à esquiver tous ses devoirs d'organisatrice afin de jouer les entremetteuses pour Jenna. Tout ce que je sais, c'est qu'il est diplômé de Yale et qu'il est radiologue. Il vient vers nous.

— Attends ! Je ne suis pas prête…

— Tu n'as pas baisé depuis la présidence de Bush. Tu es prête. (Elle lui plaça d'autorité une flûte de champagne dans la main.) Dialo Banin ! Voici Jenna Jones. Jenna, cet homme meurt d'envie de faire ta connaissance. Discutez pendant que je vire quelques putes de téléréalité.

Sur cette présentation express, Elodie disparut dans la foule. Dialo fixait Jenna en l'aveuglant de son sourire. Il portait un costume hors de prix, une écharpe couleur clémentine parfaitement ajustée et des lunettes de soleil. En pleine nuit.

— Dis-moi… Quels sont tes deux autres vœux ?

— Pardon ?

— Où est ton sens de l'humour, chérie ? demanda-t-il sans cesser de sourire. C'était une façon de briser la glace.

— Oh ! Pour être brisée, elle est brisée.

Venant de cet homme à l'accent de Floride bizarrement accoutré, cette blague sur les vœux donnait à Jenna l'impression d'être un mec de Las Vegas dragué par Truman Capote.

— On s'assied ?

— Avec plaisir, répondit-elle en songeant à tuer Elodie.

Dialo la prit par le coude et l'entraîna vers une minuscule table réservée flanquée de deux chaises aux hauts dossiers en fer forgé. Il s'installa confortablement et allongea les jambes. Jenna n'avait pas de place pour les siennes sous la table ; elle enroula les chevilles autour des pieds de son siège comme une écolière. Nerveuse, elle croisa les mains sur ses genoux et aperçut alors les mocassins en velours bordeaux YSL de Dialo.

Jenna savait très bien qui était cet homme. Un de ces néo-dandys européens tape-à-l'œil qui accrochaient un signe disant « W-C » sur la porte de leurs toilettes dans leurs appartements loués à Murray Hill.

— Je dois bien admettre que je ne suis pas un grand lecteur. Mais je suis content d'être venu, déclara-t-il en se caressant le menton. Tu as de la chance d'être ici.

— Je sais, c'est une fête géniale.

— Non, tu as de la chance d'être *ici*. Avec moi. Je ne sors jamais avec des Noires. Mais après t'avoir googlée sur mon téléphone, j'ai décidé de déroger à mes habitudes.

— Euh. Mais tu es noir. Pourquoi tu ne…

Elle s'interrompit parce qu'elle venait de remarquer que Dialo ne la regardait même pas. Il fixait quelque chose par-dessus son épaule. Elle suivit la direction de ses yeux et vit un groupe de vingtenaires en robes courtes – le même genre que la sienne, mais H&M.

Une heure plus tôt, Jenna avait ressenti de l'excitation

en s'habillant pour sa première soirée depuis son retour à New York. Elle avait presque l'impression d'être comme une toute fraîche diplômée larmoyante se préparant à passer une nuit coquine à faire la tournée des boîtes et qui espère se faire peloter par un bébé Leo DiCaprio dans le carré VIP. Mais ses options étaient en réalité très limitées. Elle avait vingt ans de plus et elle était en train de se faire snober par un connard prétentieux qui ne lui plaisait même pas.

— Certes, je suis noir, expliqua-t-il, mais pas africain-américain comme toi. Je suis originaire du Ghana via Londres. Inutile de prendre la mouche. C'est juste que je trouve les Blanches moins chiantes.

— Ooooh, je vois. (Jenna fit tournoyer les bulles dans son verre en réfléchissant à une façon de larguer ce crétin.) Mais je suis noire, aucun doute là-dessus. Pourquoi tu es ici, alors ?

— J'aime bien les métisses et tes photos prouvent clairement que tu en es une. Ça te donne droit à un laissez-passer, fit-il en s'esclaffant.

— Non, je ne suis pas métisse. Cent pour cent noire africaine-américaine. Tellement noire que mon deuxième prénom est Keisha.

Dialo grimaça.

— Quoi qu'il en soit, quand j'ai découvert que tu avais été une célèbre journaliste de mode, ça m'a impressionné. J'ai un agent extraordinaire, si tu as besoin. Il s'habille si bien. C'est lui qui m'a présenté cette écharpe Matthew Williamson.

— Je ne sais pas si tu es courant, mais c'est un vêtement pour femme.

— Qui se marie parfaitement à une veste à coutures.

— C'est vrai. (Jenna imagina toutes les manières de tuer Elodie.) Pourquoi un radiologue a-t-il besoin d'un agent ? Ce n'est pas en contradiction avec le serment d'Hippocrate ?

— J'ai une clientèle très huppée, donc… (Il n'acheva pas sa phrase.) Tu ressembles à une fille avec qui j'étais à Yale. Mais je pense que tu dois avoir une bonne dizaine d'années de moins que moi, ma petite.

Jenna lui adressa un sourire éclatant, bien décidée à se moquer un peu de lui.

— J'en doute. J'ai quarante-cinq ans. (Elle ajouta cinq ans, juste pour le plaisir de voir sa tête exploser.) Et toi ?

— Quarante-cinq ? J'en ai quarante-trois !

— Nous sommes donc de la même génération.

— Mais je pensais… waouh, quarante-cinq ? Je ne l'aurais jamais cru.

Toute son attitude changea. Il secoua la tête, comme s'il ne pouvait pas admettre ce qu'il venait d'apprendre. Puis il consulta sa montre. Jenna appela une serveuse.

— Chérie, tu veux bien nous apporter des serviettes en papier ?

— Pour quoi faire ? (Dialo baissa la voix.) Je te fais mouiller, c'est ça ?

Jenna acheva son champagne puis se leva en lissant lentement sa robe. Ce faisant, elle poussa légèrement son sac, qui renversa le verre de Dialo sur ses mocassins en velours.

Il se mit à couiner comme Babe le cochon tandis qu'elle s'éloigna rapidement et s'empara de deux flûtes posées sur le plateau d'un serveur. Dialo était détestable. Mais le pire ? Il était loin d'être le seul. C'était un parfait représentant des riches new-yorkais. Un médecin avec un agent. Hétéro, mais tellement apprêté qu'on sentait les effluves de son contour des yeux Kiehl's.

Furieuse, Jenna chercha Elodie partout. Comme son amie n'était nulle part en vue, elle se planta devant le bar et descendit les deux flûtes. À ce moment-là, un groupe de mecs passa à côté d'elle, tous des Costards. Elle les connaissait vaguement depuis des années – et ce soir, ils étaient accompagnés par six nanas canon d'une vingtaine d'années (qui portaient des tenues que Jenna décrirait plus tard comme un croisement entre « Bal de Promo à Atlanta » et « J'en Ai Rien à Cirer »). Les types firent la bise à Jenna, et le groupe de jeunes filles et de vieux barbons s'éloigna.

— Mais qu'est-ce qui se passe ? murmura-t-elle pour elle-même en secouant la tête, frustrée. (La pièce vacilla un peu. Elle se rattrapa au bar et s'adressa à la serveuse à l'allure frêle.) Si tu as un maillot brésilien, mais que personne ne le voit, est-ce qu'il existe ? Tu sais, comme l'arbre dans la forêt ?

La jeune fille pouffa.

— Qu'est-ce qui ne va pas, poupée ?

— Je peux avoir un autre verre de champagne ? (La serveuse lui en servit un, le quatrième donc, et Jenna l'avala cul sec. Elle était bien partie pour se bourrer la gueule.) Pourquoi des nanas de vingt ans ? Ces hommes ont *mon* âge. Les mecs vieillissent et convoitent des nanas de plus en plus jeunes, et moi alors ? Je n'ai eu qu'un *seul* homme de toute ma vie. J'ai quarante balais et je cherche un mec pour la première fois de mon existence. Je ne sais pas du tout comment me dérouiller… décrouiller… débrouiller dans ce monde-là.

Elle croisa les yeux d'une de ses connaissances Costard

qui désigna de l'index le cul du mannequin qui l'accompagnait avant de le fixer d'un regard lubrique. Jenna lui fit un doigt d'honneur.

— Chérie, dit la serveuse, et si tu allais t'asseoir ?

— Merveilleuche idée.

Elle repéra un fauteuil vide dans un recoin sombre, à demi caché par l'un des rideaux. Elle parvint à se frayer un chemin dans la foule et s'affala sur la petite méridienne. Elle s'endormit certainement parce que quelqu'un la réveilla en lui tapotant l'épaule.

— Ça va ?

Jenna se redressa si vite qu'une mèche de ses cheveux se retrouva prise dans son rouge à lèvres. Un homme s'assit à côté d'elle. Un gamin, plutôt – il avait l'air à peine sorti de l'adolescence avec ses Jordan, son jean usé et son T-shirt noir sur lequel était écrit « C'est la faute de la société » en lettres rouges. Un tourbillon de tatouages jaillissait sous sa manche et recouvrait tout son bras pour s'arrêter au niveau du poignet. Son look était net et sans bavures, sans qu'on ait l'impression qu'il y avait consacré du temps, un mélange de hipster et de *street wear.* Il était grand et élancé, et ses biceps musclés démontraient une pratique régulière du basket : il ressemblait à un mec très conscient d'être le plus cool des étudiants de deuxième année de la fac de New York, et de loin.

Il la dévisagea, sourcils froncés.

— Ça va ? répéta-t-il.

— Oui. Super. Super, super, super.

— Ça se voit. (Il sourit.) Combien de verres ?

— Quatre. Non, cinq. Tu es aussi bourré que moi ?

Il acquiesça en levant son verre.

— Et défoncé. J'ai pris trop de trucs.

— Mais tu as l'air d'avoir dix-huit ans ! Est-ce que tu as l'âge de boire ? Qu'est-ce que tu fais ici ?

— J'ai vingt-deux ans ! Et je suis diplômé du très sélect Institut du cinéma de Californie.

— Non ? Impressionnant ! Si je ne bossais pas dans la mode, j'aurais choisi le cinéma. Au lycée, j'avais envisagé de devenir historienne du cinéma, mais ma mère ne comprenait même pas de quoi il s'agissait et je n'ai jamais... (Elle se rendit compte qu'elle divaguait et s'interrompit.) Elle a un sacré caractère. En tout cas, c'est génial pour toi.

— Même pas. Personne ne trouve de boulot. Le taux d'admission dans cette école est plus bas qu'à la fac de droit de Harvard. On a bossé comme des dingues pour rien. Je suis juste venu chercher mon pote, qui fait le service ce soir. Ce mec est le réalisateur le plus ouf de ma génération et il est en train de servir du Moscato à l'épouse d'un joueur de basket.

— Merde, Elodie va être furax. Elle ne voulait aucune personnalité de la téléréalité ce soir.

— Pourtant elles sont bien là. Je viens juste de traverser le rayon implants fessiers. (Il frissonna.) Je déteste la chirurgie esthétique. Ces seins durs gonflés comme des ballons. Et ce truc que font les femmes quand elles se font aspirer le gras sur les cuisses ?

— La liposuccion.

— Horrible. J'aime les femmes qui ont... (Il s'interrompit et mima le fait d'attraper quelque chose.) Des courbes.

Jenna se détendit et se blottit contre l'accoudoir.

— J'ai toujours rêvé d'en avoir, mais je suis trop maigre. J'ai envié les courbes des autres toute ma vie.

— Tu en as forcément quelque part. Et puis, tu n'es pas maigre, tu es... svelte. Sinueuse.

— Tu as l'air d'aimer les mots en S.

— Quand j'étais en maternelle, je zozotais, du coup j'aime frimer avec tous ces S que je prononce mieux que tout le monde.

— Ooooh.

— Il faut que j'arrête de boire. (Il posa son verre sur la table en secouant la tête.) Le zézaiement ? Une information à ne pas révéler quand on rencontre une nana d'une beauté sidérante.

— Tu me trouves d'une beauté sidérante ?

Il hocha la tête.

— Absolument. Tu es super sophistiquée. Incapable de la moindre vulgarité. Je sors d'une fête dans laquelle les filles se filmaient en train de twerker sur Vine, j'ai donc toute légitimité pour l'affirmer.

— Twerker sur Vine ? (Jenna fronça les sourcils, perplexe.) C'est quoi, Vine ? Ou plutôt, c'est où ?

— Tu n'as jamais entendu parler de Vine ?

Elle haussa les épaules d'un air désolé.

— J'avais quitté la ville.

— Tu vois. Je sens bien que tu n'es pas comme les autres. Tu viens d'une planète de déesses angéliques qui sont faites avec le truc sucré qu'on trouve dans les œufs en chocolat Cadbury et qui récitent des vers d'Ezra Pound. Et qui possèdent de minuscules appartements nichés dans des arcs-en-ciel.

Jenna ouvrit la bouche et hurla de rire.

— Quoi ? Tu es super bizarre !

— Je sais, répondit-il d'un air timide. Je lis trop de bouquins de SF.

— Moi aussi. C'est bien d'être bizarre. J'adore.

— Tant que ça te plaît.

Il lui sourit. Le cœur de Jenna faillit s'arrêter. Son sourire la transperça comme la foudre. Elle le sentit dans ses cuisses.

Cette bouche, bon sang. Ces lèvres pulpeuses qu'on a envie de mordre…

— Tu sais à quoi d'autre tu ressembles ?

— Dis-moi.

Il croisa les bras et la considéra un long moment d'un air indulgent. L'estomac de Jenna se mit à faire des sauts périlleux – elle était hypnotisée. Il avait des yeux saisissants, en forme d'amande et d'un noir très profond comme de l'encre diluée dans de l'eau. Il était magnifique. Il finit par esquisser un sourire secret que Jenna lui rendit : ils étaient deux étrangers se souriant avec insouciance.

— Tu ressembles à une femme qui a besoin d'être embrassée. Sérieusement.

— C'est encore pire que tu le crois. Comment tu le sais ?

— Tu regardes ma bouche depuis trois minutes.

— Arrogant.

— Je suis juste sûr de moi.

— C'est vrai. Ta bouche est vraiment… bien.

Était-ce l'effet de l'alcool ou ce mec était-il la personne la plus excitante qu'elle ait jamais croisée ? Jenna se mordit la lèvre inférieure, en proie à un tourbillon de pensées. Elle sentait ses joues se réchauffer. Elle mourait d'envie de lui arracher ses vêtements.

Était-elle suffisamment ivre pour se le permettre ?

— Et toi tu as envie de m'embrasser ? demanda-t-elle.

— C'est une question rhétorique ?

Elle secoua la tête et s'approcha un peu de lui.

— Si tu savais ce que j'ai envie de te faire, poursuivit-il, tu alerterais la sécurité.

— Embrasse-moi, alors. On est tous les deux bourrés. On ne se mouviendra… euh, souviendra de rien demain.

— Oh ! je me mouviendrai.

Ils jetèrent un coup d'œil derrière eux en même temps pour vérifier à quel point ils étaient exposés. Ils faisaient face à un coin et le rideau presque transparent qui froufroutait depuis le plafond les dissimulait en partie. Tout le monde était occupé à faire ce que font les gens dans une fête donnée en l'honneur d'un livre sur des chiens. De plus, il faisait très sombre.

— Personne ne nous regarde, constata Jenna. Donne-moi ton meilleur baiser. Un baiser qui mérite un 20/20.

— Je vais me contenter d'un 17 parce que je suis un gentleman.

— Lana Turner disait qu'un gentleman n'était rien d'autre qu'un loup patient, murmura-t-elle en levant le visage vers lui.

— Lana Turner avait raison. (Il s'inclina et ses lèvres effleurèrent presque les siennes.) Maintenant ?

— Maintenant.

Il posa délicatement sa bouche sur la sienne. Un millier de picotements traversa le corps de Jenna. Il l'embrassa de nouveau, avec douceur et fermeté. Puis les choses devinrent sérieuses. Il glissa une main dans ses cheveux et approfondit son baiser en prenant son temps.

Un gémissement lui échappa – elle était complètement prise au dépourvu par les crépitements électriques qu'elle ressentait. Il la plaqua contre la méridienne et enfonça sa langue dans sa bouche avec une brutalité sensuelle. C'était comme s'il la baisait – et c'était tellement bon qu'elle en oublia où elle se trouvait. Elle enroula la jambe autour de sa taille et l'ourlet de sa robe remonta sur ses cuisses.

Sans cesser de la maintenir par les cheveux, il continua à l'embrasser, sans rien prendre, mais en donnant tout – elle ne pouvait que se cramponner à son T-shirt et se noyer dans ce baiser – jusqu'à ce qu'une serveuse indifférente la bouscule en ramassant leurs verres. Elle sursauta. Ils se séparèrent et se regardèrent. Stupéfaits.

— *Merde*, gémit Jenna, les yeux à demi fermés.

— À ton tour, fit-il, le poing toujours dans ses cheveux. Je veux que tu me donnes un baiser qui vaut 17.

— Je vais me contenter d'un 16, murmura-t-elle. Je ne veux pas te détruire.

— Arrogante.

— Je suis juste sûre de moi.

Jenna le repoussa et s'installa à califourchon sur lui. Elle se cramponna au dossier de la méridienne pour garder l'équilibre et l'embrassa avec voracité, submergée par tout le désir et la frustration sexuelle accumulés depuis des années. Il lui répondit avec la même intensité, marquant sa bouche de la sienne, et s'empara de ses fesses.

— Tu as des courbes, gronda-t-il dans sa bouche. Je te l'avais bien dit.

— Je… je n'arrive pas à croire que je suis en train de rouler des pelles à un homme au beau milieu d'une fête, haleta Jenna en rompant le baiser. Je suis trop vieille pour ça. Ça suffit !

— Oui, tu as raison, répondit-il en l'embrassant passionnément dans le cou.

— Je le jure devant Dieu, souffla-t-elle. Je suis amoureuse de toi.

— Moi aussi, murmura-t-il contre son cou. (Puis il leva les yeux.) Attends, comment tu t'appelles ?

— *Jenna Jones !*

Ils levèrent la tête à l'unisson, surpris. Elodie et sa stagiaire, Misty, qui essayait de ne pas rire, se tenaient juste à côté.

Ils se séparèrent brusquement et s'isolèrent chacun dans un coin du canapé.

— Kimora Lee Simmons ? fit le jeune homme, perplexe.

Elodie leva les yeux au ciel.

— On peut savoir ce que tu fiches, Jenna ?

— Tu as dit que j'avais besoin d'un plan cul !

— Oui, mais je ne t'ai jamais dit que tu devais passer à l'action au beau milieu de ma soirée sur une méridienne que j'ai louée six mille dollars ! Tu aurais pu prendre une chambre. On est dans un hôtel, il y en a des dizaines !

— Mais... c'était urgent. Je suis chauve ! Je ne pouvais pas gâcher ça !

— Chauve ? Tu n'es pas... (Il s'interrompit en gloussant.) Oh.

Elodie les considéra tour à tour, faisant valser sa longue tresse.

— Qui est ce gamin ? Qu'est-ce qui est arrivé à Dialo ?

— Il portait des mocassins Yves Saint Laurent en velours, Elodie. Une horreur. Il ne m'a pas plu du tout.

Le jeune homme se leva d'un bond, furieux et ivre, vacillant sur ses pieds.

— Des mocassins en velours ? Il t'a fait du mal ? Petit connard prétentieux !

— Calme-toi, Junior, ordonna Elodie en l'attrapant par le bras. (Elle s'interrompit, pressa son biceps puis l'examina de haut en bas.) Je comprends mieux, tu es canon. Mais il est mineur. Sa simple présence pourrait m'envoyer en prison.

— Pourquoi tout le monde n'arrête pas de dire que je suis un ado ? Je suis un adulte, bordel.

— Chouchou, si tu es obligé de le dire…

— Ne parle pas comme ça à mon petit ami, s'écria Jenna en se levant trop vite.

Elle retomba aussitôt sur la méridienne.

— Petit ami ? (Il la regarda en rayonnant de bonheur.) Au fait, je m'appelle Eric.

— *Erique. Ma Cherie*[1].

Jenna dessina un cœur avec les mains.

— Tu sais quoi ? Ce sera hilarant demain, déclara Elodie en réprimant un gloussement. Misty, escorte le petit ami de Jenna jusqu'à l'espace mannequins. Jenna, ma chérie, tu vas monter dans ma suite. Tu as besoin d'un lit et de beaucoup d'eau. J'aurais dû te surveiller.

C'est à ce moment-là que Jenna ferma les yeux et bascula en avant.

— Oh ! noooon ! Elle est tombée dans les pommes avant que je puisse lui demander son numéro, soupira Eric, déçu. (Il fit un geste en direction d'Elodie.) J'ai comme l'impression que c'est toi la patronne. Tu peux me le donner ?

Elodie, qui s'était agenouillée devant le canapé, n'avait pas de temps à perdre avec lui.

— Je suis sûre que Jenna a vécu une expérience inoubliable avec toi ce soir. Mais elle est inconsciente, et c'est terminé. Ciao, beau gosse.

Eric s'éloigna, démoralisé. Elodie emmena rapidement Jenna dans sa chambre, où elle passa la nuit la tête dans la cuvette des toilettes. Sa robe Alaïa était souillée et elle

1. En français dans le texte.

s'était comportée comme une adolescente, mais quand elle se réveilla le lendemain matin, elle ne put s'empêcher d'éprouver un sentiment de triomphe.

Brian n'était pas le seul à savoir tourner la page.

Chapitre 4

Rodarte, Helmut Lang, Peter Som, Marchesa, Diane von Fürstenberg. Assise à son bureau, Jenna essayait de trier l'énorme tas d'invitations à la Fashion Week de New York (et elle regrettait le temps où elle avait une assistante). Les défilés commençaient dans moins d'une semaine et c'était sa première apparition depuis quatre saisons. Comme ça lui manquait ! La plupart des journalistes de mode se plaignaient de la rapidité avec laquelle les défilés s'enchaînaient, de la nourriture hors de prix, de la difficulté à trouver des taxis et du mauvais temps (il y avait toujours une tempête, la canicule ou de la neige) – mais de son côté Jenna aimait trop ce spectacle pour être blasée. Pour elle, les défilés new-yorkais bisannuels étaient la période la plus magique de l'année.

Mais elle mettait un temps fou à répondre à ces invitations parce qu'elle n'arrêtait pas de s'interrompre pour appliquer de l'anticernes sur son suçon. On était lundi et il n'avait toujours pas disparu. Quand elle plongea la main dans son sac pour chercher son poudrier, le souvenir du baiser la submergea. Elle sourit.

Délicieux.

Cette séance de tripotage était, et de loin, le moment le

plus absurde de sa vie d'adulte. Elle n'avait jamais peloté un inconnu – un gamin, de surcroît – et encore moins en public. Une membre active du club des salopes trouverait ça banal (après tout, de nombreux ados de seize ans devaient se tripoter dans toutes les fêtes de Manhattan ce soir-là), mais Jenna avait trouvé l'expérience grisante. Elle se sentait érotiquement rechargée.

Heureusement que c'était un parfait inconnu. Si je devais le revoir, j'en mourrais.

Terry surgit soudain sur le seuil de sa porte.

— Jenna, Darcy m'a demandé de te dire qu'elle passerait te voir dans deux secondes pour te parler de tes vidéos.

Jenna n'avait jamais compris pourquoi Darcy envoyait toujours Terry annoncer son arrivée de la sorte. Cette femme était désespérément égocentrée.

— Merci, Terry. Je l'aperçois juste derrière toi.

Terry grimaça, nerveuse.

— Cool, je me tire, dit-elle avant de disparaître aussi vite que possible.

Jenna baissa les yeux sur son bureau et y mit un peu d'ordre en rassemblant les invitations éparpillées. Lorsqu'elle releva la tête, elle se figea. Elle cligna deux fois des yeux, persuadée d'être en proie à une hallucination. Était-ce un effet secondaire de sa cuite de vendredi ? Mais non. C'était bien réel.

Darcy était là. Avec lui. Lui. Le beau gosse à peine majeur.

En moins de deux secondes, un millier de questions se bousculèrent dans sa tête. *Comment Darcy est-*elle au courant ? Est-ce que je vais avoir des ennuis parce que je me suis mal comportée en public ? Est-ce que je vais être virée de StyleZine *et couverte d'opprobre ? Quand part le prochain train pour Facquier County, Virginie ?*

De son côté, il la dévisageait d'un air sidéré, la bouche ouverte. Jenna avait le souffle coupé. Mais ils se ressaisirent aussitôt, et elle arbora son sourire de convenance le plus éclatant. Eric enfonça les mains dans les poches et s'adossa à l'encadrement de la porte, l'air détendu. Pour un peu il se serait mis à siffloter.

— Qu'est-ce qui vous arrive à tous les deux ? lança Darcy en les considérant tour à tour.

— Rien. Rien du tout, répondit Jenna un peu trop vite.

— Je te présente Eric, notre nouveau vidéaste. C'est lui qui va filmer toutes nos vidéos pour YouTube. Sa priorité sera la web-série. J'espère qu'à vous deux, vous allez nous pondre un truc fabuleux.

Darcy dévisagea Eric dont la décontraction avait disparu. Il contemplait le sol en se mordant la lèvre pour essayer de réprimer un rire nerveux.

— Qu'est-ce qu'il y a de si drôle ? demanda Darcy. Ah, je comprends. Tu la reconnais.

— Non ! Si j'avais déjà rencontré cette femme, je m'en souviendrais.

Darcy sourit, ce qui était toujours une expérience terrifiante pour ceux qui y assistaient. Ça signifiait généralement qu'elle était sur le point de lâcher une bombe.

— Vous vous êtes déjà rencontrés.

Jenna commença à transpirer.

— Pas du tout ! C'est un parfait inconnu.

— Jenna. Tu ne te souviens pas de mon fils ?

— Ton… fils ? couina-t-elle. (Son cerveau était trop submergé d'informations pour produire une réponse intelligente. Elle leva lentement les yeux vers Eric.) Darcy est ta...

— Ma mère, répondit-il, l'air désolé.

— Vous vous êtes rencontrés au mariage de Raymond et Joanne Chase il y a quoi, douze ans ? expliqua Darcy. Eric était petit, il avait un appareil dentaire...

— Et je zozotais, acheva-t-il en jetant un regard à la dérobée à Jenna.

Cette dernière faillit s'étouffer avec sa pastille à la menthe.

— J'avais été obligée de le traîner dans ce putain de rassemblement de parvenus noirs parce qu'on avait un shooting photo pour la page tendance du *New York Times*. Ils faisaient un dossier spécial Fête des Mères avec des mères et leurs gosses. Tu te souviens, E ? Tu as dépassé la table de Jenna en courant, tu étais un gamin tellement pénible à l'époque. Tu as renversé du vin rouge sur sa robe. Ce qui l'a améliorée, de toute façon. DKNY était déjà démodée en 2000.

— C'était toi ? fit Eric en secouant la tête. C'est tellement gênant.

— C'était moi, affirma Jenna en opinant lentement.

Elle se souvenait du mariage, de sa robe tachée et du gamin espiègle. Il était adorable, une petite goutte de chocolat au lait avec un caméscope à la main qui interrogeait les jolies femmes sur leur choix pour l'Oscar. Il avait dit à leur table :

— James Cameron est nul. Vous voulez voir le biopic que z'ai réalisé sur Busta Rhymes ? Tous mes amis zouent dedans !

Billie et elle en avaient ri pendant des semaines.

— Bien sûr, poursuivit Darcy, comme tout le monde

savait que je te détestais, on m'a accusée d'avoir envoyé mon fils détruire ta robe.

— Attends, vous vous connaissez en dehors du boulot ? (Eric était en train de comprendre que Jenna et sa mère avaient un passif.) Vous êtes amies ?

— Eh bien...

— Certainement pas amies, non, l'interrompit Darcy. On a commencé nos carrières en même temps. Tu te souviens de mon fiancé, Marcus ? Tu ne t'es jamais demandé pourquoi je l'avais fichu dehors ? Eh bien, c'est cette Jézabel au visage d'ange qui a détruit notre joyeux foyer.

— J'ignorais qu'ils étaient ensemble, protesta précipitamment Jenna.

Elle était mortifiée jusqu'aux os. Maintenant Eric savait que sa mère et elle avaient couché avec le même type.

Eric lança un regard en biais à sa mère puis reporta son attention sur Jenna qui arbora son fameux sourire artificiel.

— Vous avez partagé un mec. (Il se massa les tempes.) J'ai envie de vomir.

— Oh ! grandis un peu. (Darcy haussa un sourcil en direction de Jenna.) Mon fils n'arrive pas à se faire à l'idée que je suis une femme aux multiples facettes. Au fait, je ne l'ai pas engagé par népotisme. Je lui ai donné l'été pour jouer les Scorsese en lui disant que s'il n'arrivait pas à gagner correctement sa vie, il faudrait qu'il trouve un vrai job. *StyleZine* était la seule entreprise à embaucher. Je lui ai fait faire huit tests. (Elle posa les mains sur ses hanches.) On sait tous qu'il n'y a aucune stabilité dans les métiers artistiques en ce moment. Dis-le-lui, Jenna. Il faut qu'il laisse tomber ses fantasmes de réalisateur de cinéma.

— Je ne pense pas qu'il faille décourager les gens

talentueux de poursuivre leurs rêves, répondit Jenna d'un ton hésitant.

Eric esquissa un demi-sourire un peu de guingois et Jenna déglutit.

Était-il possible qu'il soit encore plus canon à la lumière du jour ? Il était grand et semblait sûr de lui dans son pantalon treillis froissé-juste-comme-il-faut et son T-shirt parfaitement taillé (comme ses bras) : on aurait dit qu'il rentrait d'Irak, mais qu'il avait eu le temps de passer chez Alexander Wang. Pourquoi avait-il du goût, en plus du reste ?

— Tu penses qu'il ne faut pas le décourager ? répéta Darcy en gloussant d'un air méprisant. On voit bien que tu n'as pas d'enfants.

Jenna tressaillit.

— Je dois filer. Je vous donne carte blanche à tous les deux pour faire la série comme vous l'entendez. Je veux juste que ce soit fabuleux. Et j'ai besoin d'un premier montage mercredi soir.

Sur ces mots, Darcy disparut. Eric et Jenna se retrouvèrent seuls. De nouveau.

Eric s'installa de l'autre côté du bureau et se mit à pianoter sur les accoudoirs de son fauteuil. Jenna fixait ses propres mains, qu'elle serrait si fort que ses doigts étaient en train de blanchir. Elle était incapable de le regarder.

— Je t'ai manqué ? demanda-t-il d'un ton désinvolte.

— Écoute, répondit-elle en levant brusquement la tête, ce qui mit du désordre dans ses boucles. (Elle chuchota le plus bas possible.) Je veux que tu saches que je ne me souviens quasiment de rien. J'étais bourrée. Tout est flou. (Elle posa les mains sur ses joues brûlantes.) Je suis mortifiée.

— Si tu as tout oublié, pourquoi est-ce que tu es mortifiée ?

— Ce n'est pas drôle. C'est affreux.

— Je ne ris pas. Mais je veux savoir quelque chose.

— Quoi ?

— Tu es toujours amoureuse de moi ou pas ?

Il souriait de toutes ses dents.

— S'il te plaît, n'aggrave pas la situation. Ce qui s'est passé doit rester entre nous. Ce job est trop important pour moi. (Jenna prit une profonde inspiration.) Tu es le fils de ma patronne. Darcy adore me détester et elle me tuerait si elle apprenait ce qui s'est passé. Et en plus, à part elle, on est les deux seuls Noirs de Belladonna Media. C'est ton premier job, alors tu ne le sais pas encore, mais quand on bosse dans un bureau de Blancs, on est encore plus surveillés que les autres. Surtout dans la mode. On ne peut pas se permettre le moindre faux pas.

— Tu crois vraiment que c'est la première fois que je suis le seul Noir quelque part ?

— Ce que je veux dire, c'est que personne ne doit penser qu'on s'est fréquentés en dehors du boulot. Sinon, personne ne me prendra plus jamais au sérieux. Surtout après…

— Après quoi ?

— Rien. (Jenna secoua la tête. La situation était en train de prendre des proportions inconcevables.) D'ailleurs, quel genre de mec profite d'une femme ivre dans une soirée ?

— Primo, j'étais plus bourré que toi. Quand je me suis réveillé, à côté, *Very Bad Trip 3* c'était de la gnognotte. Deuxio, tu m'as ordonné de t'embrasser. Et puis tu m'as chevauché…

— S'il te plaît, gémit-elle. Ne dis pas un mot de plus.

— Tu voulais abuser de moi et tu l'as fait. Tu es aussi coupable que moi.

— Si tu m'avais dit qui était ta mère, on aurait pu éviter tout ça.

— Mais oui. C'est tout à fait normal de parler de sa mère quand on est en train de rouler une pelle à quelqu'un, rétorqua-t-il. Et puis, tu la connais bien, non ?

— Oui.

— Si Darcy Vale était ta mère, est-ce que tu t'en vanterais ?

— Tu n'as pas tort.

— Je n'arrive pas à croire que tu sois… de la même génération qu'elle.

— Je n'arrive pas à croire que tu sois son fils. (Elle se renfonça sur sa chaise, accablée.) À quoi a ressemblé ton enfance avec cette femme comme mère ?

— Ma mère est… mmm, comment la décrire ? (Il se mordilla l'intérieur de la joue.) Sur l'échelle des mères merdiques, de celle d'Hamlet à Delora dans *The Wire*, je dirais qu'elle est au milieu. Pour ma santé mentale, je ne peux pas lui répondre. Surtout pas ici. Le jour où je le ferai, je risque de perdre tout contrôle et de commettre un matricide.

— Elle commettrait un Jenna-cide si elle savait ce qui s'est passé.

— Jenna-cide ! Joli.

— Non, c'est horrible. D'autant plus qu'on ne s'entend pas très bien toutes les deux.

— C'est ce que j'ai cru comprendre, répondit-il en grimaçant. Vous avez eu le même mec, mais je ne me souviens pas de lui parce que j'ai eu plus d'« oncles » que je ne peux les compter sur les doigts de mes deux mains. Putain, c'est perturbant. Je suis inconsolable.

— *Tu* es inconsolable ?

— Totalement.

Il se renfonça dans son siège et examina le bureau. Son regard se posa sur l'affiche vintage de Nina Mae McKinney accrochée au-dessus de la tête de Jenna.

— Mais je m'en remettrai, acheva-t-il. *Ma chérie.*

Il lui fit un clin d'œil d'un air innocent, et Jenna fut distraite par ses cils d'une longueur indécente. L'ombre d'un sourire éclaira les traits d'Eric et elle remarqua qu'une minuscule fossette creusait l'une de ses joues. Sérieux ? C'en était presque odieux. Eric savait exactement à quoi il ressemblait – et, pire, l'effet qu'il avait sur elle. Jenna détourna les yeux et chassa une poussière imaginaire de sa jupe.

Comment suis-je censée rester assise à côté de lui ? Je ne peux même pas le regarder en face !

— Pourquoi tu en fais tout un plat ? demanda-t-il. Si on ne trouve pas ça marrant, on est foutus.

— Tu ne comprends pas. C'est ma carrière, ma vie !

— Je pense que tu dramatises. On s'est roulé des pelles en soirée. Ce sont des choses qui arrivent. Tu ne veux pas savoir ce que j'ai fait avec une AI dans les chiottes du Lit Lounge.

— Une AI ?

— Asiat' Inconnue.

— J'hallucine.

Mais ce n'était pas étonnant. Leur petit intermède était certainement banal pour lui, il devait se livrer à une quinzaine de baisers de ce genre les vendredis soir. Il s'en souvenait à peine – mais cet instant avait été sexuellement valorisant pour Jenna, même si elle s'en défendait. Elle se sentait ridicule. Et vieille.

— Je ne peux pas faire ça, déclara-t-elle.

— Écoute, moi non plus je ne pensais pas tomber sur toi aujourd'hui. Je sais que c'est super embarrassant, et alors ? (Il haussa les épaules.) Au moins, on ne s'ennuiera pas.

— Tu m'as l'air un peu trop enthousiaste. Tu trouves la situation intéressante, pas vrai ?

— Un peu.

— Comment puis-je être sûre que tu es assez mûr pour garder le secret ?

— J'ai une maturité émotionnelle importante pour mon âge, répondit-il, impassible.

Jenna le dévisagea en silence.

— Je ne suis pas un bébé, Jenna. Fais-moi confiance.

Elle leva le menton et le regarda bien en face en essayant de prendre son air le plus assuré possible. Erreur fatale. Son cerveau lui repassa immédiatement leur baiser au ralenti – Eric lui mordillant les lèvres, suçotant son cou – et son estomac fit un saut périlleux.

Elle s'éclaircit la voix.

— Je... je devrais dire à Darcy qu'on ne peut pas travailler ensemble.

— D'accord. Qu'est-ce que tu vas lui donner comme raison ?

— Je trouverai quelque chose.

Eric contempla Jenna d'un air amusé. Elle gigotait et rougissait tout en essayant d'avoir l'air sûre d'elle.

— Quoi ? demanda-t-elle.

— C'était bon, pas vrai ?

— Oh ! bon sang.

— Je plaisante. Pardon, mais c'est trop tentant. Écoute,

travaille un peu avec moi, laisse-nous une chance de collaborer, avant de te décider.

Jenna secoua la tête et déplaça des dossiers en marmonnant dans sa barbe.

— Je n'aurais jamais dû revenir, je savais que c'était une erreur, je n'aurais pas dû accepter ce job…

Il se pencha en avant et posa une main sur la pile de documents.

— Hé. Tout va bien se passer, Jenna. Je ne vais pas te sauter dessus dans le couloir. Je n'ai même pas envie d'être ici. Je ne peux pas exprimer à quel point ce job ne m'intéresse pas. Mon court-métrage a remporté le Jack Nicholson Directing Award dans la meilleure école du cinéma du pays. *Variety* m'a classé dans la rubrique « À surveiller de près » dans son édition spéciale universités. Et maintenant je suis censé me balader avec ma caméra dans Manhattan pour interviewer des copies conformes de Miley Cyrus sur leurs soutifs et leur Doc fluo ? Je suis un artiste. Je me sens insulté.

Jenna fronça les sourcils. D'abord il lui faisait comprendre qu'elle était idiote de se monter la tête à cause de quelques baisers et ensuite il dénigrait le magazine pour lequel elle était bien contente de bosser ?

Elle éprouva soudain une colère irrationnelle à son égard. Elle lui en voulait de l'avoir aussi bien embrassée, elle était furieuse qu'il s'en doute et qu'il en tire de la fierté et en colère d'être obligée de travailler avec lui.

— Nous sommes tous des artistes, dans ce domaine. Et la plupart des gens détestent leur job. Bienvenue dans la vie.

— Pardon ?

— Ta mère t'a filé ce job !

— Sans vouloir vous offenser, madame, vous ne savez rien de moi ni de ma relation avec ce super vilain miniature.

— Ne me vouvoie pas. Et ne m'appelle surtout pas « madame ».

— Ça me semblait pourtant adapté vu ton âge.

— Pardon ?

— Tu as le droit d'être impolie, mais moi je dois te lécher les bottes ?

Personne ne lui avait jamais parlé comme ça au boulot.

— Je t'interdis de me parler comme ça ! Je suis... je suis ta cheffe.

— Ma cheffe ? On est partenaires sur ce projet.

Confuse, Jenna tenta de retrouver un semblant de contrôle sur la conversation. Elle redressa les épaules et se lança.

— Tu ne sais pas qui je suis ?

Eric parut amusé par son effronterie.

— Je suis censé le savoir ?

C'est alors que Jenna se surprit à faire quelque chose dont elle ne se serait pas crue capable.

— Google-moi.

— Carrément ? Je le ferai. (Il opina comme s'il respectait son soudain accès d'arrogance.) Tu sais, quand je me suis levé ce matin, je pensais que j'avais bien identifié mes problèmes dans la vie. Mais j'étais loin d'imaginer que je finirais par bosser pour une femme incapable de décider si je suis celui qui va mettre fin à sa carrière ou devenir son petit ami.

— *Arrête d'en parler*, siffla Jenna entre ses dents. (Elle désigna la porte.) Il est temps que tu t'en ailles.

— On ne devrait pas brainstormer ? On n'a que trois jours !

— À partir de maintenant, on brainstormera chacun de notre côté.

— Oh ! allez, on fonctionne mieux ensemble.

— Va-t'en !

— Comme tu veux. (Une fois sur le seuil, il pivota.) Pardon pour le suçon. Mais ne t'inquiète pas, je ne pense pas que quelqu'un d'autre l'ait remarqué.

Il ponctua sa remarque d'un sourire un peu de travers et elle se leva pour aller fermer la porte derrière lui.

Les cinq heures qui suivirent furent un enfer. Jenna n'avait jamais fait de crise d'angoisse, mais si ça donnait l'impression que les murs se rapprochaient et que sa vie était devenue une *telenovela*, alors elle en avait eu plusieurs depuis qu'Eric avait quitté son bureau. Terrifiée à l'idée de le croiser, elle était restée enchaînée à son fauteuil et avait rédigé six chroniques à toute allure. Elle n'avait jamais eu autant envie de faire pipi de toute sa vie, mais elle se retint jusqu'à sa pause déjeuner de 14 h 30 – moment où elle se précipita vers l'ascenseur, tête baissée pour éviter tous les regards.

Jenna savait qu'elle était ridicule, mais elle venait juste de retrouver la civilisation et elle était déjà à cran. Son job d'une semaine, son appartement, sa vie sociale – rien n'était très stable. Elle devait encore faire un effort pour se sentir elle-même dans des situations sociales normales, alors que celle-ci était tout sauf normale.

Après un « déjeuner » de trois quarts d'heure où elle avait dévoré un bretzel acheté dans la rue avant de se cacher au rayon Histoire de Hollywood au Barnes & Noble d'Astor Place (l'endroit où elle se sentait le plus en sécurité), Jenna comprit qu'elle était complètement folle et regagna les locaux de *StyleZine.* Elle ne pouvait pas fuir. Elle était coincée au bureau avec Eric et, même si la situation n'était pas idéale, elle devait agir en tant que professionnelle et s'en accommoder. Ce matin, le choc de l'avoir revu l'avait perturbée et agitée. Mais à présent elle allait redevenir la journaliste aimable et déterminée qu'elle avait toujours été. Imposer le respect à quelqu'un qui avait peloté ses fesses deux soirs plus tôt serait sans doute difficile – mais elle pouvait le faire.

Cette fois-ci, lorsque Jenna sortit de l'ascenseur, elle se força à sourire (pour personne, vu que tous les employés étaient occupés à leurs postes de travail) et se dirigea vers son bureau d'un pas désinvolte – sur lequel elle découvrit un carton blanc de chez Cupcake Café fermé par un ruban rouge vif.

Elle s'assit, ravie, et ouvrit la boîte sans ménagement. C'était un énorme *cupcake red velvet.* Elle retourna la boîte, à la recherche d'une carte, mais n'en trouva aucune. Elle crut tout d'abord qu'il s'agissait du cadeau d'un collègue. Depuis le lundi précédent, elle avait reçu des tonnes de présents pour fêter son retour : des fleurs, du champagne et des cartes-cadeaux pour des marques de luxe.

Mais, à bien y réfléchir, se voir offrir un cupcake de la part de quelqu'un dans le domaine de la mode était étrange. Ces gens-là ne mangeaient pas autant de calories. Elle se demanda qui était derrière le gâteau.

C'est alors qu'elle comprit.

Jenna décrocha le téléphone fixe posé sur son bureau, enfonça les touches E et R et le numéro d'Eric Combs s'afficha sur l'écran. Il décrocha à la deuxième sonnerie.

— J'ai besoin de te voir dans mon bureau.

— En général, ce genre de phrase n'annonce rien de bon.

— Tout de suite.

Elle raccrocha et adopta l'attitude la plus digne et professionnelle possible. Quand Eric entra dans la pièce – caméra au poing –, elle était prête.

— J'ai l'impression que je vais passer un sale quart d'heure, déclara-t-il depuis le seuil.

— Assieds-toi, répondit-elle d'un ton calme et ferme.

Il obéit.

— Pourquoi tu as pris ta caméra ?

— Elle ne me quitte pas. Sans elle, mes mains me démangent.

Jenna acquiesça, parfaitement maîtresse d'elle-même. Elle lui tendit le carton ouvert.

— Je ne peux pas accepter de cadeaux de ta part. Je ne suis pas certaine de comprendre ce que tu cherches, mais si c'était une tentative de… poursuivre notre relation ? Me draguer ? Tu dois bien intégrer que je ne suis pas disponible. Suis-je claire ?

Eric hocha la tête, l'air perplexe, mais au moment où il ouvrit la bouche pour protester il aperçut une carte pliée en deux. Elle était tombée à côté du bureau – et Jenna ne l'avait manifestement pas lue. Sur le dessus était inscrit « Cupcake Café » en lettres cursives pailletées et il devina un petit mot assorti d'une signature à l'intérieur.

C'était la preuve qu'il ne lui avait pas fait livrer le gâteau.

— Le cupcake vient de moi, c'est vrai, mentit-il.

Jenna joignit les mains en essayant de se contrôler pour ne pas perdre patience.

— Eric, pourquoi est-ce que tu compliques tout ? C'est quoi le but ?

— Tu veux vraiment savoir ?

— Non, répondit-elle aussitôt. Je veux juste que tu

arrêtes. Pas de remarques amusantes ni de cadeaux. Comporte-toi comme un pro. Ça suffit.

— D'accord.

— Merci.

Jenna était raide sur sa chaise. En face d'elle, Eric avait l'air triste et abattu. Elle leva les mains, exaspérée.

— C'est bon ! Explique-moi pourquoi tu as fait ça.

Eric poussa un profond soupir.

— Tu me hantes.

— Quoi ?

— Je ne pense qu'à toi. À cette soirée, à notre rencontre, au goût de tes lèvres... (Il s'interrompit et la dévisagea d'un air passionné.) J'aurais pu t'embrasser, et faire uniquement ça, toute la nuit.

Jenna était bouche bée.

— Je sais que tu es célèbre et que je ne suis personne, mais je m'en fiche. Tu m'obsèdes. Et la façon la plus marquante que j'ai trouvée pour te le dire c'est... un énorme cupcake rouge.

Jenna ne saisit pas du tout l'absurdité de cette déclaration. Elle reprit son souffle.

— Je ne sais même pas comment te faire comprendre à quel point ce que tu viens de dire est dangereux. Tu as transgressé toutes les règles de la vie en entreprise. Je ne le tolérerai pas.

Eric haussa les épaules.

— Je me suis contenté de répondre à ta question.

— Tu comprends bien que si ça se reproduit, je serai obligée de contacter les Ressources humaines.

— Bien sûr, je comprends, répondit-il avant de faire un geste en direction du sol. Tu veux bien lire la carte s'il te plaît ? Elle est juste là, par terre.

Elle lui lança un regard noir et ramassa le petit carton blanc. Elle l'ouvrit et lut le message griffonné en noir d'une écriture penchée.

Chère Jenna,

Félicitations pour cette super première semaine de boulot (et une soirée de vendredi encore meilleure, m'a-t-on dit). Tu es de retour, ma chérie !

Bisous, Billie.

Jenna contempla la note, la relut deux fois puis la referma lentement.

— Oh ! fit-elle.

— Oui. Oh.

— Je… eh bien, je… j'ai pensé…

— Je sais exactement ce que tu as pensé, rétorqua Eric d'un ton irrité. C'était marrant, du moins jusqu'à ce que tu insultes ma virilité avec un cupcake.

— Mais…

— Ne prends pas tes désirs pour la réalité, Mrs Robinson. Primo, je ne m'abaisserais jamais à courtiser une femme d'âge mûr avec un putain de gâteau. Deuxio, si j'avais envie de te séduire, je suis certain d'y parvenir sans avoir besoin de t'offrir quelque chose. Et tertio, si on veut survivre à tout ce drama, il faut absolument que tu te calmes et que tu arrêtes de penser à ce qui s'est passé. Tu ne peux pas rougir et me hurler dessus chaque fois qu'on se parle. Détends-toi. S'il te plaît. Je t'en supplie.

Jenna était figée, elle se sentait mortellement humiliée.

— C'était… un malentendu, finit-elle par dire. Je n'y pense plus.

— C'est ça. C'est pour ça que tu as cru que le cupcake était de moi.

— Tu m'as piégée avec tes « je suis totalement obsédé par toi » ! Tu l'as fait exprès pour m'embarrasser !

— Non, tu y es très bien arrivée toute seule. On aurait dit que le mot « embarrassée » était écrit en capitales sur ton front avec des feux d'artifice et la fanfare de la fac de Louisiane.

Jenna se leva, en proie à une brûlante indignation.

— Cette conversation est…

— Oui, je sais. Terminée.

Eric se leva à son tour et balança la boîte du Cupcake Café sur son bureau.

— Très bien ! Et je ne suis pas une femme d'âge mûr !

— Arrête de te comporter comme si tu en étais une, alors, répliqua-t-il depuis le seuil.

Elle se laissa tomber sur sa chaise et enfouit le visage dans ses mains. Au bout de quelques instants, elle fit pivoter le siège pour faire face à son affiche adorée. Si elle était Nina, que ferait-elle ? En fait, Jenna était persuadée que l'allumeuse délurée était trop futée et maîtresse d'elle-même pour s'être jamais retrouvée dans une situation pareille.

Comment j'en suis arrivée là, Nina ? Qu'est-ce que j'*ai fait de travers ?*

Elle avait envie de disparaître.

— Une dernière chose, déclara Eric, qui était revenu sur ses pas.

Elle sursauta et pivota dans sa direction.

— Ce n'est pas le job dont je rêvais, mais je suis compétent et je ne fais jamais les choses à moitié. Je ne partirai pas tant que je n'aurai pas accompli quelque chose dont je suis fier. Si j'ai le choix entre créer ta web-série et prendre en photo des filles qui élaborent des théories sur les jeans *boy-friend* sur Bleecker Street – ma décision est vite prise. Alors arrêtons les conneries et donnons le meilleur de nous-mêmes.

Sur ces mots, il quitta de nouveau la pièce. Manifestement, il partageait avec sa mère le gène du je-dois-absolument-avoir-le-dernier-mot.

www.stylezine.com

Just Jenna : Secrets de style de notre intrépide glambassadrice !

Q : « J'adore les shorts en jean taille haute. Mais mon crush prétend que ça allonge mon cul ! Moi je sais bien que je suis canon avec. Je ressemble à Kylie Jenner. Est-ce que je ne suis pas assez féminine ? Devrais-je changer ma manière de m'habiller pour plaire à un homme ? » @cenestpasmoicesttoi1982

R : Quand j'étais plus jeune, je ne m'habillais pas de la même manière en présence de mon petit ami qu'au boulot. Je portais toutes mes fringues un peu bizarres et avant-garde chez Darling *magazine, mais mon mec aimait me voir dans des vêtements moulants. Quand on était ensemble, je m'habillais comme Chrissie Teigan à la cérémonie des MTV Awards. Je passais la moitié de ma vie à me changer. Et tu sais quoi ? On a quand même rompu. Et maintenant, il sort avec une nana BCBG qui s'habille comme James Spader dans* Rose bonbon.

Honnêtement, qui sait ce que veulent les hommes ? Il est plus facile d'être soi-même que de passer sa vie à essayer de deviner ce qu'ils ont en tête. Quand tu auras trouvé le bon, il aimera tes shorts parce que c'est toi qui les portes. Au fait, les plus sexy sont ceux d'American Apparel.

Chapitre 5

Tim Milagro-Carroll était habitué à la double personnalité d'Eric. Soit c'était M. Charisme que tout le monde admirait, soit c'était un chieur qui broyait du noir. Aujourd'hui, c'était l'option numéro deux. Eric s'était pointé dans la maison vétuste que les Milagro-Carroll possédaient sur Murray Hill pour se livrer à leur activité traditionnelle du lundi soir – insulter ESPN, la chaîne sportive, fumer du shit et jouer à la Xbox. Il était rentré avec sa clé, avait fait la bise aux sœurs adoptives de Tim (accoudées au piano, les jumelles équatoriennes de neuf ans prenaient leur leçon de chant avec Jessie L. Martin) et fait irruption dans la chambre répugnante, aux murs couverts d'éclaboussures de peinture, située au sous-sol. Il s'était affalé dans le fauteuil de réalisateur en grommelant un « Quoi de neuf ? » puis s'était retranché dans un silence orageux.

Eric avait rencontré Tim le premier jour de leur entrée en CM2 à l'école primaire Dalton Lower à Manhattan, ce bastion des gens bien élevés de l'Upper East Side. Une semaine plus tôt, il avait du mal à rester éveillé dans son école publique très mal fréquentée de Bed Stuy, à Brooklyn – et soudain, non content d'avoir déménagé dans un quartier chic, il se retrouvait poussé dans une institution qui accueillait les enfants de vieilles familles millionnaires. Tim était le seul autre garçon noir de sa classe, et ce fauteur de troubles miniature se rua sur lui à la cafétéria, bien décidé à lui enseigner comment se tirer de tous les mauvais coups dans une école privée cossue.

La famille de Tim n'était pas huppée, mais ses parents appartenaient à la royauté du théâtre et possédaient un véritable capital culturel. C'était le plus âgé d'un clan multi-ethnique d'enfants adoptés dont les parents étaient Carlos Milagro, le célèbre metteur en scène philippin de Broadway, et son mari Jay-Jay Carroll, un costumier primé aux Tony Awards. Ils géraient leur maisonnée comme un salon de coiffure pour gitans de scène, ce qui les occupait beaucoup – et donnaient carte blanche à Tim pour détruire la ville. Ce dernier embarqua Eric avec lui.

Ils devinrent amis, endossant des rôles qui les suivraient toute leur vie – Eric était le prodige et Tim le raté. Eric traversa l'adolescence protégé par ses résultats scolaires et en économisant assez d'argent grâce à son petit job chez Foot Locker pour acheter les meilleurs accessoires pour son Canon C300 ; Tim faillit être arrêté pour possession de drogue en seconde et se retrouva pris dans un cauchemar people à cause d'une orgie avec deux stars de Disney Channel. Tim donnait à Eric une certaine carrure et en échange Eric lui fournissait un alibi – ils étaient plus soudés que des frères.

L'un et l'autre étaient totalement opposés, mais ils avaient la même sensibilité, née de mille influences contradictoires. Ils mijotaient dans le hip-hop, mais fréquentaient une école privée, ils étaient à la fois blasés et audacieux, privilégiés, mais clandestins, sophistiquée, mais de la rue. Ils ne sortaient pas de chez eux sans baskets stylés ni T-shirts ironiques, mais étaient capables d'expliquer brillamment pourquoi Basquiat n'était pas le Junot Diaz de l'art. Plus d'une fois, Eric avait été traité de « blipster » – un hipster noir –, ce qui l'avait profondément offensé. Il aimait Bloc Party et avait coorganisé une expo de *street art* au Mighty Tanaka, et alors ? Il était cultivé, comme tous les gens de son entourage. On aurait dû le surnommer Personne de Couleur Qui Ne Vit Pas Dans Une Grotte.

Si Eric était horrifié d'être un adulte obligé de vivre chez sa mère, Tim ne se cachait pas d'adorer ça. Son diplôme en art visuel de l'École de design de Rhode Island ne lui avait pas permis de trouver un job et il faisait mille choses à la fois – il dessinait pour des tatoueurs, gérait des strip-teaseuses et rédigeait des articles de blog sur les graffitis des murs de sa chambre. Et comme les pères de Tim étaient cool avec le shit, sa piaule était l'endroit parfait pour se détendre. Ce soir-là, Eric était bien décidé à fumer jusqu'à tomber dans le coma.

Pour l'instant, Tim était en train de battre Eric à son jeu vidéo favori, *La Légende de Zelda*, tout en donnant à Thuong, son frère de treize ans, des conseils pour *gérer* une « mannequin vidéo » avec qui il discutait sur Twitter. Eric était perdu dans ses pensées, ce qui relevait de l'exploit étant donné que la dernière compilation de Childish Gambino tournait à fond dans les enceintes et que le volume du jeu était au maximum.

— Oh ! merde, fit Thuong en regardant son iPhone.

Il était vietnamien, mais sans arrêt pris pour un noir.

— Qu'est-ce qu'elle a dit ? demanda Tim sans détacher les yeux de l'écran.

Tim mesurait un mètre soixante-cinq, était maigre,

nerveux, couvert de tatouages et portait un authentique T-shirt de concert Eric B. and Rakim avec une veste en jean et une casquette Puma orange à l'envers. Il n'avait pas quitté sa chambre de la journée, mais il était stylé.

— Elle m'a appelé Daddy.

— Les choses sérieuses commencent, répliqua Tim. Demande-lui un *nude*. Nichons, cul, tout à poil. Si tu n'es pas clair tout de suite, tu vas finir friendzoné.

Eric prit la parole pour la première fois depuis une demi-heure.

— Mec, pourquoi t'es pervers 24 heures sur 24 ?

— Il parle ! applaudit Thuong.

— Pourquoi 24 heures sur 24 ?

— Attends, demanda le gamin de quatrième, comment on sait qu'on est dans la *friendzone* ?

— Quand tu lui gardes son chien. Que tu lui installes Apple TV. Que tu la rejoins pour bruncher. (Tim s'interrompit.) Je retire ce que je viens de dire. Si le brunch est celui de Minetta Tavern sur MacDougal, c'est bon. Moules de bouchot et saucisse truffée ? N'oublie pas les capotes, mon gars !

Thuong avait l'air dérouté.

— La *friendzone* a l'air stressante.

— Et elle peut te tomber dessus si tu ne montres pas tout de suite que tu es un gladiateur sexuel. Exige un *nude*.

Eric posa les yeux sur son ami.

— Mec, tu t'adresses à un gosse.

Tim aspira une longue taffe de sa cigarette électronique et répondit en retenant son souffle :

— Ceux qui enseignent aux enfants devraient être plus estimés que ceux qui les produisent. (Il exhala.) Aristote, gros.

— Attends, E, je suis pas un enfant ! J'ai une fausse pièce d'identité et les trois quarts d'une moustache ! (Thuong donna un coup de poing dans l'épaule de Tim qui le lui rendit.) Et puis, Cherry croit que je suis un petit entrepreneur.

— Tu as compris qu'elle aussi essaye de t'arnaquer, n'est-ce pas ? s'enquit Eric. Est-ce que cette femme a demandé à te rencontrer ?

Thuong hésita.

— Non, elle est… mannequin. Elle a des stalkers, elle est prudente.

— Elle n'est pas prudente, c'est une arnaqueuse. Cherry est un gars baraqué qui habite Brooklyn, qui bouffe des crackers et qui se branle en fantasmant sur un mec en costard qui est en réalité un gamin de quatrième qui se drogue.

— T'es juste jaloux, rétorqua Thuong d'un ton incertain.

— Non, E a probablement raison, acquiesça Tim. Et alors ? Il faut bien s'entraîner. Comme ça, quand tu entreras au lycée, tu seras un mac, comme moi.

— N'imite pas Tim, le mit en garde Eric. S'il n'a pas été viré du lycée, c'est parce que j'avais été élu président du Comité disciplinaire.

— Mais grâce à moi tu as perdu ta virginité avec la *call-girl* aux gros nichons que je faisais passer pour ma tutrice de littérature anglaise. (Tim appuya frénétiquement sur le bouton L de sa manette. Il accomplit un geste de Maître d'Épée qui lui assura la victoire et acheva la partie. Il poussa un cri de joie.) Je l'avais rencontrée sur un forum AOL. À l'époque, il n'y avait pas d'arnaqueurs. Tout était plus simple.

Tim baissa les yeux sur son téléphone. Il attendait que

Carlita, sa petite amie en pointillé depuis trois ans, leur rapporte de la bouffe jamaïquaine. C'était une strip-teaseuse renfrognée et ambitieuse originaire d'un quartier difficile avec un cul énorme et une longue tresse noire.

— Yo, où est Carlita ?

— En bas en train de pousser une porte sur laquelle il y a marqué « Tirez », marmonna Eric.

Tim donna un coup de pied dans sa chaise.

— Pourquoi tu fais la gueule ce soir ?

Thuong avait l'air inquiet.

— Tu t'es remis avec Madison et vous avez encore rompu ?

— Bien vu. Y a forcément une histoire de meuf là-dessous, ricana Tim. C'est la version pleurnicharde d'Eric.

— Ouais ! La version Drake d'Eric.

— La version Taylor Swift de mes deux.

Eric ferma les yeux. *Pourquoi je suis venu ici ?*

— Mais faut être honnête. (Thuong passa la cigarette électronique à Eric.) Tim, tu ne couches qu'avec des putes et je suis peut-être en train de discuter avec un gros lard, mais si on sortait avec des nanas dans le genre de celles d'Eric, tu sais, des ballerines comme Madison, on pleurnicherait peut-être aussi.

— Des putes ? répéta Tim, vexé.

— Tu sais que tu adores ça. Assume. C'est comme E dit toujours… (Thuong, qui était complètement défoncé, chercha ses mots.) Qu'est-ce que tu dis tout le temps, E ?

— La vérité délivre, répondit Eric.

— Ne me contrarie pas quand j'ai la dalle ! Premièrement, ce ne sont pas des putes, ce sont de charmantes damoiselles avec des *tendances putales*. Et deuxièmement, je ne les recherche pas, c'est juste que j'ai des difficultés à m'engager et que je ne suis pas prêt à fréquenter des femmes fortes. Je te bannis de ma chambre, conclut Tim en se levant.

Il frappa Thuong dans les côtes.

— C'était ma chambre quand t'étais à la fac, rétorqua Thuong en se levant à son tour.

Du haut de son mètre quatre-vingt-deux, le gamin trop grand ressemblait au Géant Vert à côté de Tim. Il lui balança un uppercut à l'estomac et Tim roula à terre. Ils se mirent à se bagarrer sur le sol. Eric, qui avait assisté à cette scène trois milliards de fois, ne bougea pas de son siège et ses pensées lui firent oublier leur débilité.

Si Madison n'était pas restée à Los Angeles pour rejoindre la Cornerstone Theater Company, ils seraient toujours ensemble. Elle était exactement son genre : une beauté délicate qui se croyait sexuellement prude jusqu'à ce qu'Eric l'aide à réaliser qu'elle était plus que délurée. Il avait facilement réussi à percer sa timidité (pendant leur premier rencard, elle s'était mise à pleurer en racontant des histoires de collège, ce qui avait perturbé leur serveuse chez Benihana), mais elle lui reprochait d'être distant. Il était du genre à toujours garder un certain détachement.

Et pourtant, il ne lui avait pas fallu deux secondes pour avouer à Jenna Jones qu'il avait souffert de zézaiement. *Il avait parlé du truc des œufs Cadbury.* Toutes ces niaiseries lui avaient échappé. Elle était irrésistible ! Il appréciait tout particulièrement la façon qu'elle avait de le regarder avec ce désir pur, presque intimidant – elle n'était que concupiscence. Elle était une femme sensuelle sans la réserve des filles de son âge. Aucune meuf ne lui avait jamais ordonné de l'embrasser. Et, quand il avait obéi, sa réaction l'avait projetée au sol, métaphoriquement parlant. Il l'avait sentie se liquéfier dans ses bras, se cramponner à lui comme si elle se noyait, comme si elle avait attendu ce baiser pendant des années. Elle jouait les séductrices, mais était aussi vulnérable qu'une vierge.

Et ce mélange était sacrément enivrant.

Aujourd'hui, dans le bureau de Jenna, il avait prétendu avoir été plus ivre que ce qu'il avait été en réalité. Il avait agi avec la désinvolture qui suit un coup d'un soir. Mais ce n'était pas le cas. Vendredi dernier, il aurait été prêt à faire tout ce qu'elle lui demandait, même si c'était pornographique ou dépravé, en public, et sans même savoir comment elle s'appelait.

Mais, après avoir rencontré sa némésis, il était assailli par un déluge de questions : pourquoi Jenna était-elle l'ancienne rivale de sa mère ? Comment se faisait-il qu'elle ait presque deux fois son âge ? Et pourquoi, pourquoi fallait-il qu'elle soit complètement dingue ?

Mais la kryptonite d'Eric avait toujours été les femmes excessives et théâtrales. Après tout, sa mère en était une.

Quand il était gamin, Eric vénérait Darcy. Elle était pour lui une sorte de sœur plus âgée et énigmatique qui débarquait avec des cadeaux peu adaptés à son âge (qui offrait une flasque en cuir à un petit garçon ?), le noyait sous des baisers parfumés puis disparaissait des jours entiers. Des semaines. Des mois. Cette période-là fut très difficile pour Eric qui désirait plus que tout la présence de sa mère et ne l'obtenait que de manière aléatoire. En grandissant, il cessa d'attendre.

À seize ans, Darcy Vale était la fille brillante et sexuellement curieuse d'un policier et de sa femme silencieuse originaire de Guyane. Elle vivait avec sa famille conservatrice et très croyante (ils appartenaient à l'Église du septième jour) dans une maison de trois étages dans le quartier de Bedford-Stuyvesant, à Brooklyn, à cent mètres de Gentry Houses – la cité dans laquelle vivaient Otis Combs, vingt-cinq ans, et sa mère. Tout le monde connaissait Otis ; c'était un batteur généreux au regard lourd qui n'avait jamais percé, mais qui aurait dû (s'il n'avait jamais percé, c'était à cause d'une écrasante addiction au whiskey et non par manque de talent).

Lassée d'être encore vierge, Darcy avait rencontré le gentil don Juan en fumant une clope devant une épicerie un soir après le conseil des lycéens. Ils avaient partagé une bouteille de Jim Beam, s'étaient roulés dans un tas de feuilles mordorées dans le parc de Stuyvesant et, un quart d'heure plus tard, la capitaine de l'équipe de rhétorique du lycée Bishop Loughlin était enceinte.

Luther Vale déshérita aussitôt sa fille. Humilié par le scandale, il vendit la maison et déplaça la famille à Bayonne, dans le New Jersey. Ils ne parlèrent plus jamais à Darcy – et ne virent jamais Eric. À seize ans, Darcy se retrouva mère célibataire et seule. Perdue. Mais Darcy était une battante, une force de la nature née avec la rage au ventre – elle voulait conquérir le monde –, et elle ne fut pas perdue longtemps. Elle aimait son petit garçon, mais elle devait terminer le lycée, décrocher une bourse pour l'université, entrer dans les coulisses des magazines là où la concurrence était rude, assister à des fêtes et soutirer suffisamment d'argent pour payer son loyer à des rappeurs et/ou des mecs de Wall Street. Darcy confia donc l'éducation d'Eric à la mère d'Otis et partit étancher sa soif dévorante d'ambition.

Eric n'avait pas souvenir que sa mère lui ait parlé de son père quand il était enfant, excepté pour bien lui faire comprendre qu'il avait interdiction de devenir un raté comme lui.

— Tu t'appelles Combs, déclara Darcy par un matin glacial après l'une des rares nuits au cours de laquelle Eric avait dormi dans son minuscule studio et non pas chez sa grand-mère.

Elle était pressée et elle traînait son fils de sept ans à l'école pour pouvoir arriver dans les bureaux de *Mademoiselle* avant les autres employés. Elle devait toaster à la perfection le bagel de la journaliste responsable des accessoires – quarante-sept secondes –, classer par couleur le tiroir à bracelets et rédiger « l'édito de la rédaction » à la place de la rédactrice en chef – tout ça avant 9 heures.

— Je sais comment je m'appelle, maman, répondit-il en poussant un soupir mi-exaspéré, mi-ravi.

Cela faisait trois semaines qu'il ne l'avait pas vue, mais, la veille, elle était venue le chercher chez sa grand-mère. Elle avait débarqué avec un assortiment d'objets étranges : des petits pains hawaïens (ses préférés) et une authentique épée ninja de la part de son nouvel oncle, un catcheur d'Arabie saoudite baptisé le Cheikh des Larmes qui était aussi, comme il l'avait expliqué à Eric, un véritable génie.

— Tu t'appelles Combs, poursuivit Darcy, mais tu es un Vale, tu comprends ?

Darcy s'immobilisa au milieu du trottoir bondé. Elle s'accroupit pour être à la hauteur d'Eric, un garçon trop vif qui avait hérité des pommettes trinidadiennes de son père et de ses yeux exotiques d'un noir d'encre.

— Il est hors de question qu'en grandissant tu fasses honte aux Vale, tu m'entends ?

Eric hocha la tête. *Quels Vale ?*

— Otis est incapable de se lever du canapé pour aller

gagner quarante dollars. Il n'est rien, murmura-t-elle. Tu ne lui ressembles pas, mon chéri. Tu me ressembles à moi. Nous sommes des gagnants.

— J'aime mon papa, répondit Eric, perdu et horrifié.

Mais Darcy s'était déjà redressée. Elle lui prit la main et l'entraîna rapidement vers Nostrand. Il se mit à marmonner, même s'il savait qu'elle ne pouvait pas l'entendre.

— J'aime mon papa, sanglota-t-il, ses joues glacées maculées de larmes.

Eric n'avait pas besoin qu'on lui rappelle que son père était un raté. Il savait qu'Otis – avec son impuissance rêveuse et alcoolisée – ne ressemblait pas aux pères idéaux dans les dessins animés Pixar. Mais il l'aimait quand même parce qu'il était là. Il lui apprenait à faire la sauce curry et à dessiner des orteils parfaits. Il lui inculquait l'histoire du blues des années 1930. Il l'emmenait faire du toboggan au parc tout le week-end. Il lui donnait des leçons de rattrapage de *breakdance*. Il lui montrait qu'il fallait être gentil avec les autres même quand on n'en retirait aucun bénéfice. Il était investi.

Mais rien de tout ça n'avait d'importance : Otis fut abattu d'une balle perdue dans une épicerie de Halsey Street quand Eric avait dix ans. Darcy en profita pour déguerpir et trouver un appartement à Manhattan. Il était temps pour elle de déménager de toute façon.

Avec une régularité d'horloge, elle changeait de logement tous les deux ans, bien décidée à passer sans cesse à la vitesse supérieure. Elle commença par un quartier plus bourgeois de Brooklyn, puis elle emmena Eric à Soho, puis à Meatpacking, puis, une fois qu'elle eut épousé le financier le plus véreux du monde, Luca Belladonna, ils atterrirent dans un *penthouse* à Tribeca. Eric s'était senti schizophrène en débarquant à l'école Dalton. Était-il un gamin de la cité ou un élève d'école privée dissolu ? La première fois qu'un autre élève lui demanda d'où il venait il recula en serrant ses petits poings. Si quelqu'un te posait cette question à Brooklyn, c'est que tu t'étais aventuré dans le mauvais quartier – et c'était la dernière chose que tu entendais avant d'être dévalisé ou agressé.

Au bout d'un certain temps, Eric refoula les souvenirs de son enfance dans un recoin sombre, un placard verrouillé dans lequel il ne ressentait pas la perte terrible d'Otis – et il décida de devenir quelqu'un d'autre.

Une fois au lycée, il savait qui il était. Le président de l'Association des arts et du design. Un adolescent de seize ans qui faisait ses devoirs à toute allure, montait ses vidéos amateurs de rap (« You Said There'd Be Sex (Tonight) ») avant de rôder dans la ville avec les gosses des stars people et des magnats de la presse. Il était lui-même le gamin d'un magnat de la presse. Il était aussi, pour son plus grand ravissement, le cavalier du bal de rentrée de la plus jolie fille de Vanessa Williams.

Mais certaines choses ne changent jamais. Darcy était toujours une mère imprévisible qu'Eric voyait peu. Elle était sans cesse en train de travailler, de voyager ou de faire la fête et elle laissait son fils seul avec un frigo vide et une carte bleue. Elle ne s'intéressait à lui que pour l'exhiber aux galas de charité ou lors des embarrassants shootings photo mère/fils – ou pour le réprimander quand il entaillait son armure sociale durement acquise. (*Le père de cette traînée aux jambes arquées vend des téléphones portables, qu'est-*ce qu'*on va dire de moi ? Quoi, tu veux aller dans un lycée public, espèce de petite merde ingrate, alors que je me suis saignée aux quatre veines pour te* *donner cette vie-là ? Si tu savais ce que j'ai dû faire pour qu'on t'accepte à Dalton, tu pisserais dans ton lit.*)

Eric n'avait pas de famille. Mais il possédait le sentiment inné (et indéniablement Vale) qu'il devait toujours être le meilleur. Cela lui permettait de rester concentré alors qu'il aurait été plus simple d'emprunter le même chemin que tous les autres adolescents riches et délaissés de Manhattan – et mourir d'une overdose en baisant une call-girl. Quand il se sentait perdu, il s'abritait dans la maison agitée des Milagro-Carroll et y restait pendant toute une semaine. L'échappatoire parfaite au *penthouse* froid, vide et maudit de Darcy.

Mais il était adulte à présent, et de retour à la case départ. Il était trop fauché pour déménager et trop fier pour laisser sa mère lui acheter un appartement. Il passait des nuits blanches à remplir des dossiers pour soumettre son film à tous les festivals de la Terre. Il dépensait l'argent qu'il n'avait pas dans des frais d'inscription délirants. Il priait pour qu'un festival le remarque afin de pouvoir financer un long métrage ou qu'un agent lui trouve du travail pour la télévision ou des documentaires, des clips musicaux, du porno, n'importe quoi. Il aurait aimé être bon dans un autre domaine, genre les maths, pour pouvoir devenir trader et mener une vie dépourvue de créativité, mais sans précarité, avec des bonus et des fêtes pleines de putes.

Et maintenant, voilà qu'il était coincé dans un bureau avec une femme qui voulait le faire virer parce qu'il embrassait bien. Il avait aggravé les choses en taquinant Jenna, mais il n'avait pas pu résister. La voir gigoter et rougir derrière son bureau en sachant que c'était parce qu'elle pensait à lui ? C'était trop sexy. Il fallait cependant qu'il arrête, parce que le CupcakeGate avait prouvé qu'il était en train de rendre folle une femme déjà bien agitée.

Eric ne voulait surtout pas s'attirer d'ennuis, mettre toute sa paie de côté et se barrer rapidement de *StyleZine*. Il avait désespérément besoin que sa vie commence.

Jenna Jones me déteste parce qu'elle a envie de moi et que ça la fait flipper, songea-t-il. Il fallait donc qu'il lui prouve qu'il était digne de confiance.

Eric se leva sans crier gare.

— Je file. Je dois y aller.

Il atteignit le seuil avant qu'un des deux frères ait eu le temps de se lever.

Thuong baissa les yeux sur Tim dont la tête était coincée entre ses bras.

— Ouais, acquiesça Tim. Y a une nana là-dessous, c'est sûr.

Chapitre 6

Je me suis comportée comme une idiote, songea Jenna pour la millionième fois ce matin. *Eric m'a fait passer pour une crétine avec ce cupcake, mais c'est ma faute et il sera là dans une heure. Même Shonda Rhimes ne pourrait pas me tirer de ce mauvais pas.*

Jenna était à peine réveillée. Elle avait dormi en tout et pour tout trois heures, obnubilée par le problème *StyleZine*. Heureusement, elle avait pris sa matinée pour siéger dans le jury du premier tour des collections seniors du Fashion Institute of Technology. Il avait lieu dans un gigantesque loft carré et blanc entre la Vingt-Cinquième et la Dixième Avenue. Il devait y avoir une trentaine de portants, chacun dirigé par un étudiant débordé. Les jurés se déplaçaient à leur gré pour examiner les projets. La pièce était entourée de grandes baies vitrées et des rayons de soleil aveuglants inondaient l'espace : les pauvres étudiants avaient non seulement du mal à expliquer leurs collections beaucoup trop éthérées à leurs aînés, mais en plus ils cillaient sans arrêt à cause de la lumière. Bizarrement, ils portaient presque tous des lunettes Buddy Holly et avaient les cheveux lavande.

Jenna s'approcha en soupirant d'un portant rempli de

chemises de nuit vintage en soie, satin et velours blancs et crème reconverties de manière extravagante. La créatrice, une jeune femme bien en chair aux cheveux blond vénitien coiffée comme Rita Hayworth se mordit la lèvre inférieure.

— Bonjour, Mrs Jones, dit-elle d'une voix flûtée.

— Bonjour ! C'est ravissant. J'aime la façon dont tu as combiné les coupes en biais des années 1930 avec les silhouettes froufroutantes des années 1960.

— Merci, murmura l'étudiante. J'apprécie énormément… la vulnérabilité et la sensualité des sous-vêtements… portés dessus. Vous savez, être à la fois une femme puissante, mais… je ne sais pas, j'aime l'idée que ces tissus délicats et légers soient comme une armure. Je crois ?

Jenna sourit. Elle reconnaissait ses étudiants adorés de l'Université publique de la Virginie du Nord dans cette fille. Bouillonnante d'idées qu'elle voulait à tout prix exprimer tout en craignant que la moindre de ses pensées soit inintéressante. C'était ce qu'elle aimait tant dans l'enseignement, guider les étudiants dans ce processus, les aider à affiner leurs idées et à se fier à leur confiance et à leur instinct.

— Je te suggère de creuser encore. Jouer avec des formes un peu plus inattendues. On a déjà vu ces looks. Tu es clairement influencée par les Riot Grrrls du début des années 1990.

— Les Riot quoi ?

Jenna lui jeta un regard surpris.

— Courtney Love ? Hole ? Babes in Toyland ? Tout le mouvement kinderwhore ? Les combinaisons et les babies ?

J'ai mille ans.

Elle coinça son porte-bloc sous son bras.

— Lesley, une grande partie de la mode consiste à

comprendre d'où viennent tes influences. Tu devrais regarder les vidéos de Courtney Love pour « Doll Parts » et « Violet ». Et cherchez *Baby Doll* sur Netflix. C'est un film de 1962 sur une lolita de dix-sept ans qui vit avec un homme pervers plus âgé qui la fait dormir dans un berceau et porter de ravissantes chemises de nuit enfantines jusqu'à ce qu'elle soit majeure et qu'il puisse l'épouser. C'est à la fois répugnant et génial et les costumes pourraient t'inspirer. Ensuite, tu redéfiniras ta ligne, d'accord ?

— Oui… tout à fait… vraiment. Merci.

L'expression reconnaissante de l'étudiante emplit Jenna de joie. Puis elle se souvint de ce qui l'attendait au bureau.

Elle salua Lesley et se dirigea vers le buffet – où elle traîna le plus possible, grignotant des crudités et sirotant des bellinis pendant les quarante-cinq minutes qui suivirent.

Jenna avalait sa deuxième tasse de café noir (elle avait ingurgité trop de bellinis) dans la kitchenette près des box. Elle venait juste de rentrer et elle avait décidé de prendre un rapide shot de caféine avant de se remettre au travail. On était mardi. Eric et elle étaient censés commencer le montage de leur première vidéo à présenter à Darcy mercredi soir et, à cause de son stress, toutes les idées qui lui venaient étaient sans intérêt et inutilisables. Il fallait qu'elle prépare quelque chose dans l'heure – et qu'elle se ressaisisse avant de revoir Eric.

Alors qu'elle achevait sa deuxième tasse, Terry et l'assistante publicité, Jinx, entrèrent dans la petite enclave, pleines d'énergie. Terry scrollait sur son téléphone tandis que Jinx, une beauté persane américaine toujours dans tous ses états, tirait un portant plein de vêtements derrière elle.

Elles ignorèrent complètement Jenna.

— … et j'ai rédigé le « Où acheter » pour nos cinq tenues du jour, mais mes titres sont super nazes, déclara Terry, qui portait un jogging de couturier et des baskets montantes Supra.

Tous les matins, Mitchell, le rédacteur photo, lui envoyait des photos de nanas au look cool qu'il avait sélectionnées dans le monde entier et elle les légendait.

— Montre-moi, fit Jinx en avalant un coupe-faim sans eau.

Sa beauté noire et voluptueuse était un véritable gâchis. Elle voulait devenir une blanche lambda. Elle aurait adoré avoir le balayage blond des banlieusardes, appréciait le café aromatisé en fonction des saisons et portait des parfums de célébrités. Elle ressemblait à une enchanteresse mystérieuse aux yeux sombres – mais à l'intérieur, c'était Lauren Conrad.

Terry fourra son téléphone sous le nez de Jinx.

— Regarde la photo. Elle a les lèvres rouge sang, des santiags et une robe noire avec un col blanc. Je l'ai baptisée « Goth de Jour », mais c'est nul. Darcy dit que mes légendes ont l'air d'avoir été écrites par une autiste.

— « Chic Lugubre » ? J'en sais rien, je ne peux pas me concentrer ! gémit Jinx. J'ai une deadline et ces cachets me filent des tremblements. Il faut que je perde trois kilos d'ici jeudi pour pouvoir mettre un *crop top* au Bain sans que les gays me critiquent !

Jenna inspira.

— Salut, les filles.

— Oh ! on ne t'avait pas vue, s'excusa Terry.

La kitchenette faisait la taille d'une armoire.

— Salut, Jenna, dit Jinx. Tiens, au fait, c'est quoi ton Instagram ? Darcy veut qu'on te *followe*.

— Elle n'a pas de compte Insta, intervint Terry en levant les sourcils.

— Ah bon ? lâcha Jinx, perplexe. C'est… euh… mais j'adore ta chronique. Très *cuuuuuute*. (Elle reporta son attention sur Terry.) Remontre-moi la fille.

— Je peux peut-être vous aider, proposa Jenna.

Terry et Jinx échangèrent un regard puis la blonde haussa les épaules.

— Si tu veux.

Jenna s'empara du téléphone de Terry et examina la tenue.

— « Vampire en Pèlerinage entrant dans un Saloon ».

Terry hocha lentement la tête en souriant.

— C'est top.

— Mais oui ! Comment tu fais ? demanda Jinx.

— Il ne faut pas être littéral, expliqua Jenna. Pousse la description le plus loin possible. Même si ça te paraît ridicule. Les légendes les plus idiotes et bizarres sont les plus mémorables.

— Mince alors, jura Terry. Tu ne veux pas rédiger toutes mes légendes ?

Jenna rayonna.

— Oh là là, tu pourrais peut-être m'aider aussi, s'excita Jinx, qui n'avait pas adressé plus de quatre mots à Jenna jusque-là. (Elle ôta une tenue du portant et la brandit devant elle.) Notre premier « Habille-toi comme… » de la journée est planifié pour dans quarante minutes et Mitchell va me photographier dans notre version d'une tenue de Kristen Stewart. K-Stew, avec mes gros nichons. Je ne sais pas du tout comment poser !

— Mmm, fit Jenna. « Habille-toi comme… » présente un montage côte à côte de la photo de la star et de celle du magazine. La journaliste pose toujours avec les bras le long du corps. Tu devrais changer ça, rendre la pose plus intéressante.

Jenna fit tomber ses cheveux devant ses yeux, voûta les épaules et rentra les pieds en dedans. Malgré sa robe patineuse de chez Billie (« Belle de Barbecue »), elle se transforma soudain en une star de cinéma morose d'une vingtaine d'années.

— Joue avec le personnage. Ce « c'est-grâce-à-mes-fans-que-je-suis-la-femme-la-mieux-payée-de-Hollywood-mais-je-refuse-quand-même-de-leur-sourire ».

Jinx était sceptique.

— Mais je ne lui ressemble pas du tout. On dirait un minuscule lutin.

— Je sais ; c'est juste une parodie de sa mythologie. Tu es ironique. Mets une tonne d'eye-liner. Fais la gueule, mais avec de l'humour. Prends-le au second degré. La mode, c'est du fantasme : le lecteur veut une histoire !

— Ça pourrait marcher, répondit Jinx en posant sur Jenna un regard de vague méfiance et d'intérêt naissant mêlés. Qu'est-ce que tu en penses, Terry ?

*Je n'arrive pas à croire qu'elle cherche l'approbation d'une femme qui a quinze ans de moins que moi avant d'appliquer mon idée géniale. Je dirigeais un énorme magazine de mode ! Est-*ce que je suis à ce point à côté de la plaque ? Il faut vraiment que j'*ajuste mes attentes. Et j'ai surtout besoin d'un cocktail.*

— Toi, poser comme Kristen Stewart ? (Terry joignit les mains.) C'est une idée de génie !

Jinx couina.

— Est-ce que l'une d'entre vous a de l'eye-liner noir ?

On a une gaine dans le dressing ? Je sens que ça va être le feu, merci, Jenna.

— De rien, s'écria Jenna, embarrassée d'être à ce point heureuse de leur validation.

À ce moment-là, Terry jeta un coup d'œil par-dessus l'épaule de Jenna et se mit à sautiller sur place.

— Eric Combs !

Jenna pivota aussitôt. Il était bien en train de passer devant la cuisine. Il s'arrêta, se raidit imperceptiblement – puis se détendit. L'incarnation de la coolitude. Elle lui adressa un sourire étincelant et clairement surjoué. Elle avait prié toute la nuit pour que l'humiliation qu'elle avait subie ne soit qu'un virus de vingt-quatre heures. Intense, mais éphémère. Malheureusement, elle avait pris ses désirs pour la réalité.

— Coucou ! roucoula-t-elle trop fort en agitant bêtement la main.

— Salut, Jenna, dit-il sur un ton amical soigneusement étudié. Comment vas-tu ?

Avant qu'elle ait eu le temps de répondre, Terry l'écarta pour se jeter dans les bras du jeune homme.

— Salut, chouchou, couina-t-elle. J'ai manqué ton premier jour ! Je n'arrive pas à croire qu'on bosse ensemble ! Pff, c'est trop intense.

— Quoi de neuf, Teezy ? fit Eric en lui rendant son embrassade.

— Vous vous connaissez ? demanda Jenna en se forçant à se joindre à la conversation.

— Je connais Eric depuis tout petit. Et c'est grâce à moi qu'il est là ! (Elle adopta un murmure conspirateur.) Je lui ai dit de ne pas flipper à l'idée de bosser avec sa mère. Un salaire est un salaire.

— Terry est sortie avec un de mes potes quand on était en troisième, expliqua Eric. Tu es avec qui en ce moment ?

— Je suis sur le point de larguer Kevin Watson et de le remplacer par Jamal Crebb.

— Jamal Crebb. L'ailier fort de l'équipe de basket de Columbia ?

Elle soupira et posa la main sur son cœur.

— Bae.

— Ça m'étonne pas, déclara Eric à l'attention de Jenna et de Jinx. Cette nana adore les Noirs. Regardez ses cheveux, elle a le côté rasé. C'est le code qui signifie « je couche avec des Noirs ».

— Ça veut vraiment dire ça ? demanda Jinx. Je devrais faire un truc cool avec mes cheveux. Mon petit ami n'aime pas ma coupe.

— Elle est pourtant géniale, affirma Eric. On dirait Lara Croft. J'ai des questions à poser à un mec qui n'aime pas les cheveux d'une héroïne de comics.

Elle s'illumina.

— Tu as totalement raison.

— Arrête de regarder Eric comme si c'était un roulé à la cannelle, protesta Terry. Désolée, E. Ce bureau est plein de meufs. On n'est pas habituées à l'énergie masculine hétéro. Tu risques d'être agressé sexuellement.

— Je ne sais pas, les femmes que j'ai rencontrées jusqu'ici m'ont paru très maîtresses d'elles-mêmes, rétorqua-t-il, incapable de résister. Je n'arrive pas à imaginer que l'une d'entre elles pourrait essayer de se jeter sur moi.

Jenna lui lança un regard noir.

C'est cet instant que choisit Darcy pour passer devant eux d'un pas rapide avant de revenir en arrière et de pénétrer à son tour dans la petite cuisine à présent bondée. Elle déployait une impressionnante capacité à faire plusieurs choses à la fois : elle pianotait sur l'écran de son iPhone tout en appliquant du gloss sur ses lèvres et en aboyant des ordres dans un deuxième téléphone coincé entre son épaule et son oreille.

Après avoir fait attendre le quatuor pendant trente secondes, elle jeta les deux portables et son tube de gloss dans son sac.

— Jenna, comment ça s'est passé ce matin ? Est-ce que tu nous as magnifiquement représentés ?

— Je pense, oui, répondit Jenna. Les étudiants ont fait preuve d'une créativité incroyable et c'était une formidable occasion de…

— Parfait. Jinx.

— O-oui ? demanda la brunette.

— J'ai déjeuné avec Alexandra de Comme des Garçons et elle m'a dit que tu avais répondu à leur invitation pour le lancement de leur T-shirt de printemps. Tu ne peux pas faire ça, tu es trop jeune. Et puis je te rappelle que tu es bannie de tous les défilés tant que tu n'auras pas réglé ton problème de bouffe non diagnostiqué. J'ai entendu dire que pendant le déjeuner chez TopShop, tu avais creusé un trou dans les minibaguettes de la panière et que tu avais laissé des miettes partout. Les journalistes de *StyleZine* sont toujours les plus cool où qu'elles aillent. Épargne-moi le cliché de la modeuse affamée.

Jinx opina en rougissant.

— D'accord.

Eric donnait l'impression de prendre sur lui pour ne pas ouvrir la bouche.

— Ah, Jenna. Tes trois dernières chroniques ont généré un nombre de vues incroyable, ce que j'apprécie. Ce que je n'apprécie pas, en revanche, c'est que tu aurais eu quatre fois plus de vues si tu leur avais fait de la pub. Dis-moi que tu t'en es occupée aujourd'hui.

Jenna n'était toujours pas experte dans l'art de la publicité digitale – elle n'avait pas le réflexe, après avoir écrit quelque chose, de partager le lien avec des milliards d'inconnus. Jenna s'était plantée et son incompétence était sur le point d'être dévoilée devant ces filles qu'elle venait juste de convaincre qu'elle valait quelque chose. Et devant Eric, qui la trouvait déjà ridicule.

— Allô ? Jenna ?

Terry et Jinx échangèrent un regard avant de contempler leurs pieds.

— Je… eh bien, je…

Jenna avait l'impression d'être une assistante stagiaire qui se fait engueuler par sa cheffe parce qu'elle a oublié de lui dire que le *London Times* l'a appelée pour une interview concernant le défilé d'Isaac Mizrahi. Que pouvait-elle bien dire pour sa défense ?

— J'étais…

— Elle s'en est chargée, l'interrompit Eric.

Jenna tourna brusquement la tête vers lui.

— Comment tu le sais ? demanda Darcy.

— Tu n'as pas accès à notre compte HootSuite, n'est-ce pas ?

— Je ne sais même pas de quoi il s'agit, s'impatienta Darcy.

— Tu devrais. Ça t'aide à planifier ton engagement sur les réseaux sociaux. Je l'ai consulté il y a peu et j'ai vu que Jenna avait programmé quatre tweets pour cet après-midi plus quelque chose sur Google+. Plus un post Facebook pour 15 heures. Ou 15 h 30, je ne sais plus.

— Mmm, 15 h 30. (Jenna s'essuya les mains sur sa jupe. Elle ne savait absolument pas de quoi Eric était en train de parler.) Sur Who Sweet, c'est ça.

— HootSuite, la reprit Eric.

— C'est ça !

— Ah. Bien. (Darcy lança un regard un peu sceptique à Jenna avant de s'éloigner.) Jenna et Eric, il me tarde de voir la première vidéo.

Terry et Jinx se hâtèrent d'emboîter le pas de leur patronne, laissant Jenna et Eric seuls dans la minuscule cuisine. Jenna poussa un long soupir et s'appuya au plan de travail. Elle fit signe à Eric de se rapprocher.

— Je ne sais pas quoi dire, chuchota-t-elle avec difficulté. À part merci.

— Inutile de me remercier, affirma-t-il. Tu étais en train de te noyer ; c'était douloureux à voir.

— Mais tu aurais pu me laisser me noyer. Tu sais, après notre… journée pénible hier.

— Pénible ? C'est le mot qu'on va utiliser ?

— OK. j'ai été un peu hystérique.

— Pas qu'un peu. C'était presque comme dans un film. Tu as tout donné.

— Eric, commença-t-elle d'un ton grandiloquent. Je voudrais te dire que… Je pense que tu mérites une… Je suis désolée… à propos de mon comportement hier.

Eric prit l'air surpris.

— Eh ben. Ça a l'air de faire mal.

— Tu n'imagines pas.

Il croisa les bras.

— Excuses acceptées. Et je te demande pardon de t'avoir traitée de femme d'âge mûr.

— Et de Mrs Robinson, ajouta-t-elle.

— Et de Mrs Robinson.

— Je ne suis pas une salope. Vraiment pas. Je suis quelqu'un de super sympa. Même si dire ça c'est comme dire qu'on est beau ou hilarant. Il faut attendre que quelqu'un d'autre le dise à sa place.

— Je n'ai jamais pensé que tu étais une salope, répondit-il en s'accoudant au comptoir à côté de Jenna – mais à un bon mètre de distance. (Une machine à café et un panier rempli de sachets de thé Twinings les séparaient.) Je pense que tu as flippé. Et je n'ai pas aidé.

— Qui es-tu et qu'as-tu fait d'Eric Combs ?

— Tu vois ? Je suis un mec cool et tu as menacé de me balancer aux RH.

Jenna croisa les bras.

— C'est tellement stressant. Je n'ai rien compris à ce que tu as dit à Darcy. J'avais l'impression que tu parlais swahili.

— Qu'est-ce qui te stresse ?

— D'accord, répondit-elle avec un soupir peiné. Je vais te dire la vérité.

— Je t'écoute.

Elle l'examina un instant en silence. Eric était tellement sûr de lui, tellement à l'aise – il n'était pas déstabilisé par leur situation intenable digne de *Vivre à trois*. Hier, ça l'avait mise hors d'elle. Aujourd'hui, elle lui en était reconnaissante. Il refusait de permettre à la gêne de s'installer entre eux – ce qui était galant de sa part.

— J'ai longtemps enseigné en Virginie et je viens juste de rentrer à New York. (Elle baissa la voix.) C'est la première fois que je travaille pour un magazine en ligne et je suis un peu perdue.

— Et tu as peur de te trahir en demandant de l'aide.

— C'est ça. Instagrammer ? Twitterer ? Je n'y connais rien.

— Twitterer ? C'est la chose la plus mignonne que j'ai jamais entendue.

Mignonne ? Jenna avait oublié à quand remontait la dernière fois qu'un homme l'avait trouvée mignonne.

— Tu semblais savoir de quoi tu parlais, poursuivit-elle. Avec Hoo Tweet et le reste.

— HootSuite.

— HootSuite.

— Elle veut juste que tu postes des liens vers tes articles pour que les gens cliquent dessus, expliqua Eric.

— Swahili.

— Personne n'entre une adresse URL ou le nom d'un site dans son moteur de recherche. On trouve les sites et les articles grâce à des liens sur différentes plates-formes. On clique.

— Je vois. (Jenna prit le temps de comprendre. Puis elle s'éclaircit la voix et se tourna vers lui, hésitante.) Tu crois… que tu pourrais m'aider ? Me montrer comment ça fonctionne ? J'ai vraiment besoin de ton expertise. J'ai besoin de toi.

— Tu peux répéter ?

— J'ai besoin de toi, répéta-t-elle en serrant les dents. (Eric arbora un air satisfait, mais garda le silence.) Quoi ?

— J'essaye un nouveau truc : ne pas dire la première chose qui me passe par la tête.

— Et je t'en remercie.

— Bien sûr que je peux t'aider. Et SpikeMee90 sera ton premier follower officiel.

— 90 ? C'est ton année de naissance ?

— Oui, mais c'était pas la bonne année, clairement. Tous

les trucs bien sont arrivés avant ou alors j'étais trop jeune pour les comprendre. Les films de gangsters des années 1930. Brando. *Le shérif est en prison.* La Blaxploitation. Soundgarden. OutKast. Mais le OutKast de 1994, pas la merde « Hey ya ». (Il haussa les épaules.) Ce qui est vieux est… mieux. Plus intéressant. Plus sexy.

Ce qui est vieux est plus sexy.

Il ne comprit ce qu'il avait dit qu'une fois que c'était trop tard. Il lança un regard à Jenna pour voir si elle réagissait et leurs yeux se croisèrent. Jenna hésita plus longtemps que les convenances ne l'exigeaient puis détourna les yeux. Sans s'en rendre compte, elle s'éloigna de lui.

— Eh ben. Soundgarden, dit-elle en essayant de ne pas rompre le fil de la conversation. Quand j'étais au lycée, on n'avait pas le droit d'être noir et d'aimer les trucs de Blancs. Si j'avais avoué que j'aimais Mötley Crüe, on m'aurait immédiatement traitée d'Oreo.

— Tu aimais Mötley Crüe ? Toi ? Toi qui parles avec les mains et qui agites les cheveux comme une bourge ?

— Je parle avec les mains ? Tu as remarqué ?

— Je suis réalisateur. Je remarque tout.

— Eh bien, monsieur le réalisateur, si on ne trouve pas d'idées pour cette série, on ferait aussi bien de démissionner tout de suite.

— Tu as raison. Concentrons-nous.

Eric sortit un sachet de Skittles de sa poche et en fourra une poignée dans sa bouche.

— Tu as besoin de Skittles pour te concentrer ?

— Non, j'ai un léger besoin de mâcher quelque chose en permanence et une addiction aux bonbons. Je suis obligé de goûter à l'arc-en-ciel au moins deux fois par jour.

Il lui tendit le sachet.

— Non, merci. (Elle se ravisa.) En fait, si, j'en veux bien.

Elle en prit une poignée et s'empara d'une serviette en papier. Puis elle piocha les bonbons jaunes et les aligna sur la serviette. Eric la regarda faire, perplexe.

— Tu me dois une explication.

— Tout le monde sait que les jaunes sont les meilleurs. C'est la règle.

— Oh ! c'est donc ça.

Jenna sortit son agenda digital Smythson de son sac à main pour feuilleter les notes qu'elle avait prises la veille au soir. Elle parcourut la liste d'idées à moitié formulées et s'arrêta sur la seule valable.

— Avant tout, est-ce que tu es bien renseigné ? Est-ce que tu sais ce que Darcy aime ? Des couturiers en particulier ? Des artistes ? Des mannequins ? Qu'est-ce qu'on pourrait bien lui donner pour la bluffer ?

— Le sang d'une vierge ? Comment tu veux que je le sache ?

— Donc, tu n'as aucune info. Voilà ce que je propose. Tu as entendu parler d'Isabelle Mirielle, n'est-ce pas ? La marque de chaussures chic que toutes les célébrités et les it-girls s'arrachent ? L'équivalent moderne de Jimmy Choo. La créatrice, Greta Blumen, est une vieille amie à moi. Elle est super mystérieuse et refuse toutes les interviews, mais elle acceptera de me parler. Allons l'interviewer dans son studio. On pourrait avoir un aperçu de sa prochaine collection ! Ce sera fabuleux.

— Mmm. D'accord.

Eric proposa d'autres Skittles à Jenna.

— Comment ça juste « d'accord » ?

— Je ne comprends pas.

— Qu'est-ce qu'il y a à comprendre ? (Elle avala les

bonbons jaunes.) Je connais la créatrice de chaussures la plus in du moment. Tu ne penses pas que les filles voudraient savoir ce qui se trame derrière la marque d'escarpins qu'elles adorent ?

— C'est un article de magazine, répondit-il avec simplicité.

Eric lui tendit de nouveau le sachet de bonbons et cette fois-ci, au lieu d'en prendre quelques-uns, elle lui arracha tout le paquet.

— De quoi tu parles ?

— C'est statique. On pourrait lire cette histoire. Ce n'est pas visuel. Ça n'attire pas le clic.

— Pardon ?

— Personne ne cliquera dessus ! Et puis ce n'est qu'une vidéo. Qu'est-ce que tu as prévu ensuite ?

— Une série d'interviews de VIP de la mode.

Eric se passa la main sur le visage.

— C'est chiant comme la pluie.

— C'est génial, au contraire ! (Elle termina le paquet de Skittles en le renversant directement dans sa bouche.) J'ai plus d'expérience que toi. Fais-moi confiance.

— Ta cheffe s'attend à un truc viral. Ça n'arrivera pas avec ça.

Jenna, qui ne savait pas vraiment ce que signifiait « viral », répondit :

— Ce sera viral puissance trois.

— Est-ce que cette meuf a une personnalité dynamique au moins ?

— Je suis capable de faire briller tout le monde. Ça fait longtemps que je fais ça. Sans vouloir paraître condescendante, je pense que tu devrais te contenter de regarder et d'apprendre.

— Tu es super condescendante.

— Comment sais-tu que ça ne marchera pas ? Tu manges des Skittles en essayant de m'apprendre mon job. Tu n'es qu'un gamin. Tu es certainement venu au boulot en skate.

— Et le balai sur lequel tu te déplaces ? C'est quelle marque ? Quel modèle ?

— Quoi ?

— On peut y passer la journée. Tu ne gagneras pas. Et en plus, tu as mangé tous mes Skittles.

Jenna baissa les yeux sur le sachet vide.

Ils gardèrent le silence un instant ; ils avaient tous les deux perdu la bataille pour conserver leur sang-froid. Jenna s'était promis de ne plus être sur la défensive, mais quelque chose dans l'attitude d'Eric avait ravivé son agressivité. Et Eric avait sincèrement essayé de dompter son impertinence innée, mais Jenna le poussait à bout. Il était clair qu'ils savaient comment exciter le pire chez l'autre.

— Écoute, déclara Eric, cette conversation avait pourtant bien démarré. On ne peut pas recommencer comme hier. J'en peux plus du persiflage. Je fais un burn out.

— Moi aussi.

— Et tu as raison… je suis inexpérimenté. Allons interviewer la créatrice de chaussures.

Un sourire triomphant étira les lèvres de Jenna.

— Merci.

Eric inclina la tête.

— Tu obtiens toujours ce que tu veux ?

— Plus ou moins.

Eric hocha la tête, songeur. Puis il ajouta avec une désinvolture assurée :

— Moi aussi.

Chapitre 7

Le showroom d'Isabel Mirielle était situé dans un immeuble de sept étages sur la 37e Rue qui ressemblait à tous les autres bâtiments du Garment District – délabré et vieux de plus d'un siècle, il abritait au rez-de-chaussée une boutique vulgaire de vente en gros surchargée de polyester, de robes de bals de promo inspirées de défilés de Miss et de robes de première communion. Il était impossible de deviner depuis l'extérieur que ces immeubles hébergeaient les ateliers et les showrooms de quelques-unes des plus importantes maisons de mode. L'architecture était tellement triste qu'on avait toujours l'impression qu'il allait se mettre à pleuvoir – mais, aujourd'hui, il faisait beau et presque 26 °C. C'était une magnifique journée de début septembre.

Eric se tenait devant le 210 West de la 37e Rue avec son équipement. Il attendait Jenna en songeant à tous les signes qui indiquaient que ce shooting serait raté. À cause de leurs deux premiers jours tumultueux, ils avaient trop tardé pour chercher des idées et ils étaient obligés de travailler dans la précipitation. Ils n'avaient aucun plan d'action. Il aurait dû s'adresser directement à Greta – mais Jenna s'était révélée très possessive et avait décidé d'être sa seule interlocutrice. Sauf qu'elle n'avait pu parler qu'à son assistante : Greta était à l'étranger et n'était rentrée que ce matin.

Jenna avait choisi une femme mystérieuse sans présence sur les réseaux sociaux ; il n'avait donc pu faire aucune recherche préparatoire. En résumé, ni lui ni Jenna – ni la créatrice de chaussures fantôme – ne savaient dans quoi ils allaient se fourrer.

Il n'avait pas protesté parce que… à quoi bon ? Jenna était tellement arrogante et têtue – sûre d'elle alors qu'elle avait tort. Il était impossible de lui faire entendre raison quand elle pensait avoir trouvé la réponse. Il devait la laisser se planter. Terry lui avait dit qu'elle avait été juge dans une émission de télé.

Jenna était clairement habituée à de gros budgets avec des assistants et des gestionnaires qui prenaient toutes les décisions importantes et, à présent qu'elle était seule, elle ignorait comment se déroulaient les shootings à petit budget en mode guérilla. Elle n'avait pas compris qu'elle n'était pas uniquement là pour briller – elle devait aider à produire le contenu. Elle ne pouvait pas se contenter de faire la belle.

Jenna était une diva. De la pire espèce – celles qui croyaient dur comme fer qu'elles étaient terre à terre.

C'était une de ses caractéristiques. Elle ne se connaissait pas du tout. Elle croyait paraître puissante quand elle piquait une crise – alors qu'elle avait juste l'air terrorisée. Ce matin, après qu'il avait passé vingt minutes exaspérantes à lui expliquer le fonctionnement d'Instagram, elle pensait se montrer occupée et désinvolte en refusant de partager un taxi avec lui (« Désolée, je finis ce post et je te rejoins. »). En réalité, elle venait juste de crier sur les toits qu'elle ne pouvait pas se retrouver seule dans un taxi avec lui.

Pour être tout à fait honnête, Eric était lui aussi gêné à l'idée de se retrouver seul dans un taxi avec elle. Il avait découvert la veille que le stress qu'il éprouvait à gérer la Jennitude de Jenna lui donnait des migraines épouvantables. Il avait pris deux paracétamols avant de partir ce matin, en prévention. Certes, elle pouvait se montrer relativement cool quand elle ne lui hurlait pas dessus – mais ils finissaient toujours par s'engueuler.

Je n'avais jamais regretté d'avoir embrassé une femme jusqu'à maintenant, songea-t-il. *Je n'aurais jamais dû aller à ce lancement. J'aurais mieux fait de squatter chez Tim et de mater* Key & Peele *pendant quinze heures. Ma vie actuelle serait beaucoup plus simple.*

Un taxi ralentit devant lui. Il plissa les yeux à cause de la réverbération du soleil sur la lunette arrière et reconnut Jenna.

Elle ouvrit la portière et descendit de la voiture. Elle portait un sweat-shirt rouge moulant qui dévoilait légèrement son ventre, un millier de colliers de perles et un pantalon à pont en jean ultra-moulant. Elle avait relevé ses boucles sur un côté. Escarpins en peau. Lèvres laquées. Lunettes de soleil de star de cinéma.

Eric cilla. Puis chassa toutes ses pensées non professionnelles.

— Salut, fit Jenna en se dirigeant vers lui avec un sourire professionnel.

— Hé. Tu t'es changée.

— Oui, c'est mon look « Marin Mondain ». Le rouge me flatte à l'écran.

— C'est bien que tu portes des vêtements unis. J'ai

oublié de te dire que les imprimés peuvent troubler la prise de vue.

— Je le sais. J'ai déjà été filmée.

— Oui, j'ai appris que tu avais été une star de la télé. Ça explique bien des choses, marmonna-t-il dans sa barbe. Bon. Je propose de filmer l'intro avant d'entrer. On n'a que vingt minutes avec…

— Greta Blumen.

— Il faut se grouiller. (Eric examina la rue de haut en bas, sourcils froncés.) Reste là avec la 7e derrière toi pour que je puisse filmer la circulation.

— Ici ? demanda-t-elle en reculant.

Il jeta un coup d'œil par-dessus sa tête puis observa la position du soleil.

— Non, plus à gauche. Pour attraper la lumière.

Sans réfléchir, Eric attrapa Jenna par les épaules pour la déplacer gentiment sur la gauche puis un peu sur la droite. Il était tellement absorbé par sa tâche qu'il ne s'était pas rendu compte qu'il la touchait – jusqu'à ce qu'il baisse les yeux vers Jenna et voie ses yeux écarquillés. Il la lâcha aussitôt.

— Parfait, déclara-t-il.

Eric planta son trépied à dix pas devant elle et positionna la caméra dessus. Il regarda dans l'objectif : Jenna était toute raide. Ses lèvres étaient pincées et ses bras pendaient, rigides, à ses côtés. Il fallait qu'il la détende.

Il leva la tête.

— Tu as déjà eu un animal de compagnie ?

— Un animal de compagnie ? Je suis allergique à tous les genres de fourrure. Mais j'ai eu une chatte sans poils.

— Comment elle s'appelait ?

— Colleen. J'ai toujours aimé l'idée de donner aux

animaux des prénoms humains inappropriés. J'ai failli la baptiser Rachel. Ou Tameika.

— Les animaux étaient interdits chez les Vale, mais quand j'avais douze ans, j'ai adopté un petit terrier que je laissais chez mon pote Tim. Il s'appelait Rocky 4. (Il replongea derrière la caméra et ajusta l'objectif.) Ton sac me rappelle son pelage.

— Tu oses comparer ma pochette à un chien ? C'est du faux chinchilla de luxe !

— Du faux pour de vrai ?

Jenna gloussa un peu.

— C'est un compliment, affirma Eric. J'adorais ce chien.

Jenna secoua la tête. Elle fit bouffer ses cheveux en gigotant tout en regardant Eric changer d'objectif, ajuster l'angle et recommencer. Il fronçait les sourcils sous l'effet de la concentration.

— Pourquoi tu aimes ça ? demanda-t-elle. Qu'est-ce qui t'a poussé à devenir réalisateur ?

Eric releva la tête.

— J'ai toujours eu cette idée en tête. Quand j'étais gamin, ma vie était... bordélique. Les films, eux, ont un début, un milieu et une fin. Tout est résolu dans l'acte trois. Parfois non, mais au moins on a des réponses. Et j'aime transformer le monde et le montrer tel que je voudrais qu'il soit. J'ai l'impression d'être Dieu, expliqua-t-il. C'est dingue. Parfois un souvenir me revient, un truc viscéral, et il me faut cinq bonnes minutes avant de réaliser qu'il n'est pas réel et que c'est une scène de film.

Elle sourit, compréhensive.

— Je comprends. Ça me fait la même chose avec les costumes. Je peux te demander quel est le sujet de ton court-métrage ?

— Non. S'il te plaît, noooon, gémit-il.

— Pourquoi pas ?

— Rien que d'y penser, je flippe. Je suis en train de faire une crise d'angoisse. Et toi ? Pourquoi la mode ?

— Les fringues disent qui tu es avant même que tu ouvres la bouche. Regarde-toi par exemple. Ce que tu veux que les gens pensent de toi est clair comme de l'eau de roche.

— C'est quoi ?

— Que tu ne fais aucun effort, ce qui est évidemment faux. Cool sans le faire exprès. Acteur hors tournage photographié par surprise par un paparazzi.

Il baissa les yeux sur sa tenue.

— Faux. Je suis un mec : j'enfile ce qui me tombe sous la main.

— Oh ! arrête ! Tu portais les Air Yeezy blanc et gris hier. Les baskets les plus branchées de Kanye. Avec un T-shirt RZA que tu as acheté chez VFiles rue Lafayette, j'en suis sûre. Cette boutique existe toujours ?

— Oui, mais je...

— Et aujourd'hui, tu portes la chemise à carreaux qui est en vitrine en ce moment au H&M de Soho. Plus un jean Rag & Bone élimé et des bottes de chantier chics – quelle marque ? Artful Dodger ? Édition limitée J. Crew ? (Elle pouffa.) Des bottines d'automne alors qu'il fait 26 °C. C'est la preuve que tu t'intéresses à la mode. Tu essayes.

— Comment tu fais ? (Eric baissa de nouveau les yeux sur sa chemise.) Je me sens mis à nu.

Jenna plissa les yeux, songeuse.

— J'ai trouvé. Tu es un mélange de Rappeur Disque de Platine Assis Près D'Un Terrain de Basket et de Hipster de la Haute.

Il s'éloigna du trépied.

— Un hipster ? Je ressemble à un mec qui boit de la bière artisanale ? Je suis habillé comme un fermier du XIXe siècle ?

— Non, tu es habillé comme un bûcheron du XIXe siècle.

— Je note que tu as mémorisé toute ma garde-robe, remarqua-t-il. Pourquoi tu me mates comme ça ?

— Oh ! s'il te plaît, je fais ça avec tout le monde.

— Bien sûr, répondit-il avec un sourire satisfait.

Content de son installation et désormais convaincu que la glace était brisée avec Jenna, Eric poursuivit :

— Répétons ton intro. C'est la première, elle va donner le ton de toute la série. Rappelle aux gens qui tu es et à quoi ils doivent s'attendre.

Il lui tendit le micro *StyleZine*. Elle prit une profonde inspiration puis souffla bruyamment, fronça le nez puis le relâcha et agita les épaules.

— Je suis prête. (Elle arbora un sourire éclatant.) Bonjour tout le monde, ici Jenna Jones, la nouvelle journaliste en goguette de *StyleZine*. Je suis super excitée à l'idée de vous présenter ma toute première vidéo ! Aujourd'hui nous sommes dans le showroom de la créatrice de chaussures, Isabel Mirielle, où… Eric Combs vient de lever la tête de sa caméra avec un mécontentement évident.

— C'est quoi cette voix ?

— La mienne ! répliqua-t-elle en haussant les sourcils.

— Adopte le ton de la conversation. Décontracté. Les vloggeurs sur YouTube parlent depuis leurs salles de bains et leurs cuisines comme s'ils s'adressaient à des amis. On cherche l'authenticité.

— Je n'ai pas l'air authentique ?

— Tu as la voix de Siri.

— C'était tellement facile avant ! Faut croire que j'ai perdu la main.

— C'est pas grave. Détends-toi.

Jenna recommença, mais fut déstabilisée lorsqu'une rafale ébouriffa ses cheveux. Elle les lissa, vérifia sa tête dans son miroir de poche et recommença. Puis elle approcha le micro trop près de sa bouche et étala son gloss ; elle ressortit son miroir. C'est alors qu'elle remarqua que son blush avait disparu au soleil ; elle sortit un poudrier et en rajouta. Durant la troisième prise, elle cria « Coupez ! » pour remettre en place ses colliers.

— Yo, qu'est-ce que tu fiches ?

— Je suis habituée à avoir une coiffeuse, une maquilleuse et une styliste avant d'être filmée ! (Elle se contempla de nouveau dans le miroir, lissa son anticernes et recommença.) Quatrième prise. Ici Jenna Jones et…

Eric éteignit la caméra.

— Il n'y a plus aucune spontanéité. Tu n'as pas envie de faire une overdose de perfection.

— Si.

— Non. Tu veux que les gens s'identifient à toi. Et puis idéaliser les femmes belles sur pellicule, ce n'est pas de l'art. On veut saisir les instants vulnérables et féminins. Quand il y a du vent et qu'une mèche de cheveux s'accroche au rouge à lèvres. Quand une femme rit trop fort et dissimule sa bouche derrière sa main. Quand elle lisse sa jupe sur ses fesses sans même s'en rendre compte parce qu'elle croit qu'elles sont trop grosses ou trop petites. Toutes ces imperfections.

— À mon âge, les imperfections sont illégales.

— Arrête de suranalyser ce que tu fais et sois naturelle.

On recommence l'intro et cette fois-ci, on ne s'arrête pas. Tu vas tout déchirer.

Il fallut trois prises supplémentaires et le coaching tranquille d'Eric pour que Jenna y parvienne. Elle finit par abandonner toute raideur et se montra comme elle était – autoritaire, brillante, mais avec ce côté légèrement excentrique et plein de dérision qui avait emporté l'adhésion du public dans *Top Model USA*. Quand elle écorcha le nom d'Isabel en l'appelant « Mireille », elle ne s'interrompit pas. Elle se contenta de glousser et d'ajouter « Ne faites pas attention, je débute. » Ça marchait.

Ce ne sera peut-être pas si mauvais, songea Eric.

Et lorsque l'assistante de Gretchen les fit entrer dans l'atelier – qui était un espace modeste de la taille d'un deux-pièces dans un gratte-ciel de Midtown – Eric se sentit optimiste. Le showroom était splendide, une explosion bobo chic. Des écharpes en velours brodé étaient suspendues partout, des soucoupes à encens magnifiquement gravées étaient disposées çà et là, et un tapis persan psychédélique recouvrait le plancher artistiquement usé. Le carrelage marocain qui habillait tous les murs était recouvert de chaussures du sol au plafond et un rideau en organza transparent flottait devant. Quatre jeunes femmes perchées sur de luxueuses ottomanes autour d'une table blanche patinée étudiaient de près des croquis de chaussures.

— Bonjour, je suis Rosie, les salua l'assistante de Greta Blumen en se dirigeant vers eux.

Elle était trapue, avec des cheveux orange ramassés en un chignon négligé. Elle avait l'air vigoureuse, comme si elle était capable de tuer un mammouth à mains nues.

— C'est vous que j'ai eue au téléphone, répondit Jenna.

— Mrs Blumen est dans l'autre pièce, dit-elle en

détournant les yeux de Jenna pour dévisager Eric. Et, eh bien, j'ai l'impression qu'elle s'est ravisée. Est-ce que vous pouvez revenir une autre fois ?

— Quoi ? fit Jenna, stupéfaite. Vous ne pouvez pas lui parler ?

— Eh bieeeen... elle sort d'une semaine très intense. Et elle est imprévisible. Je ne peux pas me permettre d'être virée.

Elle fit mine de les raccompagner à la porte.

— Mais, Rosie, protesta Jenna en essayant de ne pas céder à la panique, vous vous êtes engagée à faire cette vidéo hier, et...

— Pourquoi s'est-elle ravisée ? demanda Eric en s'adressant directement à Rosie.

— Elle ne veut pas être filmée, répondit-elle en lui lançant de nouveau un regard timide. Elle a le trac.

— C'est normal, la rassura Eric. Elle est habituée à rester dans l'ombre. Mais tout va bien se passer.

— Comment pouvez-vous en être certain ?

— Je sais comment détendre les femmes, assura-t-il avec un sourire qui creusa sa fossette.

Rosie leva les yeux au ciel en rougissant.

— Je veux bien le croire.

Le sourire d'Eric s'élargit.

— Pourquoi cette remarque ?

— Pour rieeeen, fit-elle d'un air coquin.

— Tout ce que je veux dire, poursuivit Eric avec une innocence feinte, c'est que tout bon réalisateur sait comment mettre en confiance son principal rôle féminin. Pourquoi en faire tout un plat, Rosie ?

— Je n'en fais pas tout un plat ! gloussa-t-elle.

Jenna les regarda tour à tour, ébahie par ce qui se

déroulait sous ses yeux. L'attitude de Rosie était passée de tendue à presque comiquement alanguie. Elle s'était appuyée contre le mur et caressait paresseusement une mèche de ses cheveux emmêlés.

— D'accord. Écoutez, je n'ai aucune envie de vous faire virer. Mais est-ce que vous pourriez essayer de la persuader de nous recevoir ?

— Je ne sais pas si je vais pouvoir la convaincre de sortir.

— Vous en êtes sûre ? demanda Eric en baissant la voix. J'ai pourtant l'impression que vous êtes du genre à obtenir ce que vous voulez.

— Vraiment ?

— Je me trompe ?

— Oui. Non. Oui ? (Rosie secoua la tête, troublée.) Euh... je reviens tout de suite...

La rouquine les abandonna sur le seuil et se hâta de traverser la pièce.

Jenna se tourna vers Eric et le considéra, incrédule.

— Quoi ? murmura-t-il.

— C'était quoi ce bordel ? siffla-t-elle entre ses dents.

— Il fallait bien qu'un de nous deux réfléchisse vite.

— Tu appelles ça réfléchir vite ? La persuader de nous aider en la baisant du regard ?

— Je me suis contenté d'utiliser les ressources mises à ma disposition pour sauver notre peau.

— C'était super naze, Eric.

— Oui, mais ça a marché. C'était quoi ton plan ?

— Qui a le temps d'en trouver un ? Tu l'as déjà mise enceinte !

À cet instant, Rosie les rejoignit d'un pas précipité.

— Bonne nouvelle. Mrs Blumen accepte de vous consacrer cinq minutes.

— Merci, mon Dieu ! s'exclama Jenna.

— Merci, dit Eric à Rosie.

— Tout le plaisir est pour moi, ronronna-t-elle en repoussant une mèche emmêlée derrière son épaule.

Jenna avait envie de vomir.

— Bon, continua Rosie, elle est dans la salle de bains en train de se masser les poignets avec de l'huile essentielle de myrrhe. Mais soyez prêts. Elle a eu deux semaines difficiles.

Une voix sonore et rauque à l'accent allemand prononcé s'éleva derrière eux.

— Merzi, Rosie, tu peux dizposer. Chenna ! Oh ! Chenna, mon amour !

Ils pivotèrent : Greta, frénétique et fébrile, émergea de la salle de bains. Elle ressemblait à une diseuse de bonne aventure et avait l'air défoncée. Elle portait une robe fluide à imprimé ikat, des ballerines à brides en satin Capezio et une écharpe dorée à pompons nouée sur la tête – d'où s'échappaient de folles boucles brunes. Sa tenue semblait complètement naturelle, comme si elle était sortie de l'utérus déjà adulte avec un bracelet en forme de serpent doré autour du biceps et une boule de cristal à la main.

Greta portait quelques accessoires qui n'étaient pas du tout assortis à sa tenue – une énorme minerve autour du cou et un plâtre qui couvrait tout son bras gauche. Et des béquilles.

Jenna et Eric échangèrent un regard.

— *Mein Liebling* ! (Elle boita jusqu'à Jenna et l'étreignit avec raideur, avant de faire la même chose avec Eric. Puis elle joignit les mains, comme en prière, en proie à une douleur évidente.) Ze shooting me rend nerfeuse à cause de mes blessures, mais Rochie m'a dit que ma fieille amie et le beau goche avaient l'air très trichtes et que che cherait un déchaztre de vous laisser tomber. Allons-y, alors ! Ze suis prête.

— Greta ? Qu'est-ce qui s'est passé ? Ton assistante ne nous a pas dit que tu étais… blessée.

— Ch'étais en train de pourchasser mon paon, Tarachi P. Henson, dans mon chardin, pour vaire du sport et ch'ai glissé chur mes cailloux de méditazion. Ch'ai des entorzes partout et che me suis caché le bras. Ch'était une catastrophe, mais *che qui ne te tue pas te rend plus fort.*

— Oh ! Greta, parvint à articuler Jenna, qui avait oublié que cette dernière avait tendance à émailler son discours de clichés de la pire espèce.

— Mon mari ch'est mis en colère à cause de mon imprudenze. Il a piqué une crise parce qu'on n'a pas d'achurance ? Ach ! Che ne fais pas attention à lui. *Les zens blessés blessent les zens.*

— Peut-être que la minerve et le plâtre ajouteront une touche d'originalité ! Pas vrai, Eric ?

Ce dernier était sans voix.

— Eric ?

— Oui, absolument, répondit-il en revenant à la vie. Greta, vous êtes prête ? Le mur de chaussures me paraît parfait pour commencer.

— Non. Che suis très zuperstitieuse et che fiens de faire refaire chette pièce pour la zeptième fois par un zpécialiste du feng shui. Il faut faire très attenzion à ne pas perturber le chi.

Eric examina la pièce.

— Si on se mettait dans le coin, avec le canapé doré ?

— Hors de question, c'est là que che me perche pour rêfer mes idées. Che ne peux pas partazer za avec le monde.

Il s'avéra que Greta se refusait à l'idée qu'Eric filme quoi que ce soit d'important ou de « spécial » dans son showroom : le seul endroit qu'elle lui permit de filmer était la porte blanche du placard. Après avoir installé son matériel, il jeta un coup d'œil dans l'objectif et vit que le décor était aussi bas de gamme et amateur que prévu.

Comme il n'avait pas le choix, il demanda à Jenna et Greta de commencer.

— Re-bonjour ! Je suis ici avec la célèbre mais mystérieuse Greta Blumen, la créatrice de chaussures d'Isabel Mirielle.

Greta s'appuya sur sa béquille droite et salua la caméra de sa main plâtrée qui s'agita de droite à gauche comme un volumineux essuie-glace blanc.

— Greta, est-ce que tu peux nous dire d'où te vient ton inspiration ?

— Z'est trop personnel ! Tout che que che peux réféler, ch'est que ch'aime prendre des risques. *Che danche comme chi perchonne ne me regardait.*

— Est-ce que tu peux nous révéler ce qu'Isabel Mirielle nous réserve ?

— Che peux *nicht*, mais il y aura quelque chose pour tout le monde. Parce que comme che le dis toujours, *la beauté est dans l'œil de chelui qui regarde.*

— Tu as certainement de nouveaux croquis fabuleux à partager avec nos spectateurs. Un petit aperçu ?

— *Nein* ! Après tout, *les bonnes choses arrifent à cheux qui safent attendre.*

Jenna jeta un coup d'œil à Eric, dont l'expression exaspérée disait clairement « Elle se fout de nous » et « Je vais te tuer ».

— D'accord… On peut au moins parler de ta fameuse

cuissarde Clara et de son talon strassé de quinze centimètres. D'après toi, pourquoi a-t-elle marqué aussi profondément ?

— Eh bien, ch'y ai beaucoup réfléchi et tu zais ze que che crois ?

Jenna sentit son optimisme renaître. Enfin des détails qui donneraient un peu de corps à cette interview qui ne menait nulle part.

— Dis-moi !

— *Le chexe fait fendre.*

— Coupez ! s'écria Eric en éteignant sa caméra. Greta, tu es super. Je voudrais juste dire deux mots à Jenna. Dehors. Si ça ne te dérange pas.

Jenna adressa un sourire à Greta puis suivit Eric dans le couloir. Dès que la porte se referma derrière eux, ils se mirent à se disputer en chuchotant.

— Jenna ! C'est quoi ce bordel ?

— Je sais !

— C'est pour ça que je t'ai demandé comment elle était devant une caméra. C'est ta pote ! Tu ne savais pas qu'elle se droguait ?

— Je n'ai pas vu Greta depuis des années. Je me souvenais juste qu'elle avait un charisme fou. Je croyais qu'elle serait géniale !

— Géniale ? Cette connasse s'exprime par mèmes !

— Par quoi ?

— Et je suis sidéré que sa larbine ne t'ait pas prévenue qu'elle était plâtrée des pieds à la tête. (Eric se mit à faire les cent pas.) Je veux dire... je ne peux pas... c'est un échec total.

— Mais... pourquoi tu ne m'as pas dissuadée ?

— Tu es sérieusement en train de dire que c'est ma

faute ? C'était ton idée de merde. C'est toi qui as choisi cette folledingue.

— Mais tu m'as suivie !

— Parce que c'est déprimant de se disputer avec toi, Jenna ! On ne te l'a jamais dit ? Tu n'es tellement pas cool !

— Mais si, bien sûr ! (Jenna n'était pas tout à fait certaine de comprendre ce qu'il entendait par là, mais elle pressentait qu'il avait raison.) Qu'est-ce qu'on va faire ? On n'a pas le temps de tourner autre chose. Comment on peut arranger ça ?

— Je vais devoir en tirer le meilleur parti possible. Je vais peut-être couper à mort. J'en sais rien. Je n'ai jamais eu à bosser à partir d'un matériau aussi merdique.

— C'est ma faute, gémit Jenna. On est morts !

— Tu te souviens quand tu as dit hier que tu avais besoin de moi ? C'est la vérité. Et pas juste pour que je t'apprenne à te servir de Twitter. L'une des clés de la réussite c'est de faire la liste de ce qu'on ignore et de voler leurs secrets à ceux qui savent.

— Tu es en train de me donner une leçon sur la réussite.

— Je me suis contenté de citer un de mes profs de fac.

— Je suis complètement perdue. (Elle plissa le front, inquiète.) Je viens juste de me rendre compte de l'énormité de la chose. Et tout dépend de cette vidéo.

Jenna avait l'air à la fois effrayée et totalement démunie – ce qui exacerba la culpabilité d'Eric. Il l'avait piégée. Il savait que son idée était pourrie et il aurait pu l'arrêter – mais il l'avait laissée faire pour lui prouver qu'il avait raison.

— Écoute, Jenna, dit-il. On est tous les deux responsables de ce fiasco. Si on ne se fait pas virer après cette vidéo, on se débrouillera pour que la prochaine déchire. Mais on doit bosser ensemble. OK ?

Elle hocha la tête.

— Ensemble. OK.

Ils regagnèrent d'un air sombre l'antre de Greta pour poursuivre « l'interview », à laquelle la créatrice mit fin en cinq minutes – mais elle trouva quand même le temps de presser une améthyste au creux de la paume d'Eric et de déclarer que son chakra couronne était en rogne.

En moins d'une demi-heure, Jenna et Eric en eurent terminé avec ce tournage de l'enfer. Cette fois-ci, ils partagèrent un taxi pour rentrer. Ils se tinrent le plus loin possible l'un de l'autre, chacun collé à sa portière, submergés par un silence déprimé. Ils étaient seulement unis par le sentiment partagé que leur carrière chez *StyleZine* était terminée avant même d'avoir commencé.

Chapitre 8

Quarante-cinq minutes insoutenables plus tard, Jenna et Eric étaient toujours dans le taxi. En ce milieu de journée, il y avait un embouteillage monstre entre la Sixième et la Vingt-Neuvième Avenue. La température avait atteint 32 °C et la climatisation du taxi était en panne. L'air, si frais le matin même, était devenu humide et lourd. Une odeur de *kimchi* et d'*onion rings* planait dans l'habitacle.

Ils étaient trop loin de SoHo pour finir le trajet à pied (et l'équipement d'Eric était trop encombrant). Le métro le plus proche, la ligne F, avait été déviée en raison d'une invasion de punaises de lit. Jenna et Eric étaient donc coincés en enfer. Ils étaient affamés, épuisés et à bout de nerfs.

Jenna avait remonté ses manches jusqu'aux épaules et elle agitait le tissu sur sa poitrine pour s'éventer (elle avait volé l'idée du sweat-shirt *crop top* au défilé Marc Jacobs ; elle avait acheté un sweat-shirt au rayon enfant chez Marshall et l'avait passé au four pour le faire rétrécir). Ses innombrables colliers de perles l'étouffaient. Elle les ôta – les perles bon marché de chez Claire's se cassèrent et roulèrent sur le sol.

Parfaite métaphore de ma vie. Tout est sur le point de craquer. Combien de temps vais-je pouvoir faire semblant d'être sophistiquée alors qu'en réalité je ne suis qu'une contrefaçon ? Combien de temps vais-je pouvoir prétendre faire mon job alors que je suis à la ramasse ?

Embarrassée, elle ramassa les perles et les fourra dans son sac à main. Puis elle jeta un coup d'œil à la dérobée à Eric. Il n'avait rien remarqué. Il était occupé sur son téléphone. Clairement exaspéré, il le laissa soudain tomber sur la banquette. Il s'étira un peu en poussant un grognement irrité, essayant d'adapter son mètre quatre-vingt-sept à l'espace étroit. Sa chemise remonta, exposant brièvement des abdos ridiculement musclés. La bouche de Jenna devint sèche. Il avait un ventre fabuleux. Il aurait pu faire de la pub pour un complément alimentaire.

— J'ai besoin d'air, marmonna-t-elle en s'éventant avec un *Marie Claire* sorti de son sac. J'étouffe.

Eric ne leva même pas les yeux. Pas grave, vu qu'elle ne s'adressait pas à lui. Ils ne s'ignoraient pas vraiment, mais ne s'étaient pas dit un mot de tout le trajet. De temps en temps, ils maugréaient dans leur barbe, à cran.

Eric : Quelle chaleur, mec ! Je vais crever.

Jenna : Je transpire tellement que je suis toute décoiffée. C'est repoussant.

Eric : Je veux un burger. On n'est pas loin d'un Shake Shack.

Jenna : Mais pourquoi tout le monde klaxonne ? C'est inutile, ça ne roule pas du tout !

Eric : Mais pourquoi ce taco sent les beignets d'oignons de chez Outback ?

Ils acceptèrent cependant assez rapidement le fait qu'ils étaient coincés – ensemble et indéfiniment – et cessèrent de se lamenter sur leur sort. Jenna posa la tête contre la vitre, ferma les yeux et tenta de respirer un peu d'air frais. Mais Eric était animé par une énergie fébrile qu'il réprimait tant bien que mal. Il commença par écouter de la musique en agitant la tête au son d'une chanson de rap avec une basse si lancinante que Jenna l'entendait malgré ses écouteurs Beats by Dre. Une fois la chanson achevée, il se concentra sur son téléphone, tweeta, joua à des jeux, regarda WorldStarHipHop.com – le tout très fort. Il avait mis le volume à fond. Le moindre « clic » quand il appuyait sur une touche, le moindre effet sonore résonnait dans la tête de Jenna au onzième décibel.

Elle finit par protester.

— Tu veux bien baisser le son ?

— Pardon.

— Merci.

Avant qu'Eric ait eu le temps d'obéir, le « ding » reconnaissable annonçant l'arrivée d'un SMS retentit. Il le lut, se redressa et se mit aussitôt à pianoter comme un fou. Durant les deux minutes qui suivirent, son expression couvrit toute la gamme des émotions (agacé, plein d'espoir, déçu, souriant).

Si c'est si important, songea Jenna, *pourquoi il ne parle pas à cette personne par téléphone au lieu de texter ?*

Comme par un fait exprès, le téléphone sonna. Eric se figea et contempla l'écran comme s'il ne l'avait jamais vu. Puis il jeta un coup d'œil à Jenna. La sonnerie continua à retentir. Encore. Et encore.

— Tu ne comptes pas répondre ?

— C'est pas grave, répondit-il pour gagner du temps. Ce n'est pas poli de répondre alors qu'on est coincés ici tous les deux ; je ne veux pas te déranger. Tu as l'air tellement sereine. Quand tu es calme, je suis heureux.

— Eric, décroche !

— D'accord.

Il porta le combiné à son oreille et se colla encore davantage contre sa portière. D'une voix presque aussi basse qu'un murmure, il dit :

— Salut. Non, je ne peux pas te parler. Alors... oui, je suis désolé moi aussi. Je le ferai. Mais je dois te laisser. Je... euh... (Il baissa encore la voix.) Tu me manques aussi.

Il raccrocha, glissa le téléphone dans sa poche et s'avachit sur la banquette. Jenna croisa les bras et l'examina, un sourire narquois aux lèvres.

— Tiens donc.

— Je ne veux pas en parler.

Il se frotta les tempes.

— Qui était cette déesse parmi les femmes ?

— Et c'est parti...

— Eric, est-ce que tu as une petite amie ?

— Une ex-petite amie. Ex.

— Et depuis quand c'est ton ex ? Vous étiez... ensemble... quand, tu sais...

— Non, je ne trompe pas. Je n'en vois pas l'intérêt. Pourquoi être en couple ? (Profondément mal à l'aise, il frotta ses mains moites sur son jean.) On a rompu il n'y a pas longtemps.

— C'est-à-dire ?

— Jenna. Je vais fermer les yeux et profiter de quelques minutes de paix avant qu'on rentre au bureau et que ma mère ne gâche toute ma vie. D'accord ?

— D'accord, répondit-elle, débordante de curiosité.

Qui était cette fille ? À quoi ressemblait-elle ? Est-ce qu'il l'avait embrassée comme...

N'y pense même pas. Il ne s'est rien passé, tu te souviens ?

Mais elle voulait savoir.

— Tu peux quand même me donner son prénom, non ? lança-t-elle. Elle fait quoi dans la vie ?

— Madison, répondit-il froidement. Ballerine.

— Pourquoi vous avez rompu ?

— Excuse-moi, mais ça ne te regarde pas.

— C'est vrai, mais que veux-tu qu'on fasse d'autre ? Vu qu'on est coincés ici ensemble, on ferait aussi bien de discuter. Et puis je donne d'excellents conseils de couple. Même si je n'ai jamais réussi à comprendre le mien.

Il haussa les sourcils.

— Tu es en couple ?

— Non. Je suis dans la phase affreuse entre deux relations.

— Et comment ça se passe ?

— Ça ne se passe pas. Les hommes de mon âge veulent sortir avec des femmes du tien. Parle-moi plutôt de Madison.

— Non.

— Pourquoi ?

— Parce que tu es méchante avec moi. Et je voudrais maintenir une distance émotionnelle saine avec toi.

— Oh ! allez, s'il te plaît ?

— Mais c'est pas vraiiiii, gémit Eric en s'adossant à la banquette. Qu'on m'exfiltre de ce taxi.

— Pourquoi vous avez rompu ?

— C'est bon, céda-t-il, exaspéré. Elle fait partie d'une compagnie de danse à Los Angeles et elle est en deuxième année à l'université là-bas, mais moi je vis à New York à présent. Ça aurait été une relation longue distance.

— Attends. Elle est en deuxième année de fac ? Elle a quel âge ?

— Presque dix-neuf ans.

Jenna repoussa les boucles trempées de sueur plaquées

sur son front et hocha la tête en s'efforçant de ne pas révéler ce qu'elle ressentait – le choc de se rendre compte qu'Eric était assez jeune pour sortir avec une gamine de dix-huit ans.

— Eh bien, répondit-elle, parfois les relations fonctionnent malgré la distance. Vous avez essayé ?

— C'est compliqué. Je l'ai rencontrée quand j'étais à l'école de cinéma. Quand j'ai eu mon diplôme, elle a voulu demander son transfert à l'université de New York pour qu'on ne soit pas séparés. (Il fronça les sourcils, songeur.) Je lui ai dit de rester sur la côte Ouest, qu'elle n'avait pas à déménager à l'autre bout du pays pour suivre un mec. Mais elle s'est foutue en rogne. Un truc de fou.

Jenna acquiesça.

— Madison voulait que tu lui demandes de te suivre.

— Elle n'a jamais dit ça.

— Mais c'est ce qu'elle ressentait. Elle voulait que tu l'aimes si passionnément que tu ne te poses même pas la question.

Eric la regarda comme si elle n'était qu'une gamine idiote.

— Passionnément ? On n'est pas dans un film.

— Tu ne ressens pas une passion folle pour Madison ?

— Je ressens une solide appréciation pour elle, répondit-il mollement. Écoute, j'ai trop chaud et je suis trop crevé pour discuter. Je dois garder mon énergie pour le montage.

— Tu veux la reconquérir ?

— J'en sais rien. Oui ?

— Comme c'est mignon.

Eric se frotta les yeux de la paume des mains.

— Yo, je préférerais faire tellement de trucs plutôt que de partager ce moment avec toi.

— Qu'est-ce que tu aimes chez elle ?

— J'ai dit que je ressentais une appréciation solide.

— Qu'est-ce que tu apprécies solidement chez elle ?

— Elle est adorable. Et gentille.

— Adorable et gentille ? Tu décris quoi ? Un bichon maltais ?

— Qu'est-ce que tu veux que je te dise ? C'est ce que j'apprécie.

— Est-ce qu'elle te nourrit ?

— Tu veux savoir si elle cuisine ?

— Non. Est-ce qu'elle nourrit ton âme ? Te motive ? T'inspire ?

— Est-ce qu'une petite amie est censée faire ça ? Je me motive tout seul. (Eric s'interrompit.) Écoute, je n'aime pas me poser de questions sur mes relations. Pour moi, les choses sont simples. Il suffit de se rendre mutuellement heureux, c'est tout. Les situations compliquées avec des femmes compliquées ? Très peu pour moi.

— Ça veut dire quoi, compliqué, pour toi ?

— La copine de mon pote Tim, par exemple. La semaine dernière, elle l'a pourchassé dans Mott Street avec une épée qu'elle avait volée sur le mur d'un restaurant thaï. Et il a adoré ça. C'est quoi, le projet ? J'aime les nanas cool qui n'essayent pas d'avoir toujours le dernier mot. (Il haussa les épaules.) Les femmes que je peux rendre heureuses. Les meufs pas prise de tête comme Madison.

— J'ai un secret pour toi, avoua Jenna. Madison est compliquée. Nous le sommes toutes. Elle a certainement l'impression qu'elle doit être simple pour toi, du coup elle s'adapte.

— Tu ne la connais même pas.

— Oh ! si, crois-moi. J'ai été ce genre de fille. Pendant quasi vingt ans, j'ai joué les potiches. Mon job était d'être jolie, de sourire et de la fermer. Ces arrangements sont voués à l'échec parce que aucune femme ne peut enterrer ses besoins à jamais. Et quand elles révèlent qui elles sont, les hommes les quittent. Et tu sais quoi ? Même les hommes qui sortent avec des femmes fougueuses comme ton ami Tim finissent par prendre leurs jambes à leur cou aussi. Parce que ces relations-là ne sont pas sincères non plus, c'est une addiction au drame et ça s'éteint vite. Les seuls couples qui durent sont ceux qui se traitent comme des égaux, comme mes amis Billie et Jay, qui échangent leur pouvoir. Parfois c'est lui qui décide, parfois c'est elle. Mais c'est rare. Tu devrais peut-être creuser pour comprendre pourquoi tu cherches des femmes qui te laissent être qui tu es, dans toute ta complexité – tandis que toi tu veux qu'elles n'aient pas le dernier mot.

Eric la dévisagea.

— J'ai jamais entendu un jugement aussi idiot et critique de toute ma vie. Je suis un super petit ami. Les hommes qui se sont succédé chez moi quand j'étais gamin étaient des ordures ; je sais très bien comment ne pas en être une. Tu crois vraiment que je voulais que Madison la ferme et me laisse briller ?

Jenna n'avait pas cherché à l'offenser ; elle voulait juste lui donner son avis. Certes, il ne lui avait rien demandé, mais elle ne voulait pas dépasser les limites. Elle mourait juste d'envie de satisfaire son intense curiosité à l'égard de Madison tout en entraînant Eric dans une discussion sans agressivité. Et voilà qu'à cause d'elle, ils se retrouvaient une fois de plus à la case départ.

— Je ne voulais pas t'irriter.

— À t'entendre, on dirait que j'ai renvoyé Madison comme une potiche sans importance. Comme si c'était ma faute. C'est tout l'inverse. Je lui ai dit de rester à Los Angeles parce que c'était le mieux pour elle. Je tiens à elle, je me suis montré attentionné.

— Je ne t'ai pas critiqué, j'essayais juste de…

— Bon sang, Jenna. Qu'est-ce qui t'est arrivé ? Tu as vraiment une dent contre les mecs.

— Pardon ?

Eric était déjà d'une humeur massacrante à cause de l'interview. Le coup de fil de Madison l'avait déstabilisé et il avait chaud. Et voilà qu'en plus Jenna égrenait les suppositions infondées le concernant. Ses remarques avaient cependant touché un point sensible. Une infime partie de lui appréciait le caractère agréable (voire faible) de Madison parce qu'il lui facilitait la vie. Mais dans l'ensemble, Jenna le faisait passer pour un mec insensible et égoïste, ce qui le blessait un peu – et il méprisait ce sentiment. Pour Eric, être un peu blessé ouvrait la voie à une blessure encore plus grande, et ça, c'était hors de question.

Il était furieux contre Jenna, mais encore plus irrité par lui-même. Pourquoi son opinion lui importait-elle ? Eric fit donc ce qu'il faisait toujours quand quelqu'un transperçait sa carapace impénétrable. Il frappa là où ça faisait mal.

— Oui, tu as une dent contre les hommes, répéta-t-il. Tu viens de dire que tous les mecs, quel que soit le type de femmes avec qui ils sortent, trouvent une raison de les larguer. Tu vois, c'est pour ça que les vieux courent après les jeunes femmes. Elles sont encore ouvertes et optimistes. Personne n'a envie de perdre son temps avec une femme qui attend juste qu'on se plante.

Jenna lui lança un regard noir. Elle l'avait blessé accidentellement, mais il venait de l'insulter délibérément.

— C'est vraiment vache.

— Tu m'as entraîné contre mon gré dans cette conversation uniquement pour suggérer que je traitais ma copine comme une poupée gonflable.

— Ta copine ? Vous êtes ensemble, oui ou non ?

— Non ! Et qu'est-ce que ça peut bien te faire ?

— Rien, rétorqua sèchement Jenna. Tu sais, je comprends pourquoi tu aimes les femmes entre guillemets simples. Tu as grandi avec Beowulf. Tu cherches tout le contraire.

— Beowulf ?

Eric fut tellement surpris qu'il éclata de rire.

Personne n'avait jamais eu le cran de lui dire ça.

— C'est génial. Continue, je t'en prie.

— Darcy a contaminé toutes tes expériences sentimentales. C'est évident. C'est pour ça que tu flirtes avec tout ce qui bouge. Tu as flirté avec moi et avec les filles du magazine. Tu as dit à Jinx qu'elle était coiffée comme Lara Croft juste pour la voir se pâmer.

— Je lui ai dit ça pour l'aider à prendre confiance en elle ! Ce n'est pas du flirt, c'est de la galanterie.

— Tu as même fait les yeux doux à l'assistante de Greta pour décrocher l'interview, poursuivit-elle. Tu es dans une quête constante d'attention et d'approbation féminines. Pourquoi ? Parce qu'on te les a refusées quand tu étais enfant.

Il la dévisagea. Le feu passa au vert, quinze voitures klaxonnèrent et le taxi avança de dix centimètres.

— C'est ton diagnostic ? finit-il par demander.

— Absolument.

— Tu veux entendre le mien ?

— Fais-toi plaisir.

— Jouer les méchantes blasées ne marche pas du tout. Tu n'as pas un lancement de bouquin ce soir ? Tu devrais trouver un autre mec de vingt-deux ans sur lequel gueuler. Et le baiser pour te débarrasser de toute ta souffrance.

Eric regretta aussitôt ses propos. Mais il était trop furieux pour s'excuser.

Jenna ouvrit la bouche, la referma puis la rouvrit.

— Je te déteste. Intensément.

— C'est réciproque, Mrs Robinson.

— Je ne peux pas rester dans ce taxi avec toi. (Cramponnée à son sac à main, Jenna se pencha vers la vitre qui les séparait du chauffeur.) Monsieur ? cria-t-elle. Pouvez-vous me laisser sortir ? Je veux sortir…

— Pas question, merde. Je sors, tu restes, s'exclama Eric en frappant sur la vitre. Est-ce que vous pouvez ouvrir le coffre pour que je puisse récupérer mon matériel ?

— Non ! C'est moi qui pars !

— Je me fiche bien de qui se barre et de qui reste, rétorqua le chauffeur, tant que je suis payé, *capisce* ?

Pendant quelques secondes embarrassantes, Jenna et Eric hurlèrent tous les deux pour obtenir qu'on déverrouille leur portière. Elles étaient toutes les deux fermées et le chauffeur appuyait alternativement sur le bouton « verrouiller/déverrouiller », mais comme aucun des deux ne parvenait à saisir son rythme, ils frappaient à coups redoublés contre les portières en jurant, en proie à une rage comique.

La portière de Jenna fut la première à s'ouvrir. Triomphante, elle tira son portefeuille, en sortit deux billets de vingt dollars et les lança à Eric.

Le chauffeur la regarda faire dans le rétroviseur intérieur et se mit à rire.

— Eh ben, elle fait pleuvoir la thune !

Jenna poussa sa portière et plongea dans l'intersection

cacophonique et embouteillée. Manque de bol, dès qu'elle eut claqué la portière, la circulation reprit. Elle se rua vers le trottoir et vit le taxi emporter Eric. Elle s'essuya le front en soupirant et se mit à remonter la Sixième Avenue d'un pas lourd. Elle ne laissait rien de bon derrière elle et elle était certaine que rien de bon ne l'attendait non plus.

— C'est une putain de blague ? enragea Darcy, quatre heures plus tard. (Elle venait juste de visionner le clip de deux minutes monté par Eric.) Dites-moi que c'est une plaisanterie.

Assis dans le bureau de leur boss, Jenna et Eric, qui avaient l'impression d'être des élèves perturbateurs collés par le principal, répondirent par un silence glacé. Darcy éructait, Eric gigotait sur sa chaise, l'air épuisé et blasé, et Jenna, au garde-à-vous, essayait d'encaisser les reproches mérités comme une professionnelle.

Son attitude sérieuse était cependant en contradiction avec son apparence. Le trajet à pied depuis la 29e Rue ne lui avait pas rendu service. Quand elle était arrivée dans les locaux de *StyleZine*, elle boitait à cause de ses ampoules aux pieds, son mascara avait coulé et ses cheveux formaient un halo hirsute à cause de l'humidité.

— C'est un ramassis d'idioties sans intérêt. Jenna, quand je t'ai donné carte blanche, je ne pensais pas qu'en tant que professionnelle expérimentée, tu me pondrais un truc digne d'un projet d'arts plastiques de sixième. Quant à toi, Eric, c'est quoi ce montage décousu ? Tu es défoncé ? Et qui a eu l'idée de choisir cette gitane crétine pour la première vidéo ? Elle a un accent incompréhensible. Si encore il était chic, comme l'accent français ou italien. Mais allemand ? C'est la langue la plus déprimante *au monde*. Quand j'entends parler allemand, j'ai envie de me flinguer. Et j'ai passé toute la vidéo à me demander pourquoi elle n'était pas aux soins intensifs à Mount Sinai. C'était l'idée de qui ?

Eric et Jenna ne répondirent pas. Jenna ne voulait pas avouer son erreur colossale et Eric ne voulait pas la dénoncer.

— Qui a eu cette idée ? répéta-t-elle.

— Eh bien, initialement…, commença Jenna.

— Moi, répondit Eric en même temps.

— C'est gentil, Eric, mais non. Tu ne sais même pas qui est Greta Blumen.

— Je voulais décrocher une exclusivité pour *StyleZine*, expliqua Jenna. Greta n'accorde jamais d'interview.

— Et pour cause. *Fraulein* Blumen ne parle à personne. Et ce n'est pas parce qu'elle a accepté d'être filmée qu'elle a accepté de parler. Avait-elle spécifié qu'elle le ferait ?

Jenna ne pouvait se résoudre à admettre qu'elle ne lui avait même pas parlé avant. Voyant qu'elle était dans l'embarras, Eric intervint aussitôt – non qu'il en ait quoi que ce soit à faire, mais il n'avait qu'une hâte, en finir le plus vite possible pour pouvoir aller fumer le joint rangé dans son portefeuille.

— Maman… attends, comment tu veux que je t'appelle au boulot ?

— Jehovah.

Il ricana.

— Noté. Écoute, on a fait de la merde. On le sait. Ça ne se reproduira pas.

Darcy dévisagea son fils comme si elle était sur le point d'exploser.

— Ah bon ? Vraiment ? Sachez que si je ne vous vire

pas c'est uniquement parce que ça m'a demandé beaucoup de réflexion et d'effort pour vous embaucher. Je sais que vous pouvez faire mieux. Mais ne me le faites pas regretter. Vous avez plus besoin de moi que moi de vous, alors sortez-vous les doigts. Au boulot. Eric, même si je t'ai fait pousser dans mon utérus en platine…

Il eut un mouvement de recul.

— *Utérus en platine ?*

— Je te foutrai quand même dehors à coups de pied au cul. Quant à toi, Jenna, dois-je te rappeler que tu as pour mission de tripler notre nombre de vues en huit mois ?

— Inutile.

Jenna contemplait ses mains et Eric posa les yeux sur la fenêtre – ils évitaient de se regarder. Darcy les observa tour à tour.

— Qu'est-ce qu'il se passe entre vous ?

— Pardon ?

Jenna croisa les jambes.

— Je décèle de l'énergie négative. Je suis au courant de tout ce qui se passe dans mes bureaux et surtout ce qui concerne mes vaches à lait. Quelqu'un vous a surpris en train de vous disputer dans le bureau de Jenna lundi. Et deux jours plus tard, vous me rendez cette merde ? Vous n'êtes pas à l'aise à l'idée de travailler ensemble. Vous êtes là, raides et furax, comme si vous ne vous supportiez pas. Il n'y a aucune alchimie entre vous.

Eric ricana.

— Si tu savais.

— Je ne parle que pour moi, protesta Jenna, qui avait envie de le frapper à coups de sac à main, mais je suis à l'aise ! Je t'assure.

— Arrête de me raconter des conneries. Jenna, tu

bosses en étroite collaboration avec mon fils. C'est une pression supplémentaire. Tu te sens peut-être bloquée parce que tu n'arrives pas à te détendre en présence du fils de la patronne.

— Je ne crois pas...

— Et toi, E, j'ai bien vu que tu as eu envie de vomir quand je t'ai raconté notre histoire à Jenna et moi. C'est très simple : si vous n'êtes pas capables de travailler ensemble, dites-le-moi tout de suite. Comme ça, j'en remplace un ou les deux.

— Pas la peine, affirma Eric. On est cool.

Jenna hocha la tête.

— Les plus cool.

— J'ai fait l'erreur de penser que vous seriez capables de me pondre une vidéo géniale en deux jours. C'est ma faute. Notre lectorat stagne : ça m'a rendue impatiente, avoua Darcy. Changeons de dynamique. Je vous donne dix jours. Ça vous permettra de surmonter cette gêne bizarre. Nouez un lien. Construisez une énergie.

Jenna et Eric s'agitèrent sur leurs sièges.

— J'ai une question, dit-il. Est-ce qu'on est obligés d'être dans la même pièce pour ça ou est-ce qu'on peut faire ça par FaceTime ?

— Garde tes sarcasmes pour toi, répliqua sa mère. Tout mon corps a mal à la tête et je suis en retard pour mon Lunchtime Lipo.

— L'heure du lunch est passée depuis longtemps.

— C'est un nom de marque, siffla Jenna d'une voix glaciale.

Elle avait dit « c'est un nom de marque », mais son ton signifiait « crève, connard mal élevé ».

— Vous voyez ça ? (Elle désigna tour à tour Jenna et

Eric.) Je ne sais pas ce qui se passe, mais ça suffit. Vous êtes partenaires. Agissez en conséquence. Vous avez reçu vos invitations pour l'apéro d'anniversaire de Terry lundi prochain ?

Darcy n'était pas du genre sentimental, mais elle était obsédée par les anniversaires et les fêtes. Elle en profitait toujours pour organiser des fêtes obligatoires pour son équipe (même si le concept de « fête obligatoire » était un oxymore. Comme s'amuser sous la contrainte ?)

Il ne lui était jamais venu à l'esprit que ses employés puissent ne pas avoir envie du tout de célébrer leur anniversaire en compagnie de leur cheffe. Surtout une boss surnommée Tueuse de Rêves.

— Vous avez intérêt à être là tous les deux et à vous comporter courtoisement, menaça Darcy. Vos jobs en dépendent. Littéralement. Je veux un retour sur investissement, abrutis.

— Absolument, affirma Jenna, soulagée d'avoir droit à une deuxième chance. (Elle était abasourdie que Darcy ait aussi bien pris leur échec.) Ne t'inquiète pas.

— Je ne m'inquiète pas le moins du monde, répondit Darcy d'un ton tranquillement menaçant. Jenna, qu'est-ce qui est arrivé à tes cheveux ? Tu ressembles au lion dans *Le Magicien d'Oz*. Oh et puis, ce n'est pas mon problème. Dégagez.

Chapitre 9

Leur choix n'est pas si mal, songea Jenna. *Ce jean est adorable ! La poche arrière est un peu basse, ce qui aplatit davantage mon cul déjà inexistant, mais la coupe est sophistiquée. Et la couleur est sympa.* Jenna faisait du shopping chez Target pour la première fois de sa vie. Le supermarché était situé dans le centre commercial Atlantic Center de Brooklyn, en diagonale du Barclay Center, et on y croisait toutes les personnalités qu'on pouvait trouver à Brooklyn : des jeunes cadres embourgeoisés qui achetaient des coussins aux couleurs vives pour leurs chaises longues achetées chez Restoration Hardware ; des ados bruyants et chahuteurs qui mangeaient chez Pizza Hut et se roulaient des pelles dans le café ; des mères de famille branchées et tatouées qui cherchaient des draps en coton bio au rayon enfants – et Jenna, qui, en presque vingt ans de mode, n'avait jamais rien acheté dans ce genre d'endroit à l'exception d'une paire de chaussettes et d'un mascara Maybelline Great Lash.

Elle y achetait des fringues parce que c'était tout ce que son budget lui permettait, ce qui l'aurait déprimée si elle n'était pas en train d'y prendre goût. Durant la demi-heure qui venait de s'écouler, elle avait rempli son chariot avec trois jeans qui pouvaient passer pour des jeans de marque ; deux robes qui étaient d'excellentes imitations Isabel Marant ; et un pull à grosses mailles un peu masculin qui, en plissant les yeux, pouvait passer pour le rejeton d'un croquis de Matthew Williamson. Comment avait-elle pu ignorer que Target était le Narnia délicieux du shopping ?

On était samedi matin et le shopping lui éclaircissait toujours les idées – ce dont elle avait bien besoin après sa semaine épouvantable. Au lieu d'obéir à l'ordre de Darcy et de passer plus de temps ensemble, Jenna et Eric avaient décidé de faire exactement l'inverse et ils s'évitaient totalement. La seule fois où ils s'étaient croisés en dehors de la cuisine, ils s'étaient livrés à une volte-face presque chorégraphiée et étaient repartis dans deux directions opposées. Jenna ne pouvait pas faire autrement. Elle aurait voulu qu'Eric n'existe pas.

Ce qui était idiot, vu qu'elle avait besoin de lui.

Elle attrapa une longue jupe mauve électrique sur un portant rotatif tout en réfléchissant. Il fallait qu'elle arrange les choses et qu'elle s'excuse. Après tout, elle était l'adulte. Certes, Eric s'était montré grossier en disant qu'elle avait désespérément besoin de baiser et que personne ne voudrait sortir avec elle, mais Jenna n'aurait jamais dû lui dire qu'il avait des problèmes avec l'image maternelle. C'était inexcusable. Pas étonnant qu'il ne veuille plus lui parler.

Elle était en train de fouiller un autre portant lorsque deux voix familières lui parvinrent aux oreilles.

— ... parce que, oui, je suis blond platine, mais en vrai, je suis brune, du coup ma peau n'est pas assortie à mes cheveux. On pourrait croire que je porte du blush rosé, mais j'ai besoin d'une teinte corail.

— Est-ce que tu trouves que mon eye-liner à la Cléopâtre est démodé ? J'ai besoin de me mettre au goût du jour.

— Tu ne peux pas abandonner ton eye-liner Cléopâtre. C'est ta marque de fabrique.

— Ma quoi ?

— C'est à ça qu'on te reconnaît. Si quelqu'un voulait se déguiser en toi, il devrait obligatoirement porter cet eye-liner. Tout le monde a une marque de fabrique. La mienne c'est le look coquin sportif techno.

C'était Terry et Jinx. Jenna les vit remonter l'allée centrale en direction des caisses, des paniers pleins de maquillage à la main.

Jenna se figea. Non, non, non. Il était hors de question qu'elles la voient acheter une garde-robe entière chez Target. Tous les matins, elle mettait à profit des années d'expertise pour accessoiriser ses tenues de telle manière qu'un top American Eagle passait pour du Altuzarra. Elle était censée être une véritable *fashionista* qui pesait dans le game ! Si elles la voyaient, tout le monde saurait qu'elle n'était qu'une impostrice fauchée.

Allez, circulez, y a rien à voir...

— Jenna ?

Elle rouvrit aussitôt les yeux.

— Terry !

Terry et Jinx échangèrent un regard et se mirent à pouffer.

— Je n'aurais jamais pensé te croiser chez Target ! (Jinx ressemblait à une fille qui vient d'apprendre un ragot juteux.) Qu'est-ce que tu fais ici ?

— Oh ! je... Je suis venue acheter des ustensiles de cuisine. Je ne suis rentrée à New York que depuis quinze jours et j'ai encore besoin de trucs pour la maison.

— Mais ce n'est pas ton Caddie de fringues ? demanda Terry.

— Non ! s'écria Jenna en riant. Qu'est-ce qui te fait penser une chose pareille ?

— Ton sac en fourrure est posé dessus.

— Oh ! Hilarant. Ma, euh, ma nièce de quinze ans a besoin de vêtements pour le lycée, j'étais juste en train...

Jenna s'interrompit. Elle venait de se rendre compte qu'elle s'agrippait à la jupe longue qu'elle tenait contre elle comme une armure.

Elle décida sur-le-champ qu'elle en avait assez de cacher l'état de ses finances. De toute façon, les apparences ne lui avaient pas rendu le respect qu'elle recherchait.

Elle fourra la jupe dans le chariot, s'empara de son sac à main et dit :

— Les filles, je peux vous inviter à manger une pizza ?

Dix minutes plus tard, les trois femmes se partageaient deux pizzas aux poivrons tout en discutant de la perception et de la réalité.

— Mais... t'es tellement chic, dit Jinx.

— Plus maintenant, répondit Jenna.

— Tu as bossé pour *Darling* ! s'exclama Terry. Comment ça se fait que tu n'aies pas de fringues couture ?

Jenna avala une gorgée de Sprite.

— J'avais effectivement une garde-robe fabuleuse. Mais... les circonstances ont changé et j'ai tout vendu parce que j'avais besoin d'argent pour déménager. Maintenant je suis une « glambassadrice » fauchée qui a le culot de donner des conseils de mode aux lectrices de *StyleZine* alors que j'ai acheté une paire d'escarpins sur un site appelé Fauxboutins.com.

Terry et Jinx la dévisagèrent, incrédules. L'histoire des Louboutin les sidérait. Elles ne s'attendaient pas à un tel degré de mauvais goût de la part d'une de leurs collègues, encore moins de la sienne.

— Est-ce que les chaussures ont l'air vraies ? demanda Jinx à voix basse.

— Les filles, poursuivit Jenna, j'aimerais bien que ça reste entre nous, d'accord ?

— Bien sûr, promit Terry. (Elle posa la main – ornée de multiples bagues en forme de squelettes et de crânes de pirate – sur celle de Jenna.) Nous formons un cercle de confiance.

— Et n'aie pas honte d'être fauchée ! On l'est toutes, ajouta Jinx en mordillant avec précaution un petit morceau de poivron.

— Prête pour une révélation ? demanda Terry en volant à Jinx son morceau de pizza. Ce matin, je me suis habillée dans le noir. On nous a coupé l'électricité. C'est la faute de ma coloc'. Elle est sympa, mais c'est une vraie folle de sodo. Elle est tellement occupée à se faire prendre par le juif hassidique qui tient le bureau de change en bas de chez nous qu'elle a oublié de payer sa part. Et je ne peux pas le faire à sa place. C'est dire à quel point j'ai pas de thunes.

— Je suis tellement pauvre, renchérit Jinx que je fais des paninis avec mon fer à repasser.

— Tu vois ? s'écria Terry. On est toutes dans le même bateau.

Jenna sourit, envahie par le soulagement. C'était génial d'avouer enfin la vérité et elle était ravie de pouvoir se détendre en présence de Terry et de Jinx. C'était gentil de leur part d'essayer de lui remonter le moral.

— Et pourtant vous êtes super lookées toutes les deux. Vous avez un style d'enfer.

Terry haussa les épaules.

— On écrit des articles sur les couturiers, mais on n'a pas besoin de porter ce qu'ils font pour être canon.

— C'est facile d'y parvenir sans argent. (Jinx regarda son amie blonde, les yeux brillants.) Tu crois qu'on devrait...

— Les grands esprits se rencontrent, Jinx. Oh oui, on devrait.

Jinx sautilla sur sa chaise en agitant ses épais cheveux bruns.

— On va faire des essayages comme dans *Pretty Woman* !

— Concentre-toi, chérie. Combien de temps on a devant nous avant le vernissage ?

Jinx consulta son téléphone.

— Cinq heures. Plus ou moins.

— Tu as du C ?

Jinx sortit un flacon de cachets de son *tote bag* métallique et le secoua.

— Allons-y, mes pétasses, fit Terry. Jenna, prends ton sac. Une fois nos achats payés, on va te faire découvrir comment les jeunes fauchés se sapent dans cette ville.

Terry et Jinx entraînèrent Jenna dans ce qu'elle appela plus tard le Fashion Tour des Arnaqueuses. Elles la conduisirent d'abord dans une maison entre la 11e Rue et University Place, possédée par Laurette DaSilva, une top model des années 1970 qui passait ses journées à distraire des serveurs équatoriens et à se prélasser dans un brouillard de substances illicites. Il était de triste notoriété qu'elle échangeait des vêtements exquis pour quelques pilules de clonazépam, ce qui est exactement ce qui se produisit cet après-midi-là. Puis elles s'installèrent dans un café près de Washington Square Park, le We Don't Sell Coffee, et dégainèrent l'iPad de Jinx pour montrer à Jenna la magie d'Etsy. Elle y découvrit un monde merveilleux et brillant de sublimes accessoires – sacs à main, boucles d'oreilles, colliers – qui ne coûtaient presque rien. Terry l'emmena ensuite chez son amie Clara, que tout le monde appelait la Reine du Jean, au studio Anne Wu sur l'Avenue C. Elle détruisait le denim – puis le réparait avant de le détruire de nouveau – pour créer les jeans, vestes et chemises les plus sexy de la Terre. @RJ ne vendait qu'à ses copines et comme son beau-père était un des actionnaires de tous les restaurants Uno d'Asie et d'Australie, elle pouvait se permettre de les vendre à très bas prix. Enfin, pour compléter leurs trouvailles, elles scrollèrent sur le site de *Vogue* pour retrouver les looks favoris de Jenna des défilés de 2012 – et se rendirent chez Zara, sur la Cinquième Avenue, pour trouver d'excellentes reproductions. Le gérant accorda à Jinx et Terry un rabais de 40 % parce qu'elles embauchaient parfois ses employées sublimes dans les reportages de *StyleZine* sur le *street wear.*

Lorsqu'elles s'arrêtèrent dans un kebab pour dîner, Jenna était en possession d'une nouvelle garde-robe exquise. Plus jeune et plus branchée, mais avec un petit côté glamour comme elle l'aimait. Elle bouillonnait, en proie à la fièvre de la mode – elle n'avait qu'une envie, se précipiter chez elle pour tout essayer. Et elle s'était fait deux copines en plus du shopping. Quelle délicieuse journée.

— J'adore pousser mes followers à manger sainement, déclara Jinx en prenant une photo de sa salade pour Insta. Mmm, Jenna, tu comptes manger tes frites au cheddar ?

— Non, tu peux les prendre, répondit-elle en faisant

signe au serveur d'apporter l'addition. Je vais rentrer. La semaine m'a laminée.

Jinx attrapa une frite, poussa un gémissement orgasmique puis les renversa sur sa salade.

— En parlant de semaine, reprit Terry, tout va bien avec E ? Hier, il t'a appelée Ursula la sorcière.

— Vraiment ? répliqua Jenna avec un rire forcé. Oh ! c'est bien son genre.

Jinx sourit d'un air mélancolique.

— Vous avez déjà remarqué que ses initiales sont E C ? Eye Candy ?

— Arrête de soupirer après lui, se moqua Terry. En plus, on sait toutes que pour l'intéresser, il faut être une *gazelle* de dix-huit ans. Avec son ex, ils formaient un couple éblouissant. Mais si vous voulez mon avis, elle n'était pas bien maligne. La seule fois où j'ai entendu le son de sa voix, c'est quand elle a résumé *Pretty Little Liars*.

— Jenna, je parie que quand tu avais dix-huit ans, tu avais déjà tout pour toi, déclara Jinx.

— Ha ! J'étais nulle. Quand j'avais dix-huit ans, on m'en donnait quatorze. (Jenna finit son thé et laissa de l'argent pour payer sa note. Gênée par le tour pris par la conversation, elle décida qu'il était temps de mettre les voiles.) Il faut que je file, les filles. Mais merci infiniment pour cet après-midi shopping. C'était magique.

Jenna les embrassa, attrapa ses sacs et s'éloigna en soufflant des baisers avec les doigts.

Ursula la sorcière ? Il était temps de faire cesser cette querelle ridicule. Elle était prête à ravaler sa fierté et à endosser toute la responsabilité afin qu'ils puissent travailler. Et il fallait faire vite.

Chapitre 10

À dix-huit ans, Jenna en paraissait effectivement quatorze. Quand elle était entrée à la fac, elle était beaucoup moins mûre que lorsqu'elle avait commencé le lycée. Au lycée, au moins, elle savait à quoi s'attendre. Elle se levait, mangeait son bacon et écoutait sa mère, cool, glamour et constamment déçue, sous-entendre que puisque personne ne l'invitait à des fêtes ou à boire un verre, elle était officiellement la déception sociale du club des ados noirs chics de la Virginie du Nord, le Jack and Jill. Ensuite, elle critiquait la tenue de sa fille (qui, dans son lycée rural fréquenté uniquement par des Blancs obsédés par la coupe mulet et les tracteurs, s'habillait comme Jody Watley si cette dernière avait été une extraterrestre projetée dans un roman de Madeleine L'Engle). Puis Jenna se rendait au lycée en voiture, où on l'ignorait royalement. Après les cours, elle se réfugiait à la bibliothèque – où elle se perdait dans un monde de livres consacrés au Vieux Hollywood, de romans de SF, d'animés japonais, de photos de la Renaissance de Harlem et de contes de Grimm. Seule.

Elle n'avait pas d'amis, mais ce n'était pas grave. Elle puisait presque un certain confort à ne pas attendre d'être intégrée.

Quand elle arriva à Georgetown, elle était inexpérimentée dans tous les domaines. Mais la première semaine, elle rencontra son âme sœur en la personne de sa colocataire – l'excentrique, exubérante, sûre d'elle Elodie, qui charmait tous ceux qui la croisaient grâce à son attitude désinvolte, ses yeux coréens et son cul noir. Elle jeta un coup d'œil à Jenna avec ses accoutrements étranges, ses références bizarres et son régime incompréhensible uniquement composé de salade et de protéines, et décida qu'elle était géniale. Si Elodie la trouvait cool, alors peut-être l'était-elle vraiment !

Elle fut entraînée dans son orbite. Jenna se bourra la gueule à 2 heures du matin chez Boones Farm et développa l'habitude de fumer des cigarettes Parliament. Elle se laissa tripoter par des voyous dans des quartiers louches sans personne pour la ramener chez elle. Elle eut des notes épouvantables pour la première fois de sa vie, se cassa la cheville en dansant sur une table couverte de bière à une fête dans une fraternité et il lui arriva même de s'évanouir, ivre morte, au milieu de M Street. Son moi de quatorze ans savait bien qu'elle faisait n'importe quoi, mais elle voulait expérimenter les mêmes choses que les autres, même si c'était débile, immature ou imprudent.

Pourtant, au milieu de cette année bordélique, elle parvint à créer deux tenues fortement inspirées par Club MTV pour le Concours de talents de printemps de l'Association des étudiants noirs. Elle avait le pressentiment que ses shorts cyclistes et ses chemises à jabot pouvaient l'emporter et, alors qu'elle pratiquait son discours de remerciements dans les coulisses avec ses mannequins en attendant le résultat, elle ne remarqua pas le mec blanc et grand qui s'était arrêté devant elle.

— C'est quoi ton talent ?

Le type portait un jean beaucoup trop grand recouvert de taches de peinture et des lunettes dont le verre solaire était relevé.

— Le stylisme, répondit-elle en désignant ses mannequins.

— Des imitations bas de gamme de Julie Brown ? Tu parles d'un talent.

— Pardon ? Et le tien ? Tu sais que c'est une association d'étudiants noirs, n'est-ce pas ?

— Je suis chanteur de R&B, répliqua-t-il.

Il avait des yeux de chat, espiègles, en amande et vert émeraude et ses cheveux ébouriffés à la Kurt Cobain avaient des reflets acajou. Il avait le visage d'une pin-up qui n'aurait pas déparé sur la couverture d'un magazine pour ado – et n'avait rien d'une Left Eye au masculin.

— Tu chantes du R&B ? Toi ?

— Ouais, comme Jodeci, mais tout seul. Le R&B c'est toute ma vie. On s'en fout que je sois blanc. J'ai le flow.

Jenna croisa les bras.

— OK, David Silver. Montre-moi.

Il posa une main sur son oreille comme Mariah Carey et chantonna pour trouver le *la*. Jenna avait du mal à se retenir de pouffer.

Puis il se mit à crooner ; il avait un alto impressionnant.

Mmm… ooooh yeah, oh yeah…

Check micro un deux un deux la Petite se moque du mec qu'a le flow

On le surnomme Extrait de Vanille Juif

Tu tomberas amoureuse, j'te préviens j'te ferai grimper aux rideaux, Mais dis-moi d'abord, bébé, comment tu t'appelles ?

Jenna éclata de rire.

— Extrait de Vanille ? Jenna Jones. C'était ridicule.

Il lui serra la main.

— Salut JJ. Mon vrai nom est Brian Stein. Et si je gagne, je t'emmène chez Tombs après le spectacle.

— Et si tu perds ?

— C'est toi qui m'invites.

Brian remporta le concours. Ce que Jenna ignorait, c'est qu'il savait danser, ce qui, pour un chanteur de R&B blanc au début des années 1990 lui permettait de remporter les trois quarts de la battle. Il gagna le titre non officiel de l'étudiant en économie/comptabilité le plus cool de Georgetown – et le cœur de la fille. Ils se rendirent chez Tombs, le bar légendaire qui inspira *St. Elmo's Fire*, discutèrent, rirent et flirtèrent pendant des heures. Jenna découvrit, à sa grande surprise, qu'Extrait de Vanille était l'une des personnes les plus intelligentes qu'elle ait croisées. C'était l'aîné de six frères, des voyous des quartiers nord de Philadelphie – un gamin juif élevé dans un quartier dominicain qui avait fréquenté une école noire – et, comme Jenna, il ne s'était jamais intégré. Mais, contrairement à elle, il avait confiance en lui. Il avait eu une enfance compliquée, avec une mère serveuse folledingue dans une maison miteuse pleine d'aspirants criminels (aucun n'avait le même père et aucun père n'était resté dans les parages), mais il encaissait tout avec assurance. Il considérait que son histoire était une force, la raison pour laquelle il se battait et ce qui le propulserait vers la gloire.

Jenna, qui avait l'estime d'elle-même dans les chaussettes, était émerveillée.

— J'étais tellement sérieuse au lycée, avoua-t-elle en buvant de la Heineken. Et super intelligente. Mais depuis que je suis ici, je me suis transformée en *cheerleader* décérébrée. La fac, c'est dur. Je ne sais pas comment me comporter.

— Sois à la fois intelligente et idiote. Comme moi. Je sais très bien que j'ai eu l'air débile, un chanteur de R&B blanc dans un concours de Noirs. Mais j'aime la musique noire, alors je l'ai fait. Et j'ai gagné. Sois qui tu veux, mais jamais à moitié. Et aie toujours un plan. C'est la clé.

Jenna sourit.

— Tu es tellement sûr de toi.

— J'ai des buts. Dans la vie. Comme toi, je suppose. (Il attrapa deux serviettes en papier sur le bar et dégaina un stylo.) Tu sais ce qu'on devrait faire ? La liste de tout ce qu'on veut et se retrouver dans quinze ans pour vérifier qu'on a tout coché.

Ils rédigèrent chacun la leur puis la lurent à haute voix. Jenna avait écrit : *Je veux être une journaliste de mode célèbre comme Grace Coddington, vivre à New York, travailler chez* Darling *et avoir un mari et des enfants.*

De son côté, Brian avait gribouillé : *Le 12 mars 1991, moi, Brian Benjamin Stein, je veux : Devenir un magnat de l'immobilier plus riche que Donald Trump. Être millionnaire avant mes trente ans. Construire pour ma mère une maison sur Park Avenue. Avoir une femme et des enfants… et toi. Je te veux, toi.*

Ils rentrèrent dans la chambre de Brian. Dans son lit, dans le noir, alors qu'un blizzard de mars faisait rage dehors, il la déshabilla lentement.

— C'est ma première fois, murmura-t-elle.

— Pas pour moi. Tu es en sécurité. Tu seras toujours en sécurité avec moi.

Puis Brian lui fit l'amour avec précaution et de façon

mémorable. Lorsque le jour se leva, il s'était installé de manière permanente dans son cœur. Ils emménagèrent ensemble. À partir de ce moment, il n'y eut plus de Brian sans Jenna. Ils coordonnèrent leurs emplois du temps pour pouvoir traverser le campus ensemble. Même leurs prénoms étaient assortis : BrianetJenna. Ensemble, ils formaient le couple typique de la crème de la crème de Georgetown – à vingt ans à peine, il la surnommait « sa femme puissante ». Brian était président du conseil étudiant et elle était la première journaliste de mode noire de *The Hoya*, le journal de la fac. Elle était sa source de motivation, il était son guide – la voix dans sa tête qui lui disait que tout était possible, sa boussole intérieure quand elle était perdue.

Elodie, qui aimait Brian comme un frère, le trouvait trop autoritaire et directif. C'était vrai. Mais à l'époque, Jenna adorait ça : c'était ce dont elle avait besoin. La force de Brian lui fournit le courage de s'opposer à ses parents – qui voulaient tous deux qu'elle fasse médecine comme eux – et de s'installer à New York avec lui et Elodie.

Au milieu des années 1990, New York était un tourbillon. L'économie était florissante et deux des industries de Manhattan qui rapportaient le plus d'argent étaient la presse et l'immobilier. Le budget des magazines leur permettait d'envoyer leurs rédacteurs à Ibiza ou à Marrakech pour des shootings photo indécents, les hommes d'affaires investissaient des millions dans de nouvelles structures – et Brian et Jenna se retrouvèrent en première ligne. Ils étaient invincibles – à l'exception des cinq mois où ils firent une pause lorsque Brian dirigea la construction d'un complexe sur la côte Ouest (il décida qu'il fallait qu'ils se donnent un « espace sain » pour grandir chacun de leur côté, mais Jenna interpréta qu'il voulait s'éloigner d'elle et elle se jeta dans les bras du fiancé de Darcy, avec les conséquences désastreuses que l'on connaît). En six ans, ils avaient coché tous les points de leur liste à l'exception du mariage et des enfants. Qui avait le temps de penser à ça ? Ils étaient en retard pour l'anniversaire de Donatella chez Moomba !

Jenna se construisait un nom dans le milieu de la mode, et Brian… construisait tout court. À vingt-sept ans, il avait récolté les louanges de l'industrie pour avoir bâti un gigantesque complexe résidentiel dans le quartier de Nyack, qui devint rapidement un endroit prisé par les familles riches de l'Upper West Side qui désiraient un jardin. À trente-trois ans, il avait bâti dix-sept immeubles entre Harlem et Battery Park et était l'un des rares promoteurs immobiliers à avoir su transformer Dumbo, la partie lugubre de Brooklyn située en bord de mer, en un lieu huppé. Mais il n'était pas seulement un pro de l'immobilier – Brian était aussi un incroyable investisseur. Il était malin et intrépide, et était devenu millionnaire bien avant ses trente ans. L'année où il construisit leur célèbre maison de West Village.

La première nuit qu'ils y passèrent, Brian, enivré par le succès, l'amour et lui-même, fit jouir Jenna six fois – une fois par pièce. Ils acquirent rapidement des maisons dans les Hamptons et sur l'île Moustique. Quatre ans plus tard, ce fut un jet. Leurs vies étaient compliquées, glamour et exigeantes. Elle se rendait à Paris pour les défilés, il allait à Los Angeles pour rencontrer des entrepreneurs, mais ils se retrouvaient quelque part entre les deux pour un dîner de charité ou un bal costumé. C'était l'un des couples les plus populaires de Manhattan. Barbie et Ken mixte. En public, ils étaient sans égal.

Mais « en public » était le seul endroit où ils brillaient. À la maison, les silences étaient longs et assourdissants. Jenna ne savait pas quand c'était arrivé exactement, mais ils avaient cessé d'être BrianetJenna. L'étincelle dans les yeux de Brian qui lui était jadis destinée était à présent réservée à l'argent. Il était entièrement dévoué à l'amasser, à faire fructifier ce qu'il possédait déjà et à construire des propriétés toujours plus majestueuses et clinquantes. Il frimait. Jenna ne parvenait à attirer son attention que lorsqu'elle endossait le rôle de l'épouse couronnée de succès dans des événements chics. Rien de ce qu'elle disait ou faisait ne l'intéressait – et tout empira lorsque l'économie s'effondra.

Plus Brian s'inquiétait de l'état du marché immobilier, plus il devint distant – et plus elle devint désespérée. Elle n'abordait que des sujets de conversation susceptibles d'attirer son attention. Jenna, qui ne comprenait pas vraiment le fonctionnement de son propre plan d'épargne retraite, citait le *Financial Times* au débotté. Elle abandonna son propre style au profit de tenues que lui trouvait sexy. Elle cessa même de regarder sa série préférée, *24 heures chrono*, parce que le jeu intense, merde-je-n'ai-que-cinq-minutes-pour-sauver-le-monde, de Kiefer Sutherland augmentait le niveau de stress de Brian. Brian et Jenna éprouvaient jadis une grande passion l'un pour l'autre. Chacun était la priorité de l'autre. Du jour au lendemain, Brian était devenu la priorité de leur couple.

Ils en étaient là lorsqu'un beau matin, à trente-six ans, Jenna décida qu'elle était prête à cocher la dernière case de sa liste. Elle voulait être l'épouse de Brian. Et avoir un bébé. C'était plus qu'une volonté ; une nécessité absolue. Comme la plupart des New Yorkaises ambitieuses, l'idée ne l'avait pas traversée avant – et quand elle le fit, l'envie d'être mère se révéla si violente qu'elle éradiqua toute autre pensée. Lorsqu'elle en parla à Brian, il acquiesça distraitement : il était temps pour eux de devenir les Jones-Stein. Il la demanda en mariage en public au Met Gala de 2008. Andre Leon Talley et Zac Posen grimpèrent sur leurs chaises, ivres, pour gazouiller « Finally » de CeCe Peniston. Tout ça contenait plus de mise en scène que de sentiment, mais Jenna s'en fichait. Elle était aux anges.

Il devint vite clair que Brian était profondément désintéressé par l'organisation du mariage. Il refusa de choisir une date et un an plus tard, ils n'avaient toujours rien planifié. En plein déni, Jenna se jeta à corps perdu dans l'organisation de son mariage idéal. Elle savait qu'elle le rendait dingue et l'éloignait encore davantage – mais elle croyait que, si elle le voulait assez, ça suffirait pour deux.

En privé, elle commença aussi à programmer le bébé qu'ils mettraient en route après le mariage. Elle prit rendez-vous avec des médecins spécialisés en fertilité pour vérifier que ses ovocytes étaient toujours viables (c'était le cas). Elle accumula une véritable collection de livres de régime, de vêtements de maternité et une liste de prénoms. Elle s'abonna à des magazines de parents, qu'elle recevait chez *Darling* et non chez elle. Elle sourit et roucoula lorsque Billie accoucha de May – qu'elle aima instantanément de manière inconditionnelle –, mais elle en conçut aussi une grande angoisse. Billie et Jenna avaient prévu de tomber enceintes en même temps. Elle avait l'impression que ça ne lui arriverait jamais.

Puis Brian cessa de coucher avec elle.

Comme elle avait toujours été soumise à la sexualité lunatique de son partenaire – elle était toujours celle qui était séduite, courtisée et dominée –, elle en fut profondément déroutée. C'était leur fonctionnement. Au travail, elle était autoritaire et ambitieuse, mais au lit, elle appréciait la soumission. Elle comprenait qu'il était de son devoir de lui donner ce dont il avait besoin – s'il voulait prendre son temps, elle était Miss Ralenti. S'il voulait aller vite, elle devenait Miss Quickie. Il la sautait quand et comme il le souhaitait. L'emprise que Brian avait sur Jenna était si puissante que lorsqu'il la lâcha, elle se sentit ensevelie. Inutile.

Et puis il y eut le dernier dîner, le plus terrible, au cours d'une soirée étouffante de juin. Ils étaient tous les deux à la maison, et Jenna, dans une tentative désespérée de prétendre qu'ils n'étaient pas malheureux, avait fait livrer le repas.

— Restons en ville ce week-end. Il y a un festival à Prospect Park : ils diffusent un vieux film en plein air tous les samedis soir. Il me semble que demain, c'est *La fureur de vivre*. On pourrait emporter un pique-nique. (Elle arbora un sourire forcé.) Le *date* de mes rêves.

— C'est ça le *date* de tes rêves ? On s'est rendus à dos de chameau à une fête à Bornéo. Je ne comprends pas.

Elle se souvenait de cette soirée. Cette nuit avait été incroyable.

Mais Brian avait oublié qu'elle était allergique à la fourrure. Elle avait passé tout le dîner à glousser avec les épouses des ambassadeurs en faisant semblant de ne pas voir que ses cuisses avaient triplé de volume. Elle n'en avait jamais parlé à Brian et les photos qui avaient été publiées dans les pages internationales de *Town & Country* étaient fabuleuses. C'était tout ce qui comptait.

— Brian, je fais des efforts. Je porte la robe que tu as vue sur une affiche et que tu as dit aimer. Je ne me plains pas, alors que ça fait trois jours que je ne t'ai pas vu. Je voudrais juste que pour un soir, on fasse quelque chose de spécial et de tranquille.

— J'en ai tellement marre de t'entendre parler de tes désirs, rétorqua Brian.

— Je suppose que tu parles du mariage. Tu as dit que tu voulais m'épouser. Et fonder une famille. Tu l'as dit le soir où on s'est rencontrés.

— Le soir où j'étais habillé comme tous les membres de Color Me Badd ?

— Tu l'as toujours dit.

— Beaucoup de choses ont changé. Les gens changent.

— Oui, n'est-ce pas ? (Jenna planta sa fourchette dans son risotto puis la reposa.) Suis-je au moins une vraie personne pour toi ? Ou juste une autre de tes propriétés ?

— Je pourrais te retourner la question. Quand est-ce que j'ai cessé de compter pour toi ? Tu es obsédée par l'idée de te marier. Et par un bébé qui n'existe même pas. Je t'ai entendue demander à l'ouvrier de changer de marque de peinture parce que Benjamin Moore ne propose pas de peinture non toxique pour les enfants. Quels enfants, putain ? (Il frappa du poing sur la table.) Honnêtement, je ne comprends pas de quoi tu te plains. Tu as une femme de ménage, un chef, un chauffeur. Qu'est-ce que tu veux de plus ?

— Je sors avec toi depuis dix-huit ans. J'en ai marre d'être juste ta petite amie.

Il se passa la main dans les cheveux et soupira.

— Je t'aime. Mais tu en demandes trop.

Jenna hocha la tête. Elle savait très bien ce qu'il ressentait, elle voulait juste qu'il le verbalise.

— Les maisons, l'argent, les voitures ? J'abandonnerais tout bien volontiers juste pour que tu me regardes de nouveau.

Il éclata de rire.

— Comme c'est mignon. Mais c'est un mensonge. Tu ne voudrais jamais renoncer à tout ça. Aucune femme ne le ferait.

Elle se leva calmement. Et lui donna un coup de poing dans la mâchoire de toutes ses forces. Elle en eut mal aux phalanges pendant une semaine.

— Tu me prends pour qui, bon sang ? Je suis tombée amoureuse de toi quand tu n'avais pas cinq dollars devant toi pour bouffer chez Taco Bell. J'ai financé notre vie à la fac en bossant chez Contempo Casuals. J'en ai jamais rien eu à foutre de l'argent. Toi, si. Regarde-moi te le rendre, espèce de connard arrogant.

Jenna renonça à presque vingt ans d'histoires, de familles et d'amis entrelacés. Elle claqua la porte sur l'argent, les maisons, les invitations. Elle coupa les ponts avec sa belle-mère, Anna, avec qui elle était restée pendant trois jours à l'hôpital quand elle avait subi sa mastectomie et qu'elle aimait un poil plus que sa propre mère.

Elle quitta Brian parce qu'elle l'aimait toujours et qu'elle sentait qu'elle était en train d'en mourir, comme d'une maladie.

Chapitre 11

Darcy avait demandé à son assistant de choisir l'endroit le plus cool de son répertoire pour l'apéro d'anniversaire de Terry : Carolina, un bistrot rustique décoré comme une taverne sur Avenue B. Grâce à son éclairage orangé (sous lequel tout le monde ressemblait à un top model), à ses alcôves spécial flirt bien cachées dans les murs en pierres brutes et aux cocktails les plus inspirés de tout l'East Village, Carolina était l'un des bars les plus recherchés pour les premiers rendez-vous.

C'était un choix étrange pour une fête de boulot, mais, de toute façon, après le troisième verre, plus personne ne s'en souciait. Le gérant avait rapproché quatre longues tables à cocktail pour accueillir l'équipe de *StyleZine* et, trois quarts d'heure plus tard, la moitié des employés était bourrée et enfournait des frites au parmesan en Instagrammant tout ce qui se passait.

Jenna sirotait son strawberry mint julep – l'une des spécialités du Carolina – depuis son arrivée, cinq minutes plus tôt. Elle faisait semblant d'écouter Jinx se lamenter sur sa cinquième rupture avec son abruti de petit ami, Peneen, mais en réalité elle cherchait Darcy des yeux. Elle la trouva devant la porte réservée au personnel en train de draguer le gérant du bar, un mec basané avec une moustache en guidon de vélo et un chapeau de paille. Jenna avait assisté à suffisamment de fêtes avec elle pour savoir que le statut du type (gay, hétéro, en couple) n'avait aucune importance – il ne tarderait pas à recevoir une Pipe À La Darcy.

Jenna avait deux objectifs en tête. Comme Darcy le lui avait ordonné lors de la réunion post-Greta Blumen, elle comptait bien se montrer cordiale avec Eric pour prouver à sa cheffe que tout allait bien. Et, plus important, elle voulait vraiment arranger les choses entre eux. La pression était de plus en plus forte ; elle en était au point où seulement songer à Eric ou à la web-série la plongeait dans la panique.

Eric se tenait devant le comptoir à côté de Terry, qui s'était juchée sur un tabouret. Elle portait un tutu et un serre-tête avec des oreilles de chat. Les deux amis bavardaient. Jenna se demanda quel pouvait bien être le sujet de leur conversation. Et dans combien de temps Terry se barrerait pour lui laisser le champ libre.

— ... et je sais qu'il est super pris par son hobby d'apiculteur urbain, bredouilla Jinx, mais il ne s'occupe jamais de moi. Il est même distrait pendant qu'on baise ! Il se cramponne à la télécommande parce qu'il a des tocs et qu'il a peur de la perdre dans le lit.

— Comment peut-il être au meilleur de sa forme avec une seule main ? demanda Jenna, perplexe.

— Pourquoi il ne me dit pas ce qu'il ressent ?

— Parce qu'il l'ignore lui-même. Les hommes ont des vies émotionnelles très élémentaires. Ils passent la moitié de leur temps à se demander quand ils vont pouvoir se branler ou bouffer un burger. (Jenna sirota une gorgée de cocktail.) Est-ce que tu lui as fait part de tes inquiétudes ?

— Les filles chiantes sont rabat-joie, répondit Jinx d'un ton triste. J'espère juste qu'il va se réveiller et revenir.

— Ma chérie ! Pourquoi attendre qu'il décide de ce que doit être votre relation ? (La serveuse les regarda en haussant les sourcils et Jenna baissa la voix.) Tu es une femme forte. C'est à toi de décider.

— *C'est à toi de décider* ! C'est tellement vrai, déclara Jinx en attrapant son téléphone. Il faut que je tweete ça tout de suite.

D'où me vient cette soudaine lucidité en matière de couple ? se demanda Jenna. *Pourquoi n'ai-je pas réussi à l'appliquer à ma relation avec Brian ?*

Elle jeta un coup d'œil en direction du bar : Terry fit la bise à Eric et s'éloigna. Il fallait saisir l'occasion.

— Tu veux un verre, Jinx ?

— Non. Je dois rester sobre pour sextoter avec Peneen. Il a horreur des fautes d'orthographe.

Jenna, soulagée que les SMS n'aient pas existé quand elle avait vingt-quatre ans, avala son verre d'une traite et se leva. Elle fit bouffer ses cheveux, arrangea sa tenue « ce vieux machin cool trouvé au fond d'un placard » (un simple marcel blanc avec un jean troué, un bracelet argenté en forme de serpent et du rouge à lèvres rouge vif) et se dirigea vers le comptoir. Mais avant qu'elle y parvienne, Terry revint avec une nana. Une jolie fille à la peau couleur moka vêtue d'un bustier à rayures rouges et blanches. Elle lui lança un sourire coquin qui promettait un truc à trois et de la coke et lui serra la main.

Génial, songea-t-elle. *Est-*ce que *c'est un blind date ?*

Elle s'installa rapidement sur le seul tabouret disponible,

à deux personnes d'Eric. Le comptoir était tellement bondé qu'il ne l'avait pas vue.

— Eric ! couina Terry, qui, avec son serre-tête chat, ressemblait à Josie et les Pussycats. C'est la personne de mon cours de *biking* dont je t'ai parlé. Jeanine, je te présente Eric.

Une fois les présentations faites, elle s'éloigna en dansant sur « Birthday Cake » de Rihanna.

Jenna avait l'impression d'être une espionne. C'était vulgaire d'écornifler, mais elle voulait absolument savoir ce qui allait suivre.

— J'ai tellement entendu parler de toi, ronronna Bustier. Tu es à la hauteur de ta réputation, je vois.

— J'ai beaucoup entendu parler de toi, moi aussi. Qu'est-ce que tu fais dans la vie ?

— Je suis mannequin. Et actrice. Et serveuse. Je suis un tas de choses, chéri.

— Je vois ça. Je t'offre un verre ?

— Non, je suis en désintox. Il faut que je sois au top pour l'audition pour Nickelodeon.

— Nickelodeon ? Attends, mais tu as quel âge ?

— Vingt ans, mais je peux jouer les gamines de treize ans. Mon agent dit que j'ai une tête de petite poupée. Comme Selena Gomez. Les vieux pervers ont envie de me sauter, mais je suis pure comme neige.

— Blanche comme neige.

— Hein ?

— Non, rien.

— Ouais, je peux jouer les ados. Tu veux que je te joue mon rôle pour l'audition ? Je joue la fille superficielle qui a les meilleures répliques. (Elle prit une voix plus aiguë de quinze octaves et se mit à couiner.) « On est ce qu'on mange ? Marrant, je me souviens pas avoir bouffé Kate Upton ce matin ? »

— On peut dire « bouffer Kate Upton » sur Nickelodeon ?

— Attends, je te fais ma préférée : « Sois toujours toi-même. Sauf si tu peux être moi. Alors, sois toujours moi. » Et une autre…

Eric se tourna vers le bar d'un air las pour attraper sa vodka Red Bull. Ce faisant, il remarqua Jenna qui leva les pouces.

— Tu sais quoi, Jenna… je veux dire, Jeanine ? Je suis désolé, mais je dois parler à quelqu'un. Une collègue. Il est impératif que je la voie avant qu'elle parte.

— Impératif ? Ça veut dire quoi ?

— Nécessaire. Non négociable.

— J'adore ta façon de parler. C'est chic.

— Tu restes ici encore un moment ?

Elle repoussa une mèche de cheveux et acquiesça.

— Très bien, je te retrouverai, promit Eric.

— T'as intérêt. Je ne t'ai pas donné mon numéro. Et il est impératif que tu l'aies, répondit-elle avant de s'éloigner en se pavanant.

Dès qu'elle eut disparu de son champ de vision, Eric demanda au type assis à côté de Jenna s'il voulait bien échanger leurs places. Il se déplaça avec un grognement agacé. Eric s'installa en silence – bras croisés, yeux plissés, l'air espiègle.

— Dis-moi…, commença-t-il. Tu es là depuis combien de temps ?

— Pourquoi ?

— J'attends tes commentaires.

— De ma part ? (Jenna se mordit la lèvre pour dissimuler

un sourire amusé.) Je n'ai rien à dire. Sauf que, waouh, les filles sont bien empressées de nos jours.

— Je sais. Elle aurait pu demander à sa marraine la fée un peu de subtilité.

Jenna prit une profonde inspiration et se prépara à débiter les excuses qu'elle avait répétées dans le métro.

— Eric, je sais qu'on répète en boucle les insultes et les excuses, mais je suis vraiment navrée de t'avoir balancé des horreurs dans le taxi. Je ne voulais pas te blesser.

— C'est pas grave, assura Eric, qui ne souhaitait pas envenimer les choses. Je ne l'ai pas mal pris.

— Si. Et… tu m'as vexée aussi. Tu as dit qu'il fallait que je baise pour me débarrasser de ma souffrance. C'était naze.com.

— Naze.com ? Tu es qui aujourd'hui ? (Il s'interrompit et remarqua qu'elle avait l'air différente. Il posa les yeux sur ses lèvres rouges puis sur le soutien-gorge en dentelle que l'on pouvait apercevoir sous son marcel blanc. Il déglutit et se ressaisit.) Je m'excuse, moi aussi. C'était horrible de ma part. Mais j'ai l'impression que tu me pousses à dire des trucs affreux.

— Toi aussi ! Je pense qu'en l'admettant, on fait un pas de géant. On n'a pas besoin d'être super potes pour créer un truc génial. *X-Files* est une série extraordinaire et, dans la vraie vie, Gillian Anderson et David Duchovny se détestaient. On ne peut pas s'ignorer. Je déteste la façon dont je me suis comportée, Eric. Je veux que ça marche entre nous.

Eric dévisagea la femme contrite – une femme dont la beauté était presque trop épuisante pour être ignorée – et vit qu'elle était vraiment torturée. Il se rendit compte soudain qu'en un peu plus d'une semaine, elle l'avait fait passer du désir le plus ardent à la confusion puis à l'exaspération et finalement à la colère aveugle. Elle avait renversé son monde sans le faire exprès. Il eut le sentiment que ça n'avait rien à voir avec lui. Jenna se débattait comme si la vie l'avait tellement malmenée qu'elle ne savait plus par quel bout la prendre.

— Tu veux enterrer la hache de guerre, hein ? demanda-t-il ?

— En un mot comme en cent, oui.

Eric lui tendit la main.

— Considère qu'elle est enterrée. Je déclare un cessez-le-feu.

Après un instant d'hésitation surprise, Jenna lui serra la main.

Elle ne comprenait pas pourquoi il faisait soudain comme si tout allait bien entre eux, mais elle ne comptait pas poser de questions.

— Va pour un cessez-le-feu, répéta-t-elle, incrédule.

— Je voudrais mettre en place une règle, quand même. À partir de maintenant, on ne devrait plus évoquer nos vies personnelles. C'est comme ça que ça dégénère.

Jenna hocha la tête.

— Aucune information personnelle. Je suis d'accord pour tout à condition que tu arrêtes de m'appeler Ursula la sorcière en public.

Eric grimaça.

— Je vais divorcer de Terry.

— Tu es pardonné, affirma-t-elle d'un ton léger. Tu lui as demandé de te présenter quelqu'un ?

— Même pas ! C'est juste une fouineuse. Je n'ai pas envie d'une relation en ce moment. J'ai trop de taf.

— Tant mieux pour toi. Si je devais recommencer, j'aurais fait mon truc quand j'avais vingt ans.

— Ça veut dire quoi, ça ? Qu'est-ce que tu faisais à la place ?

Elle réfléchit un instant.

— Je croyais qu'on ne devait pas échanger d'informations personnelles ?

— Touché. Je voulais te dire un truc, au fait... l'affiche derrière ton bureau ? C'est d'la bombe.

— Pardon ?

— Nina Mae McKinney. Je l'ai remarquée la première fois que j'ai mis les pieds dans ton bureau, expliqua-t-il. Juste après m'être remis du choc de ta présence dans l'entreprise de ma mère.

— Tu as reconnu Nina Mae McKinney ?

Elle n'avait jamais rencontré personne qui ait entendu parler de la star oubliée du cinéma muet. Il avait même prononcé correctement son nom. Nine-a.

— *Hallelujah.* Très mauvais film. Mais plutôt incroyable quand on sait que les réalisateurs noirs n'avaient aucun financement en, quoi, 1927 ?

— 28. (Jenna le dévisagea.) Je n'arrive pas à croire que tu connaisses Nina Mae McKinney.

— Je te retourne le compliment. Tu es une vraie fan ou tu aimes juste l'affiche ?

— Eh bien, en fait... je..., bafouilla-t-elle. (Ses obsessions étaient tellement obscures qu'elle n'avait pas l'habitude d'en parler.) J'adore le cinéma muet.

— Je comprends, répondit-il d'un ton énergique. Les débuts de Hollywood sont fascinants parce que tous les gens qu'on voit sur pellicule sont morts. On a l'impression de voyager dans le temps. On peut savoir ce que ça fait que d'aller boire un verre dans un bar clandestin dans les années 1920 ! Aucun des acteurs de *Hallelujah* ne pouvait imaginer que des gens en 2012 les espionneraient et les rendraient immortels. C'était il y a presque cent ans. Yo, tu imagines si tous les branleurs des années 1920 avaient pu voir des films des années 1800 ?

Jenna opina. Elle trouvait le discours enthousiaste d'Eric extrêmement divertissant. C'était très agréable d'entendre un homme discuter d'autre chose que de sa boîte, ses investissements et ses boutons de manchettes hors de prix.

— Et ne me lance pas sur le cinéma expressionniste des années 1910…

Jenna l'interrompit d'un éclat de rire incrédule.

— Qu'est-ce que j'ai dit de drôle ?

— L'Univers est en train de se foutre de ma gueule. J'ai toujours rêvé d'avoir une conversation au détour d'un verre sur le cinéma expressionniste… mais ça n'intéresse personne. Quelle est la probabilité pour que tu sois cette personne-là ?

— Tu vois ? On ne s'est pas rencontrés par hasard. Une web-série ratée et un plaisantin fondu de cinéma. (Quelque chose attira soudain son attention par-dessus la tête de Jenna. Il fit un geste du menton dans cette direction.) Tiens, voilà Jehovah.

Jenna jeta un coup d'œil sur la gauche. Darcy suivait le gérant vers la sortie tout en les désignant du doigt et en mimant des applaudissements. Jenna la salua de la main, gênée.

— Mission accomplie, souffla-t-elle. Darcy nous a vus en train de bavarder amicalement.

— Oh. Est-ce que ça veut dire que la conversation est terminée ?

— Eh bien… il se fait tard.

Le barman posa un verre devant Jenna. Ils sirotèrent leurs cocktails en silence.

— Ne pars pas tout de suite, supplia Eric.

— J'ai envie de m'en aller.

— Vraiment.

Jenna ne savait pas quoi répondre.

— Tu sais, ces cocktails sont trop chargés, finit-elle par déclarer. J'arrête de boire.

— Moi aussi, renchérit Eric en repoussant son verre. J'ai envie de dire que c'est dangereux de prendre un verre avec toi, mais je vais rester gentleman.

— Je sais l'idée que tu te fais d'un gentleman.

— Oui. C'est vrai, répondit-il en la fixant de son regard intense.

Jenna était captivée par son regard (et ce visage – quand serait-elle immunisée contre lui ?). Elle se sentait ridicule – comment pouvait-il lui faire autant d'effet rien qu'en la regardant ? Elle ne valait pas mieux que l'assistante de Greta Blumen. Ni que Jinx qui devenait rouge comme une pivoine si Eric se tenait trop près d'elle.

Elle finit par éclater de rire, ce qui brisa la tension.

— Tu es vraiment coquin.

— Pourquoi ?

— Il y a cinq minutes tu voulais me tuer et maintenant tu me sers cette expression, ce regard ? Tu ne peux pas t'en empêcher ! Tsss, ajouta-t-elle en secouant la tête. C'est un jeu pour toi, pas vrai ?

— Je sais, je suis horrible, avoua-t-il d'un ton espiègle. Mais je ne fais de mal à personne.

— On sait très bien tous les deux que c'est faux. Mais ce n'est pas grave. Tu es jeune, célibataire, et les filles en bustier se jettent sur toi. Profites-en. Mais n'oublie pas de te protéger.

— De me protéger. Je m'en souviendrai.

Ils échangèrent un regard et s'esclaffèrent.

— Donc, fit Jenna, est-ce que tu comptes me dire un jour de quoi parle ton film ?

— Pas d'information personnelle.

— Il est public ! Tout le monde l'a vu dans ton école de cinéma.

— Oui, mais je suis nerveux à l'idée de t'en parler. (Il avala une gorgée.) Tu promets de ne pas te moquer ?

— Bien sûr.

— D'accord. Il s'appelle *Tyler on Perry Street*. C'est l'histoire d'un ange noir nommé Tyler qui vit au paradis de Hollywood. S'il veut obtenir ses ailes, il doit libérer les films noirs de leurs personnages stéréotypés. Il descend donc tenir le bar dans une fête de Noël dans West Village, sur Perry Street et il croise plein de personnalités Tyler Perryesques. La femme cruelle à la peau claire qui a fait des études, le mec abusif qui refuse de payer la pension alimentaire, l'employé qui a peur de Dieu, la femme noire en colère. Il verse un sérum de vérité dans leurs verres, et il s'avère que ce sont les gens les plus intéressants du monde.

Jenna renversa la tête en arrière en hurlant de rire.

— Tu avais promis de ne pas rire !

— *Tyler on Perry Street ?* Tu es un génie !

Pour la première fois depuis qu'elle le connaissait, Eric eut l'air pudique.

— Merci. Je… ça me touche beaucoup.

— Darcy doit être fière de toi.

— Elle refuse de le regarder. Elle pense que c'est idiot de s'en prendre à l'homme noir le plus puissant de Hollywood.

Jenna avait envie de répondre un tas de choses, mais elle se retint. Quel genre de mère était Darcy ?

— Ton père l'a vu ?

— J'aurais bien aimé.

— Pourquoi il ne l'a pas vu ? Il adorerait, j'en suis sûre.

— Il a été assassiné quand j'étais gamin.

Jenna pressa son verre contre sa poitrine.

— Oh ! non... je suis vraiment désolée. Je n'aurais pas dû poser la question. Oublie-la. Pas d'information personnelle.

— Ce n'est pas grave. Je ne sais pas pourquoi, mais ça ne me dérange pas de t'en parler. (Il souleva son verre et agita sa boisson.) Je n'ai jamais su ce qui s'était vraiment passé, mais comme il traînait beaucoup dans la rue, il a pu arriver n'importe quoi. Ce jour-là, j'étais chez lui pour une leçon de tuba, expliqua-t-il en pouffant. Ne me demande pas comment il avait trouvé les moyens d'acheter un tuba, mais il voulait m'apprendre et j'en avais envie aussi. Jenna, cet homme pouvait jouer de n'importe quel instrument. Littéralement. Il en prenait un et jouait comme un dieu.

Jenna acquiesça, attentive.

— J'avais préparé des smoothies à la vanille – c'était lui qui m'avait appris, avec de la glace à la vanille, du Sprite et de la noix de muscade. Il les appelait les milk-shakes caucasiens. Et je l'attendais, seul avec les milk-shakes. Je l'ai attendu toute la journée. Et toute la nuit. J'ai bu tous les smoothies, j'en ai refait d'autres, les ai bus, en ai refait et puis j'ai tout vomi. Je savais que quelque chose ne tournait pas rond. (Il s'interrompit.) J'étais assis sur le sol de la cuisine au milieu de mon vomi quand la police est arrivée. Je priais. Ce qui est hilarant parce que je ne suis pas croyant. Je priais qui ? J'avais dix ans, qui sait ce qui se passait dans ma tête. Quand j'ai vu la police sur le seuil, j'ai ressenti ce qu'on doit certainement éprouver juste avant de sauter du haut d'un immeuble. Comme si c'était la dernière fois que mes pieds touchaient terre. Après ça, j'ai perdu le contrôle pendant longtemps jusqu'à ce que je finisse par me crasher et ne plus rien ressentir. (Il réfléchit à ce qu'il venait de dire et avala la dernière gorgée de sa vodka.) Ça m'a pris longtemps, mais j'y suis enfin parvenu. Je ne ressens plus rien.

Jenna s'agrippa à son verre, stupéfaite d'avoir autant de peine pour lui. Pas seulement pour lui maintenant, mais pour le garçon qu'il avait été – celui qu'elle avait vu s'amuser à ce mariage et qui avait l'air d'être le gamin le plus heureux et le plus assuré de la planète, sans une once de noirceur.

— Je suis vraiment désolée, dit-elle en posant la main sur son bras. (Il baissa les yeux sur ses doigts avant de les relever.) Aucun enfant ne devrait traverser ça. Darcy t'a aidé ? Elle t'a emmené chez le psy… ?

— Le psy ? On vient des Antilles. (Il sourit faiblement.) Non, on a déménagé et elle a récrit notre histoire. Elle m'a ordonné de l'oublier, lui, la cité, tout. Quand tu es gosse, tu obéis à ta mère.

Jenna était tellement horrifiée par la façon dont Darcy avait mal géré le chagrin de son fils qu'elle en perdit momentanément l'usage de la parole.

— Mais je crois que… je veux m'assurer que son nom signifie quelque chose.

— Mais oui. C'est déjà le cas.

— On verra, éluda-t-il, visiblement embarrassé à présent. Pourquoi je t'ai raconté tout ça ? J'ai changé d'avis pour le verre. J'en ai besoin.

— Je ne te blâme pas.

— Tu as grandi avec ton père ? demanda-t-il en faisant signe au barman.

— Oui. Et vu de l'extérieur, il était parfait. Un médecin. Gynéco-obstétricien. Mais il a passé toutes les nuits de mon enfance dans un appartement qu'il partageait avec sa maîtresse à une heure de chez nous, à Washington. Il prétendait qu'il travaillait tard à l'hôpital. Ma mère et moi on faisait semblant de ne pas être au courant. Je suis très forte pour faire comme si de rien n'était.

— Tu lui as posé des questions ?

— Jamais. J'étais très fière de lui en tant que personne et je ne voulais pas ternir ça. C'était mon papa. Mon héros, tu vois ?

— Très bien.

— Merci de m'avoir raconté ton histoire.

— Toi aussi.

— On a transgressé la règle. Et on se parle encore. Y'a du progrès, non ?

— C'est vrai. C'était la conversation la plus honnête et la plus agréable que j'aie eue depuis des siècles, constata-t-il, presque incrédule.

Jenna acquiesça, mais garda pour elle ce qu'elle pensait vraiment – à savoir qu'elle aurait pu continuer à bavarder avec lui pendant des heures.

Le barman posa deux verres devant eux, et ils s'en emparèrent.

— Aux pères qui disparaissent, dit Eric.

— Et aux secrets, ajouta Jenna.

— Et à Nina Mae McKinney.

— Et à une idée de web-série bien meilleure qu'on va trouver sur-le-champ.

— Je bois à ça.
— Et au fait qu'on arrive à se parler sans s'entre-tuer.
— Et à l'amitié, acheva Eric.
— On est vraiment amis ? demanda Jenna que l'idée rendait songeuse.
— On a déballé nos vies. Et on ne peut pas revenir en arrière.
— Tu as raison. À l'amitié.

Ils burent dans un silence songeur. Ils étaient tous les deux un peu secoués par les confidences qu'ils avaient échangées. C'était inhabituel de leur part de se confier. Et voilà qu'ils venaient d'exposer leurs souvenirs les plus intimes à une personne qu'ils connaissaient depuis une semaine. Au beau milieu d'un bar de l'East Village, à la fête d'anniversaire d'une collègue de vingt-cinq ans.

C'est ce moment que choisit une Terry complètement bourrée pour avancer en trébuchant vers eux. Tous les quarts d'heure, sa tenue semblait évoluer de manière ridicule. Elle portait à présent, en plus du serre-tête chat et du tutu, un collier de trois chaînes en or comme en arboraient les rappeurs en 1988.

— Comment t'as trouvé Jeanine ? Elle est géniale, hein ?
— Terry. Est-ce que tu peux me laisser être célibataire en paix ?
— Elle est tellement canon ! Où est le problème ?
— Ouais, elle est super fraîche, mais tu lui as déjà parlé ? Elle est conne comme Sherri Shepherd.
— Jenna ? Comment tu l'as trouvée ?
— Jolie. Si tu aimes les filles qui se jettent sur toi, répondit-elle en haussant les épaules d'un air désinvolte. Bon anniversaire, Terry. Je m'en vais.

— Bye, ma chérie ! chantonna Terry en se cramponnant au bras d'Eric pour ne pas perdre l'équilibre.

— Tu ne veux pas boire un dernier verre ? demanda Eric.

— Il faut vraiment que j'y aille. Mais on se voit de bonne heure et de bonne humeur pour un brainstorming. Ne faites pas de bêtises, les amis.

Jenna attrapa son sac à main et se dirigea vers l'escalier en colimaçon. Amis. Avec Eric. C'était un rebondissement qu'elle n'avait pas vu venir. Elle voulait juste une relation de travail fonctionnelle et respectueuse, mais voilà qu'elle était en train de se transformer en autre chose. Pour une surprise, c'était une surprise. Du genre très agréable.

Chapitre 12

— Je sais, tante Jenna, mais qu'est-ce qui se passe vraiment quand on meurt ?

— Eh bien, ton corps arrête de fonctionner et tu... tu sais, tu cesses de vivre. C'est comme quand on dort. Mais pour toujours.

Après le boulot ce jour-là, Jenna se promenait dans le marché bio de Grand Army Plaza à Park Slope, main dans la main avec May, la fille de Billie, âgée de cinq ans, délicieusement morbide et joyeusement obsédée par la mort. Jenna tenait compagnie à l'enfant pendant que Billie et Elodie s'attardaient au rayon tomates. Juste devant Prospect Park, les étals en bois brut de produits fermiers et locaux attiraient toujours une foule d'habitants de Brooklyn qui faisaient attention à leur santé et à leur communauté. Jenna, Billie, Elodie et May étaient les seules personnes noires dans les parages.

— Comme quand on dort ?

May, une gamine guillerette aux yeux de biche qui avait les cheveux ramassés en une couette très années 1980, considéra Jenna d'un œil sceptique.

— Mais alors, quand on est mort, on rêve toujours ? demande-t-elle.

— Certains philosophes pensent que la mort elle-même est un rêve. Ou la vie.

Jenna se reprit, soudain consciente qu'elle se montrait trop existentielle pour une enfant de cinq ans. May était tellement intense et mature qu'elle ressemblait parfois à une inspectrice des impôts de trente-cinq ans.

— Non, ma chérie, quand on est mort, on ne rêve pas, reprit Jenna. On est juste allongés en silence. Pour l'éternité.

— Mais alors, quand je serai morte, qu'est-ce qui arrivera à mes… pensées ?

— Tu veux dire, à ton âme ? C'est une excellente question, May-May. Les théologiens et les scientifiques essayent de résoudre ce mystère depuis des siècles. Personne ne le sait. Mais il y a de fortes chances pour que ta belle âme aille au paradis. (Jenna avait entendu un jour John Lennon ou quelqu'un d'autre dire que si on ne savait pas quoi répondre, il fallait demander à son interlocuteur de définir ses propres termes.) Et toi, qu'est-ce que tu crois, ma puce ?

— Je ne crois pas au paradis. Ni en Dieu. Je crois en Mère Nature, dans les océans, les arbres et la lune. Et les fées des bois. Je pense qu'elles vivent à Cancún. Ou à l'hôtel Atlantis aux Bahamas. *Waouh. Jay et Billie ont passé trop de vacances aux Caraïbes.*

Billie et Elodie revinrent à ce moment-là, chargées de sacs de tomates, d'asperges et d'épis de maïs.

— Dis donc, murmura Jenna à Billie, tu savais que ta fille était une sorcière ?

— Le truc de Mère Nature ? Étonnant, hein ? Et ses questions sur la mort ? Je ne sais pas si je dois être perturbée ou ravie qu'elle me pose des questions aussi importantes avant de savoir lacer ses chaussures.

— Sois ravie, intervint Elodie. Elle deviendra peut-être croque-mort de luxe comme Phaedra Parks.

— Maman, regarde, il y a Arabella et Waylon, mes copines d'école ! Je peux aller leur dire bonjour ?

Billie se retourna et aperçut les jumelles avec leur mère, Chrissie Proctor, une actrice de second rôle dans une série policière qui en était à sa dixième saison. Elle agita la main et Chrissie fit signe à May de les rejoindre. Malgré son excitation, May se dirigea lentement vers ses amies avec un petit sourire. Il n'était pas dans sa nature de se montrer exubérante.

— Génial, commenta Billie presque pour elle-même. Chrissie est insupportable ; c'est une hippie de North Slope, elle ne met pas de déo et prétend qu'elle ne fiche pas ses gosses dans un coin avec un iPad comme les autres mères. Mais son fils aîné va à Poly Prep et elle fait partie du conseil d'administration. Si j'arrive à me glisser dans ses bonnes grâces, peut-être que May aura une chance d'y être admise en sixième.

— Mon âme vient de décéder en entendant ça, ironisa Elodie.

— Billie, il n'y a rien de mal à vendre ton âme à Chrissie Proctor pour que May puisse entrer dans une école privée, contra Jenna, qui jetait des coups d'œil un peu voyeurs à la star du petit écran. Les candidatures pour les écoles new-yorkaises sont pires que pour la fac. J'ai fait des recherches. J'ai tout un dossier, si tu veux.

Le regard de Billie s'adoucit et elle pressa gentiment la main de Jenna. Elle était tellement prise par les exigences et les détails de la maternité qu'elle en oubliait souvent qu'elle possédait tout ce que son amie désirait et ne pouvait obtenir.

Jenna lui sourit et pressa sa main en retour avant de la lâcher.

— Merci, ma chérie, répondit Billie. Je veux bien jeter un coup d'œil à ton dossier. Mais assez parlé enfants. Pendant que May fait de la lèche à la progéniture de l'inspectrice Jacinda Brown, si on en profitait pour discuter de trucs d'adultes ?

— Moi d'abord, fit Elodie en sirotant son thé vert glacé bio et végan. J'ai l'impression d'avoir déjà couché avec tous les mecs intéressants de nos divers cercles, du coup j'ai décidé de chercher sur Internet.

Billie éclata de rire.

— Toi ?

— Moi. Vous devriez voir ces idiots. Il ne faut jamais plus de cinq minutes pour comprendre pourquoi ils sont toujours célibataires à quarante-cinq ans. Il y a eu le mec qui m'a stalkée sur les réseaux sociaux et qui s'est pointé au rencard en me citant mes propres statuts Facebook vieux de 2009. Un autre qui vivait dans un duplex au dernier étage du 70, Pine Street, mais qui m'a invitée chez lui pour le premier *date*. Quel radin. Tu vis dans un appartement qui vaut trois millions et demi de dollars et tu ne m'offres même pas un *latte* au Starbucks ? Ou le type qui ne croit pas à la « répartition des rôles » et qui, quand tu proposes de payer la note par politesse, te dit « Chouette ! » ou le disciple d'Anthony Weiner qui, après un seul verre, t'envoie des photos non sollicitées de sa bite.

— Aucune femme dans toute l'histoire de la nudité n'a jamais été excitée par la photo d'un pénis, renchérit Jenna.

— Et sans contexte en plus ! Juste sa queue raide sans rien autour, comme démembrée.

— Je ne comprends pas comment tu peux continuer à

faire l'effort de chercher, déclara Billie, déroutée. On ne t'a pas appris, quand tu étais petite, que la monogamie était une arnaque religieuse doublée de propagande ?

Elodie hocha la tête.

— Si, mais je couvre mes arrières. Avoir quarante ans m'a fait réfléchir. Je ne veux pas d'une relation pour l'instant, mais je suis terrifiée à l'idée de me réveiller à cinquante ans, enfin prête, et de réaliser que je ressemble à Sojourner Truth et que je ne peux plus séduire aucun homme de qualité.

— Sojourner Truth était une belle femme, répliqua Billie. Ne la mêle pas à ça.

— Je devrais peut-être chercher plutôt une meuf.

Billie fit la grimace.

— Ne t'inflige pas ça : on est connes, nous aussi.

— Bon, Jenna, dit Elodie. À toi.

— Je compte les jours qui me séparent de mon licenciement. Cette vidéo ne verra jamais le jour. Avec Eric, on a filmé trois trucs et, au mieux, ils sont médiocres. Au pire, ils sont comiques malgré eux.

— À quoi tu t'attendais ? demanda Elodie. Vous vous traitez comme de la merde. Comment veux-tu accomplir quoi que ce soit dans ces conditions ?

— Non, on a trouvé un terrain d'entente, expliqua Jenna. Comme si tout d'un coup, on avait compris comment communiquer. C'est un vrai soulagement. Être toujours à cran en sa présence m'épuisait.

— Mais c'est génial ! s'écria Billie. On se faisait beaucoup de souci pour toi.

— Sois prudente, ajouta Elodie. Les amitiés de bureau peuvent devenir des liaisons. Tu es vulnérable. La dernière chose qu'il te faut, c'est de trébucher et t'empaler sur sa bite.

— Ça n'arrivera jamais, protesta Billie. Jenna a plus de bon sens que ça.

— Tu ne ressens rien quand tu es avec lui ?

— Rien du tout. Un monde de rien, affirma Jenna en s'esclaffant. On est au-delà de la relation platonique. On est Michael Strahan et Kelly Ripa. Deux collègues aimables que personne n'imagine en train de baiser.

— Beurk, je vois très bien, assura Elodie. Je te crois.

— J'aime beaucoup mes autres collègues aussi. Socialement, les choses s'arrangent enfin… mais en dehors de ma chronique, je suis un échec ambulant. Je passe mes jours et mes nuits à faire des recherches mode sur YouTube pour essayer de dénicher un truc nouveau. Et toujours rien.

— Tu as besoin d'une distraction pour redémarrer ton cerveau, déclara Billie. Je sais exactement ce qu'il te faut. J'aimerais te présenter un mec. Il faut faire vite, il part pour Prague dans deux jours. C'est le caviste haut de gamme sur Gates. Bubbles and Brew, tu vois ? Je ne le connais pas personnellement, mais il a l'air génial. Je le surveille depuis quelque temps pour savoir à laquelle d'entre vous deux le présenter. J'en suis venue à la conclusion qu'Elodie n'en ferait qu'une bouchée, du coup il est pour toi.

Jenna leva les yeux au ciel.

— Je ne suis pas d'humeur pour un *blind date*. L'anticipation, la déception, l'orgie de biscuits qui suit invariablement…

— Mais comment veux-tu qu'on rencontre des hommes à notre âge ? demanda Elodie. On ne fréquente plus les boîtes de nuit. On bosse avec des femmes et des gays raffinés. Il ne nous reste que les applis de rencontre et les *blind dates*.

— Le dernier était affreux ! Tu te souviens de M. Mocassins Saint Laurent ?

— Tu as commis l'erreur de faire confiance à Elodie pour te trouver un homme à la hauteur, rétorqua Billie. Je te rappelle que son seul but est de se dénicher un mari avant de se mettre à ressembler à une abolitionniste.

— C'est bon, capitula Jenna. Qu'est-ce que tu sais de ce type ?

— Il a cinquante ans. Jamais marié, pas d'enfant, mais chaque fois que je vais acheter du vin avec May, il dit qu'il a toujours voulu une fille aussi calme qu'elle. Donc il aimerait des gosses. Il est super cultivé, mais pragmatique, et il a tous ses cheveux.

— Je prends.

— Il y a un seul hic. Il est un chouïa Nouveau Brooklyn. Il porte des Converse avec des T-shirts aux couleurs d'équipes de foot de lycée qu'il achète à l'Armée du Salut et il nous bassine avec la menthe et le thym qu'il fait pousser dans son jardin partagé. Il siège au conseil d'administration du club de vélo de Brooklyn. Et il habite à Williamsburg. Je sais, ne me regarde pas comme ça. Et je crois que je l'ai vu en train de donner un cours de taï-chi dans Fort Greene Park.

— L'addition, s'il vous plaît, plaisanta Elodie.

— Non, il est génial ! C'est juste que… il ne ressemble pas du tout à Brian.

Jenna ouvrit la bouche, prête à refuser de le rencontrer, mais se ravisa.

— Tu sais quoi ? Je vais garder l'esprit ouvert. Je ne peux pas me permettre de refuser un rendez-vous.

— Tu devrais donner un de tes célèbres dîners, suggéra Elodie. Mais en petit comité. Nous et quelques-unes de tes nouvelles collègues. Et Billie pourrait amener sa merveille de caviste !

— Un dîner ? Tu crois ?

En réalité, Jenna avait déjà pris sa décision. Les dîners, c'était son truc, avant. Son sport, sa catharsis, son exutoire créatif. S'investir dans autre chose que le boulot l'aiderait peut-être à y voir plus clair. Ce pourrait être inspirant. Elle n'avait qu'une journée devant elle pour tout organiser, mais, à son âge d'or, elle avait réussi à planifier des soirées éclatantes en moins de temps que ça. Sans avoir à y réfléchir une seconde de plus, elle était à fond.

Jenna avait déjà pensé au plan de table lorsqu'elle demanda à Billie :

— Tu peux vérifier s'il est libre demain soir ?

Chapitre 13

Le lendemain matin, Jenna, assise à son bureau, faisait des recherches pour le boulot (et aussi pour trouver où louer à bas prix des plateaux qui aient l'air chic) lorsque Cam, l'employé du courrier, frappa à sa porte ouverte. Il tenait un énorme et magnifique bouquet de gardénias, callas et tulipes.

— C'est pour vous, déclara-t-il en lui fourrant l'arrangement dans les bras d'un air bourru. Je vais sentir l'assouplissant toute la journée, maugréa-t-il en s'éloignant.

Jenna ouvrit la carte.

Chère JJ,

J'espère vraiment que tu changeras d'avis pour le café. Il faut que je te parle. C'est urgent. C'est un sujet dont je ne peux discuter qu'avec toi. Et pour ce que ça vaut, je n'ai jamais voulu que tu t'habilles comme Chrissie Tiegan pour me faire plaisir. Je ne sais même pas qui c'est. Appelle-moi, s'il te plaît.

Encore toutes mes félicitations,

Brian

Jenna referma la carte, furieuse. Sa colère dépassait sa faible curiosité concernant ce « sujet » dont il voulait lui parler. Comment osait-il ? Brian cherchait à tout contrôler – elle n'était pas surprise qu'il essaye de s'immiscer dans sa vie dès lors qu'il se rendait bien compte qu'elle n'avait pas besoin de lui. Savoir qu'elle était à New York et que, pour la première fois de toute leur vie, elle n'avait pas besoin de lui le moins du monde devait le rendre fou.

Je suis la seule à qui tu peux parler ? Adresse-toi à Celeste Lily L'Amour Wexler, espèce de sale manipulateur.

Elle jeta la carte, dégoûtée. Puis, incapable de résister et furieuse contre elle-même, Jenna l'extirpa de la poubelle pour la relire. Elle balança ensuite les fleurs à la poubelle et déchira la carte en mille morceaux en jurant entre ses dents. C'est ainsi qu'Eric la surprit lorsqu'il frappa à la porte.

— Oh ! oh. Qu'est-ce qui se passe ?

Jenna leva les yeux et se débarrassa rapidement de tous les morceaux dans la poubelle. Ils voletèrent comme de la neige au sommet du splendide bouquet.

— Salut, répondit-elle, tendue. Assieds-toi. J'allais justement t'appeler pour te dire que j'étais prête pour notre réunion.

— Tu as l'air un peu… contrariée. (Il s'assit et désigna la poubelle.) Tout va bien ?

— Pas la peine de perdre du temps avec ça, répondit-elle avec un geste désinvolte de la main.

Jenna essayait de garder l'air dur et distant, mais quand elle vit l'expression sur le visage d'Eric, qui avait l'air de s'inquiéter sincèrement pour elle, elle se radoucit. Comment pouvait-elle faire semblant devant lui après tout ce qu'ils avaient partagé à l'anniversaire de Terry ?

— Jolies fleurs. De la part du mauvais homme. Trop tard.

— N'en dis pas plus.

— Merci, déclara-t-elle, soulagée.

Elle attrapa une poignée de Skittles dans le bocal à bonbons et l'enfourna. Eric lui avait rappelé à quel point elle aimait ça.

— Bon, dit-elle en mâchant, de nouveau femme d'affaires. Est-ce qu'on examine notre dix-septième idée pourrie ? J'ai repensé à ce que tu as dit sur les interviews à l'écran qui sont trop statiques. J'ai fait des recherches… (Elle inclina la tête, distraite par les tatouages qui tourbillonnaient sur son bras gauche.) Bref, j'ai fait des recherches…

— Tu es en train de mater ouvertement mon bras ?

— Euh, non, je…

Il le leva afin qu'elle puisse mieux voir.

— Waouh. « Stanley Kubrick est un dieu. » J'adore. Brillant réalisateur.

— Quel est le film de lui que tu préfères ?

À partir de là, la conversation roula facilement. Oubliées, les fleurs, oubliée, la série. Jenna et Eric savaient qu'ils devaient se concentrer sur leur tâche, mais ils découvraient qu'ils étaient liés par une véritable camaraderie. C'était trop agréable pour ne pas en profiter.

— *Shining*, répondit Jenna. Trop flippant.

— Un de mes profs a écrit un essai sur la différence entre flippant et terrifiant, lui apprit Eric. Le cerveau est câblé pour comprendre ce qui fait peur afin de se protéger. Un tigre te charge. Feu. Arme tranchante. On sait qu'on ne plaisante pas avec un truc pareil. Quand c'est flippant, c'est vague. Notre cerveau ne peut pas décider s'il s'agit d'une menace ou si c'est normal. Comme dans cet épisode de *La Quatrième Dimension* où on voit une gamine de dos regarder la télé et quand elle se retourne, on découvre qu'elle n'a pas de bouche.

— Ou la vidéo dans *Ring*, renchérit Jenna. J'ai un exemple réel ! Quand j'avais vingt-quatre ans, j'ai écrit mon premier article pour *Harper's Bazaar* et ils ont publié ma photo sur la page des contributeurs. Un cliché de Patrick Demarchelier. Incroyable.

Eric la regarda, un demi-sourire aux lèvres. Il ignorait qui était Patrick Demarchelier, mais il s'amusait bien. Jenna agitait les mains quand elle parlait. Comme si elle voulait que l'on comprenne bien du fond de la salle.

— … et des années après, je reçois un mail d'une lectrice. Elle était en vacances au Panamá et elle avait vu ma photo sur un panneau publicitaire.

— La photo de *Harper's Bazaar ?*

— Oui. Mais c'était une pub pour un pince-nez spécial que tu mets la nuit pour faire rétrécir ton nez ! C'était une photo avant/après, ils avaient photoshopé la photo « avant » pour grossir mon nez. Elle me l'a envoyée. Voir mon visage avec un nez qui n'était pas à moi ? Ça, c'est flippant.

Eric renversa la tête en arrière et éclata d'un rire tonitruant qui n'était ni affecté ni adapté à un lieu de travail.

— Un gang de bandits panaméens a trafiqué ta photo pour une pub pour de la chirurgie plastique ? C'est légal ?

— Oh que non ! (Jenna haussa les épaules.) Mais j'ai laissé couler. Pour être tout à fait honnête, j'ai été un peu fière.

— Tu l'es toujours. Ça se sent à ta façon de raconter l'histoire.

— Arrête de m'analyser.

— Pas envie. (Il attrapa un élastique sur le bureau et se mit à jouer avec.) Hé, je peux te poser une question ?

— Pas d'infos personnelles.

— Cette règle est caduque.

— Tu as raison. Je t'écoute.

— Quand on a filmé Greta Blumen, tu as dit que tu jouais tout dans ce job. Pourquoi ?

Jenna avala une longue gorgée d'eau en réfléchissant au meilleur moyen de répondre. Quelque chose de lapidaire et de bien présenté. Mais ce qui lui vint était l'affreuse vérité.

— J'ai supplié ta mère de me donner ce boulot. Supplié est en deçà de la vérité. Je l'ai appelée depuis la Virginie et j'ai rampé. J'ai accepté un salaire moins élevé que celui que je touchais il y a quinze ans, juste pour qu'elle m'embauche. Mes mots exacts ont été : « Je t'en supplie, je suis désespérée, j'ai besoin de ce job, je prendrai tout ce que tu me donneras. » (Jenna se mordit la lèvre.) Si je ne m'en sors pas très bien ici, je devrai m'humilier. Et je pense que plus personne ne m'engagera.

— Pourquoi ?

— Dans ce milieu, c'est très « hors de ma vue, hors de mon carnet d'adresses ». Et j'ai disparu pendant longtemps. Sans compter que je me suis certainement fait des ennemis en partant. (Elle se rendit compte que sa voix tremblait.) C'est ma dernière chance.

Jenna détourna les yeux pour ne pas croiser le regard d'Eric. Pourquoi avait-elle verbalisé ses craintes à haute voix, au bureau et devant lui ?

— Jenna, regarde-moi.

Elle obéit.

— On va trouver un angle d'attaque pour ce projet. Tu

ne seras pas humiliée. Tant que tu m'as, ça ne t'arrivera pas. Enfin, pas avoir, *avoir*. Tu comprends ce que je veux dire.

— Oui.

— Je vivrai dans mon bureau. Je tuerai des dragons. Je ferai n'importe quoi. Mais je ne cesserai pas tant que tu n'auras pas gagné.

— Pourquoi tiens-tu autant à m'aider ? demanda-t-elle doucement.

— Tu fais partie de ma famille à présent. Je m'inquiète pour toi. (Il s'interrompit, sourcils froncés.) Tu as vraiment supplié ma mère ?

— Je n'avais pas le choix. Sinon j'aurais juste disparu. J'allais très mal. J'étais morte à l'intérieur, j'avais peur de mon ombre. Certaines semaines, ma seule façon de mesurer le temps qui passait était de me souvenir que je devais me doucher au minimum tous les quatre jours.

— Tu plaisantes ?

— J'ai touché le fond.

— Mais... pourquoi ?

Il avait murmuré sa question comme si la gravité de cet aveu nécessitait de baisser la voix.

— Tout ce à quoi j'avais consacré ma vie, professionnelle et personnelle, avait soudain disparu. J'étais en pleine rupture, une rupture qui était en réalité un divorce. Ma carrière était terminée. Puis est venue la dépression avec son cocktail quotidien de somnifères, de Xanax et de Prozac. Après un certain temps, je me suis habituée à me sentir horriblement mal. C'était plus facile que de trouver comment repartir de zéro. (Elle garda le silence un instant.) Il y a deux mois, j'ai décidé que ça suffisait. J'aurais fait n'importe quoi pour retrouver ma vie. Supplier ta mère pour ce job n'a été qu'un moment de faiblesse extrême.

— Plutôt de force extrême, affirma-t-il en la regardant avec admiration. Tu t'es sortie de ton trou même si, pour ça, tu as dû t'appuyer sur Darcy Vale. Tu es super coriace, Jenna.

Elle n'avait jamais vu les choses comme ça. Tout ce qu'elle ressentait quand elle pensait aux deux années qui venaient de s'écouler, c'était de la honte.

— Je me sens en général plus nulle que coriace, mais je travaille sur moi-même.

Elle piocha une poignée de Skittles jaunes dans le bocal et les disposa de manière à former un smiley sur son bureau. Il fallait qu'elle transforme l'énergie à l'œuvre dans cette pièce, au risque de faire une dépression.

— Tu veux savoir ce qui est vraiment naze ? demanda-t-elle en gloussant.

— Tout ce qui concerne la vie et l'œuvre de Tyga ?

— Oui, mais non. J'ai un *blind date* ce soir.

— Non ? fit-il avant de rire – juste un peu trop longtemps. Yo, ça va être épique. J'aimerais bien être une souris pour voir ça. (Il songea à ce qu'il venait de dire.) Pas de manière perverse, hein.

— Ça ne va pas être épique, c'est juste un *date.* Il ne faut jamais en attendre trop.

— J'ai du mal à t'imaginer dans ce genre de situation. Tu es tellement drôle sans le faire exprès et… intéressante d'une manière spécifique… (Il s'interrompit.) Le mec ne va pas comprendre ce qui lui tombe dessus. Est-ce que tu peux le rencontrer en public ? Dans un bar ? Je pourrais t'aider à draguer.

— Je donne un dîner chez moi ce soir et ma copine Billie l'a invité. Je ne connais même pas son nom. (Elle défit le visage souriant et avala les bonbons un par un.) Pourquoi est-ce que je suis aussi nerveuse ? C'est idiot.

— C'est lui qui devrait être nerveux. Tu es intelligente. Et talentueuse. Tu portes des soutiens-gorge en dentelle sous des débardeurs transparents quand tu vas boire un verre dans un bar de deuxième zone.

Jenna poussa un petit cri.

— Mais arrête de tout remarquer ! protesta-t-elle en lui lançant un Skittle.

Eric l'évita en souriant. Soudain, alors que l'instant était à la plaisanterie, une pensée folle lui vint.

— Hé. Tu veux venir ?

— À ton dîner ? Chez toi ?

— Pourquoi pas ? Il n'y aura pas grand monde, juste mes deux meilleures amies. Et ce type. Billie m'a suggéré d'inviter un collègue et jusqu'à preuve du contraire, tu en es un.

— Je suis partant, répondit-il. Je veux voir ça.

— J'ai peut-être besoin d'aide. Pas de la part de Billie ou d'Elodie mais d'un mec qui peut se porter garant de moi.

— Je suis super fort pour aider les autres à draguer. Quatre de mes copines sortent toujours avec les mecs que je leur ai présentés pendant une fête que j'ai organisée... *en novembre de la terminale.*

— Waouh, impressionnant, commenta Jenna. Oh ! et viens avec ton ami Tim ! Il a l'air fascinant... ses pères sont des légendes de Broadway !

— Non. Tim n'est pas qualifié pour socialiser.

— Invite-le ! Je veux de l'énergie fraîche et jeune.

— D'accooord. Mais si ton appart' brûle, ne me blâme pas.

Eric essayait de cacher son excitation. Il ne savait pas

ce qui l'impatientait le plus : avoir un aperçu de l'univers de Jenna ou rencontrer Le Mec.

— J'aimerais qu'on soit déjà dans six heures, déclara-t-elle en avalant le dernier Skittle. Je suis une hôtesse fabuleuse. Tu verras !

www.stylezine.com

Just Jenna : Secrets de style de notre intrépide glambassadrice !

Q : Ma meilleure amie Megan vient de recevoir une promotion, elle devient associée dans son cabinet d'avocats et je lui organise une immense fête dans mon nouvel appartement de folie. Je sais que c'est la fête de Megan, mais j'ai l'impression que c'est aussi ma soirée. Comment je m'habille ?

@DressDistressInToronto

R : Chaque fois que j'organise une fête chez moi j'ai l'impression que c'est mon bal de débutante. Super excitant, pas vrai ? C'est ta chance d'exhiber tes talents de décoratrice et d'hôtesse ! Et ta tenue donne le ton. Avant de choisir tes vêtements, il faut décider du genre de soirée qu'on veut avoir. Est-ce que c'est une fête durant laquelle les invités pourront s'enfermer à plusieurs dans la salle de bains ? Enfile une robe bustier vulgaire avec des découpes. Tu as prévu de servir des champignons hallucinogènes après le dessert ? Choisis un ensemble hippie excentrique. Tu as envie d'une soirée chic qui rappelle les salons de l'époque du Jazz parisien (mon genre de soirée) ? Mets une robe cocktail délurée. Tu crées une ambiance, il faut donc s'habiller en fonction. Bonne chance et félicitations à Maître Megan !

Un grand choix de robes de soirée sur Nordstrom.com

Chapitre 14

À 19 h 30, Jenna était une boule de nerfs. Ça faisait des années qu'elle n'avait pas organisé de dîner. Elle avait découvert que c'était comme le vélo, ça ne s'oubliait pas. Elle avait aussi découvert qu'elle était fauchée. En l'espace de vingt-quatre heures, elle avait quémandé plusieurs faveurs et abusé de la seule carte de crédit qu'elle possédait.

Elle contacta son ancienne traiteure, Jilly Demarco chez Jilly's Eats et planifia un magnifique menu français : salade d'endives, coq au vin, gratin dauphinois et, pour le dessert, une pièce montée (c'était une cliente fidèle depuis si longtemps que Jilly lui fit entièrement crédit). Sa tenue était parfaite – une authentique robe de tango des années 1920 avec ses gants en satin, robe que Phillip Lim avait modernisée et lui avait offerte pour ses trente-trois ans. Elle en avait fait don aux archives de *Darling* qui l'avait exposée dans une vitrine dans le hall – mais elle avait tiré quelques ficelles afin de la récupérer pour le dîner. Puis, elle avait demandé à l'ex d'Elodie, Guy Donazo, directeur artistique chez Grey Advertising, de lui fabriquer des sets de table brodés en or. Elle avait même appelé le chargé des relations presse de chez Hermès, avec qui elle s'était toujours très bien entendue – et ils lui avaient prêté un extraordinaire service de table vintage. Elle avait ensuite acheté un fauteuil splendide, mais hors de prix, et des coussins chez Roche Bobois après avoir hésité pendant trois quarts d'heure. Des bougies Diptyque brûlaient et Adele susurrait qu'elle voulait mettre le feu à la pluie. Même sa serveuse pour la soirée, Lula, une jolie aspirante actrice péruvienne, était parfaite (Jenna la rémunérait en la recommandant auprès de deux agents réputés à qui Brian avait construit une maison). Lula préparait l'apéritif, les cheveux relevés en chignon et vêtue d'une simple robe noire Diane von Fürstenberg prêtée par Billie.

Elle avait pensé à tout. Et, plus important encore, elle avait fait jurer à Billie et Elodie de ne pas mentionner son roulage de pelle avec Eric. Billie avait accepté, mais Elodie avait ri (« L'oublier ? Comment ? Vous êtes gravés à jamais au fer rouge sur ma rétine. »). Jenna leur avait envoyé un contrat rédigé par ses soins leur interdisant formellement d'en parler – pas de signature, pas de dîner.

Jenna avait peut-être pris trop de risques avec tous ces détails chics qu'elle ne pouvait pas se permettre, mais elle avait l'impression que ça en valait la peine. Organiser cette soirée magnifique lui redonnait confiance en elle, et c'était exactement ce dont elle avait besoin.

Ce serait une soirée digne de Pinterest. Un décor élégant pour un dîner élégant, mélange de conversation intelligente, de nourriture exquise – et peut-être une rencontre avec son futur mari.

Jenna se jucha sur l'accoudoir de son nouveau fauteuil, les mains jointes, en attendant ses invités. Plus qu'une demi-heure avant que la magie n'opère.

Comme promis, Eric fut le premier. Chic avec désinvolture dans son pull bleu marine et son jean noir froissé aux chevilles au niveau d'une paire de bottines beiges, il essayait de se calmer ; il était éminemment agacé.

L'idée d'amener son ami le plus imprévisible chez Jenna le rendait nerveux. Mais, pire encore, Tim avait décidé d'inviter sa copine vulgaire, Carlita, alors qu'Eric le lui avait expressément interdit. Carlita ne savait pas se tenir en mauvaise compagnie, aussi imaginait-il sans peine comment elle pouvait se comporter dans un dîner huppé – ce que serait, il le savait, celui de Jenna. Et lorsqu'il découvrit son magnifique appartement, il sut qu'il ne s'était pas trompé.

Était-il toujours aussi beau ? se demanda-t-il. Où était-ce seulement ce soir ?

Tim et lui avaient grandi dans des décors de classe moyenne supérieure, mais, depuis qu'ils étaient adultes, leur réalité était bien plus grunge. Ils fréquentaient des boîtes miteuses et des pizzerias minables. Et il était certain que Carlita n'avait jamais assisté à un dîner avec des sets de table. Il pria pour que Tim et elle ne choisissent que des sujets de conversation sans importance et qui ne prêtent pas à la polémique, comme l'agréable temps d'automne.

— Coucouuuu, Eric ! Je suis tellement contente que tu sois là, s'exclama Jenna. (Elle les fit entrer tous les trois, radieuse.) Vous devez être Tim et Carlita, entrez, je vous en prie ! Carlita, j'adore ta frange.

Carlita était une de ces femmes qui, quelle que soit son humeur, avait toujours l'air de s'ennuyer. La strip-teaseuse – qui économisait de l'argent pour se payer l'école dentaire – était prête à aller au travail dans sa minuscule robe bustier vert fluo de chez Strawberry. Ses ongles étaient recouverts de décalcomanies qui imitaient une page de journal et elle était récemment passée chez le coiffeur pour se faire une coupe à la Cléopâtre. Elle ressemblait à Princesse Tiana qui se serait transformée en danseuse exotique maussade de South Beach.

Carlita leva le menton en direction de Jenna.

— Dis donc, t'as bien géré dans *Project Runway*. Tu connais Michael Kors ?

Eric refoula son exaspération.

— Elle était juge sur *Top Model USA*.

— Oooh, est-ce que Tyra Banks est sympa ?

— C'est *America's Next Top Model,* corrigea Jenna. Mais je connais Michael. Tu lui plairais beaucoup. Il se plierait en quatre pour te faire enfiler un jodhpur beige en suédine.

C'est alors que quelque chose de tout à fait inhabituel se produisit. Carlita sourit. Presque. Tim, farfadet élancé avec une lavallière, saisit la main de Jenna pour la baiser.

— *Enchanté.*

— *Enchantée* aussi !

— Nous sommes honorés d'avoir été conviés dans ta demeure. Est-ce qu'on t'a déjà dit que tu dégages une énergie très Olivia Pope ?

— Tu me compares à Kerry Washington ? Tu me flattes. (Elle lui serra la main.) Je peux vous offrir un verre ?

— Tu as le cocktail avec les feuilles ? demanda Carlita, pleine d'espoir.

Eric se frotta la tempe.

— Un mojito ! Si vous voulez bien m'excuser, je vais demander à Lula de préparer vos verres.

Dès que Jenna eut disparu, Eric s'en prit à Tim.

— Qu'est-ce que je t'ai dit pour la lavallière ? Enlève-la.

— Carlita, je t'avais dit que c'était naze.

— C'est pas ma faute, négro. C'est toi qui voulais avoir l'air « chic ».

— Moi ? C'est pas moi qui ai failli mettre une robe de Pâques à frou-frou, répliqua Tim. E, j'étais là genre : tu crois qu'on va à une première communion ou quoi ? Tu as rendez-vous avec Kate Middleton ?

— Enlève-la, c'est tout, siffla Eric.

Tim la fit glisser de son cou et examina la pièce.

— Je dois dire qu'il y a un décalage entre les goûts de cette meuf et son quartier. Cet immeuble est un taudis. Elle vit dans un deux-pièces, mais elle possède de la vaisselle Hermès ? C'est à la fois déroutant et émoustillant.

Eric avait la migraine.

— Arrête de parler, je t'en supplie, Tim. Ne me fais pas honte, ce soir. Ne l'appelle pas Olivia Pope et n'utilise pas Jenna et « émoustillant » dans la même phrase. Sois juste… normal.

— Mais je suis normal !

— On est normaux, E ! Détends-toi, renchérit Carlita.

Jenna revint accompagnée de la sublime Lula, qui leur servit à boire. Puis elle entraîna Eric un peu à l'écart.

— Qu'est-ce que tu en penses ? demanda-t-elle. (Elle ressemblait à une débutante le matin de son premier bal. Elle s'empara de sa main et l'attira vers la table.) C'est joli, non ? Regarde les petits sachets en kraft posés sur chaque assiette… j'ai fait écrire le menu dessus et ils contiennent de délicieux biscuits au fromage ! C'est à mourir, pas vrai ?

— Je suis mort. J'adore, répondit-il en contemplant la table. Tout est top. Et tu es… (Il s'empêcha de déraper.) Jolie. Il a de la veine.

— Merci. (Jenna lissa le devant de sa robe puis leva son verre vers Eric.) En espérant que ce ne soit pas un troll.

Il trinqua avec elle.

— Où est-il, d'ailleurs ?

— Il ne devrait pas tarder – le timing est parfait. Hors-d'œuvre, cocktails et conversation pour commencer, ensuite le dîner, puis digestif et dessert. Enfin, tout le monde s'en va et je pourrai regarder *Cluedo* en pyjama. (Elle était à côté d'Eric mais se parlait clairement à elle-même. Elle commença à compter sur ses doigts.) Bon, Lula a déjà réchauffé les amuse-bouche, ils sont frais, et après...

— Tu es très intense.

— Je suis en mode hôtesse, expliqua-t-elle en se tordant les mains. Je veux que tout soit parfait.

La sonnette retentit et Jenna fit entrer Billie, son mari Jay et Elodie. Cette dernière se dirigea aussitôt vers Eric qu'elle serra vigoureusement dans ses bras.

— Briseur de cœurs !

— Kimora Lee Simmons !

Elle se pencha pour lui murmurer à l'oreille :

— Difficile de te reconnaître sans ta main sous la jupe de Jenna.

— Jenna m'a assuré qu'elle t'avait obligée à signer un contrat, chuchota Eric.

— Tu crois que cette femme m'effraye ? Je ne peux pas faire comme si je n'avais rien vu. Je suis juste contente que vous vous soyez réconciliés. Sa colère à ton égard m'angoissait et si je m'inquiète pour autre chose que mes placements, ça bousille ma spiritualité.

— Salut, Eric, je suis Billie ! (Elle donna un coup de coude à Elodie pour le saluer.) Ravie de te rencontrer en personne. J'ai tellement entendu parler de toi. (Elle se reprit, songeant subitement au contrat.) Euh... non, en fait. Je ne sais rien sur rien.

Jay Lane, un homme de quarante-deux ans à la beauté sauvage, était à la fois un militant d'action locale très investi et l'un des poètes les plus célèbres du pays. Il avait réussi à garder une trace séduisante de la rudesse de son enfance dans un quartier chaud. Le mélange lui donnait une intensité complexe qui poussait les étudiantes de Fordham à se rendre à son cours sur les Voix de la Diaspora avec l'œil charbonneux et un décolleté plongeant.

Il dévisagea Eric, lui serra la main et déclara :

— L'avenir du cinéma américain ! Je t'ai googlé. J'aime ce que tu fais, mec. Tu es jeune, mais tu as de la gravité.

— Gravité ? Waouh. Je t'apprécie aussi, prof.

Si Eric avait été capable de rougir, nul doute qu'il l'aurait fait.

Eric leur présenta Tim et Carlita. Puis la sonnette retentit de nouveau et toutes les têtes pivotèrent vers la porte. Jenna ouvrit et quelques secondes plus tard, Le Mec fit son apparition.

— Saluuut, fit tout le monde en chœur.

— Bonsoir, répondit-il, un peu surpris par le groupe de sept personnes qui l'examinait comme s'il était sous cloche.

— Bienvenue ! Jenna, dit-elle en lui serrant la main.

— Jimmy Crockett, répondit-il en inclinant son chapeau.

Un borsalino. C'était un homme séduisant à la peau couleur caramel et des cheveux poivre et sel qui portait, comme Billie l'avait promis, des Converse artistement abîmées, un jean skinny noir (ultra-skinny) et un T-shirt rouge et bleu usé comme celui de Linus dans les *Peanuts*, T-shirt qui était soit vintage, soit Urban Outfitters.

La première pensée de Jenna fut : *Il est bien foutu et il s'habille comme ça ?*

Puis son cerveau se trouva emporté dans le tourbillon du « et si ? ».

*Et si ça fonctionne ? Est-*ce que mes amis l'*aimeront ? Est-*ce qu'*il comprendra qu'après 22 heures, je n'ai presque plus aucune libido et que je m'endors au bout de dix minutes ? À quoi on ressemblera ensemble ? À quel moment je me mettrai à détester ce qui me plaisait chez lui ? Est-*ce que je pourrai l'*aimer assez pour me remettre à l'apprécier ? EST-CE QUE C'EST LE BON ?*

Jenna fit cesser ces pensées envahissantes et le présenta à tout le monde. Il était poli, sa poignée de main était ferme et il regardait les autres invités bien en face. Mais, quand il parvint devant Eric, il s'arrêta et le pointa du doigt.

— Qu'est-ce que tu as là ?

Eric se rendit compte qu'il tenait toujours le sac contenant la bouteille de vin qu'il avait achetée au caviste à côté de chez lui. Il ignorait totalement de quel cépage et de quelle marque il s'agissait – il avait juste choisi la bouteille la plus jolie.

— Du vin rouge.

— Je peux voir ?

Eric haussa les épaules et sortit la bouteille que Jimmy examina. Il hocha la tête.

— Beringer Napa Valley. Pas mal, jeune homme. Vanille et arrière-goût de mûre. C'est un excellent vin d'apéritif. Mais je préfère quelque chose de plus raffiné et de plus savoureux. Il faut absolument que tu goûtes le Giuseppe Mascarello Borolo 2005 que j'ai apporté.

Eric était tellement sidéré qu'il ne trouva rien d'autre à dire que :

— D'accord.

— Excuse-moi, je tiens une boutique d'alcools haut

de gamme – il avait prononcé le mot « boutique » avec tant d'affectation qu'on aurait dit qu'il était français –, du coup, où que je me trouve, je m'intéresse d'abord au vin. (Jimmy gloussa et donna une tape dans le dos d'Eric.) Excellent job, jeune homme.

Jimmy se dirigea vers Jenna et ils entamèrent une conversation privée.

Eric regarda Tim.

— Fiston.

— J'ai l'impression qu'il essayait de te prendre pour un con, jeune homme, déclara Tim. Tu veux que je demande à Carlita de lui botter le cul ?

— Je suis censée l'aider à draguer ce connard prétentieux ? demanda Eric, profondément dégoûté.

— Jimmy Crockett. Comment résister à l'envie de l'appeler Jiminy Cricket ? fit Tim en riant.

— J'ai besoin d'un verre, dit Eric.

Les convives s'étaient installés dans le salon, et Lula passait entre les invités, un plateau couvert de rouleaux d'asperge, de prosciutto et de menthe à la main. L'assemblée s'était scindée en groupes plus petits, et tous étaient plongés dans des conversations distinctes. Jenna et Jimmy étaient debout près du nouveau fauteuil ; Billie, Jay, Tim et Eric avaient pris place sur le canapé, et Carlita et Elodie partageaient une causeuse.

Tout en discutant avec Billie de l'élection présidentielle qui approchait, Eric gardait un œil sur Jenna. Il était censé l'aider à conclure, mais tout ce qu'il voulait, c'était bombarder l'abruti de rouleaux d'asperge. Il avait cependant une tâche à accomplir. Ce soir, il devait l'épauler pour décrocher un deuxième rendez-vous. Il s'excusa et la rejoignit.

— … alors, oui, j'ai complètement transformé le sous-sol de Brews & Bottles pour en faire une galerie d'art, était en train d'expliquer Jimmy. À la fois chic et rustique, mais chaleureuse. Comme une grotte milanaise. Quand j'y pense, « Grotte milanaise » sonne plutôt bien. Je pourrais l'appeler comme ça.

— Merveilleuse idée, approuva Jenna. Brooklyn est une pépinière pour les artistes talentueux qui cherchent à se faire connaître.

— Tout à fait. Pour l'ouverture, j'expose les œuvres d'arfé de mes amis. Tu sais ce qu'est l'arfé, n'est-ce pas ?

Jenna gémit intérieurement. Jimmy était l'un de ces New Yorkais branchés qui vous demandaient si vous connaissiez quelque chose juste avant de vous en parler – vous plaçant dans l'embarras si vous ignoriez de quoi il était question.

— L'arfé ? Non, je ne vois pas.

— Ce sont des peintures au café. C'est un mélange des mots art et café. C'est un mot portemanteau, c'est-à-dire qu'il est formé par la combinaison de deux autres mots. Comme jazzercice.

Jenna donnait l'impression d'avoir envie de glousser et de pleurer en même temps. Eric arrivait à point nommé.

— Hé, dit-il.

— Hé ! s'écria Jenna, ravie de le voir. Eric, tu savais que Jimmy est comme toi, guyanais-américain ?

— Ah bon ?

— Oui, déclara Jimmy. Tu parles le dialecte ?

— Non, mais je le comprends. Tous les amis de ma grand-mère dans le quartier étaient guyanais quand j'étais gamin.

— Tu vas souvent en Guyane ?

— Je n'y ai jamais mis les pieds, mais j'aimerais bien m'y rendre un jour. Il paraît que c'est un pays magnifique.

— Tu ne connais pas ? Tu te fiches de tes racines ? Eric, tu n'as rien vécu tant que tu n'as pas mis le pied sur la terre de ta famille.

— Je ne connais personne en Guyane, répondit doucement Eric. Ma famille vient de Brooklyn, mec. Je ne compte pas baiser le bitume de Nostrand Avenue.

Jimmy lui lança un regard plein de tristesse et de pitié.

— Dis-moi, Jenna, poursuivit Eric en changeant de sujet. Je ne sais pas ce qu'il y a dans ces hors-d'œuvre, mais je pense qu'il nous en faut plus. Ils sont délicieux.

— Tout à fait, renchérit Jimmy. Quelle est ta recette ?

— Oh ! ce n'est pas moi qui les ai préparés ! La seule fois où j'ai voulu cuisiner pour une fête, j'ai fait revenir du porc dans du Monsieur Propre.

Eric éclata de rire. Pas Jimmy.

— Attends, fit Eric. Tu ne peux pas nous laisser comme ça. Raconte.

— J'ai attrapé ce que je croyais être la bouteille d'huile d'olive, mais c'était du détergent. Je vous jure que les bouteilles étaient identiques.

— Tu as donc empoisonné tes invités ?

— *That girl is poison...*, chanta Jenna.

— *Never trust a big butt and a smile*, Jimmy, poursuivit Eric.

— Comme je ne possède que l'un des deux, inutile de s'inquiéter.

Eric et Jenna gloussèrent de concert. Jimmy assista à leur petit numéro, perplexe.

— Jenna, tu ne vis pas bien si tu ne cuisines pas bien.

— Mais elle chante BBD dans une robe à sequins, protesta Eric. Qui ne la trouverait pas irrésistible ?

— Dans une cuisine, je ne sers à rien, avoua Jenna. Et je ne sais pas faire grand-chose.

— C'est peut-être ce que tu crois parce que tu connais peu de gastronomies différentes, affirma Jimmy.

— Non, j'ai beaucoup voyagé et tout essayé. Mais j'en reviens toujours aux *nuggets* de poulet, déclara-t-elle avec un rire plein d'autodérision.

— Inacceptable. Je t'emmènerai dans le Queens pour te faire découvrir des restaurants indiens, malaisiens, serbes et éthiopiens. Tu as besoin que quelqu'un dans mon genre te transforme en gastronome.

Jenna esquissa un sourire hésitant. Elle aurait bien voulu être plus audacieuse dans ses goûts, mais ce n'était pas le cas. Et elle n'avait pas besoin qu'un homme la « transforme ».

Eric grimaça. Ce *blind date* était très gênant. S'il n'avait pas eu envie de frapper Jimmy avec son borsalino, il aurait presque eu de la peine pour lui.

— Et donc, dit-il, changeant encore de sujet, tu possèdes une cave à vins ?

— Une boutique haut de gamme.

— Oui, tu l'as déjà dit. Jenna, tu y es allée ? Tu aimes les cocktails.

— Elle devrait visiter ma nouvelle boutique à côté de mon appartement de Williamsburg. Ceux qui vivent ailleurs ne sont pas de vrais Brooklynites.

— Tu parles toujours de manière catégorique, répondit Eric. Tu as une règle pour tout ?

— Sans règle, le monde glisse dans le chaos, jeune homme, répliqua-t-il avant de se tourner vers Jenna. Bref.

Je vis dans un gratte-ciel sur l'East River. Je m'assieds sur ma terrasse avec un verre de bouzeron aligoté et mon édition originale de *Crossing Brooklyn Ferry* de Walt Whitman et je vibre. Il faut que tu voies ce livre, Jenna. Tu crois peut-être avoir lu des chefs-d'œuvre, mais tu n'as pas connu d'expérience de lecture mystique tant que tu n'as pas posé les mains sur ce recueil.

— Tu sais, je me souviens d'un mot guyanais, fit soudain Eric. *Cunumunu*. Excusez-moi, je vais chercher un autre verre.

Sur ce, il s'enfuit.

— Que signifie *cunumunu* ? demanda Jenna.

Jimmy la regarda, les lèvres pincées.

— Idiot, marmonna-t-il. Ça veut dire idiot.

Une fois un verre en main, Eric se dirigea ver Tim. Carlita et Elodie s'étaient découvert un goût commun pour la cuisine et elles s'étaient assises côte à côte. Jenna et Jimmy avaient rejoint Billie et Jay, et ils discutaient de la richesse et de son absence.

— Comment vais-je faire pour gagner assez d'argent et devenir de nouveau propriétaire ? s'enquit Jenna. Je suis incapable de mettre des sous de côté !

— Qui y arrive ? lança Billie. On vit dans la ville la plus chère du monde.

— Fidelity.com, Jenna, déclara Jay. Places-y un peu d'argent tous les mois. Le marché immobilier est difficile. Si tu n'as pas acheté il y a des années, tu es presque sur la paille.

— La communauté noire n'accède pas beaucoup à la propriété, fit remarquer Jimmy.

— C'est vrai, acquiesça Jay. Les Juifs hassidiques inculquent l'importance de la propriété à leurs enfants dès le berceau. Ils possèdent Brooklyn. Billie, j'ai envie de donner des séminaires sur les hypothèques, les prêts, etc. Peut-être à des élèves de quatrième en voie de décrochage.

— Chéri, est-ce qu'on peut d'abord finir de prendre l'apéritif ? demanda Billie.

— Jenna, qu'est-ce que tu regardes ?

Elle se pencha vers Billie.

— J'écoute Eric et Tim, chuchota-t-elle.

Ils agitaient leurs téléphones et discutaient de manière animée de… elle ne comprenait pas bien quoi.

— Non, j'ai gagné, affirma Tim.

— Non, c'est moi, protesta Eric. Tu ne peux pas me battre à *Zelda*, mec. Tu as oublié comment je t'ai soulagé de tes baskets LeBron PS Elites ?

— C'est de la merde de toute façon. Mate ces Jordan 11 Breds, fit Tim en désignant ses baskets immaculées. C'est le feu.

— Un petit feu, alors.

— Mes followers doivent profiter de cette blancheur, poursuivit Tim en inclinant son téléphone à la recherche de l'angle parfait pour une photo.

— Tes quatre-vingt-neuf followers, ricana Eric en prenant une photo de ses bottines. Quand tu auras sept cent trente-deux *likes* pour une photo de ton reflet dans une flaque, je te prendrai au sérieux.

— Prends des *selfies* de tes boucles et on verra qui l'emporte.

— Ta mère biologique est à moitié mexicaine. Tes boucles sont disqualifiées.

Jenna regarda Billie, décontenancée.

— Mais de quoi ils parlent ? murmura-t-elle. D'un jeu vidéo ?

— Oui, *La Légende de Zelda* est un classique, répondit Jay. Et à propos, je leur mettrais la pâtée à tous les deux.

— On discute d'investissement, se moqua Jimmy, et ils prennent des photos de leurs chaussures.

Jay pouffa en les écoutant.

— C'est fou, le monde entier veut leur ressembler. J'ai donné une conférence à la Sorbonne il y a peu et les Parisiens ont une expression : « Très Brooklyn ». Les baskets, l'argot, l'attitude ; c'est très inspirant. Madison Avenue s'adresse directement à la génération hip-hop. Ils ne savent pas à quel point ils sont puissants.

— J'adore l'énergie de la jeunesse, commenta Jimmy. C'est pour ça que je suis DJ silencieux dans des fêtes à Greenpoint.

— Pardon ? s'étonna Jenna. DJ quoi ?

— C'est un endroit où les fêtards portent des casques spéciaux et je passe la musique directement dans leurs oreilles. Toute la salle danse dans un silence absolu.

— Mais pourquoi sortir alors ? demanda Jenna. Pourquoi ne pas écouter de la musique tout seul dans sa chambre ?

— Parce que… il n'y a personne pour voir tes mouvements, répliqua Jimmy comme si ça allait de soi. Ça déchire.

— Eh bien, si ça déchire, c'est une récompense en soi…

Jenna avala d'un trait son pinot en se demandant si elle rebaiserait un jour.

À l'autre bout de la pièce, Carlita et Elodie discutaient de la révolution bio.

— Je suis super bio, dit Elodie. Nourrie à l'herbe. De la ferme à l'assiette.

— J'essaye de cuisiner sain, mais ça coûte la peau des

fesses. Pourquoi est-ce que je devrais payer plus cher pour de la bouffe qui contient moins de choses ? Sans nitrates. Sans gluten. Sans gras.

— Carlita, tu es une putain de philosophe.

— Mon cousin disait que je ressemblais à Yoda. Je ne dis rien pendant super longtemps et puis, tout d'un coup, je sors une perle de sagesse. Un jour, à Thanksgiving, j'ai dit que puisque mes veines étaient vertes, ça voulait dire que j'avais du sang de Tortue Ninja.

Elodie éclata de rire.

— J'ai amené ma nièce voir le premier film, il y a genre, vingt ans. Je trouvais Michelangelo tellement sexy.

— Moi aussi. Je l'adore. Et tu sais ce que j'aime aussi ? Les métisses afro-asiatiques.

Elodie haussa un sourcil.

— Mais quelle coquine.

Carlita rejeta une mèche de cheveux derrière son épaule et se pencha pour murmurer à l'oreille d'Elodie :

— *Hashtag* Tim et moi ne sommes pas exclusifs et je suis bisexuelle.

— Je vois. (Elle désigna du menton les ongles longs de Carlita.) Je croyais que les amatrices de femmes avaient les ongles courts. Pour des raisons évidentes.

Carlita agita les doigts, se mordit la lèvre inférieure et ronronna :

— Ce sont des faux.

Elodie sourit puis jeta un coup d'œil alentour pour vérifier que personne n'avait surpris leur conversation. Elle vit qu'Eric, de l'autre côté de la pièce, lançait des regards noirs à Jimmy.

— Ne bouge pas, ordonna-t-elle avant de rejoindre Eric.

Elle se glissa entre Tim et lui.

— Bon sang, fit Tim, si je n'étais pas en couple, je t'entraînerais quelque part et on baiserait comme des animaux.

— Tu m'arrives à la taille.

— Je ne vois pas en quoi c'est un problème.

— Il faut que je parle à Eric. Va voir ta copine. Tu lui manques.

— Les femmes hypersexuelles, mais exigeantes sont mon talon d'Achille, marmonna Tim en s'éloignant.

Une fois qu'il fut hors de portée, Elodie se tourna vers Eric :

— Tu n'as pas l'air content.

— Je déteste ce mec, t'as pas idée. Il est problématique à tous les niveaux.

— Je comprends, je n'ai aucune patience pour les hipsters vieillissants. On ne peut pas être grisonnant, avoir de la bedaine et s'habiller comme les One Direction.

— Dis-moi qu'il ne vient pas de clamer qu'il est DJ silencieux. Ça devrait être puni par la loi, non ?

— Oui, mais ton opinion ne compte pas. Ce qui compte, c'est Jenna.

— Mais… il lui coupe la parole et il est prétentieux. Il n'arrête pas de lui raconter des conneries au lieu de l'écouter. Elle ne peut pas sortir avec un type pareil. Je veux juste le meilleur pour elle.

— Tu crois vraiment que ce n'est que ça ? (Elle baissa la voix jusqu'au murmure.) Tu ne vois pas comment tu la regardes ?

Eric grimaça et recula un peu. Il scruta Elodie. Était-elle sérieuse ? Elle l'était.

— Ce n'est pas ça. Jenna est ma pote. Je n'aime pas qu'on manque de respect à mes amis. C'est tout.

— D'accord, soupira Elodie. Rends-moi service, veux-tu ?

— Quoi ?

— Change de tête.

Chapitre 15

Tandis qu'Eric ressassait l'interprétation totalement erronée d'Elodie, Lula revint avec un plateau de minuscules pâtés de crabe nichés dans des coupes miniatures en pâte filo.

— C'est tellement joli et délicat, constata Billie. On dirait des petits cadeaux.

— D'ailleurs, j'ai apporté des cadeaux, déclara Tim. Quelqu'un veut un petit cachet de Molly avant le dîner ?

— Non, répliqua sèchement Eric. Personne n'en veut.

— La drogue qu'on prend en boîte ? Je... je ne sais pas, répondit Jenna en agitant ses mains gantées de satin.

— Je meurs d'envie d'essayer, avoua Elodie. Allez, Jenna, ne fais pas comme si tu n'étais pas la reine de l'ecsta en 1995.

— Oh ! arrête, j'ai vécu un seul incident chez Limelight. J'ai passé cinq heures à me frotter le visage contre un morceau de polystyrène. J'ai eu une éruption cutanée abominable. (Jenna se toucha la joue.) Ça fait quoi de prendre de la Molly ?

— On s'amuse comme des fous. Ça te donne envie de faire un câlin à l'Univers, expliqua Eric. Non pas que je veuille t'inciter à essayer.

— Jenna, la reprit Jimmy, on dit Molly tout court, pas « la Molly ».

— Et tu veux vraiment que je me retienne de frapper ce connard ? murmura Eric à l'attention d'Elodie.

— Chut, dit-elle en songeant que Molly était exactement ce qu'il fallait à ce dîner empesé. Je vais prendre la décision pour tout le monde. Molly-nous, Tim.

Ce dernier sortit une enveloppe de sa poche et offrit une pilule blanche à tous les invités. Jenna arbora une expression qui disait clairement « oh, non, impossible, ce n'était pas prévu, ce n'était pas PRÉVU » et, même si Eric mourait d'envie d'avaler un ou trois cachets, il refusa.

Eric vit que Jimmy ne le quittait pas des yeux. Lorsque Tim lui proposa la drogue, il l'imita et déclina à son tour. Eric ne l'en détesta que davantage.

Une demi-heure plus tard, Jenna essayait de rassembler ses invités autour de la table, mais personne ne l'écoutait. Tout le monde s'était transformé en moulin à paroles et il régnait une énergie joyeuse et légère. Personne n'avait envie de manger.

— Je veux danser, danser, danser, brailla Elodie. Carlita, tu danses avec moi ?

— J'ai toujours envie de danser !

Elles s'arrachèrent de la causeuse et dansèrent comme des dingues sur la chanson la plus lente du monde, « Someone Like You » d'Adele.

Tim tendit l'oreille et s'exclama :

— Qu'est-ce que Jenna passe ? Adele ? Cette grosse vache ? Désolé, mais à partir de maintenant, je suis officiellement votre DJ. (Il fit défiler le contenu de son iTunes sur son téléphone.) Vieille école ? B.I.G ? Non, Kendrick déchire plus.

— Kendrick déchire, intervint Eric, mais pas plus que B.I.G. Et puis, tu n'es pas DJ.

Il arracha le téléphone des mains de son ami.

— Je vote pour B.I.G, dit Jay, qui entonna à pleins poumons l'ouverture préférée du rappeur. « LIVE FROM BEDFORD-STUYVESANT, THE LIVEST ONE... »

Carlita, Elodie, Tim et les voisins du dessus de Jenna (les murs étaient fins comme du papier à cigarette) hurlèrent la suite :

— REPRESENTIN' BK TO THE FULLEST !

Puis Tim récupéra son portable et passa le légendaire « Unbelievable » à pleins tubes. Carlita se mit à twerker en agitant son cul rebondi. Elodie bondit derrière elle et Tim devant. À eux trois, ils ondulèrent, formant un curieux sandwich au Carlita. Jay se servit d'une des bougies Diptyque de Jenna comme d'un micro et se mit à rapper. Eric se laissa tomber sur le canapé, le visage entre les mains.

— Qu'est-ce qui se passe ? s'écria Jenna, sidérée. Oh ! mon Dieu, Elodie est en train de mettre une fessée à Carlita ! Comment la soirée a-t-elle pu dégénérer aussi vite ?

— Regarde mon mari. Il revit sa jeunesse. Il est en pleine crise de la quarantaine, tout ça parce qu'il a quatre cheveux gris. Moi, je trouve ça distingué, mais il a l'impression d'être Morgan Freeman. (Billie s'empara de la main de Jenna et l'embrassa.) Oh ! ma chérie, je me sens telleeeeeement bieeeeen. Je suis super heureuse. J'adore mes amis. Allons jouer à se maquiller !

— J'ai toujours trouvé Biggie trop *mainstream*, pérora Jimmy en assistant à la danse improvisée. Je préférais les ensembles de funk-jazz obscurs des années 1970, comme Betty Wright.

— Quelle surprise, commenta sèchement Jenna.

Elle avait perdu toute patience à l'égard de Jimmy Crockett. Elle attira l'attention d'Eric et lui fit signe de la rejoindre.

— Je plaide coupable, dit-il. Je savais que Tim foutrait le bordel. Regarde le prof ! C'est hallucinant, yo ; j'ai presque envie de filmer.

— Il faut que tu m'aides, supplia-t-elle en lui prenant le bras. Est-ce que tu peux les faire asseoir ? Mon poulet est en train de se figer !

Jimmy surprit la conversation et abaissa son borsalino sur un œil, à la façon de Robert Mitchum. Avant qu'Eric ait eu le temps d'ouvrir la bouche, il se leva et hurla :

— À table !

Puis il fit le tour de la pièce en tentant de rabattre tout le monde vers la table. Les invités continuèrent à danser et ignorèrent royalement le boomer en costume de Justin Bieber.

— Pas tout de suite ! cria Elodie.

— Tim, mets de la trap, que je puisse m'amuser ! s'exclama Carlita.

— On se calme et on s'assied, ordonna Eric d'un ton autoritaire. Je meurs de faim et le dîner a l'air délicieux : je vous tiendrai tous pour responsables si vous m'en privez. Elodie, remets ta chaussure gauche. Tim ! lâche le sein de Carlita. Ressaisissez-vous.

Finalement, un par un, ils s'approchèrent de la table en gloussant et en nage. Eric lança un regard moqueur à Jimmy qui le fusilla du regard en retour, ses petits bras croisés sur sa poitrine.

Jenna leva son verre et le tapota avec une cuillère, son sourire « hôtesse de l'année » sur les lèvres.

— Je suis ravie que vous soyez tous là ce soir. Asseyez-vous, dînons !

Comprendre où chacun devait s'asseoir se révéla au-dessus de leurs forces. Ils se bousculèrent en pouffant puis s'installèrent à des places qui n'étaient pas les leurs, ce qui les fit glousser de plus belle. Carlita donna un coup dans un couvert et la vaisselle Hermès hors de prix (et empruntée) s'écrasa au sol. Lorsque tout le monde fut enfin assis, il leur fallut dix minutes pour remarquer les salades posées devant eux. Billie et Jay avaient l'air de deux imbéciles heureux et leurs mains s'affairaient mystérieusement sous la table. Carlita ôta un de ses faux ongles en regardant Elodie droit dans les yeux. Tim donnait une conférence que personne n'écoutait sur le génie des biscuits au fromage.

Et puis il y avait Jenna, assise entre Eric et Jimmy – tous les trois sobres.

— Ces biscuits sont exquis, s'extasia Tim. Ils remplissent mon âme. Si ce biscuit était une femme, je lui vernirais les ongles des pieds puis je la gratifierais de la danse « Pony » de *Magic Mike*.

— Channing Tatum ressemble à un Noir, affirma Carlita.

— Mais oui ! renchérit Billie. Comme s'il prétendait être blanc.

— En parlant des Channing qui font semblant, commença Elodie, Carol Channing était secrètement noire.

Tim fronça les sourcils.

— Qui ça ?

— Une ancienne vedette de comédies musicales, expliqua Jimmy.

— La rouquine maigrichonne ? Celle dont la série repasse sur Comedy Network ?

— Tu confonds avec Carol Burnett, rectifia Jay. Miss Hannigan est noire ?

— Mindy Kaling l'est, affirma Carlita d'un ton définitif.

Eric soupira.

— Jay, demanda soudain Billie, est-ce que tu crois qu'on devrait appeler la baby-sitter pour vérifier que May dort ?

— Non, on devrait profiter du dîner et de la drogue, répliqua-t-il en l'embrassant sur la joue.

— C'est le couple marié le plus mignon que je connaisse, déclara Jenna à Jimmy.

Il prit une gorgée de vin, qui venait de la bouteille qu'il avait apportée, comme il l'avait exigé.

— Et toi, ton histoire ? Tu es divorcée ?

Eric feignit de se concentrer sur sa salade – mais il ne perdait pas une miette de la conversation.

— J'ai vécu très longtemps en couple. On était fiancés, mais on ne s'est jamais mariés. Et toi ? Marié ? Divorcé ? Fiancé ? (Jenna pouffa.) On dirait la version pour les plus de quarante ans du jeu « Épouser, baiser, tuer ».

Eric était abasourdi. Elle avait été fiancée ? À qui ? Qu'est-ce qui s'était passé ?

— Non, répondit-il. Je n'ai jamais été ni marié, ni divorcé, ni fiancé.

— Oh. Ah.

L'énergie dégagée par Jimmy changea soudain. Elle passa de décontractée à susceptible. À cran.

— Que signifie ce « ah » ? (Il poursuivit sans attendre la réponse de Jenna.) Je sais très bien ce qu'il signifie. (Il prit une voix geignarde et efféminée.) Beurk, tu as cinquante ans et tu n'as jamais été marié ? Tu n'as jamais demandé personne en mariage ? Oh ! tu dois être un phobique de l'engagement. Tu es certainement bloqué émotionnellement. Tu dois être impossible à supporter au quotidien.

Jenna le dévisagea, sidérée.

— Pardon, mais tu m'as demandé si j'avais été mariée, dit-elle en essayant de refréner les répliques cinglantes qu'elle sentait monter en elle. Me serais-je trompée de sujet de conversation ?

— Non, fit-il en faisant tourner son verre de vin d'un geste plein de colère. C'est juste le ton de ta voix. Je ne pensais pas que tu étais du genre à tomber dans les clichés.

Eric vit rouge.

— C'est elle, le cliché ?

— Pardon ?

— Fais gaffe à ce que tu dis, fiston, rétorqua Eric.

Jimmy le jaugea puis ricana.

— Tu m'as lancé des piques toute la soirée. Pourquoi ? Et tu me traites vraiment de fiston ? Quel âge as-tu ? Je pense qu'il est largement temps pour toi d'aller te coucher.

Tim se figea, la fourchette à mi-chemin de sa bouche.

— Qu'est-ce que tu viens de dire ? demanda Eric.

— Tu m'as très bien entendu.

— Va te faire foutre, American Apparel.

— Eric ! s'exclama Jenna, ahurie.

Jimmy reposa violemment son verre.

— American Apparel ?

— Ton jegging est cool, bro.

— C'est un jean skinny, pas un jegging.

— C'est un jegging, affirma Eric. C'est un mot portemanteau, je pensais que tu adorerais.

— Il y a un problème ?

— Pas du tout, répondit Jenna, au bord de la panique.

Eric, tout va bien. Mange ta salade. Que tout le monde se calme !

— Non, rien à foutre, balança Eric, de plus en plus furieux. Je ne peux pas le laisser te parler comme ça chez toi. Mec, tu piques une crise parce qu'elle te retourne ta question ? Si tu as un problème avec ton passé, c'est pas la faute de Jenna. Et, oui, c'est suspect quand un vieux dans ton genre n'a jamais été fiancé. Je pense que tu viens bien de nous le démontrer. C'était ton audition, connard ! Je suis tellement gêné pour toi, abruti de sommelier de Williamsburg de mes deux.

Tim se mit à rire à gorge déployée.

— Maintenant la fête est réussie !

Jimmy transpirait, le souffle court.

— Tu dépasses les bornes, jeune homme.

— Et toi tu es un connard prétentieux et insupportable.

— Il plaisante, n'est-ce pas ? demanda Jimmy à Jenna.

— Eric ? Oh ! non. Et, je suis navrée de dire ça, mais je suis d'accord avec lui. (Comprenant qu'elle avait totalement perdu le contrôle de la soirée, elle tenta d'y mettre fin.) On devrait peut-être en rester là…

— On devrait régler ça dehors tous les deux, suggéra Jimmy en se levant.

Eric l'imita.

— On peut tout à fait. Allons-y.

— Personne ne règle quoi que ce soit à coups de poing sous mon toit ! s'écria Jenna en se cramponnant au bras d'Eric. Jay, fais quelque chose !

Jay, qui avait dans son enfance assisté à des fêtes auxquelles il se présentait armé, ne broncha pas.

— Jimmy, ne fais pas genre que tu vas te battre contre

ce gamin, se contenta-t-il de dire. Tu as trente ans de plus. Ça va mal finir pour toi.

— Non, E sait parler, mais c'est pas une racaille, intervint Tim. Il ne tiendrait pas quatre secondes.

— Yo, c'est quoi le problème avec ta tête ? (Eric oublia Jimmy aussi sec et examina son meilleur ami.) Pourquoi tu as les joues de Kanye ?

Tout le monde se tourna vers Tim. Ses lèvres et son nez avaient doublé de volume et on avait l'impression que ses joues étaient pleines de maïs pour l'hiver. Ses doigts ressemblaient à des saucisses de Strasbourg.

Jenna posa la main sur sa bouche.

— J'ai des picotements dans la figure. Qu'est-ce que… ? (Il se leva d'un bond pour aller contempler son reflet dans le miroir ancien accroché derrière la table.) C'est mon allergie aux noix !

Billie éclata en sanglots.

— Quand on était en Jamaïque, May a dit que les mangues lui grattaient la gorge ! Et si elle avait une allergie, elle aussi ? Je ne veux plus qu'on parte en vacances sous les tropiques, Jay, on ne peut pas prendre ce risque, les hôpitaux ont vingt ans de retard, là-bas !

— Plus de drogue pour ma femme. Plus jamais, déclara Jay en la serrant contre lui.

— Est-ce qu'il y avait des noix quelque part ? demanda Eric à Jenna.

— De fins copeaux d'amande dans la sauce de la salade. Tu ne les as pas vus, Tim ?

— J'ai cru que c'était du parmesan ! Je vais mourir. D'une manière tellement peu noble pour un voyou…

Jay prit les choses en main.

— J'appelle une ambulance.

Dans le désordre qui suivit, Jimmy récupéra son borsalino et partit en claquant la porte. Jenna ne s'en aperçut même pas. Ce qu'elle remarqua, en revanche, fut la disparition de deux autres invitées.

— Où sont Carlita et Elodie ? s'enquit-elle en examinant la pièce.

Elle emprunta d'un pas vif le couloir qui menait à sa chambre, Eric sur les talons. Elle ouvrit la porte à la volée et découvrit Elodie et Carlita entrelacées sur la splendide couette Frette qu'elle avait achetée exprès pour ce soir. Carlita avait la tête sur le ventre d'Elodie – à quelques centimètres de sa terre promise.

— Elodie Franklin ! Es-tu en train de baiser au beau milieu de mon dîner ?

— Vengeance ! gloussa Elodie.

— C'était son idée, madame, se défendit Carlita.

— Madame ? (Eric secoua la tête.) Non. « Madame » implique un certain respect. Tu es sur le point de faire un cuni sur le lit de ton hôtesse. Tu ne peux pas l'appeler « madame ».

— Ma chérie, ton petit ami a gonflé comme un éléphant, expliqua Jenna. Jay l'emmène aux urgences et tu devrais probablement l'accompagner.

— Il est pas sortable, décidément, marmonna Carlita en rajustant sa culotte et en rabattant sa robe.

Eric et Jenna échangèrent un regard et fermèrent la porte.

Eric resta pour aider Jenna à mettre de l'ordre. Elle ne le lui demanda pas et il ne proposa pas. Mais, lorsque Carlita et Elodie sortirent de la chambre d'un pas mal assuré pour aller se livrer ailleurs à leurs occupations saphiques et que Billie et Jay entraînèrent Tim dans l'ambulance, Eric ne fit pas mine de s'en aller. Au lieu de ça, après que Jenna eut libéré Lula plus tôt que prévu (elle était trop embarrassée pour la garder), il attrapa un balai pour balayer les éclats des assiettes Hermès qui n'avaient pas survécu. Puis il fit la vaisselle avec elle – il lava et Jenna essuya.

Une fois ses convives partis, Jenna avait rangé sa robe haute couture glamour dans sa housse et l'avait remplacée par un haut de pyjama, un short Equinox et les chaussons orange en moumoute qu'elle avait portés tous les jours quand elle était en Virginie. Ses cheveux étaient attachés par un chouchou sur le sommet de sa tête. Elle avait l'air folle, mais elle s'en fichait ; elle voulait juste se détendre. Eric et elle finirent par s'affaler sur le canapé. Ils en étaient à leur troisième verre de la bouteille d'Eric.

— Mon dîner s'est terminé avec un invité sur une civière, constata Jenna, hébétée. Avec un masque à oxygène sur la figure. Après avoir échappé de peu à un choc anaphylactique. Pour de bon.

— J'ai tellement de regrets, avoua Eric. Je n'aurais jamais dû inviter Tim. Tim n'aurait jamais dû inviter Carlita. Je n'aurais jamais dû péter un plomb sur Jiminy Cricket.

Jenna renversa la tête sur le dossier du canapé et posa un bras sur ses yeux.

— C'était le meilleur moment.

— Et puis, Tim peut aller se faire foutre. Je suis une racaille, affirma Eric, à retardement. Ce n'est pas parce que je ne le montre pas tout le temps que je n'en suis pas une.

Jenna avala une longue gorgée de vin.

— Jimmy s'est montré tellement méprisant. Et grossier.

— Pourquoi tu ne l'as pas rembarré, d'ailleurs ? Tu aurais dû le virer après « arfé ».

— C'était mon invité. Je voulais être une bonne hôtesse !

Elle leva les bras au ciel, ce qui renversa un peu de vin sur sa cuisse. Il coula à l'intérieur de sa jambe. Elle l'essuya du doigt puis le lécha. Eric la regarda faire et il lui fallut dix bonnes secondes pour retrouver le fil de la conversation.

— Avant, mes fêtes étaient incroyables. Avant, j'étais incroyable au boulot. (Elle soupira.) J'ai l'impression que la meilleure partie de ma vie est derrière moi.

Eric leur resservit du vin à tous les deux.

— Pourquoi est-ce que tu ne cesses de regarder derrière toi ?

— Je fais ça ?

— Tout le temps. (Il se tourna vers elle.) Je peux te poser une question ? Tu vis dans un deux-pièces dans un quartier qui craint à côté d'un immeuble qui pourrait passer pour un squat de junkies dans *New Jack City*...

— C'est vrai.

— Mais tu as embauché une, comment dire, une domestique...

— Une assistante !

— ... pour la soirée, tu as fait appel à un traiteur et tu as tous ces meubles super chics. Comment tu as payé tout ça ?

Jenna regarda autour d'elle, à la fois vulnérable et honteuse. Mais elle était aussi reconnaissante à Eric de la pousser dans ses retranchements. Elle le méritait. Et elle voulait affronter ses problèmes.

— J'ai ouvert un compte chez Barneys puis je me suis évanouie, confessa-t-elle.

— Pourquoi ?

Elle rentra les mains dans les manches de son pyjama.

— Je voulais être une personne que je ne suis plus.

— Mais tu n'as rien à prouver. Tu es drôle, authentique et... cool, tu sais ? Quand tu es toi, décontractée et normale. Dans ces chaussons.

Elle contempla ses pieds orange en moumoute. Jusqu'à cet instant, il ne lui était pas venu à l'esprit qu'elle portait ce qu'elle portait – devant Eric. Se permettait-elle vraiment d'être vue en short de sport et en pyjama devant un homme ? Les cheveux noués à la va-vite ? Pendant toutes les années qu'elle avait passées avec Brian, elle avait toujours été chic même pour traîner à la maison. Et si elle portait un short et un haut, ils étaient forcément minuscules et jolis. Elle coinça une jambe sous ses fesses.

— Arrête de te torturer en te comparant à celle que tu étais, poursuivit Eric. C'est Jenna Jones, la suite. Et les suites sont toujours meilleures.

— Tout le monde sait bien que c'est faux ! protesta Jenna.

— *Aliens* ? *Rambo* ? *L'Arme fatale* 2 ?

— Donc, si j'étais un film d'action des années 1980, je serais géniale.

— Je dis juste que tu devrais envoyer bouler ton passé. Être excitée par ce qui se passe maintenant. Et ce qui se passera ensuite.

— Tu as raison. (Elle renversa de nouveau la tête en arrière, songeuse.) J'essayais de faire ça, ce soir, pourtant. Garder l'esprit ouvert sur une éventuelle rencontre. Je savais que, Jimmy et moi, ça ne collait pas, mais je n'ai pas voulu le repousser d'entrée. Parce qu'on ne sait jamais. Les gens sont bizarres pendant le premier rencard.

Eric arbora une expression sceptique.

— Si tu trouves quelqu'un naze la première fois, en général, c'est qu'il l'est.

— Mais est-ce que je serais même capable de reconnaître

un super premier rendez-vous ? Ça fait tellement longtemps, je ne me rappelle même plus ce que ça fait quand on est bien avec quelqu'un.

— Tu voudrais que ça soit comment ?

Elle réfléchit puis posa les yeux sur Eric. Ses lèvres étaient légèrement rougies par le vin et ses yeux avaient l'éclat de l'ivresse.

— Je n'ai jamais avoué ça à personne, finit-elle par dire. Alors sois gentil.

— Je veux tout entendre.

— Intellectuellement, je sais ce dont j'ai besoin. De la compatibilité, une vision du monde similaire, de la gentillesse, de l'humour et pas de tendance sociopathe. Mais émotionnellement ? (Elle gémit et enfouit le visage entre ses mains.) Non, je ne peux pas faire ça.

— Allez, tu peux le dire.

— D'accord, tu es un amateur de cinéma muet. Tu as vu ce film avec Greta Garbo, *La Chair et le Diable* ?

— 1926. Elle incarne une séductrice amorale.

— C'est ça ! répondit Jenna, radieuse. (C'était tellement délicieux de connaître quelqu'un qui avait les mêmes références qu'elle.) Il y a une scène dans le film où Garbo et son amant secret sont dans une église. Pendant la communion, il boit au calice. Et quand c'est son tour, elle s'immobilise, caresse la coupe et puis...

— Elle la tourne pour poser ses lèvres au même endroit que lui, acheva Eric avec un petit sourire.

— C'est tellement mal. (Jenna mit la main sur son cœur.) Elle lèche pratiquement le calice. Devant tout le monde. Dans une église.

— C'est super profane.

— Profane, mais pur, ajouta-t-elle. Sacré. C'est ça

que je veux ressentir. Je ne veux pas de ces *blind dates* cliniques et maladroits. Je refuse de subir ça encore vingt fois. Je sais que je ne rencontrerai pas mon âme sœur en lui faisant passer un entretien d'embauche. Je veux savoir sans avoir besoin de parler. Je veux tomber amoureuse si violemment que je risque de me briser en mille morceaux. Je veux aimer avec un désespoir indécent. Je veux que ce soit sauvage, que ce soit le destin et que ce soit pour toujours. Un lien qui ne me laisse pas le choix. Tu comprends ce que je veux dire ?

Il lui jeta un coup d'œil.

— Je crois que oui.

— Je sais que ce genre d'amour est un pur fantasme. Mais je tuerais pour éprouver des sentiments aussi intenses pour quelqu'un.

Elle joua avec les manches de son pyjama, un peu gênée.

— Ne laisse pas tomber tant que tu n'as pas trouvé cet amour-là, dit Eric.

— D'accord.

— Promets-le-moi.

— Je te le promets.

L'atmosphère s'alourdit soudain entre eux. Jenna était assise, immobile, le cœur battant. Elle ne savait pas si c'était le vin, ou lui, ou eux – mais sa tête tournait. Elle était incapable de regarder Eric. Et il évitait son regard. Elle avait chaud, ses mains tremblaient, elle souleva quelques mèches de cheveux collées sur sa nuque – et elle sentit Eric se raidir. Elle croisa enfin son regard. Elle le regarda la regarder, fasciné, comme s'il voulait toucher la peau de sa nuque ; la sentir, la goûter. Elle lisait en lui à livre ouvert. Il voulait la goûter partout.

Jenna ne parvenait pas à détacher ses yeux de lui. Elle

pressa les cuisses pour faire calmer ce désir qui la démangeait. Elle cessa de respirer, de penser, et se permit de s'abandonner à l'électricité ambiante. Mais, en quelques secondes, son cerveau reprit le dessus et rejeta tout. Elle détourna les yeux.

Elle se sentait vulnérable. Elle était choquée de s'être abandonnée, même pour un instant. Ce qu'elle venait de ressentir était dangereux, ridicule et impossible. Mais en secret, elle désirait sentir de nouveau la bouche d'Eric sur la sienne. Elle en crevait d'envie. Ce désir n'était jamais bien loin quand il était dans les parages. Même quand elle avait eu envie de le tuer. Elle ne pouvait pas le chasser de son esprit.

Et maintenant, Eric savait.

Oh ! c'est bon. Il l'a toujours su.

— Je dois y aller, dit-il. Tout de suite.

— Oh. Tu es sûr ?

— Absolument.

Il se leva d'un bond et Jenna le raccompagna jusqu'à la porte.

— Euh… comment tu rentres chez toi ? Tu veux que je t'appelle un taxi ? Le métro est loin.

— Pas de problème. Je vais rentrer à pied en fumant.

— Un joint ? C'est très dangereux. Et si les flics te voient ?

— Ne t'inquiète pas, ils ne me verront pas, la rassura-t-il. Et puis un joint, c'est rien. Tu as senti ce que les cinq mecs au coin de ta rue fument ?

— Sois prudent, dit-elle en ouvrant la porte.

Ils hésitèrent sur le seuil, incertains de la façon de se dire bonsoir. Ils savaient cependant tous les deux qu'il ne fallait pas qu'ils se touchent.

— On se voit demain ? demanda Eric, les mains dans les poches.

— Oui, demain. Bonne nuit. Et merci.

— Pour quoi ?

— Pour avoir défendu mon honneur. Et m'avoir aidée à ranger. Et écoutée.

Il sourit.

— De rien.

Puis il s'en alla. Et Jenna resta adossée à la porte pendant dix minutes, les mains sur le ventre.

Aussi longtemps qu'elle vivrait, elle ne saurait jamais ce qui l'avait poussée à se rendre à la fenêtre. Une partie d'elle avait juste besoin d'air. Une autre, plus importante, espérait apercevoir Eric en train de se diriger vers le métro. Mais elle se doutait bien qu'il avait disparu depuis longtemps.

Jenna se précipita donc vers la fenêtre si vite qu'elle se cogna l'orteil contre la table basse. Elle poussa un cri, ouvrit le rideau – et n'en crut pas ses yeux.

Eric n'était pas parti. Il lui tournait le dos, appuyé au tronc de l'arbre à moitié mort en face de son immeuble. Une volute de fumée tourbillonnait au-dessus de lui.

— Eric !

Surpris, il pivota et leva les yeux vers la fenêtre du deuxième étage.

Il avait l'air pris en flagrant délit. Coupable.

— Qu'est-ce que tu fais encore là ?

— Je n'en sais rien. (Il contempla la rue déserte puis leva de nouveau les yeux vers elle.)

— Pourquoi tu as ouvert la fenêtre ?

— Je n'en sais rien.

Il hocha la tête d'un air pensif.

— Bonne nuit, Jenna, dit-il et, cette fois-ci, il partit pour de bon.

Chapitre 16

Le matin qui suivit la soirée de l'enfer, Jenna s'installa à son bureau face au site fidelity.com pour tenter de comprendre la différence entre les investissements à faible risque et ceux à risque modéré. Elle renseigna le profil qu'elle avait créé avec ses informations financières épouvantables – mais, chaque fois qu'elle tapait sur une touche, son cerveau criait : « Je-suis-dans-la-merde-je-suis-dans-la-merde… » Elle ne parvenait pas à oublier les détails de la soirée de la veille. Non pas du dîner ; elle avait tourné la page du désastre aux proportions épiques. Elle pensait à Eric.

Jenna était trop vieille pour se voiler la face. Elle avait envie d'Eric. Non, c'était pire que ça, bien pire.

Elle avait eu envie qu'il reste – et il l'avait compris sans qu'elle ait eu besoin de dire un mot. Elle se racontait que c'était innocent, qu'elle voulait juste passer du temps avec son ami. Mais, avant qu'elle ait eu le temps de reprendre ses esprits, ils avaient partagé ce moment torride sur le canapé. Il l'avait fait craquer – sans même la toucher. Et s'il avait posé la main sur elle ? S'il était resté deux minutes de plus ? Si elle avait bu un verre de plus ? Elle connaissait la réponse.

Tout à fait son style

Il y avait des millions d'hommes à New York et, de tous les choix possibles, il fallait qu'elle soit précisément attirée par celui-là – qui n'était pas fait pour elle. Elle devait trouver un moyen de le cacher. De le cacher si bien qu'elle y croirait aussi.

Eric avait passé un quart d'heure dans son bureau dans l'*open space* à se préparer pour se comporter normalement quand il la verrait à leur réunion de 9 h 30. Mais en approchant du bureau de Jenna, il vit que c'était elle qui n'était pas dans son état normal. Elle était assise à son bureau, comme d'habitude, les yeux plissés face à l'écran de son ordinateur. Mais elle portait des lunettes à écaille noires – le genre qu'appréciaient les adolescents dans les années 1950.

Eric frappa à la porte. Jenna leva les yeux et ôta aussitôt ses lunettes. Elle arbora le sourire hystérique qu'il lui avait vu la première fois qu'il avait mis le pied dans son bureau en compagnie de Darcy.

— Salut, dit-il.

— Coucou, toi ! Assieds-toi. Salut !

Il était évident qu'elle était embarrassée par les événements de la veille.

N'en rajoute pas, pensa-t-il.

— Euh… salut, répéta-t-il, en en rajoutant.

Eric avait prévu de faire comme s'il ne s'était rien passé. Ce qui était le cas. Il n'avait pas dévié d'un centimètre de la place qu'il occupait dans la *friendzone.* Mais la voir avec ce type ? Ça avait failli le briser. Il s'était rendu chez elle avec la ferme intention de l'aider à trouver un mec et il avait fait tout le contraire. Et, quand il s'était retrouvé seul avec elle, il avait été submergé par un sentiment si violent qu'il en avait été renversé.

Elodie avait raison. Il avait envie de Jenna. Terriblement. Et il ne s'en était pas rendu compte ; le désir l'avait pris en traître. Il se sentait impuissant face à lui. Il faisait des choses inhabituelles – sans réfléchir. Il avait essayé de se battre pour elle (indigne de lui), il l'avait aidée à faire la vaisselle (intime), il avait disséqué un film obscur avec elle (le nirvana). Et, toute la soirée, il avait eu l'impression de faire exactement ce qu'il était censé faire.

Les certitudes d'Eric étaient balayées, tout ce qu'il croyait savoir sur les femmes, sur ce qu'il voulait et ne voulait pas.

— Surprise, je porte des lunettes ! (Jenna fit un geste en direction des lunettes posées sur le bureau.) Quand je suis fatiguée, je vois flou. Je... je n'ai pas bien dormi.

— Moi non plus. Qu'est-ce qui t'a tenue éveillée ?

— J'ai mouliné. À cause du boulot.

— C'est ça. Moi aussi. Le boulot.

— C'est ça. Bref, je porte des lunettes. Elles sont moches.

— Non, tu ressembles à un pub vintage pour Pepsi.

— C'est bien ce que je disais. Moches.

— Je les adore, affirma-t-il avec une ferveur embarrassante.

— Merci. (Elle les percha sur sa tête avant de les ôter de nouveau.) Mais c'est parce que tu aimes les vieilleries. Qu'est-ce que tu as dit l'autre jour ? Ce qui est vieux est plus sexy ?

— Oui. Et c'est vrai.

— Je le pensais moi aussi. Mais à ton contact, je me suis mise à apprécier les jeunes hommes. (Jenna se reprit et se mit à transpirer.) Je veux dire les jeunes en général ! Enfin... tu as changé mon point de vue sur plein de trucs.

— Je comprends ce que tu veux dire, répondit-il en essayant de garder son sérieux. Mais je serai toujours intéressé par ce qui est plus vieux.

Jenna se frotta les lèvres, nerveuse.

— Merci d'aimer mes lunettes. Elles sont bêtes, mais… oui.

Il y eut un moment de silence hésitant. Jenna plia et déplia les branches de ses lunettes, Eric tapota les accoudoirs de son siège – et décida qu'il ne pouvait plus supporter la tension qui régnait entre eux. Il plaisanta donc.

— Tu sais quoi ? Tu as raison. Tu es une sacrée hôtesse. Tu veux organiser mon anniversaire le mois prochain ?

Jenna lui adressa un regard faussement courroucé assorti d'un sourire en coin et leur gêne se dissipa un peu.

Il lui sourit en retour.

— C'est trop tôt ?

— Je ne compte pas organiser quoi que ce soit avant longtemps. Peut-être le bal de promo de May. (Jenna inspira profondément et expira comme si elle se retenait depuis la veille.) J'ai de bonnes nouvelles. Pendant mon insomnie, je pense avoir trouvé le concept de notre série.

— Moi aussi, j'ai mis à profit la mienne ! s'écria Eric. J'aimerais te montrer quelque chose avant que tu m'expliques ton idée.

Il plongea la main dans sa poche, ce qui fit gonfler son biceps. Jenna sursauta, ce qu'il remarqua. La façon dont Jenna était incapable de dissimuler ses émotions le déstabilisait. Il se demanda si elle savait qu'il lisait en elle à livre ouvert.

— Tiens, fit-il en glissant une clé USB sur son bureau. Branche-la. (Elle obéit.) Je me suis dit que tu avais besoin d'une bande-annonce pour la première vidéo. Une rapide présentation qui explique pourquoi Jenna Jones est la meilleure et qui te resitue pour le public. J'ai fait des recherches sur toi. J'ai regardé tes apparitions télé, tes numéros de juge, tout ce que j'ai pu trouver sur Internet. Et j'en ai tiré ça.

Jenna savait qu'Eric était en train de parler, mais elle l'entendait à peine parce que les images qu'elle avait sous les yeux étaient tellement renversantes qu'elle ne pouvait traiter aucune information supplémentaire. Des milliards de ses répliques, de ses grimaces ridicules et de ses échanges sincères qu'il avait pu trouver, il avait gardé tous les moments où elle était le plus elle-même. L'intro s'ouvrait sur elle, stagiaire de vingt-deux ans qui disait : « Salut, je suis Jenna Jones, j'adore la mode, mais je me pèèèle » sur le plateau d'un shooting pour *Bazaar* en Alaska avec une Naomi toute jeune – et s'achevait sur ses adieux quand elle avait quitté le magazine (scène qui s'était retrouvée elle ne savait comment sur YouTube). Il avait sélectionné le fou rire qu'elle avait eu avec Joan Rivers sur le plateau de *Fashion Police* et qui l'avait fait tomber de sa chaise. Le meilleur était sans conteste une séquence trop crue qui avait été coupée de *Top Model USA* – Jenna, sur sa chaise, au maquillage, disait à Kris Jenner, juge invitée, que son émission de téléréalité aurait dû s'appeler : *Les Kardashian : Plus de culs que de cendriers.*

— C'est incroyable, s'extasia-t-elle. Tu ne me connais que depuis cinq minutes ! Comment tu as fait pour me saisir aussi bien ?

— Je t'ai étudiée toute la nuit. J'ai un doctorat en Jenna Jones.

Elle était émerveillée du mal qu'il s'était donné pour elle.

— Tu n'étais pas obligé de faire ça.

Si, songea-t-il. *Bien sûr que si. Si je veux me contrôler et ne pas perdre la boule, je ne peux faire qu'une chose : te regarder sur un écran.*

— Laisse-moi te montrer les passages que je préfère, répondit-il pour ne pas se laisser distraire.

Il rapprocha sa chaise et attira l'ordinateur portable de Jenna vers lui afin de le placer entre eux deux. Il se pencha en avant, cliqua sur avance rapide et scruta les petites vignettes qui marquaient l'avancée du clip. Du coin de l'œil, il vit que le regard de Jenna remontait le long de son bras, de son épaule, de son profil. Il aurait aimé être dans sa tête.

Ou pas. Il savait exactement ce qu'elle pensait.

Eric se permit de lui jeter un coup d'œil à la dérobée. Sa proximité le torturait. Son parfum, mélange de miel, vanille et ciel d'été, lui donnait envie de la mordre. Et son expression, mélange de « tu es mon héros » et de « prends-moi contre le mur », le rendait dingue.

Aucune femme ne lui avait fait perdre le contrôle à ce point.

— Eric, dit Jenna doucement. Merci.

— De rien.

Il se sentit soudain envahi par une vague de timidité. Ce n'était pas un clip, mais une lettre d'amour.

— Bon, Miss je me pèèèèle, déclara-t-il en faisant craquer ses doigts, tu es prête à me parler de ton idée de génie ?

— Oui ! Au fait, j'ai décidé de boycotter les chaussures de Greta Blumen. J'en porte une paire aujourd'hui, mais ce sera la dernière fois.

— Je veux absolument voir les chaussures qui ont failli nous faire virer tous les deux, répondit-il d'un ton espiègle. Lève-toi.

Jenna leva les yeux au ciel, mais se mit debout et se plaça sur le côté du bureau. Elle inclina un peu la jambe et posa les mains sur les hanches. Elle portait des escarpins *nude* avec un imprimé ton sur ton (c'était une vieille astuce : les talons couleur chair rallongeaient la jambe).

Eric se détendit et laissa son regard errer lentement le long de ses jambes jusqu'à l'ourlet de sa jupe courte. Il s'arrêta là – juste là – et continua à la fixer de manière éhontée et effrontée, la laissant imaginer ce qui lui passait par la tête. Puis son regard reprit sa route, remonta et s'attarda sur ses seins avant de finir sur son visage.

Jenna avait l'air étourdie. Elle était enivrée par sa réaction.

— Il y a un motif sur ta chaussure ou c'est moi qui ai la berlue ?

— Non, il y a vraiment un imprimé ton sur ton, répondit-elle en tendant la jambe pour le torturer davantage. Tu le vois d'aussi loin ?

— Pas vraiment. Il faut que je m'approche.

Jenna jeta un coup d'œil à la porte. L'étage occupé par *StyleZine* était un immense loft rectangulaire et son bureau se dressait dans un coin. Celui de Darcy était juste en face, mais cette dernière était en réunion à l'extérieur pour la journée. Une vaste salle de conférences occupait la droite, mais elle était inoccupée. Et, à l'autre bout sur la gauche, hors de vue, s'étendait le labyrinthe de box où travaillait le reste des employés.

N'importe qui pouvait entrer… mais cette éventualité était peu probable.

Jenna fit deux pas vers Eric, s'immobilisa devant lui et planta le pied sur sa chaise, entre ses jambes. Sa jambe n'était plus qu'à quelques centimètres de sa bouche. Sa jupe était relevée haut sur ses cuisses. Il inspira presque imperceptiblement – ce fut le seul signe qu'il était troublé, enfin, si on faisait abstraction de ses mains, qui agrippèrent soudain les accoudoirs de son siège.

— Est-ce que tu distingues le motif à présent ?

— Ce sont des pois.

— C'est ça, murmura-t-elle tout en surveillant la porte.

— C'est mal.

— Terrible.

— Pire que tu ne le penses.

— J'en doute.

— Il y a quelque chose que je ne t'ai pas dit.

— Tu ferais mieux de cracher le morceau tout de suite.

— Je n'ai pas baisé depuis trois ans.

— Tu n'as pas *quoi* depuis *quand* ?

— Personne ne m'a touchée depuis trois ans. Pas jusqu'à toi. (Elle jeta de nouveau un coup d'œil vers la porte.) Me retrouver aussi proche de toi… c'est… c'est presque trop.

Il cilla, digérant l'information. Puis il tendit le bras pour fermer la porte. Après tout, Darcy leur avait bien ordonné de rester enfermés dans le bureau jusqu'à ce qu'ils accouchent de leur série.

— Être aussi proche de moi, répéta-t-il, c'est trop ?

Elle acquiesça. Elle ressemblait à une nonne coquine dans un confessionnal.

— Pourquoi es-tu si près, alors ?

— Je ne peux pas m'en empêcher.

Jenna savait que ce qu'elle faisait était inexcusable et pas du tout professionnel. Ça ne lui ressemblait pas du tout. Mais debout face à Eric, consciente du pouvoir et de l'effet qu'elle avait sur lui, elle sentait monter l'excitation. Et Eric n'avait jamais désiré une femme aussi violemment. Pendant cinq secondes enfiévrées qui semblèrent durer cinq heures, Eric négocia avec lui-même. (*J'ai fermé la porte et à présent je peux faire ce que je meurs d'envie de faire. Je peux enfin… non, attends, pas ici. Je ne suis pas un animal !! Je vais me contenter de l'embrasser. Ça suffira. J'ai juste besoin de la toucher de nouveau…)*

Il se pencha en avant et plongea la tête vers l'intérieur de sa cuisse, la bouche douloureusement près de sa peau. Le souffle de Jenna s'accéléra, et il leva le regard vers elle. Elle avait les yeux fermés et ses joues brillaient sous l'effet de la sensualité… ou de l'appréhension… ou du triomphe. Ou un mélange sauvage des trois. Elle ne pouvait pas savoir à quoi elle ressemblait. Parce que si elle savait, elle ne pouvait pas imaginer qu'il parviendrait à se contrôler.

Il n'y parvint pas. Il l'embrassa juste là avant de la mordiller – ses jambes se dérobèrent et elle laissa échapper un petit soupir tremblant et désespéré. Ce soupir permit à Eric de reprendre ses esprits. S'il voulait s'arrêter, c'était maintenant ou jamais.

— Recule.

Elle ne bougea pas.

— Recule, répéta-t-il. C'est un jeu dangereux, Jenna.

— Pourquoi ?

— Parce que je suis à ça de te sauter. Recule.

Elle sortit brusquement de sa transe et se précipita vers sa chaise en rougissant. Eric se renfonça dans la sienne avec un grognement de martyr et se frotta le visage. Jenna laissa tomber son front sur son bureau, produisant un bruit sonore qui se réverbéra dans la pièce.

— Bon sang, Jenna, tu essayes de me tuer ou quoi ?

— Est-ce que je… j'ai vraiment fait ça ? Je ne suis plus moi-même en ta présence, Eric. Qui suis-je ?

— Une cougar, plaisanta-t-il.

— J'ai eu quarante ans le mois dernier, s'exclama-t-elle, en frappant du poing sur son bureau. Je suis trop jeune pour être une cougar !

— Tu es trop vieille pour jouer les cochonnes au travail.

— Comme si tu étais une demoiselle en détresse, chuchota-t-elle. Tu viens de me donner un orgasme de cuisse dans mon propre bureau.

— Qu'est-ce que j'étais censé faire ? Je suis un homme, Jenna. Tu me le présentes, je le bouffe. (Elle s'éventa le visage pour tenter de se ressaisir. Elle tremblait. Il attrapa une poignée de Skittles dans le saladier et la lui tendit.) Prends ça, ça ira mieux.

Elle s'en empara, reconnaissante, et mâcha les bonbons dans un silence secoué tout en tripotant le délicat bracelet en or qu'elle portait au poignet. Elle se concentrait dessus pour refouler le picotement enflammé de sa peau à l'endroit où Eric avait posé les lèvres. Jenna avait des poignets étrangement fins, aussi ses bracelets étaient-ils toujours trop grands. Elle était tombée par hasard sur ce petit modèle au marché aux puces de Clinton Hill. C'était une trouvaille idéale.

Une trouvaille idéale[1].

Elle se redressa soudain comme si un marionnettiste avait tiré sur un fil accroché au sommet de son crâne.

— Eric, dit-elle avec gravité. J'ai eu une idée géniale hier soir.

— Hein, quoi ?

— J'ai été embauchée pour faire passer ce site à la vitesse supérieure, pour lui apporter une nouvelle notoriété. Faisons-le. Ta sensibilité, mon réseau… le style

1. En anglais « The Perfect Find », qui est le titre original du roman.

de la rue… c'est trop bon ! Debout ! (Elle attrapa son téléphone et bondit à bas de sa chaise.) On se retrouve devant l'ascenseur dans un quart d'heure.

Les idées se bousculaient à toute allure dans la tête de Jenna. Elle avait besoin d'un endroit pour produire rapidement des vêtements et des accessoires : elle localisa son amie qui représentait Threads Production, une usine de vêtements bon marché, mais de bonne qualité sur la 39e Rue. Elle allait avoir besoin de fonds, aussi planifia-t-elle une réunion avec LVMH, Darcy et elle-même pour le lendemain matin. Puis elle contacta son premier sujet, Maggie.

Ancienne top model, c'était à présent l'une des stylistes les plus demandées chez les célébrités (sa carrière de mannequin avait rapidement tourné court parce qu'elle avait la flemme d'être perpétuellement au régime). Maggie était à la fois horriblement mal élevée et l'une des femmes les mieux habillées de la planète. Cette beauté britannique était de passage à New York pour les défilés et elle devait quelques services à Jenna. Durant sa précédente carrière, Jenna l'avait accompagnée autour du globe une demi-dizaine de fois et Maggie avait échappé de justesse à une grossesse non désirée, une arrestation ou un coma cocaïné. Chaque fois, Jenna avait trouvé un moyen brillant de la sortir d'affaire sans jamais dévoiler ses secrets.

Le comportement lunatique de Maggie était du pain bénit pour la presse à scandale. Mais surtout, tous les amateurs de mode étaient suspendus au moindre de ses gestes. La blonde sexy possédait un corps authentique, avec un ventre un peu rebondi et des fesses volumineuses, et elle l'habillait à la perfection. Sa garde-robe audacieuse, mélange de Cher et de Kate Moss (coiffes en plumes et bottes de motarde), était vénérée en ligne.

L'idée de Jenna était la suivante : recruter les femmes les mieux habillées et au style le plus cool (de toutes tailles et de toutes morphologies) et, dans chaque vidéo, leur demander de parler d'un vêtement qu'elles rêvaient de posséder sans parvenir à le trouver. Du genre, un trench assez chaud pour le porter quand il fait – 6 °C. Un jogging sexy qu'on pourrait mettre pour se rendre à un cocktail. Des ballerines chics qui ne transforment pas un 44 en canoë. Ou, dans le cas de Maggie, une blouse fluide à fleurs qui donne un look éthéré aux femmes à grosse poitrine et pas l'air d'être enceintes.

Jenna serait la Bonne Fée de la Mode : elle traînerait dans leurs chambres, fouillerait dans leurs placards pour trouver leurs pièces préférées, essayerait des fringues et discuterait de leur style d'une façon intime, légère, entre-nous – puis leur donnerait cinquante dollars afin qu'elles puissent faire réaliser le vêtement de leurs rêves. Leur trouvaille idéale. Et sur le site, *StyleZine* vendrait trente exemplaires de chaque pièce. Pas plus. Première arrivée, première servie.

Elle commença avec Maggie. Eric captura ses instants les plus intimes et féminins : elle ôta puis remit du rouge à lèvres, essaya des fringues, se changea, balança ce qu'elle venait d'enlever sur son lit, se recoiffa quatorze fois devant le miroir, trébucha en bataillant pour enfiler un jean. Maggie donnait l'impression d'être non pas une icône beauté, mais une amie, une femme si drôle et si cool que son apparence n'était qu'un bonus. Le but ? Les gens qui regardaient la vidéo voulaient posséder un morceau de sa magie.

Les lectrices assaillirent le site pour faire partie de la poignée d'élues qui mettraient la main sur sa Trouvaille Idéale. Quelle modeuse n'avait pas envie d'avoir une pièce exceptionnelle tout droit sortie de l'imagination d'une femme pour la garde-robe de laquelle elle serait prête à tuer – et pour moins cher qu'un brunch ? Jenna trouvait les filles, et Eric savait comment les filmer. Les vidéos étaient toutes différentes. Chacune était unique, un délice visuel excentrique. Eric distillait la personnalité de chacune de ces gravures de mode en un archétype (la Vamp Rétro, l'Intello Sexy, la Déesse d'Entreprise, la Sportive Canon, etc.), puis il dirigeait, montait et filmait chaque femme dans un style renvoyant à une époque ou à un genre qui mettait en valeur sa personnalité. La surfeuse californienne reconvertie en blogueuse mode, Coco Lopez, fut filmée dans des couleurs saturées de soleil, inondées d'eau salée, des tons estivaux lumineux tellement évocateurs qu'on avait l'impression de sentir le monoï et l'écran solaire. L'élégante mécène métisse indo-bahaméenne, Sade Ghirmay, qui possédait une boutique, fut représentée comme dans une scène de *Femmes*, le film de 1939 – dans un noir et blanc velouté et Art déco, tandis qu'elle traînait dans son *penthouse* de l'Upper East Side et servait le petit déjeuner à ses enfants, des rouleaux dans les cheveux, vêtue d'un peignoir en satin ivoire.

Quel que soit le sujet – la barista latina du café sur Prince Street, la coloriste de Jenna, une lesbienne qui ressemblait à un chat ou la starlette d'une série pour ados de CW –, Eric les transformait toutes en icônes.

Lorsque les gays commencèrent à parodier leurs vidéos

sur YouTube, allant jusqu'à imiter de manière exagérée le style d'Eric, et faisant de Jenna un personnage surexcité dans une robe inspirée de Glinda la bonne sorcière avec une baguette magique – et des drag en quête de Trouvailles Idéales absurdes (comme des faux cils de soixante centimètres de long ou du ruban adhésif qui ne faisait pas mal pour se scotcher le pénis) –, ils comprirent que leur petite série était devenue culte.

En tant que duo professionnel, la connexion entre Jenna et Eric était indéniable, ce qui déconcertait les employés de *StyleZine*. Ils se connaissaient à peine ; comment étaient-ils parvenus à exécuter avec un tel brio un projet aussi important ? Darcy était particulièrement sidérée. Leur énergie avait changé du jour au lendemain.

Bien sûr, tous ignoraient la vérité. Il y avait une secrète alchimie entre eux au travail – un réalisateur qui filmait sa présentatrice en s'imaginant la sauter de quinze manières toutes plus pornographiques les unes que les autres ; et une présentatrice qui le savait et qui rayonnait de désir tout en pouffant avec une Vénézuélienne en discutant boucles d'oreilles.

La Trouvaille Idéale, la web-série qui insufflait un souffle nouveau dans l'industrie du commerce en ligne, qui finirait par faire gagner des millions de dollars au magazine sous forme de publicités et qui générerait une dizaine d'imitations ; celle qui avait multiplié par quatre le trafic du site – était brillamment construite et un coup de chance. Mais plus que tout ?

C'était des préliminaires.

Chapitre 17

Le mois passa à toute allure. Après la vidéo avec Maggie, Jenna et Eric devinrent inséparables. Ils étaient les meilleurs amis du monde, des complices douloureusement platoniques. Rien ne les intéressait en dehors d'eux-mêmes. Mais ils le cachaient à tout le monde.

Ils passaient leur journée à imaginer des façons détournées de se croiser « par hasard ». Eric trouvait toujours le moyen de se retrouver dans la queue du Starbucks en bas du bureau quand Jenna allait y chercher son café à 14 heures. Ils ne s'y rendaient jamais ensemble et quittaient toujours le bureau séparément. Mais dix minutes plus tard ils remontaient à quelques secondes d'intervalle, Jenna l'air ravie et Eric avec la tête de Jay-Z qui vient de remplir Madison Square Garden.

Tout au long de la journée, ils espéraient se croiser dans le couloir, la cuisine ou ailleurs. Quand ça leur arrivait, s'ils n'étaient pas seuls, ils faisaient semblant de ne pas être excités. Mais dès qu'ils s'éloignaient l'un de l'autre, ils échangeaient un nombre impressionnant de SMS.

Eric : Tu t'es coiffée différemment juste pour me perturber, c'est ça ?

Jenna : Oh là là, tes biceps quand je t'ai vu transporter tout ton matériel vers l'ascenseur ! Tu veux que je ne regarde plus JAMAIS d'autres hommes, c'est ça ?

Comme des adolescents, ils s'envoyaient des messages toute la journée et passaient la soirée au téléphone. Jenna, une femme qui, un mois plus tôt, trouvait la technologie au pire incompréhensible et au mieux de mauvais goût, n'allait plus aux toilettes sans son iPhone. Elle inventait des excuses pour quitter son bureau et aller traîner du côté de celui d'Eric afin de l'apercevoir. Il l'apercevait aussi, ce qui l'obligeait à se concentrer sur les chimpanzés et le base-ball – deux choses qu'il haïssait au plus haut point – jusqu'à ce qu'il ait effacé ses pensées inopportunes de son cerveau.

Eric et Jenna étaient victimes d'une obsession à plein temps.

La situation les y poussait. S'ils avaient été deux adultes normaux éprouvant un *crush* l'un pour l'autre, ils seraient allés à la Cheesecake Factory, auraient vu un film, baisé, et à présent ils sortiraient ensemble. Mais la situation était tout sauf normale – entre Darcy, le boulot et leur différence d'âge. Ils ne se voyaient jamais en dehors du cadre professionnel. Ils ne se rapprochaient jamais, ne s'asseyaient jamais côte à côte et ne se touchaient jamais. Après le moment explosif dans le bureau de Jenna, ils savaient que s'ils faisaient ne serait-ce que s'effleurer, c'était fichu.

Ils se cachaient à la vue de tous. Tout le monde savait qu'ils collaboraient sur *La Trouvaille Idéale*, qui était le plus gros succès de *StyleZine*. Personne ne s'étonnait de leurs longues « réunions » dans le bureau de Jenna – c'était normal qu'ils se fréquentent. Les filles du bureau pensaient toutes qu'Eric avait un faible pour Jenna et que celle-ci le prenait de haut parce qu'elle était beaucoup plus âgée que lui et célèbre.

Les réunions quotidiennes de la rédaction étaient le meilleur moment de la journée : Jenna et Eric pouvaient s'asseoir dans la même pièce pendant vingt minutes. Ils échangeaient des textos et des coups d'œil tandis que les autres parlaient d'infections urinaires et de pilule du lendemain.

Un danger rôdait bien évidemment – Darcy. Karen O'Quinn, l'éditrice exécutive, dirigeait les réunions, mais la P-DG aimait faire une apparition dans les sessions quotidiennes consacrées au site Internet, histoire de leur mettre la pression. Personne ne savait jamais à l'avance quand elle allait se pointer pour leur passer une soufflante cinglante qui les enverrait jusque dans le Bronx.

Mais, depuis *La Trouvaille Idéale*, Darcy paraissait avoir subi une greffe de personnalité. Elle était moins envahissante. Elle semblait plus féminine et plus jeune. Humaine. Jinx prétendait même l'avoir entendue écouter de la musique dans son bureau – un morceau joyeux, du genre Bruno Mars. Le succès de *La Trouvaille Idéale* mettait Darcy aux anges et ça se voyait.

— Félicitations à Jenna qui a tout déchiré avec la banquière *badass* de Wall Street, déclara Karen O'Quinn.

Rousse aux yeux noisette ronds, elle portait un T-shirt blanc *oversize* ceinturé par une corde dorée et des bottines en daim marron à franges (« Robin des Bois sous œstrogènes »).

— Toutes les employées de bureau vont s'arracher cette blouse à lavallière en cuir fin assez classe pour être portée avec un tailleur mais assez rock pour être associée à un jean, poursuivit-elle.

Les seize membres de l'équipe applaudirent. Jenna sourit et esquissa une révérence sans se lever de sa chaise.

— J'ai oublié de vous dire que Rachel Zoe m'a appelée pour me demander un exemplaire de la blouse, répondit-elle.

— Tu la connais ? J'y crois pas ! s'écria Jinx qui avait un béguin de plus en plus prononcé pour Eric et qui du coup était tiraillée entre la jalousie et l'idolâtrie.

— Je la connaissais quand elle n'était encore que Rachel Zoe Rosenzweig, styliste sur des clips de seconde zone, expliqua Jenna qui sentit soudain vibrer son téléphone sur ses genoux. (Elle baissa les yeux.) Je suis contente que ça marche.

Jenna Jones
iMessage
2 octobre 2012 12 h 15

Eric : N'oublie pas de dire que tu as fait de la pub sur toutes les plates-formes.

— J'ai mis le lien de la vidéo sur tous nos réseaux sociaux, dit-elle.

Merci à Eric de la coacher dans ce domaine. Elle pensait désormais en *hashtags*.

— Fabuleux, la complimenta Karen. Tu as fait des progrès faramineux.

— Et si on félicitait le pote E pour la vidéo ? chouina Jinx. C'est lui qui a brillamment inséré des plans de coupe de Jenna en train de se frayer un chemin dans la foule de Wall Street.

— Je n'aurais pas dû oublier, s'excusa Karen. Excellent job, comme d'habitude, « Le Pote E ».

Un éclat de rire général salua ses propos. Eric, qui assouvissait son envie de sucre de la mi-journée en dégustant une sucette, répondit :

— Merci, La Pote Karen.

Eric Combs
iMessage
2 octobre 2012, 12 h 19

Jenna : Cette sucette a bien de la chance.

Eric : Arrête de mater, tu me gênes.

— Eric, il faut qu'on brainstorme, déclara Karen. Je voudrais que tu distilles un peu de la magie que tu mets dans *La Trouvaille Idéale* dans tes micros-trottoirs avec Terry. Ils sont sympas, mais trop lisses.

— Lisses ? s'indigna Eric.

Se ruer sur une nana, lui demander de signer une autorisation de diffusion puis la filmer en train de s'extasier sur son pull Zara – ça ne l'excitait pas des masses. Mais il bossait dur sur ces séquences.

— Elle veut dire que, avec une caméra, tu enflammes les petites culottes, expliqua Terry.

— Non, ce n'est pas ce que je voulais dire, répliqua Karen avec un soupir ennuyé.

— Mais c'est vrai, insista Terry. J'ai vu plein de filles qu'on a interviewées attraper son téléphone pour lui donner leur numéro. Les Noirs tatoués sont super à la mode en ce moment.

— On devrait faire une série style sur eux, suggéra

Mitchell, le rédacteur photo que Darcy appelait « la reine à la voix rauque ».

— Que ce soit bien clair, ces nanas me filent leur numéro pour que je leur envoie par texto leurs scènes coupées, expliqua Eric en jetant un regard en biais à Jenna. Pour Insta.

— Vous autres millennials enhardis-par-les-réseaux-sociaux me fascinez. (En réalité, elle n'était pas fascinée mais jalouse. Qui étaient ces putes ?) Je n'ai jamais été aussi directe avec un mec.

Jenna Jones
iMessage
2 octobre 2012 12 h 25

Eric : Menteuse.

Jenna : Oui, mais ils ne le savent pas.

— Ces filles ignorent qu'il a un *crush* terrible, fit remarquer Terry en lui donnant un coup de poing dans l'épaule. Demande à Jenna.

— C'est déplacé. (Il rendit gentiment à Terry son coup de poing.) Jenna, tu ne penses pas que j'ai le béguin pour toi, pas vrai ?

— Je pense que tu as le béguin pour toi-même, répondit Jenna d'un ton léger.

— Enfin quelqu'un qui le voit comme il est, marmonna Mitchell, imperméable au charme d'Eric.

— Dites, est-ce que j'ai l'air grosse dans ce jean ? (Jinx voulait changer de sujet. Cette discussion la blessait.) J'ai pris un *selfie* ce matin et j'ai l'impression de ressembler à Hannah Horvath.

— Jinx, tu n'as pas besoin de perdre du poids. Ton ex était un connard de te faire croire que tu n'étais pas à la hauteur. (Eric en avait assez des répercussions émotionnelles de sa relation toxique avec ce programmateur rondouillard et barbu.) Surtout quand on sait qu'il ressemblait à un bouton poilu. S'il ose se pointer de nouveau, il trouvera à qui parler.

— Merci, Eric, répondit-elle à mi-voix, rougissante.

Mitchell leva les yeux au ciel. Jenna aussi, mais mentalement.

— Tu as besoin d'un nouveau mec, affirma Terry. Je vais te présenter mon cousin, Julian. Il est sur Tinder, mais il adore les Latinas.

— Je suis iranienne.

— C'est presque pareil.

— Non, tu ne peux pas sortir avec un mec de Tinder, protesta Eric. Ils ne savent rien faire d'autre que swiper à droite.

Darcy choisit cet instant pour franchir le pas de la porte. Elle posa brusquement sur la table un dossier et son téléphone, et s'installa à côté de Karen.

— Je suis la patronne de presse la plus intelligente, la plus futée et la plus géniale de tout Manhattan et vous allez tous vous incliner devant moi, mes pétasses, annonça-t-elle, triomphante. Vous voulez savoir pourquoi ? Parce que j'ai eu l'intuition que notre Reine de Retour au pays et Eric feraient des étincelles ensemble. (Darcy les regarda tous les deux.) J'ai déjeuné avec la rédactrice en chef du magazine *New York*. Leur numéro consacré aux vingt-cinq plus gros succès de l'année sortira au début du printemps et ils sont en train de finaliser leur liste. Non seulement on est dans le Top 5, mais on fait partie des heureux élus à avoir droit à une interview. Avec shooting photo. Ils vont appeler l'article : « Phénomène de Mode : *StyleZine* décroche *La Trouvaille Idéale* ».

Tout le monde applaudit en poussant des hourras. Jenna et Eric échangèrent un regard, sidérés et ravis, tandis que les autres membres de l'équipe se jetaient sur eux pour les féliciter chaleureusement.

— Ils veulent m'interviewer, mais ils parleront aussi avec Jenna et quelques-unes des filles qui apparaissent dans les vidéos. Eric, je vais me battre pour que tu aies droit à une ligne, mais n'aie pas trop d'espoir. *New York* ne s'intéresse qu'aux noms en gras pour leur article. (Darcy se leva, les mains sur les hanches, et dévisagea Jenna et Eric.) Je suis perpétuellement épatée par ce que vous avez fait avec cette série. Vous avez vraiment inventé un truc. (Un sourire sincère éclaira ses traits.) Ma *dream team.*

Eric se rua dans le bureau de Jenna et se laissa tomber lourdement sur la chaise en face d'elle.

— J'ai halluciné ou quoi ? Ma mère m'a fait environ trois compliments dans ma vie. Il faut vraiment se méfier de cette connasse, Jenna. Elle ressemble à la sorcière qui piège Hansel et Gretel dans sa maison en bonbons pour les engraisser et les manger. On ne doit pas manger les bonbons, Jenna. Mais… yoooo. Tu as vu sa réaction ?

— Oui ! *New York* ! C'est fou ! (Jenna sautilla sur sa chaise en battant des mains.) C'est grâce à toi, Eric !

— Non, c'est grâce à toi !

— À nous.

— J'ai tellement envie de t'embrasser que j'en ai la migraine. (Il secoua la tête pour essayer de comprendre ce qui venait de se produire pendant la réunion.) J'étais tellement gêné de travailler pour *StyleZine*, j'avais super peur que les comités des festivals se moquent de moi. Mais *La Trouvaille Idéale* ? C'est un boulot intègre. Et je vais être mentionné dans la presse… je suis… je ne peux… (Il s'interrompit.) Je suis à court de mots.

— Ça aussi, ça mérite un article, plaisanta Jenna.

— N'essaye pas de te moquer de moi, Reine de Retour au pays.

— Il faut vraiment que Darcy arrête de m'appeler comme ça.

Eric ne répondit pas tout de suite.

— Tu sais ce qu'il me faudrait vraiment ?

— Non, quoi ?

— Te voir. Tous les deux. Ce soir.

Elle tressaillit.

— On ne peut pas faire ça.

— On fait quoi alors ? (Il lui lança un regard de défi.) On continue à prétendre qu'on est les meilleurs amis du monde ?

— On l'est.

Jenna cherchait un moyen de mettre un terme à cette conversation même si elle aussi mourait d'envie de se retrouver enfin seule avec lui.

— D'accord, mon amie. Tu comptes continuer de te foutre de ma gueule ?

— Comment ça ?

— Tu te penches sur mon ordinateur, la jupe relevée à mi-cuisse, expliqua-t-il. Tu sirotes ton Évian puis tu te lèches les lèvres en faisant semblant de ne pas savoir que tout ce que je vois, c'est un porno des années 1980 au ralenti. Tu tournes lentement autour de mon bureau pour que je t'aperçoive, que je sente ton parfum et que j'entende tes talons résonner sur ce putain de sol... tout ça me rend dingue parce que je ne peux rien faire d'autre que rester assis et penser à toi non-stop.

— Je ne fais rien de tout ça.

— Oh que si, affirma-t-il avec un petit rire. La robe que tu portes avec le... comment tu appelles le côté de tes...

Elle baissa les yeux sur sa tenue.

— Ce sont des seins.

— Tu es en train de me dire que tu n'as pas choisi cette robe qui dévoile tes seins ce matin en pensant à moi ?

C'était vraiment agaçant cette façon qu'il avait de lire en elle.

— Ce n'est qu'une robe, Eric.

— Tu prends ton pied, avoue.

C'était vrai.

— Qu'est-ce que tu attends de moi, Eric ? demanda Jenna.

— Juste un rencard. C'est tout ce dont j'ai besoin.

— Pour faire quoi, exactement ?

Il arbora une expression diabolique.

— Te débaucher à jamais.

— Gamin, ta confiance en toi est stupéfiante.

— Veux-tu que je ferme la porte et que je te rappelle pourquoi ?

— Non ! Et cesse de sourire comme ça. Tu sais très bien qu'on ne peut pas sortir ensemble, murmura-t-elle même si personne ne pouvait les entendre. On irait où, d'abord ?

— Quelle importance ? Je veux juste te voir seule en dehors d'ici. On pourrait s'asseoir sur un banc de Thompkins Square Park et communier avec les rats et les camés.

Jenna frissonna.

— Beurk. Comment je m'habillerais ?

— Je plaisante. Concentrons-nous. On ne peut aller dans aucun de tes endroits préférés parce que ce sont…

— … probablement les mêmes que les siens.

— Exact. (Il fit défiler l'écran de son téléphone.) Mmm, on est vendredi. Je sais ! À La Maison.

— À la maison ? Voilà qui risque de bien plaire à Darcy.

— Non, pas ma maison. *La Maison*. C'est un bar lambda qui sert des sushis sur Ludlow. Il est sombre et anonyme.

Jenna réfléchit puis leva les mains au ciel.

— Pourquoi est-ce que je te permets de m'entraîner sur le chemin du chaos et de la destruction ?

Eric afficha un sourire triomphant. Il la tenait.

— Tu te rends bien compte, poursuivit Jenna, que nous savons tous les deux que nous faisons une bêtise ?

— Quelle bêtise ?

C'était Darcy. Elle venait juste de surgir sur le seuil du bureau.

— Coucouuuu ! s'exclama Jenna d'un ton trop enthousiaste. Rien d'important.

— Salut, les superstars. (Darcy donna un petit coup de genou dans le dossier de la chaise de son fils.) J'étais sûre de te trouver ici. Eric, j'espère que tu as remercié Jenna pour tout le temps qu'elle te consacre. Grâce à ses conseils, on dirait que tu sais ce que tu fais.

Jenna fronça les sourcils.

— C'est plutôt l'inverse.

— Oh ! il sait que je plaisante.

— C'est pour ça que je n'accepte jamais de bonbon, maugréa Eric.

— Eric est la vision créative derrière toute cette série, expliqua Jenna en essayant de ne pas s'emporter, consciente qu'elle mettait trop d'ardeur à le défendre. Elle n'existerait pas sans lui.

— Pour être tout à fait claire, elle n'existerait pas sans moi. C'est moi qui ai donné le feu vert, rétorqua Darcy. N'es-tu pas content que je soutienne ta carrière de réalisateur, Eric ? J'espère que tu te rends compte que ta mère est une perle rare.

— J'apprécie le soutien, Perle Rare.

Trop folle de joie pour détecter le sarcasme, Darcy se tourna vers Jenna.

— Je t'emmène déjeuner. Chez Delicatessen. Retrouve-moi dans mon bureau dans un quart d'heure. (À mi-chemin de la porte, elle pivota et cria à l'intention de son fils.) Eric, arrête d'ennuyer Jenna. Elle n'est pas payée pour être ta baby-sitter.

Eric et Jenna se dévisagèrent pendant cinq bonnes secondes et échangèrent mille mots en silence.

Jenna finit par chuchoter :

— On va vraiment le faire ?

— Tu as déjà accepté.

Elle poussa un soupir exagéré.

— Je serai là, même si je sais que c'est une erreur.

Un sourire satisfait étira les lèvres d'Eric.

— On a intérêt à ce que ça vaille le coup, alors.

Darcy et Jenna étaient assises face à face chez Delicatessen, un luxueux restaurant sur Prince Street, au carrefour toujours branché de Soho et Nolita. Connu pour sa *comfort food* haut de gamme et les petites célébrités qui le fréquentaient, c'était le restaurant préféré de Darcy parce qu'on lui réservait toujours la meilleure table, l'alcôve somptueuse dans le coin le plus reculé.

Elles picoraient dans leurs assiettes en commérant sur Calvin Klein, qu'elles trouvaient périmé, mais en réalité Jenna était envahie par l'angoisse. Elle avait l'impression que Darcy lisait tout sur son visage. *J'ai envie de coucher avec ton fils, j'ai envie de coucher avec ton fils, j'ai envie de…*

— Dis-moi, commença Darcy, qui changea de sujet tout en poignardant sa salade Cobb avec sa fourchette, mon fils et toi vous êtes cul et chemise, pas vrai ?

— Comment ça ?

Jenna prit une tranche de pain aux raisins dans la panière et la rompit.

— Chaque fois que je me retourne, je vous trouve planqués dans ton bureau en train de bavarder comme des gamines de quatrième.

— Eric est très talentueux. Je suis dans la mode depuis aussi longtemps que toi et il m'a appris des trucs. Tu devrais être fière.

— Je le suis, répondit Darcy en avalant une gorgée de chardonnay. Je ne l'avais jamais remarqué. Je suis impressionnée, vu que c'est moi qui l'ai fabriqué.

— J'en suis certaine.

Jenna se demanda où cette égocentrique avec un « E » majuscule voulait en venir avec cette conversation minée.

Darcy scrolla sur son téléphone pour trouver une photo. Elle le retourna pour la montrer à Jenna. On y voyait Eric, qui semblait avoir sept ans, dans l'uniforme des Knicks, tenant un ballon de basket trois fois plus gros que sa tête. Il arborait un sourire irrésistible aux dents écartées.

Comment cet innocent petit garçon était-il devenu l'homme qui vivait dans ses fantasmes les plus lubriques ?

Envahie par l'impression d'être une pédocriminelle, Jenna sourit poliment.

— Trop mignon.

— J'ai l'impression qu'il est rentré en CE1 hier. Je le vois toujours comme un enfant. (Elle jeta un coup d'œil à Jenna.) Nul doute que toi aussi.

Jenna hocha aussitôt la tête.

— Oui. Je me rappelle encore quand il a renversé mon verre de vin à ce mariage.

— Exact, fit sèchement Darcy. Tu sais, Eric a toujours été populaire. Apparemment, les gens le trouvent sympa. Je comprends que tu apprécies sa compagnie.

— Comme tout le monde.

Jenna avait commencé à transpirer.

— Son père était sympa, lui aussi. Il était doué, mais il a tout gâché. J'ai peur qu'Eric finisse comme Otis. Bien sûr, il a fini brillamment ses études, mais il est plongé dans le vrai monde, à présent. Et ses choix de vie me sont complètement étrangers. Son film ? Si c'était moi qui essayais de le faire sélectionner en festival, j'aurais trouvé les noms des gens qui siègent dans les comités de sélection et je les aurais sucés jusqu'à ce que leurs bites soient si dures qu'ils n'auraient pas eu d'autre choix que d'accepter ma candidature. J'aurais soutiré du fric à toutes mes connaissances pour embaucher l'agent le plus agressif du marché. J'aurais déversé un camion plein de maquillage sur mes adversaires. La fin justifie les moyens.

— Son intégrité artistique compte plus que tout, Darcy, fit-elle remarquer. Je ne crois pas qu'il envisage de sucer et de baiser.

Darcy gloussa.

— Oh ! ma Reine de Retour au pays. Quand on grandit

dans le dénuement, l'intégrité ne te mène nulle part. Est-ce que tu sais à quel point mon enfance a été épouvantable ? Quand mon père m'a surprise en train de boire quand j'avais quatorze ans, il m'a envoyée passer l'été dans un camp catholique pour me remettre dans le droit chemin. Les religieuses dirigeaient l'endroit comme un film d'horreur porno lesbien sado-maso, expliqua-t-elle calmement. Quand il a découvert que j'étais enceinte, il m'y a renvoyée et les nonnes ont essayé de provoquer une fausse couche en me rouant de coups. Quand j'ai réussi à m'enfuir, je suis rentrée chez moi. Ma famille avait disparu sans laisser d'adresse. J'avais eu Eric pour les contrarier. Ma vie était foutue, mais je m'en suis sortie à la force du poignet. Eric, lui, mène une vie dorée, mais il agit comme s'il partait de rien. Il a grandi avec des enfants de producteurs. Pourquoi ne les contacte-t-il pas ? Sa mère pourrait acheter tous les membres de tous les conseils d'administration. Je n'ai aucune patience pour l'intégrité.

— J'ignorais que ton enfance avait été aussi horrible. (Jenna peinait à trouver la réponse adéquate.) Ça a dû être difficile d'élever Eric toute seule et d'endosser les rôles du père et de la mère.

— Je n'ai jamais vu les choses comme ça. (Darcy repoussa son assiette.) J'étais la figure paternelle qui bosse comme une dingue pour rapporter l'argent à la maison. Mais je n'avais pas de femme et Eric s'est élevé tout seul.

— Comment ça ?

— Il était très autonome. Pourquoi payer des nounous quand ton gosse sait utiliser ta carte bleue pour prendre un taxi pour rentrer de l'école, commander à manger chez Serafina, puis qu'il finit ses devoirs et va se coucher tout seul ? Grâce à moi, il a toujours été débrouillard et je lui ai appris très tôt que personne ne sauve personne. On ne peut compter que sur soi-même.

Elle prit une autre gorgée de vin et haussa un sourcil, mettant Jenna au défi de la juger.

— Oh ! répondit Jenna, secrètement horrifiée.

— Si tu voyais ta tête, se moqua Darcy. Tu sais, les hommes puissants passent quatorze heures par jour à mentir, tricher, voler, violer, piller... ils font ce qu'il faut pour gagner. Tu ne t'es jamais demandé comment Brian est devenu aussi riche si rapidement ? Je parie que sa réponse serait intéressante. Les hommes comme lui sont acclamés comme des héros. Personne ne s'attend à ce qu'ils fassent partie des associations de parents d'élèves, qu'ils accompagnent les sorties scolaires ou qu'ils aient préparé des cookies pour le goûter. J'ai construit ma société en partant de rien. Je fréquente les vice-présidents de Yahoo et de YouTube, moi, la plus petite femme de la Terre, et parce que ma bite est plus grosse que la leur, je repars une fois que je leur ai pompé tout leur fric. Et qui m'applaudit ? Personne. Parce que je suis une mère, tu me regardes comme si je méritais de brûler sur le bûcher.

— Ce n'est pas ce que je pense.

— Mais bien sûr, répondit Darcy en souriant. Tu sais, ma mère priait, agenouillée dans sa chambre, pendant que mon père essayait de me faire avorter en me forçant à avaler de l'huile minérale. Eric a une mère qui s'est cassé le cul pour lui offrir toutes les chances. Il devrait me baiser le cul.

— Je suis certaine qu'il t'apprécie, avança prudemment Jenna.

— Non, il idolâtre son connard de père mort. C'est fou, quand on y pense. (Elle rejeta les épaules en arrière.)

Je suis dure avec Eric parce que je veux qu'il soit coriace. Impitoyable. Comme nous l'étions à son âge.

Jenna pouffa en entendant cette remarque ridicule.

— Je n'ai jamais été impitoyable.

— Non ? fit Darcy en éclatant de rire. Bien sûr que si. Nous sommes des femmes noires dans le milieu de la mode. On bosse dans une industrie qui pense que nous sommes soit invisibles, soit des sauvages échappées du ghetto qui ne savent pas faire la différence entre une basque et une vasque. Sur les défilés, les abrutis débutants des relations publiques nous prennent pour les habilleuses. Il faut qu'on s'habille mieux, qu'on écrive mieux, qu'on fayote mieux que Becky pour être prises au sérieux.

— Je ne suis pas arrivée où je suis en étant impitoyable, protesta Jenna. J'ai bossé dur et j'étais ambitieuse. Mais, avec du recul, je me rends compte que j'ai eu beaucoup de chance. D'autres ont bossé aussi dur, mais n'ont pas été vernies. Ma carrière, ma vie personnelle. Tout était... nickel. Comme si rien ne pouvait s'effondrer. Je donnerais cher pour retrouver l'assurance naïve de mes vingt-six ans.

— Est-ce que c'est cette assurance naïve qui t'a donné le courage de me piquer mon job chez *Bazaar* ? demanda Darcy, légèrement amusée.

— Ils m'ont embauchée après t'avoir virée parce que tu as vendu à Barneys des pièces Gucci qu'on t'avait prêtées. Tout le monde le sait.

— C'était des mensonges. Mais ça n'avait pas d'importance puisque j'avais été bannie du comité de rédaction. J'ai dû recommencer ma carrière sous un autre angle, dans la pub. Je me suis mise à porter des pantalons Theory et à assister à des réunions avec des marques de tampons.

— Et tu as marqué l'Histoire. La première journaliste noire de *Seventeen*, et la plus jeune.

— Ce n'est pas ce que je souhaitais. Je voulais créer. Comme toi. (Darcy prit une gorgée de vin.) Bref, j'ai fini par obtenir tout ce que je voulais. Comme toujours. Et je suis vraiment ravie de ce que tu as accompli chez *StyleZine*. Santé.

— Santé, répéta Jenna en entrechoquant son verre d'eau avec le verre de chardonnay de Darcy.

— Être mère est super dur, constata Darcy tout à trac. Tu as déjà pensé à avoir des enfants ?

Jenna ne savait pas si c'était le stress d'avoir parlé d'Eric ou l'idée que, pour la première fois, Darcy se comportait comme une vraie personne, mais, dans un élan qu'elle regretta toute sa vie, elle baissa sa garde.

— Oui. (Elle se passa la main sur le ventre dans un geste inconscient dont elle était coutumière. Sa peau était tendue : pas de vergetures, pas de peau amollie par la grossesse. Elle tuerait pour posséder les deux.) Je ne voulais qu'une chose, épouser Brian et avoir des enfants. Je pensais qu'on était sur la même longueur d'onde, mais les choses… ont changé.

— Brian putain de Stein, déclara Darcy. Je me souviens de sa demande en mariage ! Il a changé d'avis ? Tu vois, c'est pour ça que je garde toujours plusieurs crétins sous la main. Je l'aurais foutu à la porte manu militari.

Jenna esquissa un sourire sans joie. Venait-elle de déballer une des parties les plus douloureuses de son passé à Darcy Vale ? Elle maniait les informations comme une machette. Certaine que ça lui reviendrait dans la figure d'une manière ou d'une autre, Jenna avala une gorgée d'eau et chercha une manière de changer de sujet.

Leur serveuse posa l'addition sur la table.

— Merci pour le déjeuner, Darcy. C'était très éclairant.

— Et ce n'est pas terminé, annonça Darcy en sortant sa carte bleue de son portefeuille. Je t'ai invitée à déjeuner pour deux raisons. La première : pour te guider pour l'interview pour *New York*. Je veux que tu dises que grâce à mes conseils, nous avons réussi à instiller un souffle nouveau dans le genre du *street style* et à révolutionner le commerce en ligne de la mode.

Ses conseils ? Jenna bouillait intérieurement. Darcy n'avait aucun mérite à s'attribuer pour son succès !

— Et la deuxième raison ?

— Mon fils a un *crush* sur toi.

— Non, Eric est beaucoup trop professionnel pour…

— Ne t'enfonce pas, ma chérie. Tu sais très bien que si, affirma-t-elle d'un air détaché. Je suis ravie que tu sois son mentor et que tu lui donnes des conseils. Mais je ne veux plus de flirt. Il représente une distraction et j'ai besoin que tu sois au taquet. En plus, ajouta-t-elle, tu sais comment sont les hommes à cet âge. Le moindre signe d'encouragement et ils tombent amoureux. Ne lui donne pas le plus infime espoir. Parce qu'alors il aura le cœur brisé et *La Trouvaille Idéale* sera en danger… et si tu crois que 1996 a été notre pire année, attends de voir ce que 2012 te réserve. Compris ?

Jenna avait parfaitement compris. Darcy avait remarqué qu'elle était proche de son fils, ne l'appréciait pas – et sans même connaître la nature inappropriée de leur relation, elle avait décidé d'y mettre fin.

Jenna regarda Darcy bien en face en pensant : *dans sept heures, je serai exactement où je meurs d'envie d'être : collée à ton fils. Personne ne me privera de ça – et surtout pas toi, espèce de naine cruelle. Si tu crois que je vais lâcher l'affaire, tu te fourres le doigt dans l'œil jusqu'au coude.*

Elle gratifia sa patronne de son sourire le plus éclatant.

— Je comprends parfaitement, Darcy. Reçu cinq sur cinq.

www.stylezine.com

Just Jenna : Secrets de style de notre intrépide glambassadrice !

Q : C'est mon premier rencard avec un mec rencontré sur OKCupid et je ne sais pas comment m'habiller. On sextote depuis un mois, je suis donc quasi sûre de coucher avec lui. Comment lui montrer que je suis prête à coucher le premier soir, mais que je ne suis pas une salope ? – @LadyBlahBlah1985

R : Tout d'abord, bravo pour avoir trouvé un mec sur OKCupid. (J'ai parcouru le compte d'une de mes amies une fois et j'ai été traumatisée par les photos de tous ces « responsables marketing » torse nu avec des casquettes de base-ball devant des voitures pourries). Tu as raison de rejeter la tenue pupute. Pour lui faire comprendre que le dessert, c'est toi, il faut mettre le paquet sur des détails sexy et pas trop évidents. Concentre-toi sur ce qui se passe sous tes vêtements. Tu peux opter pour une robe portefeuille sophistiquée ou un jean et un T-shirt moulant – peu importe. Ce qu'il retiendra, c'est que tu ne portes pas de soutien-gorge. Ou que plus tard, il a découvert que tu cachais un porte-jarretelles. S'il s'en rend compte avant de te déshabiller, il n'aura qu'une envie :

te sauter. Fais-le transpirer tout le dîner, qu'il meure d'envie de t'effeuiller.

Pour des dessous coquins qui le mettront à genoux, direction Yandy.com !

Chapitre 18

Jenna entra à La Maison à exactement 20 h 03 et se rendit compte qu'elle avait fréquenté l'endroit à deux reprises dans ses incarnations précédentes. Dans les années 1990, c'était une boîte gay baptisée Chez Oliver et, dans les années 2000, un bar hip-hop appelé Fluid. C'était à présent un bar à sushis underground tellement-cool-que-seuls-les-plus-cool-connaissaient-son-existence. Le décor était fabuleux. En réalité, tout était dans le décor – il n'y avait pas assez de tabourets de bar ni d'alcools à la carte pour que La Maison soit considérée comme un vrai bar et il vendait des sushis uniquement au sous-sol (où on ne trouvait que cinq tables). Les seules lumières étaient des ampoules rouges nues qui pendaient du plafond industriel et le DJ passait des morceaux de hip-hop du début des années 1990.

Jenna se fraya un chemin dans le bar envahi de gamins à l'allure d'artistes branchés dans leurs plus beaux atours indie/street – et scruta la salle à la recherche d'Eric. Pour la première fois depuis son retour à New York, elle ne se sentait pas trop vieille pour l'endroit. Elle ne ressentait qu'une anticipation excitante.

Eric était quelque part par là, tout proche. Elle avait

déjà dépassé le stade de l'incrédulité à l'idée de faire ce qu'elle était en train de faire et avait décidé d'ignorer tous les avertissements pour la soirée. Eric disait vrai. L'Univers les avait placés sur la route l'un de l'autre pour une raison et c'était à eux de comprendre pourquoi. Qu'elle soit damnée si elle avait survécu à l'enfer pour rencontrer enfin son âme sœur et lui tourner le dos.

Jenna Jones
iMessage
2 octobre 2012 20 h 06

Eric : T'es où ?

Jenna : Ici ! Et toi ?

Eric : Ici.

Jenna : Où ça ?

Eric : Je te vois. Tu es tellement belle. Tourne-toi.

Elle obéit. Il se tenait juste derrière elle, l'air plus radieux qu'un matin de Noël.

Pendant une seconde, Jenna se sentit embarrassée. Elle avait rêvé de ce moment, mais elle ne savait pas comment le saluer. Devait-elle lui faire la bise ? Lui serrer la main ? Le prendre dans ses bras ? Quelque chose s'empara d'elle et elle fit exactement ce qu'elle *ressentait*. Elle se jeta sur lui avec tant de force qu'ils trébuchèrent en arrière contre le mur. Et ils restèrent là, cramponnés l'un à l'autre comme s'ils risquaient de ne plus jamais se revoir. Ils étaient enlacés, emboîtés l'un dans l'autre. Le visage d'Eric était enfoui dans les cheveux de Jenna et elle était sur la pointe des pieds, les bras si étroitement enroulés autour de son cou qu'elle l'étouffait presque. Leurs sens étaient hyper stimulés.

— Tu sens tellement bon, gémit-il.

— Tu n'as pas une once de gras ! (Elle fit courir ses mains le long de son dos taillé en V.) Tu fais de la muscu ?

— Non. Si ? Le basket, ça compte ? Tu ne portes pas de soutien-gorge.

— Ça n'allait pas avec ce T-shirt.

— Comment suis-je censé me concentrer si tu ne portes pas de soutien-gorge ?

— Tu as des tablettes de chocolat ? On dirait bien !

— Si tu le penses, je suis prêt à l'admettre.

Eric la serra plus étroitement contre lui et la souleva de terre. Est-ce qu'elle s'était déjà sentie mieux ? Elle laissa échapper un minuscule soupir de satisfaction.

— Le son le plus sexy du monde, commenta-t-il en frottant le nez contre son cou.

— Eric, murmura-t-elle, étourdie.

— Quoi ?

— On devrait probablement se lâcher.

— Non, chuchota-t-il.

— Si. C'est un peu gênant.

— D'accord.

Ils reculèrent un peu sans se lâcher tout à fait.

— On ne va pas sauter tout de suite dans un lit, affirma Jenna.

— Ne me regarde pas comme ça ou on ne restera pas plus de deux minutes ici.

— On prend des risques, alors comportons-nous comme pour un vrai rencard.

— Tout à fait. Dîner. Conversation. (Il lui embrassa le nez.) Et puis au lit.

— Je suis sérieuse ! Faisons les choses bien.

Il la lâcha tout à fait.

— Laisse-moi te regarder.

Puisqu'ils avaient rendez-vous dans le Lower East Side, Jenna avait décidé d'invoquer la Madonna du milieu des années 1980 (« Cherche Jenna Désespérément ») : une jupe noire moulante ; un pull noir court qui dénudait une épaule et des bottines à clous.

— Bon sang, Jenna. (Elle rayonnait.) J'ai l'impression que maintenant que tu es devant moi, je ne sais pas quoi faire de toi.

— Permets-moi d'en douter, répliqua-t-elle.

Ils décidèrent de ne pas prendre de verre au bar et de descendre tout de suite dans la partie restaurant, qui était plus calme. Ils voulaient juste s'asseoir le plus près possible l'un de l'autre.

Eric lui prit la main – un geste facile et naturel comme s'ils avaient fait ça un million de fois – et l'entraîna dans l'escalier. Ils croisèrent deux filles qu'il salua chaleureusement, dit « Quoi de neuf ? » à leurs petits amis et les présenta à Jenna. Les filles la reconnurent et se montrèrent impressionnées d'un air distant à la manière new-yorkaise.

En bas, c'était le même décor, mais plus petit et plus sombre, éclairé seulement par les ampoules rouges et nues. Il n'y avait qu'une poignée de tables, toutes bondées sauf une. Eric murmura quelque chose à l'hôtesse à demi nue puis conduisit Jenna vers la table. Ils déplacèrent leurs chaises pour être le plus près possible l'un de l'autre puis s'assirent. Étourdis par cette proximité, ils se prirent la main sous la table, juste parce qu'ils le pouvaient enfin.

Une serveuse aux lèvres peintes en violet posa deux shots sur leur table. Ils trinquèrent et les avalèrent d'une traite. Jenna fit signe à la serveuse de remettre ça.

Eric la regarda, amusé.

— Déjà ?

— Je veux être pompette. Je suis un peu nerveuse.

— Pourquoi ?

— Parce que c'est toi et moi. Au restau. Qu'est-ce qu'on fait maintenant ?

— Je comprends ce que tu veux dire. C'est super bizarre. On n'a rien fait dans l'ordre. On s'est rencontrés, on s'est roulé des pelles, tu as dit que j'étais ton mec puis tu m'as détesté, puis on est devenus amis et maintenant c'est notre premier rencard.

— Exactement !

Jenna contempla timidement sa main dans la sienne. Comment avait-elle pu tomber amoureuse de lui ? Ils ne se connaissaient que depuis un mois et c'était un gamin. Mais quand elle était dans ses bras un peu plus tôt, elle savait que c'était sa place. Et, dans ce coin avec lui, elle se sentait plus elle-même que depuis des lustres. La situation était dingue, mais leur relation ? Ellc ćtait authentique.

— Je peux te demander quelque chose ?

— Tout ce que tu veux.

— Tu étais sincère quand tu m'as dit que tu n'avais jamais été amoureux ?

— C'est un piège. Aucune femme n'a envie d'entendre que son mec a aimé quelqu'un d'autre avant elle.

— Qui dit que tu es mon mec ?

Eric la considéra un instant puis glissa la main derrière sa nuque. Il se pencha comme pour l'embrasser, mais recula et déposa un baiser à la base de son cou. Jenna fondit.

— Ose affirmer le contraire, susurra-t-il au creux de son oreille.

— On verra.

Elle s'empara de la main qu'il avait glissée dans ses cheveux et la fit redescendre en effleurant un de ses seins. Elle la lâcha ensuite sur la table.

— Tu me tues, gémit Eric.

— Revenons à ma question. Est-ce que tu as déjà été amoureux ?

— Je ne l'ai jamais dit à haute voix, mais j'ai cru l'être deux fois. Je sais maintenant que je ne l'étais pas.

— Habile.

— Pas habile. Vrai. Je t'ai répondu avec une parfaite sincérité ! Respecte ma vulnérabilité.

Elle sourit.

— Je la respecte. Je ne suis juste pas habituée à entendre un homme verbaliser ce qu'il ressent.

— Je ne sais pas être autrement, déclara-t-il et Jenna le crut.

— Hé, dit-elle. Ça va te paraître bizarre, mais je t'ai apporté quelque chose. C'est une bricole et je sais que ton anniversaire est dans quelques jours, mais…

— Tu m'as apporté un cadeau ? Je ne savais pas qu'on allait échanger des cadeaux !

— Non, j'étais en train de déballer des cartons et j'ai trouvé un truc qui pourrait te plaire. Une vieillerie.

Elle lui tendit un sac et il jeta un coup d'œil à l'intérieur.

— Jenna, murmura-t-il, bouche bée.

Le sac contenait un Polaroid carré qui avait manifestement des dizaines d'années.

— C'est un Polaroid Impulse, expliqua Jenna. Il date

de 1989. On ne fabrique plus de pellicule pour ce modèle, mais il en reste à l'intérieur.

— Je sais bien que c'est un Impulse ! Je suis un fou d'appareils photo ! Yo, c'est le meilleur jour de ma vie. (Il leva les yeux vers le plafond.) Jésus, qui est cette femme ?

— Oh ! juste une meuf qui a un doctorat en toi.

Il rapprocha encore sa chaise et l'embrassa sur la joue.

— Trois choses. D'abord, personne ne m'a jamais fait un cadeau aussi attentionné. Ensuite, je n'arrive pas à croire que tu t'es souvenue de mon anniversaire. Et enfin…

Il s'interrompit et éclata de rire.

— Qu'est-ce qu'il y a de drôle ?

— Tu as tellement envie de moi.

— Tu n'es pas aussi mignon que tu sembles le croire, tu sais.

— Non, sérieusement. Tu sais que je suis déjà conquis, hein ? (Il tendit le pouce vers lui-même, ravi de se moquer d'elle.) Tu n'avais pas besoin d'en faire autant.

— Je le sais, crois-moi. (Elle se pencha vers lui pour lui parler à l'oreille.) Tu devrais voir la façon dont tu m'as sexuellement agressée du regard dans mon bureau.

— Tu es parfois trop pour moi. Ce truc avec ta chaussure ? Quand je suis retourné dans mon bureau, j'étais… humilié. J'avais l'impression d'être un élève de quatrième qui va au tableau en bandant.

Jenna éclata de rire.

— Je ne sais même pas comment te remercier pour ce cadeau. Je trouverai un moyen approprié plus tard.

Elle le contempla à travers ses cils.

— Tu le jures ?

Il acquiesça, soudain très sérieux. Son regard était devenu

carnassier, comme s'il se retenait à grand-peine de lui arracher ses fringues et de la baiser jusqu'à l'inconscience.

— Oui, madame.

Jenna sentit des papillons voleter dans son ventre.

— Si je n'avais pas accepté ce job, j'aurais vécu sans que jamais personne ne me regarde comme ça.

— Si tu n'avais pas accepté ce job, je t'aurais quand même trouvée. D'une manière ou d'une autre.

Il tendit la main et enroula une de ses boucles autour de son doigt. Il mourait d'envie de lui caresser les cheveux.

Leurs verres arrivèrent avec des crackers et le menu. Affamés, ils dévorèrent les crackers, mais ignorèrent la carte.

— À mon tour de te poser une question, dit Eric. Ton fiancé. Qu'est-ce qui s'est passé ?

Jenna avala une gorgée de son verre. Elle savait que ce moment viendrait.

— On est tombés amoureux à la fac. On a été heureux pendant longtemps. Il s'est mis à gagner des sommes d'argent absolument délirantes et, tout d'un coup, plus rien d'autre n'a compté. Il a arrêté de me trouver sexy et intéressante. Notre passé est devenu notre seul point commun.

— Il fait toujours partie de ta vie ? demanda-t-il d'une voix basse et contenue. Tu lui parles toujours ?

— Non. Ce chapitre est clos.

Eric garda le silence. Son expression s'était figée.

— Je voudrais qu'il crève, finit-il par dire.

— Hein ? Quoi ?

— Comment pouvait-il ne pas être ébloui par toi ? Jenna, s'il te plaît, ne me dis jamais qui c'est, sinon lui et moi aurons de sacrés problèmes.

— Eric...

— Il ne te trouvait pas sexy ? Il ne te touchait pas ? Je te connais depuis plusieurs semaines et ne pas te toucher me dévaste. Tu ne l'intéressais pas ? Le meilleur moment de ma journée, c'est de t'écouter déconstruire l'archétype de l'antihéros incarné par Walter White/Tony Soprano tandis que tu désintègres un croissant. Cet homme avait tout ce que je veux, tout ce pour quoi je serais prêt à tuer, et il n'en avait rien à foutre. Ne pas t'avoir me tuera, Jenna. Alors, ce mec, je ne le comprendrai jamais.

Jenna tenta de refouler les larmes qui menaçaient de couler, mais en vain.

— Oh ! non, commença Eric. Je ne voulais pas... je ne...

— Tais-toi, ordonna-t-elle en enroulant une jambe autour de la sienne sous la table.

Elle l'attrapa par le T-shirt et l'attira à elle. Eric glissa une main sous sa jupe tandis que de l'autre, il essuyait gentiment ses larmes. Jenna était étourdie par la passion. Bon sang, elle était sur le point de le chevaucher dans un bar à sushis du Lower East Side...

— Jenna Jones ! Mon agent essaye de te joindre depuis des semaines ! Je serais parfaite pour *La Trouvaille Idéale* !

Ils tournèrent brusquement la tête. C'était Suki Delgado, le mannequin du Bronx d'origine dominicaine. On la voyait en ce moment dans une pub Lancôme et elle avait fait la couverture du *Marie Claire* de juillet 2012. C'était une femme splendide à la peau caramel, aux yeux en amande et aux cheveux bouclés qui encadraient un petit menton ravissant.

Pour des raisons complètement différentes, Eric et Jenna s'écartèrent l'un de l'autre comme s'ils étaient en feu.

— E ? Espèce d'enfoiré ! Lève-toi et viens m'embrasser, exigea-t-elle. (Elle était visiblement bourrée.) Toi non plus tu ne m'as pas rappelée ! Mais pourquoi ? Tu m'as oubliée ou quoi ?

— Delgado ! s'écria-t-il en l'étreignant pour la forme. Te dire que tu es magnifique est toujours inutile.

— Fais-le quand même ! couina-t-elle en pouffant.

Elle enroula un bras gracieux autour de ses épaules, et Eric parvint à se dégager poliment.

— Jenna, je te présente Suki Delgado. On a fréquenté le même lycée d'art tous les deux. Elle dessinait comme un pied, mais maintenant elle est…

— Mannequin, acheva Jenna, les bras croisés. (Elle était au carrefour de l'avenue Agacée et de la place Paniquée.) Je le sais ; c'est moi qui l'ai découverte.

— Mais tellement ! glapit Suki en attrapant Jenna. (Elle la tira hors de son siège et l'étreignit avec force.) E, bébé, cette femme m'a remarquée quand j'étais stagiaire à la rubrique artistique de *Darling*. C'est elle qui a organisé mon premier édito. Je lui dois littéralement toute ma carrière.

— Oh ! c'est exagéré. Les filles comme toi sont rarissimes.

C'était problématique. Tout ce que la mode comptait de gens importants connaissait Suki. Ils étaient à deux tweets qu'un employé de *StyleZine* ne découvre qu'Eric et elle dînaient ensemble. Mais Jenna était assez pompette pour repousser cette effrayante réalité assez longtemps pour découvrir quelle avait été exactement la nature de la relation entre Eric et Suki.

— Vous étiez dans la même classe ?

— Non, mais je l'ai invité à mon bal de promo ! Il n'était qu'en seconde. Hilarant, non ? Il a toujours eu un faible pour les femmes plus âgées.

— Adorable.

— Delgado, qu'est-ce que tu fiches ici ? Tu es trop célèbre pour ce bouge. Tu es avec qui ?

Eric était non seulement contrarié par l'apparition de son ex, mais il venait aussi de comprendre qu'ils risquaient d'avoir des ennuis.

— TJ, Jules et Eva, répondit-elle en désignant sa table. (Ils saluèrent tous Eric de loin.) Je sors avec TJ. Il est fauché, mais il a une grosse bite et son père possède un *penthouse* au Plaza et a gagné deux Oscars. J'espère qu'il va pouvoir me filer un rôle dans le prochain Tarantino, tu sais, le film sur les esclaves ? Qu'est-ce que vous faites ici, tous les deux ?

— On bosse, lâcha Jenna tout à trac.

Elle échangea un regard avec Eric, et ils décidèrent tacitement qu'il était temps de mettre les voiles.

— Ici ? Un vendredi soir ? Attends, s'exclama Suki, qui comprit soudain ce qui se passait. Oh là, là. Vous deux ? Sérieux ? Le. Truc. Le. Plus. Sexy. De. L'Année.

Merde.

— Pas sexy. On bosse. On doit filer.

Eric balança un billet de cinquante dollars sur la table et attrapa Jenna par la main.

— On était en mission pour *StyleZine*, lança Jenna par-dessus son épaule.

— Ouais, c'est ça, cria-t-elle tandis qu'ils disparaissaient dans l'escalier. Vous puez la prébaise !

Une fois dehors, ils empruntèrent une rue parallèle déserte, main dans la main, perdus dans leurs pensées.

— Je sais que Delgado est célèbre, mais à quel degré ?

— Très élevé.

— Les employés de *StyleZine* la connaissent, donc.

— Les habitants de Neptune la connaissent. (Ils

avancèrent d'une cinquantaine de mètres.) J'ai compris ce que tu voulais savoir, chéri, et la réponse est oui. Darcy connaît Suki. Ça pourrait être un désastre.

— Merde.

— Tu as couché avec Suki Delgado quand tu étais en seconde ?

Ils ne pouvaient pas revenir en arrière, aussi Jenna avait-elle décidé d'éclaircir le deuxième aspect le plus important de cette rencontre.

— On n'a jamais dormi ensemble…

— Pourquoi suis-je jalouse ? C'est mesquin et bizarre.

— Non, c'est mignon, affirma Eric. Je tiens à préciser que ce n'était pas génial.

— Oh ! allez. Tu étais tout juste pubère et c'était une déesse de trois mètres.

— Pas à l'époque. (Il s'interrompit.) Elle portait un appareil dentaire. (Il s'interrompit de nouveau.) Suki a toujours été folle. Elle voulait que je la frappe.

— Elle était déjà comme ça ? Je l'ai surprise en pleine séance sado-maso avec un de nos mannequins sur un shooting à Anguilla ! On a dû dissimuler ses bleus avec du fond de teint.

— Oui, c'est bien son genre.

— Tu l'as frappée ?

— De toute la force dont mon corps de quinze ans était capable. (Il éclata de rire.) C'était dingue, mais j'ai aimé ça. J'aime les femmes qui me surprennent.

— Et moi, je te surprends ?

— Toutes les cinq minutes.

Jenna s'arrêta et pivota pour faire face à Eric. Elle mourait d'envie de l'embrasser, mais quelque chose la retenait. Elle adorait ses fanfaronnades et son arrogance, mais c'était aussi des facettes de lui qu'elle aimerait qu'il mette en sourdine. Pendant des années, elle s'était sentie impuissante au lit, la petite femme attendant d'être ravagée. Elle savait qu'il la désirait comme un fou. Tant mieux. Cette fois-ci, c'était elle qui décidait. Elle s'en réjouissait.

— Qu'est-ce que tu me ferais, là tout de suite, si tu pouvais ?

— Je t'obligerai à me supplier, répondit Eric sans hésiter.

— Pourquoi ?

— Tu le mérites. Tu me rends dingue.

Elle inclina la tête puis recula jusqu'à ce que son dos heurte un mur de briques recouvert d'affichettes, entre une épicerie fermée et une laverie abandonnée.

— Tu veux savoir ce qui est dingue ? Je mouille depuis le début de la soirée.

Jenna fit remonter une main sur sa cuisse, sur sa hanche, sous l'élastique de sa jupe. Elle la plongea dans son string.

Eric ouvrit la bouche. D'un geste presque comique, il tourna la tête à droite et à gauche pour s'assurer qu'ils étaient bien seuls. La rue était déserte.

Adossée au mur, Jenna plongea sa main plus profondément dans son string. Elle commença à se caresser, le regard brillant. Regarder Eric la regarder était puissamment érotique – il était fasciné, figé sur place.

Mais quand elle se mit à gémir, il sortit de sa transe et se jeta sur elle. Il arracha brusquement sa main de sous sa jupe et lui lécha le doigt.

— Tu vois l'effet que tu me fais ?

— Ouais, je te rends dingue, répliqua Eric.

Il s'empara de son visage et la gratifia du baiser le plus sexy de sa vie. Les pensées de Jenna se brouillèrent, son corps se liquéfia. Le baiser se fit plus profond, à la fois plus affamé et plus désordonné – il aspira sa bouche, elle lui mordit la lèvre inférieure – jusqu'à ce que ça ne suffise plus. Eric fit glisser une main audacieuse dans son string. Il la caressa, et elle sentit ses genoux céder. Elle renversa la tête en arrière, et les lèvres brûlantes d'Eric ravagèrent sa gorge. Jenna était perdue dans une extase effrontée et publique au coin de Freeman Alley et de Christie Street. Laissant un sillage de délicieux baisers le long de son cou, Eric posa une main sur son sein et, du pouce, caressa son téton. L'assaut de sensations était si exquis que Jenna murmura son prénom dans un gémissement.

Ce fut trop pour Eric. Il lui attrapa légèrement la mâchoire et maintint son visage immobile, s'arrêtant un instant pour savourer le fait qu'il la tenait de nouveau ainsi. Jenna tremblait de désir pour lui, elle était chaude et mouillée. Mais cette fois, ça signifiait quelque chose.

Il l'embrassa de nouveau à perdre haleine, jusqu'à ce qu'elle chancelle. Il fallait qu'elle se ressaisisse. C'était trop bon – pas question d'en perdre une miette.

Elle posa les mains sur son torse pour le repousser. Elle dut faire appel toute sa volonté.

— Non, déclara-t-elle, le souffle court.

— Genre… littéralement ? Ou c'est un non qui veut dire oui ?

Elle rit.

— Tu n'as pas le droit de m'embrasser tant que je ne t'en donne pas la permission.

— Jenna Jones, répondit-il d'une voix rauque. Es-tu bipolaire ?

— Peut-être. Mais je vais rentrer chez moi. Je vais prendre un taxi. Si mon état mental ne te dérange pas, passe me voir tout à l'heure.

Jenna lui envoya un baiser et le laissa planté là, enserré dans les tirs croisés de mille émotions contradictoires.

Vingt minutes plus tard, Jenna lui ouvrit à l'Interphone. Deux secondes après, il martelait sa porte avec ce qui ressemblait à une poutre.

— JENNA, OUVRE-MOI !

La porte n'était pas verrouillée, mais elle voulait qu'il le découvre tout seul.

— JENNA !

Silence. Puis la porte s'ouvrit brusquement, et Eric se rua dans l'appartement. Il faisait noir comme dans un four. Non seulement il était furieux, mais à présent il était furieux et désorienté.

— Jenna ! Où es…

Il la sentit soudain derrière lui. Le même parfum estival, ce mélange de miel et de vanille qui le perturbait au bureau. Puis il sentit la dentelle de son soutien-gorge à travers le dos de sa chemise. (Quand avait-elle enfilé un soutien-gorge ? se demanda-t-il, excité.)

Elle faufila les mains sous sa chemise sans prononcer un mot et caressa les muscles secs de son ventre et de sa poitrine. Il retint son souffle. Sa bouche était tout contre son cou. Ses mains changèrent de direction et plongèrent vers le bas, effleurant son sexe raide à travers son jean.

— Ne bouge pas, murmura-t-elle.

Jenna se glissa devant lui. Les yeux d'Eric s'étaient un peu accoutumés à l'obscurité, et il devina qu'elle portait un push-up noir en dentelle et un string – si délicats qu'on aurait dit qu'ils pouvaient se dissoudre sous sa main. Ses boucles étaient en bataille. Elle ressemblait à une déesse échappée de ses fantasmes les plus osés.

Jenna arracha sa chemise, dégrafa son pantalon et lui ôta ses chaussures avec dextérité. Elle s'agenouilla devant lui. Sans hésiter, elle le prit profondément en bouche avec délectation. Il laissa échapper un « putaaaain » mal assuré et plongea les mains dans ses cheveux. Elle le lécha et le suça jusqu'à ce qu'il n'en puisse plus. Il la remit sur pied, la balança sur son épaule comme un homme des cavernes – et, après quelques tâtonnements, il trouva sa chambre dans le noir.

Eric la jeta sur le lit et les choses dégénérèrent sérieusement. Il dégrafa son soutien-gorge et arracha son string fragile. C'était exactement ce que voulait Jenna. Un désir fou, désespéré. Il lécha et suça ses tétons, pétrissant ses seins d'une main tandis que l'autre caressait son clitoris d'un geste lent et assuré. Quelqu'un lui avait appris à faire ça. Elle en fut à la fois ravie et furieuse.

— Ne m-m'embrasse pas, gémit-elle, pas encore prête à capituler. Pas tant que je ne te le permets pas.

— Qu'est-ce que tu essayes de me faire ? gronda-t-il, la bouche pleine de son sein.

— Dis-moi ce que tu veux, haleta-t-elle, le dos cambré. (Il avait enfoncé deux doigts en elle et elle essayait de ne pas jouir.) Je veux l'entendre…

— Tout, chuchota-t-il au creux de son oreille. Je veux te lécher, te baiser à t'en faire hurler, te posséder…

Il était temps.

Affaiblie par un désir exorbitant, Jenna dut faire appel à toute sa force pour rouler sur Eric. Elle savait que l'élément de surprise était crucial : il fallait qu'elle agisse vite ou il la prendrait et tout serait fini. Elle s'empara de l'écharpe qu'elle avait cachée sous son oreiller et lia les poignets d'Eric aux montants du lit. Comme toutes les femmes de sa génération, elle avait appris ça dans *Basic Instinct*.

— Tu te moques de moi !

Eric écarquilla les yeux. Jenna s'assit à califourchon sur lui. Il se mordit l'intérieur de la joue, à deux doigts de perdre le contrôle.

— J-Jenna, commença-t-il en tentant de garder son calme. (Il mesurait un mètre quatre-vingt-sept. Une femme qui pesait cinquante kilos venait de l'attacher à son lit. Qu'est-ce qu'il était devenu ?) Tu dois me détacher. C'est cruel et inhabituel... s'il te plaît...

— Répète-le.

— Quoi ?

— S'il te plaît.

— Non.

Elle haussa les épaules.

— Tu voulais que je te supplie. Pourquoi tu ne me supplierais pas ?

Eric secoua la tête. Elle s'empala avec une lenteur délibérée et sadique sur son sexe. Elle alla et vint sur lui, agitant les hanches en ondulant doucement. Mais elle sentait l'orgasme monter... elle s'arrêta et se dégagea. Elle prit sa queue dans la main, le branla puis se frotta contre elle, la couvrant de sa mouille.

Eric gémissait de plaisir et de colère. C'était de la torture. Il était impuissant.

Jenna remonta en déposant des baisers mouillés sur son ventre, sa poitrine, son cou. Elle lui donna généreusement un téton à sucer. Il l'aspira violemment, affamé. Le parfum affolant de Jenna l'enveloppait. La sentir, la goûter – mais ne pas pouvoir la toucher, la prendre – le poussait vers le gouffre.

Je jure devant Dieu que si j'explose avant d'avoir sauté correctement cette femme, je me flinguerai, songea-t-il. *Je m'immolerai par le feu. Je déménagerai à Hoboken. S'il te plaît, Dieu, pas avant que je sois en elle, s'il te plaît...*

Il n'en pouvait plus.

— S'il te plaît, Jenna, supplia-t-il. Tu as gagné. Je m'en fous. Je te veux. S'il te plaît.

Jenna s'allongea sur lui et leurs corps s'alignèrent. Ils étaient face à face. C'était ce qu'elle voulait. Pas d'orgueil, pas d'ego – juste le désir brut. Il était si beau comme ça, si vulnérable, et il était tout à elle...

Eric la vit s'adoucir.

— S'il te plaît, bébé, murmura-t-il, sachant qu'il pouvait l'embrasser à présent.

Il prit sa lèvre inférieure entre ses dents et attira sa bouche à lui. Le baiser les ralentit, et son intensité les paralysa presque. C'était romantique. Il la retenait captive, comme si c'était elle qui était ligotée. Et le pouvoir changea de camp.

— Détache-moi, ordonna Eric d'une voix moins assurée qu'il ne l'aurait voulu.

Elle obéit avec maladresse, étourdie.

Avant que Jenna ait eu le temps de penser, Eric la fit rouler sur le dos, lui fit plier les genoux et la pénétra brutalement jusqu'à la garde. La tête de lit heurta le mur. Elle ferma les yeux et cria, sous l'effet de la surprise et du plaisir insoutenable qui la submergeait par vagues.

— Ouvre les yeux, intima-t-il.

Elle rouvrit les paupières, et il lui donna un violent coup de reins. Une fois enfoui profondément en elle, il s'empara de ses poignets et les maintint au-dessus de sa tête.

— Tu es à moi, affirma-t-il dans son oreille.

Ce n'était pas une question – loin de là –, mais elle répondit quand même avec enthousiasme.

— Oui, à toi, dit-elle dans un cri. À toi, à toi...

Avec un grognement tourmenté, il sortit presque puis replongea en elle, envoyant des ondes de choc irradier à travers son corps. Il plaqua son visage dans ses cheveux, la respira tout en la sautant avec force – presque sans artifice mais pas tout à fait (il était sur le point de perdre le contrôle, mais il combattait l'envie d'accélérer, il voulait qu'elle sente tous ses coups de reins). Puis Jenna jouit avec une telle violence qu'elle en perdit l'usage de la voix. Son orgasme fut aveuglant et destructeur. Elle se figea, le souffle coupé et laissa la jouissance la dévaster. Eric plongea en elle une dernière fois, l'écrasant contre les oreillers – et quand il explosa, elle jouit une deuxième fois, cette fois avec un cri puissant.

Il s'effondra sur elle, son visage calé dans le creux de son épaule. Ils étaient en nage, leurs cœurs battaient la chamade, ils tremblaient. Aucun des deux ne s'attendait à être aussi épuisé. Ils savaient que ce serait bon, mais pas à ce point.

— Jenna, dit-il d'une voix faible et assourdie.

— Mmm ?

— Tu es tordue. Je ne m'en doutais pas.

— Moi non plus, répondit-elle avec un rire tremblant.

— *Hashtag* PLS.

Ils restèrent blottis l'un contre l'autre un moment, essayant de se remettre.

— Je t'aime bien, déclara Jenna.

Elle sentit Eric sourire dans son cou.

— Ah oui ?

— Oui. Vraiment vraiment intensément.

— Eh bien, moi je t'aime vraiment intensément. C'est la raison pour laquelle j'ai accepté ces conneries de bondage.

Il roula sur le dos, l'entraînant avec lui. Elle se pelotonna contre lui, il embrassa le sommet de son crâne et ils restèrent ainsi jusqu'au matin. À une dizaine de positions près, ils ne bougèrent pas pendant deux jours.

Jenna pensait que si elle couchait avec Eric, ça tuerait l'excitation et dissiperait la tension. Mais le contraire se produisit. C'était à la fois une fin et un commencement. Ils franchirent cette porte tous les deux et le poids de leur obsession les propulsa loin, loin, très loin.

Chapitre 19

Le lundi matin, Jenna arriva d'un pas vif au boulot, pile à l'heure, et salua ses collègues d'un « Coucou ! » ravi. Sur un nuage, elle pénétra dans son bureau et s'assit, pleine de motivation. Elle ouvrit son ordinateur portable, contempla l'écran d'un air concentré et se mit à taper. Si une de ses collègues l'avait aperçue, elle aurait cru que Jenna était en train de rédiger une de ses chroniques.

En réalité, elle rêvait devant l'écran blanc et tapait quelque chose qui ressemblait à « SKSL ; ALKDJA ; ŒIJTOEPGIJPOGJOPINGONGNOG ». Elle n'avait qu'une idée en tête, et cette idée n'avait rien à voir avec *StyleZine*.

Depuis vendredi, elle avait dormi six heures en tout et pour tout, était courbaturée de partout, mais ne s'était jamais sentie aussi vivante. Elle aperçut le reflet d'une femme follement heureuse dans l'écran de son ordinateur et en fut abasourdie. Sans savoir comment, elle avait rencontré son meilleur ami, son amant et son âme sœur – le tout réuni dans la même personne. Eric l'apaisait et lui donnait de l'élan. Et ils avaient passé le week-end à se prouver ce qu'ils soupçonnaient depuis un certain temps, à savoir qu'ils étaient faits l'un pour l'autre.

Elle ne se souvenait pas de s'être jamais autant amusée.

Ils avaient baisé, ri, pris des bains, eu des conversations profondes (ils avaient échangé des secrets, des fantasmes, des cauchemars, des espoirs) puis avaient baisé et ri de nouveau. Ils avaient commandé à manger et picoré parce que le sexe et les fous rires étaient plus pressants que la faim. Et comme Eric et Jenna étaient Eric et Jenna, ils avaient fait tout ça avec Turner Classic Movies en fond sonore.

Elle avait l'impression d'avoir égaré sa personnalité dans un taxi des années plus tôt : Eric l'avait trouvée, dépoussiérée et la lui avait rendue emballée avec un nœud rouge. Elle se sentait vivante, comprise – et diablement sexy.

Jenna ignorait que l'amitié et le désir pouvaient se heurter avec tant de violence. Les orgasmes ! Elle en avait eu de fabuleux avec Brian, mais ils avaient été complexés. À vingt ans, trente ans, elle était beaucoup trop consciente de ce qu'elle faisait. Elle cambrait le dos pour rendre ses fesses plus rebondies ou faire ressortir ses seins. Quand elle s'allongeait sur le côté, elle avançait la hanche du dessus pour imiter la pose sexy des strip-teaseuses de Las Vegas. Elle voulait incarner le fantasme de Brian. Mais désormais, à quarante ans, elle s'abandonnait sans se soucier de son apparence. Elle se contentait de ressentir. Avec intensité.

Jenna prit une gorgée de café et se figea, un sourire euphorique aux lèvres. Elle venait juste d'entendre la voix d'Eric devant son bureau.

— Je sais, mais attends… il faut que je discute avec Jenna d'une prise qu'on doit refaire. J'en ai pour cinq minutes.

Il n'y avait pas de prise à refaire !

Eric surgit dans son bureau, caméra au poing.

— J'ai l'impression de ne pas t'avoir vu depuis des mois, souffla-t-elle.

Il jeta un coup d'œil dans le couloir avant de regarder Jenna, poser son doigt sur sa bouche et refermer la porte.

Il contourna son bureau, l'attrapa par les épaules, la souleva de sa chaise et l'embrassa. Pendant environ un dixième de seconde, elle fut trop interloquée pour lui rendre son baiser, puis elle se coula contre lui. Elle enroula les bras autour de son cou et, alors qu'il n'était que 9 heures et qu'ils étaient au boulot, ils se roulèrent une pelle digne de la douche de Jenna à 3 heures du matin. Ils reculèrent vers le bureau puis, sans jamais rompre le baiser, tombèrent maladroitement à la renverse dessus, Jenna sur Eric. Des magazines glissèrent à terre et sa photo encadrée de Diana Vreeland vola dans les airs.

Ils s'interrompirent pour respirer. Eric lissa les boucles de Jenna en arrière et plongea les yeux dans les siens.

— Re-bonjour.

— Bonjour, Erique.

C'est alors que quelqu'un frappa à la porte. Ils se redressèrent aussitôt. Ils bondirent chacun sur leur chaise en se bousculant.

— On arrive tout de suite, cria Jenna. Euh... on regarde une vidéo !

— Désolée, fit la voix de Jinx. Je repasserai plus tard.

Derrière son bureau, Jenna posa une main sur son cœur et ferma les yeux.

— J'ai failli faire une attaque, dit-elle. (Elle sortit un miroir et rectifia son rouge à lèvres que le baiser avait étalé.) Eric, je suis nerveuse. Est-ce que tu crois qu'ils vont remarquer quelque chose ? J'ai l'air normale ?

— Tu as l'air bien baisée.

Eric se permit un sourire paresseux et se renfonça dans son siège. En réalité, il la trouvait totalement différente.

— Qu'est-ce que tu regardes ? J'ai encore un suçon ? Attends, j'ai de l'anticernes quelque part.

— Non, ce n'est pas ça. Jenna, je… je ne sais pas comment te le dire. Comment suis-je censé sortir d'ici et faire semblant de ne pas te vénérer ?

— Tu me vénères ? demanda-t-elle, radieuse.

Eric hocha la tête.

— Énormément.

— Je vois ce que tu veux dire, acquiesça-t-elle. Tu es ma nouvelle religion.

— Amen. (Il se pencha par-dessus le bureau pour l'embrasser.) Ouvre la porte, histoire qu'on n'ait pas l'air coupables.

Jenna bondit, ouvrit la porte à la volée et scruta le couloir. Entre les murs de son bureau, elle et Eric baignaient dans le bonheur – mais dehors, tout était normal. Les filles traînaient dans le box de Jinx, l'écoutant raconter en détail, la larme à l'œil, sa rencontre inattendue avec son ex vendredi soir. Darcy remontait le couloir au pas de charge, le téléphone vissé à l'oreille, en plein milieu d'une engueulade. Elle salua Jenna d'un signe de tête. Cette dernière lui répondit en agitant la main. Elle se sentait totalement nue.

Darcy lui avait demandé de se tenir éloignée de son fils, et elle avait passé les deux derniers jours à baiser avec lui. Il fallait qu'Eric quitte son bureau. Mais… il pouvait peut-être rester encore cinq minutes ? Comment pourrait-elle deviner qu'ils n'avaient pas une conversation professionnelle ? *Et puis de toute façon, qu'est*-ce qu'*elle peut bien y faire ?* songea Jenna. *Me virer ? Je lui amène trop de trafic avec* La Trouvaille Idéale. *Si je veux être copino-collègue avec Eric, que peut faire Darcy à part bouder ?*

Jenna jouait avec le feu. C'était tellement grisant.

— Reste encore deux secondes puis sors d'un pas nonchalant, murmura-t-elle en rentrant dans son bureau sur la pointe des pieds.

— Deux secondes, convint Eric. Tu sais, j'ai eu une révélation ce week-end. Enfin, j'en ai eu beaucoup, mais la plus importante, c'est que je suis accro au fait de te regarder jouir.

— Tu es quoi ? Oh ! là, là.

Elle enfouit son visage dans ses mains.

— Non, c'est incroyable. Tu vois les vieux habitants de Brooklyn qui sortent leurs chaises en plastique devant leurs immeubles le soir pour admirer le coucher de soleil ? Je pourrais installer une chaise en plastique pour te regarder jouir. Manger du pop-corn en appréciant la majesté de la chose. Tu passes par treize couleurs de rose et tu trembles comme, je ne sais pas, un lapin. Et ensuite tu me regardes comme si j'étais Superman.

À la fois embarrassée et flattée, Jenna laissa tomber la tête sur son bureau pour tenter de refouler ses gloussements. Lorsqu'elle se fut calmée, elle leva les yeux et dit :

— Eric Combs, tu es dingue. Et super mignon. Et maintenant, je suis gênée à vie. (Elle secoua la tête.) J'ai eu une révélation, moi aussi. J'ai toujours pensé que la dynamique sexuelle entre une femme plus âgée et un homme jeune était fondée sur l'apprentissage de l'homme, la femme agissant comme une prof. Un truc du genre « oui, maman ».

— J'ai des marques sur les poignets.

— J'avoue en être un peu honteuse, à la lueur du jour.

— C'est toi qui as honte ?

— Bref, poursuivit Jenna, nous ne sommes pas comme ça. Tu n'as que vingt-deux ans ; comment se fait-il que tu saches localiser le point G alors que des hommes qui ont deux fois ton âge en sont incapables ?

— Mmm, je pense que c'était un heureux hasard, répondit-il avec une fierté à peine dissimulée.

— À ton âge, je n'avais aucune idée de ce que je faisais. (Elle posa la main sur son menton.) Quand est-ce que tu as perdu ta virginité ?

— C'est une question terriblement gênante. (Il grimaça.) J'étais trop jeune. Le jour de mon treizième anniversaire. Mais c'était la faute de Tim.

— Treize ans ! J'en avais dix-neuf ! s'exclama Jenna, déroutée. Waouh, quand tu avais treize ans, j'en avais trente et un. J'étais plus vieille que toi maintenant.

— Quand tu avais dix-neuf ans, j'en avais un. Quand tu étais à la fac, si un médium t'avait dit que ton… attends, je suis quoi ?

— Mon âme sœur ?

— Si un médium t'avait dit que ton âme sœur était un gamin de maternelle ? Tu aurais attendu que je grandisse ?

— J'aurais baisé à droite à gauche pendant quinze ans, puis je t'aurais trouvé dès tes dix-huit ans. J'aurais porté un trench Burberry microscopique et une parure La Perla dessous.

— C'est tellement toi. Mais à dix-huit ans, je n'avais jamais entendu parler du point G, du coup tu aurais pu donner libre cours à ton fantasme de cougar.

— Et si on avait le même âge ? se demanda Jenna. Si on était allés au lycée ensemble ?

Eric soupira.

— Toi et moi au lycée ? Du coup, je ne serais pas agacé. Ça m'aurait épargné de passer après l'autre. Tu ne l'aurais jamais rencontré. (Il esquissa un demi-sourire.) Pouvoir t'aimer à vingt ans, trente ans, tout traverser avec toi. Je suis triste de ne pas avoir vécu ça.

— Ne le sois pas. (Jenna frotta son pied contre sa jambe sous le bureau.) Si on s'était rencontrés quand j'étais plus jeune, les choses ne se seraient pas passées comme ça. Je me cachais.

— Je t'aurais vue.

— Je t'en aurais empêché.

— Tu n'aurais pas eu le choix. (Eric avait les yeux brillants.) Je pourrais avoir cinquante ans et toi trente. On pourrait avoir tous les deux dix-huit ans. Nos âges n'ont aucune importance. Je peux lister dix bonnes raisons pour lesquelles une femme comme toi devrait être hors concours pour moi et pourtant…

— Et pourtant je suis là.

— La date de notre rencontre n'a aucune importance. Nous sommes inéluctables.

L'atmosphère dans le petit bureau devint lourde – ce mot, « inéluctable », planait au-dessus d'eux.

C'est ainsi que Terry les trouva quelques secondes plus tard, quand elle frappa à la porte ouverte et se rua dans le bureau.

— Oh ! salut E. Jenna, je suis en train d'écrire un papier sur les maillots de bain et je ne sais pas comment évoquer les strings sans sexualiser… (Elle s'interrompit et les regarda tour à tour.) Vous avez l'air bizarre, tous les deux.

Jenna tressaillit.

— Bizarre ?

— On a l'air bizarre ? C'est toi qui portes des bretelles fluo, pas nous.

— Non, vous avez l'air tendu. Comme si vous veniez de prendre de la coke. (Elle baissa la voix.) Vous en avez ?

— Tu crois vraiment que c'est une bonne idée de parler de ça en face du bureau de Darcy ?

Eric ricana.

— T'es sérieuse ? Quand j'avais douze ans, elle a hébergé son dealer dans l'une de nos chambres d'amis pendant neuf mois.

Jenna et Terry poussèrent un petit cri de surprise.

— Son quoi ? Je savais qu'elle en prenait. Personne ne peut être aussi au taquet à 9 heures du mat' ! Et elle ne mange jamais ! Balance encore ! C'est quoi sa série Netflix préférée ? Est-ce qu'elle…

— Terry, la coupa Jenna, laisse-moi terminer cette réunion et je viendrai t'aider pour ton article.

— Cool. (Elle se dirigea vers la porte, mais ajouta avant de sortir :) Vous avez vraiment l'air bizarre. Comme si vous aviez fait la teuf toute la nuit et que vous étiez venus directement au bureau ensuite. J'ai raté une fête ?

— Si cette femme me laisse sortir quelque part avec elle, tu le sauras.

— Je te rejoins dans un instant, Terry.

La blonde leur envoya à chacun un baiser puis disparut. Jenna et Eric s'affalèrent dans leurs sièges.

— J'ai vraiment balancé cette histoire de dealer ? J'ai transgressé au moins quinze articles du code de bonne conduite au travail, déclara Eric. Je devrais y aller, non ?

— Probablement, murmura Jenna. Mais en parlant de code de bonne conduite, je pense qu'on devrait établir quelques règles. (Elle se pencha en avant, les mains jointes et essaya d'arborer un air solennel.) Tout a changé et on ne peut pas se permettre de déraper.

— Tu as raison. Ça passe ou ça casse.

— Règle numéro un : si tu ne tiens pas ta caméra et si on ne donne pas l'impression qu'on est en train de bosser, nos conversations ne doivent pas dépasser cinq minutes.

— Cinq ? Vraiment ? gémit-il. Bon, d'accord.

— Si on doit vraiment se parler, on quitte le bureau en douce. Séparément. Ou… je sais ! Notre placard de fringues est plein, du coup le concierge m'a filé les clés d'un placard vide au dixième étage. J'y ai rangé des trucs. On peut s'y retrouver de temps en temps.

— Fais-moi un double de la clé !

— Pas question.

— Allez. C'est tellement coquin. Tu sais que tu en meurs d'envie.

— Bon, d'accooord.

— Qu'est-ce que tu es facile à convaincre. J'ai une règle. Si tout le monde croit que j'ai un *crush* sur toi, ne les détrompe pas. Renforce juste l'idée que tu me considères comme un petit frère.

— D'ac, frérot, répondit Jenna. Ah, et on ne doit jamais baiser au bureau. C'est trop risqué.

— Cette règle est débile. Est-ce que la baise au bureau n'est pas justement l'un des avantages de se taper un ou une collègue ? Tu ne regardes jamais de séries ?

— Non, insista Jenna. Trop risqué.

— Comme tu veux. Quoi d'autre ?

— C'est tout. On devient des acteurs brillants et on fait semblant de ne pas être… ce qu'on est. D'accord ?

Ils se serrèrent la main pour sceller leur marché. Lorsque

Eric fut à mi-chemin de la porte, Jenna l'arrêta et il pivota vers elle.

— On est fous, non ? On va vraiment essayer de s'en tirer ?

— Est-ce qu'on pourrait s'arrêter ? demanda-t-il. Même si on le voulait ?

— Impossible pour moi. Toi ?

— Jamais.

C'était la cosignature dont elle avait besoin. Eric lui était devenu nécessaire. Son cerveau post-Brian lui disait de fuir en courant toute forme d'attachement, mais c'était trop tard. Se voir en douce et se cacher, ce n'était ni idéal, ni respectable, ni malin, mais c'était excitant.

Et elle était prête à le prendre partout où elle le pourrait.

Chapitre 20

— Et maintenant, cria une femme à l'accent australien dans les haut-parleurs, Miss Koko, quatre ans, nous présente un numéro de jazz hip-hop sur « Moves Like Jagger » !

L'auditorium de l'académie de musique de Brooklyn applaudit à tout rompre. C'était un dimanche matin glacial du mois de décembre, et Jenna et Billie avaient déjà assisté aux quarante premières minutes du gala de Noël de l'académie de danse de Maddie – un spectacle qui allait de la maternelle au lycée. Elles étaient encore loin du groupe des cinq ans dont May faisait partie. Les dix premières minutes avaient été adorables, mais après un défilé interminable de costumes fluo qui filaient la migraine, de craquages sur scène et de frères et sœurs agités qui se roulaient par terre dans les travées, les parents étaient prêts à s'asseoir sur les frais de scolarité pour aller boire des margaritas au Café Habana juste à côté.

Même Billie ne pouvait s'empêcher de bâiller. Jenna, cependant, y voyait un paradis pour aspirante mère. Elle était la plus enthousiaste des spectatrices, poussant des cris de joie après chaque numéro et jouant aux marionnettes avec le bébé assis à côté d'elle.

Elle portait un T-shirt sur lequel elle avait fait imprimer

le visage à fossettes de May. Au-dessus de la photo, en Helvetica rose fluo, était écrit « DANSE POUR TA VIE, BEBE ! » Jenna en avait fait faire aussi pour Billie et Elodie. Billie portait le sien, mais Elodie était en retard, comme d'habitude.

— Cette enfant bouleverse mon utérus, déclara Jenna en désignant une petite fille sur scène.

Elle était ravissante, avec sa peau couleur caramel et ses boucles, et elle semblait noyée dans les paillettes.

— Une vraie poupée, acquiesça Billie, les yeux rivés sur son portable.

Elle envoyait des textos en direct à Jay, qui donnait un séminaire sur la poésie à Philadelphie.

Jenna regarda autour d'elles.

— J'ai l'impression que tous les enfants lui ressemblent. C'est ethnologiquement étrange.

— C'est parce que Brooklyn est la capitale mondiale des couples mixtes. Jay et moi sommes le seul couple noir de l'école de May. Pour son dernier anniversaire, elle a invité neuf enfants, et ils étaient tous métis, dans toutes les combinaisons possibles. Vietnamien-mexicain. Équatorien-indien. Mongol-noir.

— Non ? Mongol-noir ?

— Je te jure. Et ils ont eu le culot d'appeler leur fils Genghis-Jermaine.

La chorégraphie sur « Moves Like Jagger » s'acheva enfin et le public applaudit. Jenna laissa échapper un « Youhou ! » enthousiaste.

— C'est l'heure de l'entracte, s'écria l'Australienne. Ne tardez pas à revenir, juste après, nous assisterons au fabuleux numéro de Riverdance des cinq ans de Miss Lauren sur « We Found Love » !

Sur ces mots, Billie et Jenna virent Elodie remonter au pas de charge la travée de gauche. Elle portait un volumineux manteau en fausse fourrure, des lunettes de soleil et un sac Celine de la taille de Rhode Island. Sa tresse longue et épaisse était relevée en chignon sur le côté. Elle se faufila entre les sièges et se laissa tomber à côté de Billie.

— Désolée pour le retard, dit-elle. Je ne peux pas accepter le froid qu'il fait. Auprès de qui puis-je me plaindre ?

— Ça va ? demanda Jenna.

— Non. J'ai la gueule de bois, je n'ai pas dormi et, après deux semaines de régime, je stagne. Je n'ai de patience pour rien en dehors d'un bagel.

Billie agita la main devant son amie.

— On est à un gala de danse pour enfants. C'est quoi, cette tenue ?

— « Diahann Carroll Marie Deux Gays à Aspen », lâcha Jenna dans un éclat de rire.

— Je ne suis pas rentrée chez moi depuis mon gala de charité vendredi soir. J'ai couché avec ce dentiste de Morehouse.

— Celui qui ressemble à un Singe Volant ? s'enquit Billie.

— Tout le monde veut trouver son Jay-Z, mais personne ne veut sortir avec des mecs moches. (Elle s'extirpa de son manteau.) Je suis restée avec lui dans sa suite de Soho House. Il m'a fait l'amour, ce qui était super bizarre. Je ne veux pas de sexe tendre et sérieux avec un inconnu. Prends-moi comme une bête partout. Si je n'ai pas les genoux brûlés par la moquette, c'est qu'il ne s'est rien passé.

— Ça pourrait être le titre de ton autobiographie, lança malicieusement Billie.

— Enfile ça, ordonna Jenna à Elodie en lui tendant le T-shirt May.

— J'adore May, mais, Jenna, on n'est pas en Virginie. (Elle remonta ses lunettes sur le sommet de son crâne.) On ne t'a pas beaucoup vue, ces deux derniers mois. Es-tu prête à aborder le fait que tu es amoureuse de la progéniture du diable ?

— Qui a dit que j'étais amoureuse ? (Jenna avait du mal à dire ça sans sourire.) D'accord, je suis tellement amoureuse que je suis incapable de la moindre réflexion cohérente.

— C'est clair, rétorqua Billie. Tu as le teint radieux qu'on n'obtient généralement qu'avec la Touche Éclat de Saint Laurent.

— Tu es en train de dire que ce gamin est Tea Cake et toi Janie ? Taye Diggs et toi Stella ? (Elodie fronça le nez.) Allez.

— Tu es sortie avec des mecs encore plus jeunes !

— Non, j'ai couché avec des mecs plus jeunes, nuance. Je n'ai jamais dit que je n'aimais pas la génération des dix-huit/vingt-cinq ans. Ils sont passionnés et ils embrassent encore.

— Pourquoi est-ce que les hommes adultes cessent d'embrasser ? s'étonna Billie. On dirait qu'à trente-deux ans, paf, ils décident que ça n'a plus aucun intérêt.

— Quoi qu'il en soit, moi j'ai le droit parce que ce ne sont que des plans cul. Tu veux vraiment une relation avec quelqu'un qui est émotionnellement et financièrement moins avancé que toi ? C'est comme si c'était ton stagiaire.

— On ne choisit pas de qui on tombe amoureux, affirma Billie.

— Bon, et le fait qu'elle bosse avec lui ?

Jenna gémit.

— Je sais que c'est scandaleux. Je n'en dors pas la nuit.

— Si vous vous faites choper, ce sera la gênance de l'année. Tu es une journaliste respectée et estimée. Tu es en train de rebâtir ta carrière. Tu ne peux pas tout envoyer balader pour ce garçon, juste parce qu'il te baise comme un dieu et qu'il ressemble à Michael B. Jordan. Et même s'il n'était pas dans ton équipe, ça reste le gosse de Darcy Vale.

— Darcy est Satan.

Billie était heureuse que Jenna ait trouvé l'amour, mais la personne en qui elle l'avait trouvé l'inquiétait.

— Si elle découvre que tu couches avec son petit chéri, elle ruinera ta carrière, prédit Elodie.

— Quand tu as décroché le job chez *Harper's Bazaar,* elle n'avait pas demandé à quelqu'un d'appeler la rédac' chef pour lui dire que tu étais kleptomane ?

— Glenda Bailey surveille encore son sac à main de près quand on se croise, soupira Jenna.

— Reprenez vos places, hurla l'Australienne. Préparez-vous pour la suite du spectacle dont le groupe des cinq ans de Miss Eladia qui interpréteront une danse massaï sur « Titanium ».

— Achevez-moi, marmonna Elodie en remettant ses lunettes de soleil. Jenna, pendant que tu es engluée dans cette histoire avec Eric, est-ce que tu veux que je te trouve un mec de ton âge avec mon compte OKCupid ? Un adulte avec qui tu puisses bâtir un avenir ?

Jenna comprenait l'inquiétude de ses amies, mais cette conversation l'agaçait.

— Je n'utilise pas Eric pour le cul tout en cherchant un mari ! Tu penses que je prendrais autant de risques pour un simple plan cul ? Pourquoi est-ce que vous n'arrivez pas à comprendre que j'ai une vraie relation avec quelqu'un qui a dix-huit ans de moins que moi ? Les hommes font ça tout le temps.

— Deux poids, deux mesures, souligna Billie.

— On vit dans une société patriarcale, répondit Elodie en haussant les épaules. Quand un homme sort avec une femme plus jeune, l'équilibre des pouvoirs fonctionne. Ça paraît plus naturel parce que culturellement, les hommes sont censés dominer. Difficile de s'exclamer « Oh ! ta bite est tellement grosse, Daddy » quand ton petit ami a la moitié de ton âge.

Jenna ricana.

— Permets-moi de ne pas être d'accord.

— Billie, ai-je mentionné le fait qu'ils ne quittent jamais son appart' parce qu'elle ne peut pas se permettre de croiser quelqu'un qui connaîtrait Darcy ?

— C'est vrai, admit Jenna. Mon appartement est notre bulle d'amour.

— Je suis inquiète, avoua Billie. Tu mérites une relation normale.

— Je sais, répondit Jenna. Mais quand je suis avec lui, c'est... comme une surcharge de bien-être. Je peux supporter le boulot de dingue, les trajets debout en métro, mes finances catastrophiques, même notre situation impossible, parce que je sais qu'Eric m'attend le soir. Les filles, quand il vient chez moi, je ne supporte pas de le voir quitter la pièce. Je me cramponne à lui comme un petit ouistiti.

— Très sain, tout ça, maugréa Elodie.

— Je ne sais pas comment il s'y prend, vu son âge, mais il m'aime à la perfection. Comme s'il était né avec un manuel de Jenna. Et je... je n'en ai jamais assez.

Billie avait posé la main sur son cœur, émue par les révélations de Jenna.

— Alors, rien d'autre ne compte. Trouve un moyen de régler le problème Darcy et bats-toi pour lui. Mais, ma chérie, ajouta-t-elle en lui prenant la main, on tourne autour du pot. Tu es prête à fonder une famille. Depuis tout à l'heure, tu regardes les enfants d'un air désespéré. Promets-moi de parler de ça avec Eric.

— Je ne crois pas que...

— Qui sait, peut-être est-il assez mûr pour être mari et père ! Ne rejette pas l'idée avant même de lui en avoir parlé.

Jenna avait suffisamment de jugeote pour ne pas tuer dans l'œuf sa relation toute neuve avec un jeune homme fraîchement diplômé de l'université en évoquant son horloge biologique. Mais le discours de Billie l'avait exaltée. Quand Billie, Jay et May étaient tous les trois, ils donnaient l'impression d'habiter un pays merveilleux qui possédait sa propre langue et sa propre monnaie. C'était la chose la plus pure que Jenna ait jamais vue. Si l'amour était là, pourquoi ne pourrait-elle pas vivre la même chose avec Eric ?

— Oh ! j'ai oublié de te dire ! s'exclama Billie. Un des collègues de Jay à Fordham, James Diaz, cherche quelqu'un pour donner des cours de Théorie de la Mode. Tu n'arrêtes pas de dire que l'enseignement te manque. Et ça te permettrait de quitter *StyleZine* : Eric et toi seriez libérés. Bon, il aurait toujours treize ans, mais au moins, vous pourriez sortir du placard.

— Vraiment ? (Jenna réfléchit.) Je ne peux pas démissionner tout de suite, à cause de mon contrat, mais je suis intriguée.

— Que tout le monde se prépare pour le groupe des cinq

ans de Miss Sandra qui va interpréter une chorégraphie acrobatique lyrique sur « Call Me Maybe » !

— Oh ! c'est le groupe de May ! Mon bébé !

Billie se mit à prendre des photos et à envoyer des SMS à Jay tandis que sa fille menait le groupe sur scène dans un justaucorps à franges arc-en-ciel.

— Vas-y, May-May ! hurla Jenna.

— Bravo, salope ! s'époumona Elodie, ce qui lui valut les regards horrifiés du rang devant.

La Supermaman, la Cougar et Diahann Carroll s'égosillèrent tellement qu'elles eurent la voix cassée le lendemain.

Plus tard, vers 3 heures du matin, Jenna et ses amies dormaient depuis longtemps – mais Eric et Tim faisaient la fête. Après un réveil à 5 heures pour filmer une célèbre maquilleuse asiatique stylée pour *La Trouvaille Idéale*, Eric avait passé la journée à monter la vidéo puis la soirée à réseauter au dîner de fin d'année de l'Association des jeunes réalisateurs. Il aurait dû être épuisé. Il se sentait pourtant euphorique.

Oui, il s'était levé aux aurores, mais c'était pour travailler avec Jenna. Le paradis. Au dîner, on lui avait servi du champagne éventé et du fromage caoutchouteux, mais il avait discuté avec des gamins obsédés de cinéma, qui parlaient son langage. Il s'était senti chez lui. Et après le dîner, il avait envoyé sa dernière candidature pour le festival du Film de Toronto. Eric était grisé. Il ne voulait pas que la nuit se termine.

Seuls les vingtenaires les plus mal élevés de la ville avaient entendu parler de Cake, une salle décrépite dissimulée sous une boulangerie du tournant du siècle à Bushwick et qui était l'un des lieux d'*after* les plus secrets. On n'y trouvait ni paparazzi, ni VIP, ni banquettes et les photos étaient interdites – juste une couronne de Noël triste et criblée de mégots, quelques chaises en velours élimé, un bar, une barre de strip-tease et la fumée opaque des joints. Le public était schizo d'une manière ultra-sexy, un havre de coolitude où les starlettes, les riches socialites débutantes, les rappeurs, les dealers et les filles les plus jolies des quartiers chauds se mêlaient avec facilité. Ce soir, Zoe Kravitz officiait derrière les platines, la fille mineure d'un magnat du pétrole se balançait en soutien-gorge autour de la barre, et Eric et Tim flottaient dans une brume de cognac.

Assis sur des tabourets de bar face à la foule, ils agitaient la tête au rythme de « Fuckin' Problems » d'A$AP Rocky. À$AP Rocky qui était en train de faire la même chose dans un coin entouré par ses groupies tandis qu'un réalisateur filmait des plans de coupe pour le dernier clip du rappeur aux cheveux tressés.

Devant le bar, Carlita, qui était devenue la petite amie officielle de Tim, dansait langoureusement tout en bombardant Eric de questions sur son nouveau sujet de prédilection, Jenna.

— ... quand est-ce qu'elle sortira avec nous ? Est-ce qu'elle connaît Karl Lagerferld et Alexander Wang personnellement ?

Ce soir, elle portait un rouge à lèvres couleur mandarine et avait troqué ses boucles d'un noir de jais contre un roux strié de miel.

— Arrête de citer des couturiers que tu ne connais que par les chansons de Rick Ross, répliqua Eric.

Il tira deux taffes d'un joint et le passa à Tim. Il ignorait d'où venait la beuh – quelqu'un l'avait fait tourner depuis l'autre côté du bar.

— T'es personne, mec, et Dieu le sait. (Elle roula du cul à plusieurs reprises.) Pourquoi elle peut pas me filer des trucs stylés ? Je veux juste les lunettes de soleil Tom Ford qu'Amber Rose a portées aux MTV Music Awards !

— Tu parles, ce que tu veux, c'est Amber Rose, plaisanta Eric.

— Faux, mentit Carlita. J'ai laissé tomber la bisexualité.

— À mon grand désarroi, déclara Tim. E, Jenna ne peut pas lui filer des trucs ?

— Et vous vous demandez pourquoi je ne lui propose jamais de sortir avec vous, espèces de gavroches ! Vous êtes mal élevés.

— Ton pote croit qu'il est sophistiqué parce qu'il couche avec une star de la télé, grommela Carlita.

— E a toujours été sophistiqué. La sophistication est son réglage par défaut.

— Allez-y, continuez à dire des conneries sur moi comme si j'étais invisible.

Tim empoigna l'ample fessier de Carlita.

— Va prendre un *selfie*, bae. *Hashtag* émoji cadenas. Eric et moi, on doit discuter sérieusement.

— Ouais, acquiesça-t-elle en l'embrassant. Breeeef, Eric, je trouve ça super louche que tu ne viennes jamais avec Jenna. Tim, essaye de convaincre ce débile, moi j'me casse.

Carlita attrapa une de ses copines qui venait de se faire aborder par un mec avec une plume tatouée sur son crâne chauve et se dirigea vers la minuscule piste de danse.

— Carlita a raison, fit Tim. Comment Jenna peut-elle prétendre te connaître si elle n'a jamais chillé avec nous ?

— Elle a chillé avec vous. Tu as failli mourir dans sa salade. Je pense que ça lui a suffi.

— C'était pas vraiment chill comme soirée. Je portais une lavallière. Non, je te parle de ce qu'on fait là. Comme d'habitude. Ma copine est là... où est la tienne ? Pourquoi elle ne traîne pas avec nous comme Carlita ? Ou comme nos potes ?

— Parce qu'elle a quarante ans. Un plan d'épargne retraite. Elle ne peut pas aller en boîte avec nous. Ni dans ta chambre. Qu'est-ce qu'elle ferait ? Où est-ce qu'elle s'assiérait ? Elle va s'allonger sur le lit avec Carlita pour commenter en direct sur Twitter *Love & Hip Hop* pendant qu'on mate un match de basket en fumant un joint ?

— C'est pas ce qu'on fait, protesta Tim avant de réfléchir deux secondes. Non, en fait, c'est exactement ce qu'on fait. Mais qu'est-ce qu'Olivia Pope et toi faites de si différent ?

— Arrête de l'appeler Olivia Pope.

— Réponds-moi.

— On ne fait rien. On ne peut pas se voir en dehors de chez elle.

— Tu vois ? Tu me juges, mais vous vivez comme des reclus. Comme dans *Grey Gardens*.

Eric ricana.

— Tu as vu *Grey Gardens* ?

— Pas toi ? La direction artistique est incroyable, mec.

— Quoi qu'il en soit, oui, on reste à la maison, mais pas pour jouer à la Xbox. Elle est... classe. C'est classe de rester chez soi. C'est comme rester chez soi, mais en Français.

— C'est ça, ouais, se moqua Tim.

Eric sortit un sachet de bonbons à la cerise de sa poche,

déchira l'emballage et en engloutit deux. Il en tendit un à Tim.

— Je n'ai rien mangé de la journée. J'ai tellement faim que je n'ai plus faim. J'ai tellement faim que je suis repu.

Eric désigna A$AP Rocky, qui était étalé sur une banquette entouré par un petit groupe multiethnique de femmes qui se tortillaient. Son réalisateur, un Blanc plus âgé qui aurait manifestement préféré être en train de câliner sa femme féministe dans leur loft de l'Upper West Side, filmait, debout sur une table à cocktail.

— Ce réalisateur est un gros naze. Regarde, la fille avec les cils de folie a des mains de mannequin de vitrine.

— Comment ça ?

— Elle le caresse avec des mains de Barbie… Elles ne bougent pas, elles ne sont pas fluides. On dirait qu'elle est en train de le fouiller.

Sur le plateau de Titanic, *James Cameron a donné à tous ses figurants le nom et l'histoire de leur personnage,* songea Eric. *Voilà pourquoi.*

— Tu remarques des trucs vraiment bizarres, constata Tim. Elle porte des compensées. Je déteste les femmes qui font ça. Mets des vrais talons et grandis un peu, merde.

— Tu aimerais qu'une nana portant un soutif argenté grandisse.

— Elle a l'air d'une grosse coquine. D'une manière un peu tarée. Tu sais que j'adore les filles un peu dérangées.

— Un peu dérangées ? Ta dernière conquête a réussi à hypnotiser son bracelet électronique, lui rappela Eric en secouant la tête. Je n'ai jamais rencontré un bourge qui veuille autant que toi passer pour un voyou.

— Je porte un pantalon Purple Label en sergé ; je n'ai aucun désir de passer pour un voyou. En revanche, je veux que mes femmes le soient. Le sexe est meilleur. Les pétasses riches font l'étoile de mer. Plus une nana vient d'un quartier pauvre, plus elle est folle, et meilleur c'est. Je veux fréquenter une meuf qui a une relation toxique avec son ex et un trouble de la personnalité non diagnostiqué.

— Carlita est la reine de tout ça. Joyeux Noël.

Tim scruta la salle.

— Regarde toutes ces adorables salopes internationales qui sont venues passer Noël à New York. Et dire que je suis en couple. Mais bon, j'ai décidé d'être fidèle à Carlita. Je n'arrive pas à me passer d'elle. Je pense que c'est parce qu'elle est la fière propriétaire des jambes les plus flexibles de tous les États-Unis. C'est l'un des avantages de sortir avec une strip-teaseuse. J'ai l'impression de baiser une frite de piscine en mousse.

— Pourquoi vouloir baiser une frite de piscine en mousse ?

— Est-ce que Jenna peut mettre ses jambes derrière son cou ?

Eric avala un bonbon.

— Pas de commentaire. Non.

— Non, elle ne peut pas ? Ou, non, tu ne veux pas en parler ?

— Non, je ne veux pas en parler.

— On ne peut pas parler des jambes de Jenna ? Elles ne sont pas saintes, pourtant. (Tim était perdu. D'habitude, c'était comme ça qu'ils parlaient des femmes, qu'est-ce qui la rendait différente des autres ?) T'es devenu un chien-chien à sa mémère ou quoi ?

— Je suis assez viril pour admettre que je suis complètement un chien-chien à sa mémère, rétorqua Eric. Si Jenna débarquait et claquait des doigts en disant « E, c'est l'heure de rentrer », je la suivrais aussitôt sans poser de question. Je n'en ai pas honte.

Tim lui lança un regard inexpressif.

— Je n'étais pas prêt pour ce niveau de transparence émotionnelle.

— Tu devrais consulter un psy.

— Mec, écoute, je dois te dire que je suis vraiment dérouté que ta meuf soit née dans les années 1970. E, ta copine a eu son bac au début des années 1990. Pour elle, Wu-Tang Clan n'est pas *old school*.

— Halle Berry et J. Lo sont plus vieilles qu'elle.

— Et elles sont canon. Olivia Pope aussi, ne va pas croire.

— *Jenna*.

Tim émit un petit bruit agacé.

— Tu agis comme si Jenna était l'amour de ta vie. Et tu la tiens éloignée de moi. Moi. Je suis blessé.

— Pourquoi je ferais ça ? Arrête d'être sensible comme ça, tu me gâches ma soirée.

— Je sais pourquoi. Tu penses que si elle te voit avec moi, elle se rendra compte que tu es puéril. Tu peux faire semblant d'être compétent au boulot et cool parce qu'elle ne sait pas qu'on fait d'atroces batailles de rap et qu'on se bat pour savoir qui se taperait Storm si on était des X-Men. Elle ne sait pas qu'on peut passer des après-midi entiers à insulter nos familles respectives de la manière la plus humiliante possible. Ou qu'on a enfin arrêté de cyberharceler M. Bing du cours de bio l'année dernière.

— Yo, si tu racontes tout ça à Jenna, je jure…

— Comment t'as réussi à la serrer ? Et comment tu comptes la garder ? Tu sais de quoi ont l'air les vieux dans cette ville. Bentleys et cartes Platinum. Toi, tu collectionnes les prêts étudiants et les baskets. Aide-moi à comprendre.

— Je n'avais pas envie de « la serrer ». On... devait juste être ensemble, c'est tout. On n'avait pas le choix. Je ne peux pas l'expliquer.

Tim explosa de rire.

— Tu crois que c'est quoi, *N'oublie jamais* ? De toute façon, c'est ton problème. Mais je ne peux pas approuver cette relation tant que je n'ai pas passé au moins heure avec elle.

— Ça va arriver, promit Eric en prenant deux grosses taffes avant de lui passer le joint. C'est juste que... il faut que je trouve une situation où on peut se retrouver tous les trois de manière naturelle.

— Il faut inviter Carlita.

Eric leva les yeux au ciel.

— Vous n'allez pas tarder à rompre, de toute façon.

Tim se mordilla l'ongle.

— J'envisage de l'épouser. Je pense que c'est la bonne. Elle m'a entraîné à l'église.

— À l'église ? Pour de vrai ? Tu as pris feu ?

— J'y suis allé dimanche dernier, poursuivit-il sans relever. Elle va dans une de ces super églises. Le révérend conduit une Bugatti comme ton ex-beau-père.

Eric fronça le nez en l'entendant parler de son ex-beau-père, qu'il exécrait.

— Tous ces révérends devraient être relégués à une vie infiniment dépourvue de sens. Tu es un leader spirituel, pas Young Jeezy.

— Ce que je veux dire, c'est que si Carlita a été capable de présenter mon cul amoral à son révérend, tu peux faire pareil avec Olivia Pope.

Tim avait raison. Mais Eric ne savait pas du tout comment intégrer Jenna dans sa vie. L'imaginer, avec ses mains de danseuse et ses boucles guindées, assise entre Tim et lui dans cette boîte mal famée était à la fois hilarant et impossible.

Il ne parvenait pas à l'imaginer non plus dans la chambre de Tim. Ni supporter les fêtes auxquelles il assistait. Ni traîner avec ses potes de ciné fauchés, assis sur des meubles horribles récupérés à l'Armée du Salut à critiquer Kickstarter et à boire pour oublier qu'ils étaient tous des diplômés sans avenir. Il ne parvenait pas à imaginer Jenna en dehors de lui seul.

Ce n'était pas normal, non ?

Il s'en fichait. Jenna et lui possédaient leur nirvana privé et il ne voulait rien d'autre.

— Ce réalisateur a besoin de mon aide, déclara-t-il en prenant une derrière taffe.

Sur ce, il traversa la salle pour aller se présenter.

Chapitre 21

Jenna attendait toujours impatiemment le moment où Eric franchirait la porte de son appartement. Après s'être retenue toute la journée au boulot – et avoir fait semblant –, elle avait l'impression d'être une accro au sucre qui attendait devant Krispy Kreme depuis des heures en comptant les minutes avant l'ouverture et qui voyait enfin le gérant déverrouiller la porte et dire « Faites-vous plaisir ! Mangez des donuts à en crever ! »

Quand elle ouvrit à Eric ce samedi soir de la fin du mois de février, il lui coupa le souffle. Il tenait un duvet bordeaux brillant sur une épaule et un sac de courses à la main.

— Qu'est-ce que tu fais ?

— Tu sais ce festival de films en plein air à Prospect Park ? Ils passent *Butch Cassidy* à minuit. Il ne fait pas trop froid et il fait nuit ; personne ne nous verra si on s'assied au fond, pas vrai ? Je nous ai préparé un pique-nique – tout ce que tu aimes, des frites McDonald et un assortiment de croissants et de bagels. Des accompagnements et des glucides, aucune valeur nutritionnelle. Et des Skittles, évidemment.

Elle éclata en sanglots.

— Qu'est-ce que j'ai fait ?

Il lâcha tout, ferma la porte et la prit dans ses bras.

— Comment tu as su ? J'ai essayé une fois… je veux dire, j'ai toujours rêvé de faire ça ! Mais je n'en ai jamais parlé à personne ! Comment tu as su ?

— Je sais, c'est tout, murmura-t-il dans ses cheveux. Je te connais par cœur.

Pendant le film, alors qu'ils étaient blottis dans leurs doudounes et dans le duvet d'Eric, que l'air froid de minuit était empli de l'énergie romantique de centaines d'habitants de Brooklyn – et qu'Eric ne tarissait pas d'éloges sur la moustache de Redford (« Ce truc est incroyable, yo ! On dirait qu'elle est vivante. Elle a son propre signe du zodiaque et un compte Twitter certifié. ») – Jenna finit par le lui dire.

— Je t'aime.

Eric la regarde, stupéfait. Il avait l'impression qu'elle l'aimait, mais il s'était préparé à l'idée qu'elle ne le lui dise jamais. Enfin, le dire à nouveau. Sobre. Ce n'est qu'une fois qu'elle eut prononcé ces mots qu'il comprit à quel point il avait besoin de les entendre.

— Vraiment ?

— Oui. (Elle posa la main sur sa joue.) Je t'aime.

— Ne retire jamais ce que tu viens de dire. D'accord ? Ni ce sentiment.

Il se jeta sur sa bouche, sa gorge et ses joues dans un déluge de baisers révérencieux et joyeux.

Le couple formé par Eric et Jenna n'avait aucun sens, mais ils étaient faits l'un pour l'autre.

Après plusieurs mois, personne ne les avait surpris au bureau. Ils respectaient les règles qu'ils avaient édictées et ils étaient parvenus à accomplir l'impossible – vivre une véritable relation à l'insu de tout le monde.

Il y avait cependant une règle qu'ils avaient transgressée.

Le pas-de-sexe-au-travail n'avait pas duré deux jours. Après que Jenna l'avait titillé pendant une réunion – elle s'était mordillé la lèvre, faussement concentrée, avait caressé sa jambe de son pied sous la table, lui avait envoyé un texto racontant le fantasme dans lequel il tenait le premier rôle et sur lequel elle s'était masturbée le matin même –, il avait fait irruption dans son bureau, avait posé brusquement la main sur sa bouche, l'avait poussée contre le mur et fait jouir violemment en la doigtant.

Le lendemain, alors qu'il attendait devant les ascenseurs, elle l'avait tiré brutalement dans les toilettes unisexes du couloir pour un quickie tellement bon et épuisant qu'il envisagea de se faire porter pâle pour le reste de la journée. Ils avaient compris qu'ils ne pouvaient pas ne pas baiser au boulot – l'excitation était trop exquise. Et c'était plus facile que ce qu'ils croyaient. Ils apprirent tous deux que leurs collègues étaient trop pris dans leurs propres vies pour remarquer tout ce qu'on ne leur mettait pas directement sous le nez.

Terry en était le parfait exemple.

— Je m'inquiète pour toi, Eric, lâcha-t-elle un jour.

Assise à côté du bureau du jeune homme, elle scrollait sur BuzzFeed avec son téléphone. Eric était enfoncé dans son siège, son portable à la main. Jenna, dans la petite cuisine de l'autre côté du couloir, « prenait un café » – et il avait déplacé sa chaise pour avoir un œil sur elle. Ils étaient au beau milieu d'une conversation sur l'interview de Jenna pour *New York* qui avait lieu ce jour-là. Dans une heure, ils devaient filmer Cara Delevingne pour *La Trouvaille Idéale*, et un journaliste du magazine devait passer sur le tournage.

— Pourquoi ça ?

— Tu es tellement renfermé. La semaine dernière, je t'ai présenté le mannequin du Look du Jour, la Noire canon, mais tu étais tout… raide. La nana lookée *street* qu'on a filmée hier, celle avec la mèche, était complètement folle de toi, mais tu ne l'as même pas remarquée. Avant, tu étais tellement, genre, bavard, charmant…

— *Je ne suis plus charmant ?*

— … maintenant, on dirait que les femmes ne t'intéressent plus du tout. Comme si tu n'étais pas disponible. Pourtant, je sais que tu n'as personne.

Il haussa les épaules.

— Peut-être que je suis juste en train de mûrir.

Un gloussement leur parvint depuis la cuisine. Eric décida de se venger plus tard.

— Non, je sais quel est le problème.

Terry, tellement à la mode dans son leggings émeraude et sa veste en jean à clous, tendit le doigt vers la cuisine. Jenna sirotait un *latte*, apparemment plongée dans la lecture d'*ELLE*.

— Jenna Jones ? C'est ça mon problème ?

— Évidemment. Tu es fou amoureux d'elle. Mais tu n'oses pas agir et ça te tue.

Eric soupira et se massa une tempe.

— J'en ai tellement marre de fuir.

— Crache le morceau, E. Parle-moi.

— Je pense à elle nuit et jour, murmura-t-il. Je ne remarque même plus les autres femmes. Ça se voit tant que ça ?

— Oui ! Jinx est dévastée. (Elle se pencha vers lui.) Elle te regarde mater Jenna pendant les réunions puis elle se gave de galettes de riz pendant une heure.

Eric prit un air horrifié.

— Il y a tellement d'atrocités dans cette phrase que je ne sais pas quoi répondre.

— Tu dois faire quelque chose. Avoue-lui tes sentiments.

— On travaille ensemble. Donc… non.

— Ça resterait secret, bien sûr.

— Mais elle est trop bien pour moi. C'est grotesque, protesta Eric. Et même s'il se passait quelque chose, j'ai bien peur qu'elle se montre autoritaire avec moi. Les femmes plus âgées aiment dominer les mecs plus jeunes. Elle ferait de moi sa chose.

Terry pouffa.

— Ça te plairait peut-être.

— Je dois bien avouer qu'elle m'intimide. (Son téléphone vibra.) Excuse-moi, il faut que je réponde, c'est… euh… Mitchell.

Eric Combs
iMessage
1er mars 2013 11 h 31

Jenna : Tu n'y vas pas avec le dos de la cuillère.

Eric : Je te veux nue dans le placard du 10e étage dans dix minutes.

Jenna : Tu es sûr que tu n'es pas trop intimidé ?

Eric : File. Et garde tes escarpins rouges.

— Je crois que je n'ai pas les couilles pour ça, acheva-t-il.

— Elle a beau être plus âgée, ça reste une femme ! Depuis quand les filles te rendent nerveux ? Tu vois, tu n'es plus toi-même, et…

Terry cessa brusquement de parler : Jenna venait de passer la tête par-dessus la cloison du box.

— Salut, dit-elle.

— Jenna ! s'exclama Eric. Tu n'as rien entendu, n'est-ce pas ?

— Je n'en ai pas perdu une miette. Et même si je te trouve charmant, sache que ça n'arrivera jamais.

— Et sache que j'en suis douloureusement conscient. C'est Terry qui raconte n'importe quoi.

— Vous avez vraiment trop de temps à perdre, tous les deux.

Elle s'éloigna d'un pas primesautier, son café à la main.

Eric regarda Terry d'un air irrité.

— Je croyais que je chuchotais ! s'excusa-t-elle. Pardoooon.

— Je vais continuer à l'aimer de loin, c'est tout. Je suis habitué à la torture. (Il se leva.) Je vais manger un bout avant le tournage.

— Cool, répondit-elle en se laissant glisser à bas de son bureau. Mais je trouve que Jenna proteste un peu trop pour être honnête. Tu as vu comment elle s'est éloignée ? Sa démarche était trop sexy. Je dis ça, je dis rien.

Quelques minutes plus tard, Eric entrouvrit la porte du placard plongé dans l'obscurité et se faufila à l'intérieur.

Il alluma la faible ampoule. Le placard était dans un désordre indescriptible : des portants bourrés de vêtements étaient alignés le long des murs, des paniers de chaussures et de bijoux étaient entassés les uns sur les autres et une table croulait sous les sacs à main de la prochaine saison.

Jenna était adossée au mur, uniquement vêtue de ses escarpins rouges, les jambes écartées, une main sur la hanche.

— Quel dommage que tu ne me proposes pas de sortir avec toi, déclara-t-elle. Ça abrégerait tes souffrances.

Eric soupira.

— J'ai tellement envie de t'inviter à dîner.

— Pourquoi ne le fais-tu pas ?

— Je suis d'une timidité incurable.

— Pauvre bébé.

— Viens ici.

Elle sourit et s'avança lentement vers lui avec une grâce toute féline. Elle posa les mains sur la porte de chaque côté d'Eric et appuya son corps nu sur le sien.

— Tu me veux où ? murmura-t-elle au creux de son oreille.

— Sur la table, répondit-il.

Jenna s'avança vers la table, fit tomber les sacs qui l'encombraient et grimpa dessus. Elle écarta les genoux et cambra le dos, complètement exposée. Elle lança un regard torride à Eric par-dessus son épaule, le considérant entre ses cils baissés.

Il se plaça derrière elle, s'empara de ses hanches et l'attira à lui.

— Si je parvenais à te convaincre de sortir avec moi…

— Oh ! chéri, même pas en rêve.

Jenna frotta lentement ses fesses contre lui.

— Pourquoi ?

— Tu ne saurais pas me baiser.

Eric empoigna ses cheveux et tira sa tête en arrière. Il dégrafa sa braguette et la pénétra – elle était tellement mouillée et il l'avait prise tellement profondément qu'elle oublia qu'ils étaient au bureau et cria.

— Répète-le.

— Tu ne saurais p-pas me baiser.

Il s'enfonça encore davantage en elle. Elle se mordit la main pour s'empêcher de gémir.

— Tu voudras bien m'apprendre, alors ? Si je suis très très sage ?

Il donna un coup de reins violent sur « sage ».

— Juste si je peux faire de toi ma chose.

— Je le suis déjà.

Eric l'attrapa par les coudes pour l'attirer à lui. Jenna renversa la tête sur son épaule et il fit courir sa langue le long de son cou jusqu'au lobe de son oreille. Il lui donnait des coups de reins qu'elle lui rendait, contractant les muscles de son vagin autour de sa queue, la massant, la pompant… et affaiblissant Eric.

— Arrête, gronda-t-il.

— Non, souffla-t-elle.

— Jouis.

— Toi d'abord.

— Non.

— Oh ! bébé, tu ne peux pas te retenir, pas vrai ? chuchota-t-elle.

— Seuls les petits garçons jouissent en premier.

Eric n'avait plus envie de jouer. Il saisit ses poignets, planta ses mains sur la table pour la forcer à se mettre à quatre pattes. Il la tint par la gorge d'une main, caressa son clitoris de l'autre – et accéléra ses coups de reins.

Jenna était perdue. Elle craqua la première, immédiatement suivie par Eric et leur orgasme presque simultané et puissant dura longtemps.

Lorsqu'il reflua, Jenna s'effondra sur la table et Eric se laissa tomber sur le dos à côté d'elle. Alors qu'elle essayait de reprendre son souffle (sans faire de bruit, ce qui représentait un sacré défi), il repoussa ses cheveux ébouriffés par leurs ébats et embrassa son cou humide, juste sous son oreille.

— Mon endroit préféré, murmura-t-il.

— De tous les endroits ?

— Il est incroyable. J'ai l'impression qu'il a des vertus chamaniques. Si j'avais la mononucléose et que j'enfouissais mon visage juste là, je serais instantanément guéri.

— Si tu venais à perdre ne serait-ce qu'une once de bizarrerie, je te larguerais.

— Pareil, répondit-il en l'embrassant langoureusement. Il faut qu'on bouge.

— Tu as raison. Qui sort en premier, toi ou moi ?

— Moi, vu que je suis déjà habillé.

Eric resta étendu pendant trente secondes – le temps de redevenir complètement lui-même – puis il se dirigea vers la porte.

Jenna attendit dix minutes. Elle se rhabilla rapidement, remit tous les sacs à main sur la table et se hâta de descendre. Ses jambes étaient encore faibles. Pas de problème. Elle était passée maîtresse dans l'art de la nonchalance post-coïtum.

Quelques minutes plus tard, elle était en train de remettre du gloss dans son bureau et d'essayer d'effacer toute trace de ses ébats avant de rejoindre Cara Delevingne dans sa chambre d'hôtel. Elle était sur le point d'aller chercher Eric lorsque son téléphone sonna.

Jenna fut tellement abasourdie par le nom qui s'afficha sur l'écran qu'il lui fallut cinq sonneries pour répondre. C'était Anna. Anna Stein, la mère de Brian. Elle ne lui avait pas parlé depuis qu'elle avait fui en Virginie.

— Anna Banana ?

— Ma chérie ! C'est moi !

— Je sais ! (Elle était hyper excitée.) Je suis tellement contente d'avoir de vos nouvelles. Je mourais d'envie de vous appeler, mais ça me paraissait inapproprié...

— Je te considère comme ma fille. Je ne te pardonnerai jamais de nous avoir quittés. Oh ! la, la, dit-elle, non, mais tu m'entends ! J'ai arrêté de prendre mes médicaments contre les sautes d'humeur et ça me transforme en vieille conne grincheuse.

— Pourquoi est-ce que vous avez arrêté vos médicaments ?

— Quel est le problème, si j'ai des sautes d'humeur ? Tous mes petits amis sont morts et les deux seules amies que j'apprécie sincèrement ont déménagé à Miami. Je n'ai aucune carrière dans laquelle me réfugier. Je n'en ai jamais eu, sauf si on compte mes années de serveuse chez Denny's, où mon plus grand succès a été de récolter le plus de pourboires accompagnés de « Jolis nichons, ma belle » le dimanche midi. Et je suis sur mon lit de mort. Est-ce que par hasard tu aurais un dealer, ma chérie ? Qui vend de la beuh ? Je supporterais la mort si je pouvais l'affronter défoncée comme en 68.

Jenna soupira. Depuis qu'on lui avait diagnostiqué un cancer du sein dix ans plus tôt, Anna était fataliste. Elle avait été plusieurs fois testée pour le SRAS, le SIDA, l'herpès – et même le scorbut, que personne n'avait attrapé depuis des siècles.

— Primo, vous avez peut-être été longtemps serveuse, mais vous êtes aussi la femme la plus douée de ses mains que j'ai jamais rencontrée. Vous avez confectionné tous mes rideaux et Barneys voulait vendre vos écharpes sévillanes brodées. Vous n'avez juste pas fait carrière là-dedans, c'est tout. Deuxio, vous n'êtes pas à l'article de la mort, Banana.

— Cette fois-ci, si. Je vais mourir sans t'avoir revue.

— Ne dites pas des choses pareilles.

Jenna était très triste de s'être éloignée de la femme qui avait été sa mère new-yorkaise pendant si longtemps. Sa propre mère n'avait jamais compris sa fantaisie – mais Anna, si, parce qu'elle était excentrique elle aussi. Elle l'avait nourrie, l'avait intégrée dans son club de lecture d'Ex-Hippies-Devenues-Des-Femmes-Respectables-De-Park-Avenue (qui ne lisaient que les œuvres d'Erica Jong, Joan Didion et de la littérature érotique asiatique) et l'avait régalée d'histoires de son passé de belle adolescente fugueuse qui fabriquait des bougies dans l'East Village pour les révolutionnaires des années 1960. Vers la fin de sa relation avec Brian, elle lui avait offert un coffre en bois rempli de vêtements et de jouets ayant appartenu à son fils, dans l'espoir que ça porte bonheur à Jenna et qu'elle tombe enceinte.

— Bon sang, ce que vous me manquez, avoua-t-elle.

— Toi aussi, JJ. Ça te dit qu'on déjeune ensemble ?

— J'adorerais, mais Brian est de nouveau en couple… je pense que ce n'est pas une bonne idée.

— Lily L'Amour, cracha-t-elle, comme si elle était offensée par l'existence même de cette femme. Ou est-ce Celeste ? Bon, au moins, elle est passablement jolie. Je n'aurais pas supporté qu'il ait une relation tampon avec un troglodyte. Je dois t'avouer que je suis dévastée par le fait que Bri et toi m'ayez privée de mes sublimes petits-enfants métis. De magnifiques petits Barack et Halle avec un nom de famille juif. Des superhumains !

— Banana, je suis navrée, j'ai un tournage. Mais…

— Je t'appelle pour une raison. Va voir le site de Forbes.

Ils ont interviewé Brian pour qu'il disserte sur son génie de la finance. Il a parlé de toi. Et c'est romantique.

Jenna sentit son ventre se nouer.

— Romantique ?

— Peut-être que vous pourriez vous remettre ensemble et me faire une ribambelle de mulâtres et de mulâtresses avant que je passe l'arme à gauche.

— Vous n'allez pas mourir. Je vous l'interdis.

— Rends-moi service, soupira-t-elle. Prends soin de toi. Et appelle-moi de temps en temps.

Jenna sourit.

— Promis. Je vous aime.

— Moi plus.

Elle s'assit à son bureau, les doigts au-dessus du clavier de son ordinateur. Qu'est-ce que Brian avait bien pu dire de romantique sur elle ? En public, de surcroît ! C'était le roi des hommes indifférents. Et sa petite amie ? Jenna frémissait de curiosité – mais elle avait aussi peur que l'article la renvoie vers un tourbillon d'affaires non réglées. Et ce n'était pas la seule raison pour laquelle elle ne pouvait pas ouvrir le site.

Elle fit appel à une discipline émotionnelle qu'elle ignorait posséder et rabattit l'écran de son ordinateur. Elle verrait ça plus tard. Peut-être. Après tout, rien de ce que Brian disait ne pouvait l'affecter.

En remontant le couloir, elle se le répéta mentalement à plusieurs reprises, comme une prière – jusqu'à ce qu'elle aperçoive Eric et qu'elle sache que c'était vrai.

Chapitre 22

Jenna, Eric et une petite équipe (plus *La Trouvaille Idéale* prenait de l'importance, plus leur équipe grandissait) étaient réunis dans la suite luxueuse du mannequin britannique Cara Delevingne au Standard Hotel. L'enfant terrible était à New York pour tourner une campagne de pub pour Burberry. Avec ses épais sourcils bruns, son personnage underground/brut de décoffrage et les splendides maîtresses qu'on lui prêtait, Cara était la reine des top models de 2012. Là où ses pairs tentaient de cultiver leur look, elle était résolument anti-glamour et paraissait plus fraîche que toutes les autres réunies. Cara était la seule top model à porter un sweat-shirt Hello Kitty et des baskets Adidas sales dans les coulisses des défilés parisiens.

Lorsque Andrea Granger, la journaliste du magazine *New York*, fit son apparition, elle était à deux doigts de lâcher son projet de papier sur *La Trouvaille Idéale*. Son photographe et elle avaient passé trois quarts d'heure à interviewer et immortaliser Darcy Vale, qui n'avait eu que des citations sèches et lisses à lui fournir. Andrea avait eu l'impression de discuter avec une attachée de presse – impossible de trouver une histoire à se mettre sous la dent.

Elle décida d'approcher Jenna différemment. Avant

de la questionner, elle comptait traîner sur le tournage, l'oreille tendue pour glaner des indices sur la création de la série. Elle aperçut Jenna de l'autre côté de la pièce près de la table sur laquelle était dressé le buffet. Elle était en train de bavarder avec son partenaire, Eric Combs. Elle se dirigea vers eux d'un pas nonchalant et fit semblant de se servir de la salade de fruits.

Ils échangeaient des idées à toute allure.

— Je veux une vibe new-yorkaise fin des années 1970, début des années 1980, dit Eric. Tu sais, BCBG, punk, les tout débuts du hip-hop...

— Basquiat, Danceteria..., poursuivit Jenna.

— Et qui était la fille avec les cheveux blancs ? Elle avait un groupe ? Elle me rappelle Cara.

— Debbie Harry ! Blondie. Tu l'as vue dans ce film de Fab Five Freddy de 1982 ?

— *Wild Style* ! Il faut qu'on la filme dans un endroit qui ressemble à l'East Village des années 1980, comme peut-être Bushwick ? Un endroit avec...

— Une esthétique cool-crade.

— Lo-fi. Des graffitis.

— Ce serait parfait vu que, pour sa Trouvaille Idéale, elle a choisi un jean à la fois moulant et souple, entre le boy-friend et le skinny, un truc qui n'existe pas, et elle l'a personnalisé à la bombe.

— Un jean graffité ?

— Un jean graffité.

— On a lu dans ses pensées ! On est trop forts. Sa vidéo sera la version ciné des Superstar vintage d'Adidas.

— Évidemment, tu ne peux pas t'empêcher de glisser une référence à des baskets. Attends, je cherche un morceau de Grandmaster Flash sur iTunes... peut-être « White

Lines ». Est-ce que je devrais invoquer ma Debbie Harry intérieure ?

Jenna se mit à chanter « Rapture ».

— Si tu chantes, je vais devoir faire le robot. (Il agita les bras pour prouver ses dires.) J'adore. Je veux que ça ressemble à une couverture années 1980 d'*Interview*, peut-être même *old school*...

— Photos au Polaroid ?

— Exactement, approuva-t-il les yeux brillants.

Puis quelque chose d'étrange se produisit. Jenna but une gorgée d'eau dans son gobelet en plastique. Sans rien demander, Eric le lui prit des mains, le fit tourner et but à son tour.

Andrea ne savait pas à quoi rimait ce qu'elle venait de voir – est-ce que c'était important ou pas du tout –, mais c'était à coup sûr intime.

Elle comprit que l'histoire de *La Trouvaille Idéale* n'avait rien à voir avec Darcy Vale insufflant une nouvelle vie à un genre périmé. C'était une histoire entre une journaliste superstar et un vidéographe. Un vétéran de la mode et un gamin inconnu tout juste diplômé d'une école de cinéma tellement sur la même longueur d'onde créative qu'ils finissaient les phrases l'un de l'autre. Une paire de visionnaires noirs qui élevait le genre dans l'industrie notoirement monochrome de la mode. Une génération X et un millennial qui avaient combiné leurs influences pour créer de la magie – et, bonus, ils étaient tous les deux incroyablement photogéniques.

Et ils se regardaient d'une drôle de manière.

Andrea murmura quelque chose à l'oreille de son photographe. Il hocha la tête.

Elle s'avança vers eux.

— Je suis Andrea Granger, de *New York*. Désolée de vous interrompre. J'avais l'intention d'interviewer Jenna, mais j'ai vraiment l'impression que je devrais vous parler à tous les deux. Ensemble et séparément.

— Moi ? (Eric lança un coup d'œil à Jenna.) Vous êtes sûre ?

— Oh ! vous devez absolument discuter avec Eric, se rengorgea Jenna. On ne serait pas là sans lui. Il est...

Andrea leva la main.

— Attendez, j'allume mon enregistreur. Qui a eu cette idée ?

— Lui.

— Elle.

— Nous, trancha Jenna avec fierté.

Andrea sourit.

Dix jours plus tard, le numéro du magazine *New York* consacré aux vingt-cinq plus gros succès de l'année sortit. Comme promis, *StyleZine* était dans le Top 5. De plus, comme promis, *StyleZine* était l'un des rares à avoir son propre article. *New York* lui avait aussi réservé une place sur la couverture.

Mais l'article ne concernait pas Darcy. Elle n'avait droit qu'à une citation, une ligne passe-partout sur l'impact du magazine sur le commerce en ligne. Les images de la séance photo avec elle n'avaient pas été utilisées.

Tout l'article était centré sur Jenna et Eric. Chacun son histoire, leur passion pour la série, leur partenariat aisé. Andrea explorait les conséquences culturelles de leur tentative d'élargir la perception de ce qui est chic dans l'industrie de la mode en mettant en avant les profils de femmes de toutes tailles et origines ethniques. Andrea détaillait le succès d'Eric dans son école de cinéma et présentait de nouveau Jenna à son public. Elle la montrait telle qu'elle était : une professionnelle aguerrie inspirée par la vision fraîche de son partenaire. Eric aussi était exactement lui-même : un réalisateur débutant enthousiasmé par l'opportunité d'exhiber son talent sur un projet aussi visible.

Un lecteur peu attentif aurait pensé que l'amour qui dégoulinait de ces pages n'était que de l'amitié et une estime mutuelle. Le petit monologue de Jenna ne tarissant pas d'éloges sur *Tyler on Perry Street* paraissait innocent. De même que la réponse blagueuse d'Eric lorsque Andrea lui demanda ce que ça faisait de filmer autant de femmes désirables : « Elles sont jolies, c'est vrai. Mais c'est facile de l'oublier quand on travaille avec Jenna Jones qui ressemble à Dorothy Dandridge en pantalon en cuir. »

Un lecteur peu attentif n'aurait peut-être pas cillé en voyant les trois photos en noir et blanc qui illustraient l'article. Sur la première, Cara, les yeux dissimulés par des Ray-Ban masculines, avait l'air sexy et revêche à la fois, avec sa lèvre retroussée et les poings enfoncés dans les poches d'un blouson de motard. Sur la deuxième photo, Cara n'avait pas bougé, mais Jenna jouait les allumeuses à côté d'elle et c'était elle qui portait les lunettes. Sur la troisième, on voyait Jenna et Eric. Cette fois-ci, c'était Eric qui portait les lunettes. Il ressemblait à un James Dean noir avec son T-shirt blanc et son jean sombre. Il tenait sa caméra le long du corps et son autre bras était enroulé autour des épaules de Jenna. Il lui souriait tandis qu'elle riait à une blague.

C'était juste un cliché pris sur le vif d'un couple de gens beaux surpris dans un moment de confortable camaraderie.

Les trois photos étaient sexy – mais pour les gens qui connaissaient bien Jenna et Eric, la dernière était assez étonnante pour que l'on s'y arrête.

Chez lui, dans le triplex de Tribeca qu'il avait partagé avec Jenna, Brian Stein était étendu dans son lit, les yeux grands ouverts. Il était 1 h 20 du matin. Il avait lu l'article cinq fois et il le relisait encore. Il connaissait Jenna. Il reconnaissait ce ton essoufflé, plein de révérence. Elle parlait de ce réalisateur – de ce gamin – de la même façon qu'elle parlait de lui jadis.

Elle couchait avec ce gosse de CM2. Elle était amoureuse d'un gamin de CM2.

Il contempla la photo, dégoûté. Il n'était pas prêt pour ça. Il relut l'article pour la douzième fois, le visage de marbre.

De l'autre côté de la chambre, Celeste « Lily L'Amour » avait presque fini de ranger dans un petit sac à fleurs les quelques vêtements et produits de toilette qu'elle gardait chez Brian. Elle ne pouvait pas supporter une seconde de compétition de plus avec le fantôme de Jenna, un poltergeist en cuissardes Alexander McQueen. L'article de *Forbes* avait déjà été assez dur à avaler, même si Brian jurait ses grands dieux qu'il avait répondu à l'interview avant de la rencontrer.

Et en plus, il y avait l'histoire de sa mère malade, Anna. Pendant les deux derniers mois, Brian avait été dévasté par la récidive du cancer du sein de sa mère et rien de ce que faisait Lily ne l'aidait. Il n'avait même pas remarqué sa patience pendant leurs visites à l'hôpital lorsque cette horrible harpie liftée avait parlé en long, en large et en travers de Jenna. Comment Brian et Jenna l'avaient conduite à l'autel pour son second mariage. Comment Jenna lui avait offert ce loulou de Poméranie qu'elle aimait plus que l'homme qu'elle avait épousé. Comment Jenna devrait être à ses côtés. C'était une Jenna-bration, chaque fois, et Brian n'essayait jamais de faire taire sa mère.

Et maintenant, il avait plongé tête la première dans l'article du magazine *New York* comme si c'était un chef-d'œuvre qui venait de recevoir le prix Pulitzer. Pourquoi était-il incapable de tourner la page ? Est-ce qu'elle n'avait pas pété un plomb en le frappant au visage, inversant la dynamique des violences conjugales ?

C'était trop. Lily l'aimait, pourtant elle savait que c'était fini. Après tout, elle tenait une chronique consacrée aux relations de couple.

Elle lança sa clé sur le sol, prit son sac et s'en alla. Un quart d'heure s'écoula avant que Brian ne remarque son départ.

Darcy Vale était assise à son bureau, le magazine ouvert à la page de la photo avec Jenna et Eric. Elle tremblait, ce qui la rendait furieuse. Elle transpirait, ce qui la rendait doublement furieuse. Rien n'était pire que de sentir qu'on perdait le contrôle. Elle était surprise. Trahie. Elle avait fait de *StyleZine* le magazine qu'il était aujourd'hui. Elle était la visionnaire qui avait embauché un mélange parfait de talents, de personnalités et de beautés photogéniques. Elle avait embrassé le népotisme à bras-le-corps et embauché son fils. Elle avait dépassé ses sentiments personnels pour Jenna et l'avait ramenée dans le giron de la mode. Et comment la remerciaient-ils ? Ils ne la remerciaient pas. Aucun des deux ne l'avait ne serait-ce que mentionnée. Ils lui avaient volé son moment. Ils l'avaient rendue presque… anodine.

Et leur photo était quasiment pornographique.

Elle trouverait un moyen de se venger de cette journaliste. Et de Jenna.

En attendant, elle décrocha son téléphone.

— Eric.

— Oui ?

— Viens dans mon bureau.

Cinq minutes plus tard – il avait mis trop longtemps, ce qui montrait bien qu'il ne la respectait pas –, Eric s'arrêta sur le seuil.

— Ferme la porte. Assieds-toi.

Il obéit.

— Quoi de neuf ?

— Quoi de neuf ? Vraiment ? Tu n'as pas pensé à me consulter avant d'accepter cette interview ? Si je n'avais pas besoin de toi pour *La Trouvaille Idéale*, je te virerais immédiatement, que tu sois mon fils ou pas.

— Cet article a été repris sur BuzzFeed, sur le site de *Vogue*, sur EW.com. Refinery29. Partout. Tout le monde parle de *StyleZine*. Tu as entendu que Phillip Lim veut organiser un concours avec nous sur Facebook ? La fille la mieux lookée avec ses propres fringues gagnera une vidéo avec nous. C'est énorme. (Il haussa les épaules.) Qu'est-ce que j'ai fait de mal, exactement ?

Darcy sourit.

— Tu ne te sens plus, pas vrai ? Tu as eu un petit article et tu te crois cool.

— J'ai toujours été cool.

— Quand est-ce que tu as commencé à coucher avec Jenna Jones ?

— OK, là tu racontes n'importe quoi.

Il fit mine de se lever.

— Je t'interdis de bouger.

— C'est ce que tu as retenu de l'article ? Il y a cinq mois, tu me prenais pour un nègre sans but, sans job et paresseux. Maintenant je rapporte de l'argent et de la pub à ton magazine. Je crée des trucs incroyables. Et tu m'en veux encore ? (Il croisa les bras.) Putain. Essayer de te plaire, c'est comme essayer de soulever la Terre.

— Est-ce que tu couches avec Jenna Jones ?

— Non.

Darcy le scruta, la tête penchée.

— Jenna a ton âge. C'est ma jolie tante cool. C'est notre Reine de Retour au pays, comme tu le dis toujours.

— Je dis ça pour rire.

— J'apprécie beaucoup Jenna. Et même si je l'aimais bien, je ne serais jamais aussi peu professionnel. Je suis offensé par ce que tu insinues.

— Oh ! Il est offensé. (Elle se pencha en avant.) J'ai mis tout ce que j'avais dans cette entreprise. J'ai épousé un millionnaire incapable de bander pour la financer...

— Tu te rends compte de ce que tu viens de dire ? J'appelle la Protection de l'enfance.

— Belladonna Media est mon plus grand succès. Tout ce que tu fais déteint sur moi. Je ne te permettrai pas de m'embarrasser. Ne fais pas ça. Pas avec elle. Ôte-toi cette idée de la tête.

— Comme tu veux. C'est tout ?

Darcy dévisagea Eric, si insolent et si imperturbable que ça la rendait folle. Il était tellement sûr de sa place dans le monde – il ne saurait jamais l'effet que ça faisait de se compromettre, de s'humilier, de se dégrader pour survivre. Vingt-deux ans et déjà un article tape-à-l'œil lui avait été consacré. Il ne se rendait pas compte de sa chance.

Elle avait envie de l'étrangler.

— Je veux te montrer quelque chose.

Elle pianota sur le clavier de son ordinateur et fit pivoter l'écran vers lui.

— Tu vois ce mec ? Le sujet de l'article de Forbes.com ? C'est Brian Stein, l'élégant multimillionnaire qui a fait fortune dans l'immobilier. C'est aussi l'amour de la vie de Jenna. Mais elle l'a quitté. Tu sais pourquoi ? Parce qu'elle voulait désespérément se marier et pas lui. Elle voulait à tout prix un bébé et pas lui. Elle a largué cet homme parfait, car ses priorités sont une alliance et un bébé. Tu n'es qu'un môme. (Elle se renfonça dans sa chaise et le considéra d'un air attristé.) Ce *crush* te dépasse, Eric. Elle ne te prendra jamais au sérieux.

Eric jeta un coup d'œil assez long à l'écran pour apercevoir la photo de Brian et sa légende : « Ma plus grande réussite ? Cette maison. Pas la propriété en elle-même, mais la vie que j'ai construite ici. Avec la femme qui en a fait un foyer. Elle l'a décorée ; sa patte est partout. Tout ce qui me définit est là, dans les détails qu'elle a semés. »

Eric garda le silence un instant.

— Tu es furax parce que l'article de *New York* ne parle pas de toi, déclara-t-il. Je n'y suis pour rien. Tu t'intéresses à la vie sentimentale de Jenna, ce que je trouve hyper chelou. Ça ne me concerne pas. Et maintenant, tu essayes de m'intimider avec un mec qui pleurniche sur la déco de son ex ? (Il gloussa et se leva.) La réunion est terminée.

Darcy le regarda s'éloigner, les sourcils froncés sous l'effet de la concentration. Puis elle ferma la porte de son bureau et se prépara une vodka tonic. Elle n'avait aucune preuve concernant la liaison de Jenna et Eric – mais elle finirait par en trouver une, quel que soit le temps qu'il lui faudrait. Et quand ce serait fait, que Dieu vienne en aide à ceux qui avaient tenté de la tromper.

Eric traversa le loft en direction de son bureau. Mais il ne s'y arrêta pas. Il continua à marcher, gagna les ascenseurs, descendit dans le hall et sortit. Il fit les cent pas devant l'immeuble, serrant et desserrant les poings, submergé par un maelström de rage et de souffrance.

Abasourdie.

Assise à son bureau, Jenna lisait l'article pour la millionième fois. Elle était envahie par tellement d'émotions contradictoires qu'elle était incapable d'en choisir une. Elle était très fière d'Eric. D'eux. Elle était aussi très nerveuse à l'idée d'être allée trop loin dans les éloges publics. Elle était enthousiasmée par tout ce qu'elle avait réussi à accomplir chez *StyleZine*, la façon dont elle faisait bouger les choses et prouvait à tout le monde qu'elle était la même Jenna Jones que chez *Darling*, peut-être même encore meilleure.

Mais une partie de l'interview avait retenu son attention et elle ne cessait d'y revenir.

New York : Vous êtes un New Yorkais pur souche. Voulez-vous être identifié comme un réalisateur new-yorkais, comme Lee ou Scorsese ?

EC : J'adore New York, mais je ne sais pas où le vent me portera. Je veux évidemment travailler à Hollywood. J'adore les films de science-fiction londoniens. Je suis au début de ma carrière. Je n'ai pas beaucoup d'expérience. Je ne veux pas être retenu, pas d'attaches. Les prochaines années seront mes années de formation.

« Pas d'attaches ».

Elle lut et relut la citation et chaque fois, elle se sentit rétrécir. Eric était devenu une part vitale de son existence, mais il n'avait pas encore vécu la sienne. Parfois, quand ils étaient ensemble, cette pensée se frayait un chemin dans son esprit et elle tâchait de la repousser. Elle se sentait si bien avec lui qu'elle ne voulait pas ternir ce sentiment avec... la réalité. Mais, à présent que les mots étaient imprimés, elle ne pouvait plus les réfuter.

Chapitre 23

Ça faisait une semaine que l'article de New York avait été publié, et Jenna et Eric fêtaient l'événement en buvant la spécialité du père d'Eric – des milk-shakes caucasiens arrosés de rhum – et en faisant paresseusement l'amour. Il était 2 heures du matin, et allongés sur le lit, enlacés, ils picoraient des Skittles. Jenna ne portait qu'un bas de bikini violet. Et Eric un short de basket aux couleurs de son école de cinéma qu'il laissait chez Jenna. Turner Classic Movies passait *Psychose* de Hitchcock, mais ils le regardaient à peine. Pour différentes raisons, ils avaient été relativement silencieux toute la journée.

Eric essayait de s'endormir, mais chaque fois qu'il tentait de se détendre, la citation de Brian dans l'article de Forbes surgissait dans son esprit. Chaque fois qu'il fermait les yeux, il imaginait une Jenna extatique en train de faire du manège à Central Park avec deux enfants parfaitement vêtus. Des enfants qui n'étaient pas les siens. Parce que, comme sa cruelle mère le lui avait fait remarquer, il n'était lui-même qu'un gamin – et il ne serait jamais capable de lui donner ce qu'elle voulait.

Une partie de lui espérait que Darcy avait tout inventé. C'était possible. Elle était tellement malveillante. Sa mère avait passé la plus grande partie de sa vie à ruminer des affronts imaginaires et à fomenter sa vengeance.

Eric était immunisé contre sa méchanceté. Quand il avait onze ans, il avait été collé pour avoir juré à l'école. Darcy avait demandé à son mari, une racaille redoutable, de rouler sur la caméra de son fils – aller et retour, jusqu'à ce qu'elle soit réduite en poussière –, détruisant deux années de prises de vues. Eric était ravagé, ce qui était exactement ce qu'elle voulait.

Il priait pour qu'elle ait tout inventé.

— Tu sais ce que je voudrais ? lança Jenna en avalant trois Skittles jaunes.

— Non, quoi ?

— Je voudrais te couper le pénis et le trimballer dans mon sac.

— Tu n'as pas besoin du reste ? (Eric lui donna un petit coup avec le pied.) Tu m'aimerais moins si j'avais un micropénis ?

— Je crois, répondit-elle. J'ai lu un truc affreux dans le *Cosmo* britannique un jour, à propos d'une femme dont le petit copain avec un micropénis. Il faisait la taille d'un champignon. Il ne couchait avec elle que dans le noir. Il utilisait un gode avec elle depuis sept ans, et elle ne s'en était jamais rendu compte.

— Mais comment elle ne s'en est pas rendu compte ?

— Il y a des godes plus vrais que nature.

Ils gardèrent le silence pendant un moment, tous les deux perdus dans l'horreur du syndrome du micropénis, le suspense flippant de *Psychose* – et leurs propres pensées angoissées.

— Eric, je peux te demander quelque chose ?

Il se releva sur un coude et baissa les yeux vers elle.

— Je ne crois pas que les godes aient leur place dans notre vie sexuelle. Je me sentirais nul.

— Ça t'arrive de penser à notre avenir ?

Elle se tourna vers lui.

— Oh. Cette conversation-là.

Il versa le reste des Skittles dans sa bouche et se prépara à ce qui allait suivre.

— On ne peut pas continuer à se cacher, déclara-t-elle. L'article de *New York* est fabuleux, mais flippant. Deux citations de plus disant qu'on appréciait le talent l'un de l'autre et on aurait pu aussi bien poser nus. Et en parlant de photo...

— Je sais, grommela-t-il. Trop évident. Mais juste pour nous. Je doute que quiconque y réfléchisse à deux fois.

— On aurait dû être plus prudents. Et si Darcy soupçonnait quelque chose ? On a baissé la garde, vu que ça fait des mois qu'on ment sans que personne ne se doute de rien. Je n'aime pas avoir à gérer ça. Le secret m'excitait ; maintenant il m'épuise.

— Je suis d'accord. Je devrais t'épouser. Comme ça, on n'en parle plus.

— Tu ne devrais même pas penser au mariage. Ce sont tes années de formation.

— Tu as lu ça, je vois. C'est ce que j'ai dit à la journaliste, mais je ne...

— Je sais ce que tu voulais dire. Et c'est normal.

— Tu ne m'attendrais pas ?

— Est-ce que tu voudrais épouser une femme de quarante-huit ans ? Et si on voulait...

Un bébé, songea Eric. *Dis-le. Un bébé.*

— Si on voulait quoi ?

— Rien, affirma Jenna. C'est juste que parfois j'ai peur.

Je t'aime éperdument et quand j'imagine notre avenir, j'ai l'impression que nos chemins ne peuvent que se séparer.

— Je ne sais pas comment tout ça va se goupiller. Je sais juste que je te veux. (Il dessina le contour de son oreille du bout du doigt.) Vigoureusement, tout le temps et agressivement.

Elle lui sourit.

— On a de gros problèmes, poursuivit-il, mais cite-moi un seul couple parfait. En dehors des Carter.

— Jay et Bey ? Tu trouves ?

— Ils incarnent le rêve !

— Je les adore. Mais ce sont des artistes. Leur couple est une machine parfaitement huilée. Ils sont payés pour faire croire qu'ils vivent un conte de fées domestique et sexuel et pour inspirer les gens. Dans la vraie vie, aucun couple n'est aussi parfait.

— Mince. Tu blasphèmes, gamine.

Jenna rit, mais son rire ne gagna pas ses yeux.

— Ne te stresse pas pour nous, la rassura Eric.

— Mais qu'est-ce qu'on va faire ? murmura-t-elle.

— Ce qu'on fait en ce moment me suffit, affirma-t-il. Pour moi, c'est tout.

— Pour moi aussi. J'attends toute la semaine ce moment-là. Toi, avec tes abdos, en train de faire des jeux de mots vaseux. Mais quand je pense à notre situation, je sens l'angoisse monter. C'est étrange pour une femme de mon âge d'avoir un petit ami secret. (Elle repoussa une mèche de cheveux qui lui tombait sur le visage.) Je ne peux pas m'empêcher de penser que le temps nous est compté. Je me dis que je devrais savourer chaque seconde parce que vu notre différence d'âge, je ne sais pas comment on va s'en sortir.

Elle s'interrompit, pliant et repliant le sachet de Skittles jusqu'à ce qu'il ne forme plus qu'un petit carré.

— Donne-moi ça, tu me rends nerveux. (Il jeta le sachet à la poubelle.) Bien sûr qu'on va s'en sortir. Je suis à toi. Où veux-tu que j'aille ?

— Je veux juste tout avec toi, expliqua-t-elle, désemparée.

Eric comprenait ce qu'elle sous-entendait – et ne verbalisait pas. Mais il ne savait pas comment apaiser ses craintes alors qu'il n'avait pas de réponses à lui offrir.

— Jenna, commença-t-il, ma vie est en suspens. Je n'ai pas d'appart', pas d'argent. Je ne sais pas quoi ni quand ni comment. Mais je sais qui. Je sais qui avec une certitude absolue.

Jenna se blottit contre lui et l'étreignit.

— Moi aussi. Rien d'autre n'a de sens.

Eric sentait la tension et l'inquiétude qui habitaient son corps. Et il essayait de repousser sa propre panique. Trop d'éléments échappaient à son contrôle. Si ce mec en costard n'avait pas pu la garder, comment Eric le pourrait-il ? Jusqu'à la conversation dans le bureau de Darcy, Eric avait été sûr de la place qu'il occupait dans la vie de Jenna. Il ressentait la certitude viscérale qu'ils étaient faits l'un pour l'autre. Mais à présent il se demandait ce que Jenna pouvait bien lui trouver. Et il se sentait ridicule d'avoir un jour éprouvé autant d'assurance.

Il fallait qu'il règle ça. Et, puisqu'il ne pouvait ni changer d'âge, ni de mère, ni être sur le point de se caser – et parce que l'idée que Jenna puisse être angoissée à cause de lui le rendait malade –, il fit ce qu'il savait faire de mieux. Il prit le visage de Jenna entre ses mains et l'embrassa tendrement – légèrement au début, jusqu'à ce qu'elle commence à se détendre. Il lui caressa le dos et les cheveux ; l'embrassa plus profondément jusqu'à ce que sa peau rougisse. Jenna, pleine de désir, posa la main sur l'élastique de son short, mais il l'écarta.

— Je t'interdis de faire quoi que ce soit.

— Pourquoi ?

— Je veux juste que tu ressentes.

— Mais…

— Chut, murmura-t-il. Et ne jouis pas avant que je te prenne.

Il traça les contours de son cou avec sa bouche et sa langue tout en glissant sa cuisse entre ses jambes. Elle fit courir langoureusement les mains sur son dos puissant et magnifique. Elle aimait être écrasée sous son poids et ronronnait sous ses baisers.

Il se lécha l'index et le pouce puis titilla ses tétons jusqu'à ce qu'ils soient gonflés et sensibles. Elle se tortillait sous lui ; le plus léger effleurement la faisait frissonner des pieds à la tête. Il se mit ensuite à lécher ses seins paresseusement l'un après l'autre – comme s'il avait toute la vie devant lui, et sans tenir compte de ses petits gémissements.

Jenna enfonça les mains dans ses épaules et se cambra pour enfoncer plus profondément ses tétons dans la bouche d'Eric tout en se frottant contre sa jambe. Son souffle était de plus en plus court, et ses joues écarlates. Elle avait désespérément envie de lui, mais Eric le lui refusait. Dès leur première fois, ils avaient établi une règle tacite : celui ou celle qui édictait sa loi en premier était le boss.

Il embrassa tendrement son cou et fit courir sa main le long de son ventre – il passa sur sa culotte, l'effleurant à peine du bout des doigts – puis caressa l'intérieur de sa cuisse avant de remonter. Il la caressa jusqu'à ce qu'elle se mette à trembler dans ses bras, torturée.

— Je ne peux plus attendre, avoua-t-elle dans un souffle. S'il te plaît.

Eric glissa deux doigts en elle et elle se cambra en gémissant. Il répéta trois fois son geste puis s'arrêta, la laissant pantelante. Sur le fil.

Puis, avec une lenteur délibérée, il déposa un sillage de baisers légers sur son ventre et s'arrêta à l'élastique de son bikini. Il le lui ôta, écarta largement ses jambes – et posa la bouche sur sa chatte, la léchant de fond en comble. C'était délicieux. Jenna cria, cramponnée aux draps. La sensation était si puissante qu'elle essaya de se dérober.

— Mon Dieu... Eric... Jésus...

— Qui ça ?

— C'est trop, haleta-t-elle. Trop intense.

— Tant mieux, répliqua-t-il en empoignant fermement ses cuisses.

Il enfouit sa langue dans sa fente tout en lui caressant le clitoris du pouce – et Jenna se mit à trembler sans pouvoir se contrôler en gémissant son nom. Ce ne fut qu'à ce moment-là qu'Eric la recouvrit de son corps musclé et la pénétra en lui roulant une pelle. Il savait qu'elle voulait aller vite, mais il la baisa lentement – aussi lentement et profondément que ses baisers – et son intensité calculée provoqua chez Jenna une jouissance tonitruante et brûlante qui sembla émaner de partout à la fois. En cet instant, elle ne sentait qu'une chose, ne pensait qu'une chose : Eric. Il était la source de tout le plaisir du monde.

Et quand ils revinrent tous deux sur terre, alors que Jenna était étendue sous lui, frissonnante, sa joue pressée contre la sienne, Eric murmura :

— Rien d'autre n'a d'importance, pas vrai ?

Toujours en elle, il lui donna un dernier coup de reins

puissant comme pour ponctuer sa remarque. Les nerfs de Jenna étaient tellement à vif, tellement sensibles, qu'un nouvel orgasme la submergea. Elle cria en lui griffant le dos. Et elle répondit à sa question en secouant la tête.

Non. Rien d'autre n'a d'importance.

Lorsque les larmes vinrent – inexplicables, frustrantes, incontrôlables –, Eric les effaça d'un baiser et Jenna enroula ses bras et ses jambes autour de lui pour ancrer son corps sur le sien.

Elle craignait qu'il ne disparaisse si elle venait à le lâcher.

Chapitre 24

Lorsque Jenna reçut le carton d'invitation pour le sixième anniversaire de May, elle songea tout de suite qu'elle aurait adoré qu'Eric puisse y assister. Après tout, si les choses étaient différentes, s'ils étaient en couple aux yeux de tous, il serait son cavalier. Jenna savait déjà que leur relation fonctionnait au travail et chez elle. Elle brûlait d'envie de montrer à Eric sa vraie vie.

Et elle se demandait secrètement comment il réagirait face à des parents et à leurs enfants. Adhérerait-il à la vie de famille ? Serait-il ennuyé – ou dégoûté ? Peut-être qu'il adorerait ça ! Elle n'en savait rien.

Le Plan prit forme dans son esprit pendant une réunion éditoriale, tandis que Mitchell soliloquait, à la manière de Dr Seuss, sur la photo qu'il avait reçue d'une nana avec un carré sombre en blazer Balmain orné de perles. De Birmingham.

Jenna Jones
iMessage
16 avril 2013 11 h 49

Jenna : On ne peut pas continuer à passer tout notre temps à deux.

Eric : Plan à trois ?

Jenna : Très mauvaise idée, je ne sais pas faire plusieurs choses à la fois. Non, je veux que tu m'accompagnes à l'anniversaire de May.

Eric : Toi et moi en public ? Comment ?

Jenna : Tu te souviens qu'on est censés tourner un épisode de *La Trouvaille Idéale* avec Elodie en juin ?

Eric : Une tresse « Le Choc des Titans » détachable, *émoji perplexe*. Comment elle tient ? Cette série m'a appris que je ne connais rien aux femmes.

Jenna : Avec un minuscule peigne. Quoi qu'il en soit, Elodie sera là. Viens avec ta caméra portable. Les gens présents qui nous verront ensemble penseront…

Eric : … qu'on tourne des plans de coupe pour sa vidéo.

Jenna : Que je suis maligne. Ah, au fait, c'est une fête costumée.

Eric : Une fête costumée dans un parc en avril ? Tout ça n'a aucun sens, j'adore déjà cette enfant. Qu'est-ce que je peux lui offrir ? Qu'est-ce qui l'intéresse ?

Jenna : La vie après la mort.

Eric : *émoji abasourdi*

Jenna : C'est Mercredi Addams avec le sourire de Billie.

La fête de May avait lieu le samedi suivant. Il faisait un temps radieux et le ciel était dégagé : un après-midi idéal pour un événement en plein air. Les festivités se déployaient là où la plupart des gamins de Brooklyn se réunissaient dès les beaux jours : au magnifique Brooklyn Bridge Park. Parc d'attractions construit sur une partie jadis envahie d'ordures d'une plage de l'East River, c'était une oasis urbaine. Chaque ponton abritait une attraction destinée aux petits et aux grands : une jolie petite plage avec du sable vierge (selon les critères new-yorkais) ; un tertre recouvert d'une herbe anormalement verte sur laquelle on pouvait pique-niquer ; des courts de volley-ball high-tech ; des stands de tacos gastronomiques et de glaces. Le menaçant pont de Brooklyn dominait l'ensemble, s'étirant depuis le parc jusqu'à l'horizon toujours somptueux de Lower Manhattan, scintillant au-delà de la rivière.

May avait choisi de célébrer son anniversaire à côté de la principale attraction du parc – le Carrousel de Jane, une version défoncée du manège classique (les chevaux étaient de monstrueux chevaux de trait peints par des artistes du MoMa). Le Carrousel était entouré de tables de pique-nique sur lesquelles Billie et Jay avaient étalé des hot-dogs, des hamburgers et des bières pour les parents stressés.

C'était une fête costumée, comme tous les anniversaires précédents de May. (Elle avait un faible pour Halloween.) May était habillée en Black Swan. Comme les parents de ses amis étaient pour la plupart des artistes chics, ils prenaient ces histoires de déguisements très au sérieux. Les enfants n'avaient pas leur mot à dire. Le petit Sebastian voulait être un Power Ranger ? Non, il serait l'Empire State Building, chaussures en forme de taxi comprises.

Tous les adultes portaient de fabuleux costumes eux aussi – y compris Jenna, qui attendait Eric près du stand de cupcakes, dissimulée derrière les tables de pique-nique (ils avaient décidé de ne pas arriver ensemble, ça faisait trop couple). Elle était Jennifer Beals dans *Flashdance*, ce qui manquait cruellement d'inspiration puisqu'elle avait les mêmes cheveux. Elle les portait humides pour faire comme si elle était en nage après avoir dansé comme une folle sur « Maniac », avec un sweat-shirt gris, des jambières en moumoute et des chaussures de jazz. Sans oublier le maquillage années 1980 – ombres à paupières arc-en-ciel et rouge à lèvres rose vif.

Quelqu'un lui tapota l'épaule. Elle pivota. Eric se tenait devant elle, caméra dans une main, un cadeau dans l'autre – et sans costume.

— Salut ! dit-elle.

Il agita la main d'un geste amical.

— Je t'embrasserais bien, mais je ne veux pas transgresser les règles. (Il examina le déguisement de Jenna en riant.) Tu es déguisée en quoi ? Whitney Houston ? Pourquoi tu as mis le paquet comme ça ?

— Regarde, dit-elle en désignant la foule. Je t'ai dit que c'était une fête costumée !

Il aperçut les tenues compliquées des convives et grimaça.

— Oh ! non... J'avais compris que seuls les enfants se déguisaient ! Mais je suis Hulk incognito. J'ai le T-shirt, tu as vu ?

— Tu n'es pas Hulk, tu es Eric avec un T-shirt ironique qui dit « L'incroyable Hulk ». (Elle désigna sa casquette.) Et pourquoi tu portes une casquette des Yankees ?

— Parce que c'est cool ?

— Je sais comment arranger ça. (Elle sortit de son

sac le nécessaire de couture qui ne la quittait jamais.) Tu aimes ton jean ?

— Non, répondit-il avant de la voir sortir des ciseaux de la trousse. Attends… si ! se ravisa-t-il. Je l'aime. Beaucoup.

— Oh ! arrête, tu l'as eu en cadeau au défilé Rick Owens. Et il est déjà un peu abîmé. Viens ici, Hulk !

Parce que Eric voulait lui faire plaisir et parce que tout s'était produit à la vitesse de l'éclair, il permit à Jenna de découper son jean et son T-shirt, d'arracher ses manches pour en faire un bandeau en lambeaux – qu'elle noua sur son front, laissant un pan pendouiller sur son épaule.

Lorsqu'elle eut terminé, Jenna recula pour évaluer son travail et éclata de rire.

— Qu'est-ce que tu m'as fait ? geint Eric.

— Tu ressembles à un membre de Full Force !

— Je me barre, je ne peux pas endurer ça, déclara-t-il en faisant mine de s'éloigner.

Jenna lui saisit le bras en pouffant.

— Non, je plaisante, on dirait vraiment Hulk. Et je t'aime.

Eric baissa les yeux sur son costume en secouant la tête.

— Je dois vraiment t'aimer pour accepter ce genre de chose. Allons-y.

Lorsque Jenna et Eric – qui maintenaient entre eux une distance raisonnable – rejoignirent Billie (qui était Dionne de *Clueless* dans une minijupe à carreaux jaune avec un blazer assorti et une longue fausse tresse), elle était accompagnée de deux mères. L'une était vêtue en icône féministe de la Seconde Guerre mondiale, Rosie la Riveteuse ; l'autre était Chiquita Banana.

— Jenna ! Salut, Eric ! (Billie leur fit la bise à tous les deux.) Vous vous souvenez de mon amie Jenna-fer Beals.

Et voici son collègue, Eric. Qui est déguisé en… quoi, d'ailleurs, Eric ? Un membre du Parlement Funkadélique ?

— Salut, Billie, répondit-il avec un soupir triste. Je suis Hulk.

Jenna rayonnait.

— Ça ne se voit pas ?

— Tu es tellement compréhensif, déclara Billie en lui tapotant le bras.

— Ravie de te revoir, Jenna. J'adore papoter avec toi aux fêtes de Billie, affirma Rosie la Riveteuse, qui portait une salopette en jean et une coiffure années 1940 avec un foulard rouge sur la tête.

Cette maman solo de quarante-huit ans était vice-présidente marketing chez NBC – et très intense.

Elle fit la bise à Eric en disant :

— J'ai l'impression de t'avoir déjà vu.

— Je sais ! s'écria Chiquita Banana, une designer de meubles danoise. (Son corps gracile comme un roseau était vêtu d'une robe de flamenco arc-en-ciel qu'elle avait complétée avec des boucles d'oreilles en forme de banane et un panier rempli de vraies bananes était accroché sur sa tête.) *StyleZine*, pas vrai ? Jenna et toi faites cette série, *La Trouvaille Idéale*. J'ai adoré l'article dans *New York*.

— C'est bien moi. Ravi de faire ta connaissance, dit-il en se penchant pour lui faire la bise.

— Pardon, c'est grossier de dire ça, mais je te trouve trop mignon, déclara-t-elle en riant tout en donnant un coup de coude à Rosie.

Les bras et le torse exposés d'Eric dans son T-shirt déchiré ne passaient pas inaperçus. Il se sentait plus nu que nu. Il avait envie de se cacher derrière le manège.

— Il est surtout très intelligent, ajouta Jenna, qui avait envie de marquer son territoire.

Elle ne l'avait pas invité pour que des MILF en chaleur se rincent l'œil.

— Intelligent ? (Rosie la Riveteuse se tourna vers lui.) Parfait, on aimerait avoir l'opinion d'un jeune sur les nouvelles évaluations mises en place dans les écoles publiques de New York. On était en train d'en parler.

— Déjà ? Eric vient juste d'arriver, protesta Billie.

— Mais c'est important, répliqua Rosie en remontant ses manches jusqu'aux coudes. Les enfants de maternelle sont censés lire comme des CE1 d'ici la fin de l'année, sinon ils redoubleront. Et ils sont tous soumis aux mêmes critères, quelle que soit leur méthode d'apprentissage. On devrait retenir un enfant en maternelle uniquement s'il a des problèmes relationnels, pas scolaires. Genre, si c'est un petit psychopathe.

Ils essayèrent tous de ne pas regarder Chiquita Banana dont la fille, Ansel, une terreur, avait apporté une épingle à nourrice en classe pour piquer les fesses de ses camarades pendant l'assemblée de la Saint-Valentin. Elle avait affirmé qu'elle était Cupidon.

— J'ai mon idée sur la question, déclara Jenna, qui espérait éviter à Eric de se lancer sur un sujet qui ne concernait que les parents d'élèves alors que ça faisait à peine cinq minutes qu'il était arrivé.

— Je meurs d'envie d'entendre l'opinion d'Eric, fit Chiquita. Il est *beaucoup* plus jeune que nous et il n'y a pas si longtemps qu'il a quitté l'école.

— Je ne sais pas, je trouve ça complètement dingue, répondit-il. Pourquoi la créativité n'a-t-elle plus aucune valeur ? Si on force les enfants à apprendre par cœur des trucs pour passer des examens, on va en faire des robots… et puis quoi encore… *l'information*… ils ont cinq ans. Pour moi, les études devraient être un voyage. Pas une destination.

Jenna et Billie haussèrent les sourcils.

Sous la pression, et sans aucune réelle information sur le sujet – et dans la tenue la plus dévirilisante de l'univers –, Eric était parvenu à fournir une réponse extraordinaire. Jenna rayonnait de fierté.

Vingt-deux ans, vingt-trois ans, quelle importance, songea Jenna. *Mon mec est à l'aise partout ! Il aura droit à une pipe dès qu'on aura quitté la fête.*

— Un voyage, pas une destination, répéta Rosie la Riveteuse. C'est parfaitement dit.

— Je vous avais prévenues qu'il était intelligent, dit Jenna avec un sourire en coin. Lance-le sur la politique étrangère d'Obama.

— J'ai l'impression d'auditionner pour faire partie de l'équipe d'éloquence, constata Eric et tout le monde s'esclaffa. (Eric ne trouvait pas ça drôle du tout. Pourquoi Jenna ne cessait-elle d'insister sur son intelligence ?) J'ai vraiment aimé l'école. J'ai aimé apprendre. C'est dommage que, mmm… Baudelaire ne ressente pas ça.

— Je suis d'accord, acquiesça Jenna. Et j'espère que quand j'aurai un enfant, ces programmes aberrants auront disparu.

— Et quand est-ce que c'est prévu, ma chérie ? demanda Chiquita Banana. Tu as un homme fabuleux dans ta poche ? Des plans pour procréer ?

— Pourquoi aurait-elle besoin d'un homme ? protesta Rosie la Riveteuse. Je m'en suis bien passé. Si tu veux faire un bébé toute seule, c'est facile. Les FIV et un donneur de sperme ont fait de moi une mère.

Jenna laissa échapper un rire pétillant dans l'espoir de dissimuler sa gêne. Comment avait-elle pu oublier que ces femmes étaient maternocentrées – et insistantes à en être grossières ?

— Oh ! ça arrivera quand ça arrivera, répondit-elle.

— On a dépassé les quarante ans, poursuivit Rosie. On est trop vieilles pour ce genre d'adage. Les médecins nous cachent le fait que notre fertilité décroît drastiquement avec l'âge. Tu veux un enfant ? N'attends pas. Congèle tes ovocytes. Trouve un donneur. Adopte.

— Ces options coûtent des milliers de dollars, intervint Billie-Dionne dans l'espoir de la faire taire. (Mais c'était difficile d'avoir l'air autoritaire avec une cascade de cheveux synthétiques.) Tout le monde n'a pas ton salaire, ma chérie.

Rosie la Riveteuse extirpa de la poche de sa salopette une carte de visite qu'elle tendit à Jenna.

— Appelle-moi quand tu veux. Je peux te recommander à un brillant spécialiste de la fertilité à Mount Sinai.

Jenna jeta un rapide coup d'œil à Eric qui se frottait une tempe avec l'air de vouloir disparaître. Son sang nc fit qu'un tour quand elle imagina ce qu'il devait penser.

Chiquita Banana reporta son attention sur lui.

— Je suppose que tu n'as pas encore d'enfant ?

— Nooon. Pas moi. Pas encorc. Un jour… je suppose.

Jenna s'éclaircit la voix et changea de sujet.

— Tu as déménagé ? demanda-t-elle à Chiquita Banana.

— Oui ! On habite à Prospect Heights maintenant. Tu es toujours à West Village ?

— Non, je suis à Brooklyn aussi à présent.

— Et toi, Eric ? s'enquit Chiquita.

— Je vis à la maison. Chez ma mère.

Jenna grimaça. C'était la vérité, mais sa réponse faisait de lui un adolescent. « Je suis entre deux apparts » aurait été plus juste.

— Adorable, s'extasia Chiquita Banana. Ta mère !

— C'est temporaire, expliqua Jenna. Pour mettre de l'argent de côté.

— C'est une excellente idée, financièrement parlant, le défendit Billie.

— Mon neveu vit avec ma sœur, dit Rosie la Riveteuse. Il a vingt-cinq ans. Je comprends, le marché du travail est compliqué. Mais dans leur cas, je pense qu'elle ne veut juste pas lâcher son petit chéri. Sa chambre est encore décorée comme quand il avait dix ans. C'est super infantilisant.

Son petit chéri ? Infantilisant ? songea Jenna. *Je n'ai pas envie que l'amour de ma vie soit associé à un loser que je ne connais même pas. On ne peut pas discuter d'école, plutôt ?*

— J'ai un super agent immobilier, annonça Chiquita, pour quand tu seras prêt. Tu veux ses coordonnées ?

— Non, c'est bon, refusa Eric, ennuyé par l'air agité de Jenna. Je déménagerai dès que j'aurai assez économisé.

— Ce qui ne saurait tarder, insista Jenna.

Eric haussa un sourcil.

— Ah bon ?

— Bien sûr, affirma-t-elle alors qu'ils n'avaient jamais abordé le sujet. Un avenir brillant de réalisateur s'ouvre à lui. Il a déjà ses propres pages Wiki et IMDb ! Il ne risque pas de rester longtemps chez sa mère.

— Tant mieux pour toi ! s'écria Rosie. Et si tu cherches à étoffer ton CV, on a besoin de quelqu'un pour filmer notre flash-mob de parents. On la fait le dernier jour d'école chaque année pendant le déjeuner. Les enfants adorent.

Les enfants n'adoraient pas du tout. Ils étaient flippés quand ils voyaient surgir papa et maman de sous les tables de la cafétéria et se trémousser avec le directeur, M. James, au son de « Livin' La Vida Loca ».

— Ça t'intéresse, Eric ? demanda Chiquita. On ne peut pas te payer, mais ça serait marrant. Et super pour ton CV.

Jenna était irritée de les entendre parler à Eric comme si c'était un beau gosse avec un hobby. Comme si c'était le genre de personne pour qui filmer – gratuitement – des mères en train d'agiter les mains dans une école maternelle constituait un excellent ajout sur son CV.

Jenna intervint avant qu'il ait eu le temps d'accepter ou de décliner.

— Les filles, ne le prenez pas mal, mais Eric est le directeur artistique de toutes nos productions chez *StyleZine*. Je suis certaine qu'on aura un tournage ce jour-là.

Eric était toujours en train de réfléchir à une réponse lorsque son téléphone vibra, annonçant un SMS de Tim. Il tombait à pic – tout pour échapper à cette conversation surréaliste.

— Excusez-moi, j'en ai pour une seconde, dit-il en se lançant dans un débat avec Tim concernant leur dernière partie de *Zelda*, tandis que les femmes bavardaient.

Au bout de quelques minutes, Jenna l'attira sur le côté.

— Range ton téléphone, murmura-t-elle.

— Je ne peux pas. Tim a perdu cent cinquante dollars au jeu contre moi hier soir, expliqua-t-il en continuant à texter. Pourquoi je m'inflige ça ? Je *déteste* jouer avec lui.

— Tu es sur ton portable depuis cinq minutes ; tu ne parles à personne.

Eric leva les yeux vers elle.

— Est-ce que je peux au moins finir ma phrase ? Zut.

— C'est mal élevé. Tu as commencé à envoyer des SMS en plein milieu d'une conversation.

— Tout le monde fait ça.

Parce que ce sont des gamins, songea Jenna. *Et maintenant tu te comportes comme un gosse.*

— Pourquoi tu es aussi bizarre ? siffla Jenna.

— Moi ? chuchota-t-il en retour. Je ne te reconnais même pas.

— Tu boudes.

— Pardonne-moi, rétorqua-t-il, mais je viens de passer vingt minutes à me faire disséquer par des quadras habillées comme des icônes de la pop culture. Je suis à court de stratagèmes pour prétendre me fondre dans le décor.

— Je sais, on ne va pas tarder à partir. Mais tant qu'on est là, essaye de rester investi. Pour moi.

— Pour toi ? Je suis habillé comme un chippendale pour toi. J'ai répondu comme il fallait à cette histoire d'école alors que je ne sais même pas de quoi on parle. La Banana pense que je suis adorable. Si ma performance ne te satisfait pas, je me ferai un plaisir de me barrer. UNC joue contre Duke dans une heure, et trois idiots de ma classe de troisième m'attendent chez Tim avec des bières et des *onion rings.*

— Ta performance ?

— Sérieusement, combien de fois vas-tu encore essayer de les convaincre que je suis génial ? J'ai l'impression d'être un caniche à une patte dans un concours canin.

— Je suis juste une petite amie fière, c'est tout !

— Tu te comportes comme une attachée de presse folle, siffla-t-il.

— Hé, Eric, dit Billie, en se rendant compte qu'il était presque temps de passer aux cupcakes d'anniversaire de May. Tu veux bien faire une photo de nous ? On est hilarantes, on mérite d'être sur Facebook.

— Bien sûr, répondit-il, soulagé de mettre un terme à sa conversation avec Jenna. Avec quel téléphone ?

— Tiens, prends le mien, proposa Jenna en le lui tendant.

Eric le saisit et entra son mot de passe (elle ne l'avait jamais changé depuis qu'il l'avait entré la première fois, quand elle avait acheté un iPhone quelques mois auparavant et qu'elle ne savait pas ce qu'était une appli). L'écran revint à la vie et afficha un onglet Firefox. C'était la dernière chose qu'elle avait consultée avant que l'écran ne s'éteigne.

Eric plissa les yeux : il espérait ne pas voir ce qu'il était en train de voir. Forbes.com. Il sut de quoi il s'agissait avant même de l'ouvrir : « De l'art d'être Brian Stein ». Il ne réagit pas, cliqua sur l'icône appareil-photo, brandit le téléphone et prit un cliché.

Elle avait épinglé le putain d'article.

Chapitre 25

Brian.

Il comptait toujours pour elle. Peut-être qu'elle était restée en contact avec lui. Peut-être que leur vie lui manquait, qu'elle regrettait de ne pas sortir avec quelqu'un de son âge. Quelqu'un qui ne vivait pas chez sa mère, quelqu'un de stable. De friqué. Un connard classe qui comprenait l'étiquette de l'envoi des SMS. Aimait-elle toujours Brian ? Combien de fois avait-elle lu cet article ? Le comparait-elle à lui depuis le début ?

Il comprenait mieux cet après-midi. Il croyait que Jenna voulait qu'il l'accompagne à la fête pour les libérer du bureau et de la chambre. Il pensait que ça allait être sympa, mais c'était un désastre. Toutes ces remarques insistantes sur ses succès ? Elle n'essayait pas de prouver à ces vieilles biques qu'il était bien plus qu'un beau gosse trop jeune pour suivre la conversation. Elle essayait de se convaincre elle-même. Elle voulait voir s'il pouvait être aussi impressionnant que son ex. Mais à ce jeu-là, il était sûr de perdre.

Eric avait dit à Jimmy Crockett que son rencard avec Jenna était une audition ratée. Venait-il de vivre la sienne ?

Son cerveau était tellement embrumé par la colère et la

souffrance qu'il assista à la fête de loin. Il ne participa pas à la conversation décousue pour savoir quel appartement était assez grand pour abriter les répétitions de la flashmob débile. Il ne parla que lorsqu'on lui posa une question directe. Et parce qu'il avait envie de jouer au con, quand Chiquita lui demanda ce qui n'allait pas, il répondit qu'il faisait une « allergie aux fruits ».

Eric ne sortit de sa transe que lorsqu'une minuscule Black Swan à fossettes se précipita vers leur petit groupe et enroula les bras autour de la taille de Billie.

— C'est la meilleure fête de ma vie, dit-elle avec une excitation mesurée.

Là où la plupart des fillettes auraient sautillé sur place ou pouffé de joie, elle se contenta d'un *high-five* impassible avec sa mère.

— Mon amour ! (Jenna se pencha pour la serrer dans ses bras.) Joyeux anniversaire ! Hé, je voudrais te présenter mon ami, Eric Combs.

May, dont le visage était maquillé pour ressembler à une ballerine au visage blanc et aux lèvres noires à l'air cruel, regarda Eric, la mine sérieuse.

— Salut, Hulk, dit-elle en lui tendant la main.

Elle portait un justaucorps noir, un tutu noir, une coiffe à plumes et d'immenses ailes noires.

— Salut, Black Swan, répondit-il en lui serrant la main.

— Qu'est-ce que tu fais au travail avec tante Jenna ? demanda May.

— Tu vois ma caméra ? Ça paraît… ça paraît ridicule quand je le dis à haute voix, mais globalement je filme des femmes qui parlent de leurs vêtements.

— Je ne trouve pas ça rindicoule. Les vêtements, c'est

cool. (Elle se tourna vers Billie.) Maman, je peux parler à Eric de mon costume ? Devant la caméra ?

— C'est à mourir, constata Jenna, qui était en train de fondre comme la neige au soleil. Eric, elle veut que tu la filmes dans son propre style comme une vidéo de *StyleZine* !

— Je veux être la suivante ! s'exclama Chiquita Banana.

Eric appréciait l'idée. La vérité ? May était la gamine la plus mignonne de la Terre – et il n'avait qu'une hâte, s'éloigner.

— May Lane, dit-il, j'ai le sentiment que ça va être la vidéo la plus géniale de tous les temps. Viens, on va aller vers les rochers. La vue qu'on a sur l'eau est fabuleuse. Tu es d'accord, Billie ?

— Mais bien sûr ! répondit-elle. On viendra vous chercher dans dix minutes pour souffler les bougies.

Un grand Hulk et un minuscule cygne démoniaque se dirigèrent vers la plage. Eric n'avait pas besoin de se retourner pour savoir que Jenna les suivait des yeux. Il était en train de réussir brillamment la partie « … mais est-ce qu'il sait s'y prendre avec les enfants ? » du test.

Quelques minutes plus tard, Eric avait placé May de telle manière qu'elle était adossée contre un amas de rochers très photogéniques – la petite plage, l'East River et les gratte-ciels de Battery Park miroitant derrière elle. Le soleil de l'après-midi la nimbait d'un halo divin (surtout avec ses ailes), ce qui était d'autant plus déroutant qu'elle était vêtue comme un cygne psychotique.

May ressemblait à une divinité déchue. Comme l'ange Gabriel dans la peau d'une petite fille. Eric était amoureux.

Il plaça la caméra sur son épaule et la dirigea vers elle.

— Je vais commencer par te parler un peu pour te mettre en condition. Ça te va ?

— Ça me va !

Il se rendit compte à cet instant précis qu'il ne savait absolument pas quoi dire à une enfant. La dernière fois qu'il avait adressé la parole à un petit de six ans, il en avait lui-même six. Bon, les gamines ne devaient pas être très différentes de leurs aînées. Il essaya de penser à des trucs qu'il pourrait dire à ses amis.

— Quoi de neuf ? Tu es magnifique.

— Ça veut dire quoi « quoi de neuf » ?

— Ça veut dire « qu'est-ce que tu me racontes de beau » ?

— Mmm, je ne sais pas. C'est ma fête d'anniversaire, et ça me plaît, mais hier soir maman m'a dit que je ne pouvais pas me fabriquer un cercueil en pâte à modeler pour dormir dedans, et ça ne m'a pas plu. Du coup je ne sais pas répondre à ta question. Elle est trop compliquée.

— Pas du tout. (Il posa la caméra à côté de lui et s'assit près d'elle.) Si quelqu'un te demande : « Quoi de neuf ? », tu réponds systématiquement : « Rien. Je traîne. » Faut pas se prendre la tête.

— C'est facile.

— Alors, quoi de neuf ?

— Rien. Je traîne. Quoi de neuf ?

— Je traîne, répondit Eric en haussant les épaules. Et si tu es vraiment cool, tu me fais un check.

— C'est quoi ?

— Tu tapes ton poing contre le mien. Comme ça. (Il serra le poing et l'avança vers le sien.) Et ensuite, on simule une explosion avec les mains, comme si c'était une bombe. BOUM !

— BOUM ! cria May. Tu es drôle. Les checks, c'est un peu bête. Comme toi.

— On me le dit souvent.

— Je ne suis pas idiote, mais parfois j'aime bien les trucs un peu bêtes.

— Ah oui ? Tu aimes les films bêtes ?

— Pas vraiment. Mon film préféré, c'est le *Prince d'Égypte.*

— Le Disney sur Moïse ?

— L'Égypte ancienne est fascinante. À cause des gens morts et de momies. Y a même des chats morts, ceux qui appartenaient à un pharaon. Et les hommes portaient de l'eye-liner. J'aime les histoires de Moïse parce qu'elles montrent que ce n'est pas bien élevé de réduire les gens en esclavage ou de jeter les bébés des esclaves dans un fleuve grouillant d'alligators. C'est important d'être bien élevé.

Eric tenta de ne pas montrer sa surprise devant les goûts lugubres de May en matière de cinéma.

— De tous les dessins animés Disney, c'est vraiment ton préféré ?

— *Si, señor.*

— Cool. J'aime l'Égypte ancienne moi aussi. Mais je croyais que les petites filles de ton âge préféraient les princesses aux esclaves.

— J'aime aussi les princesses. J'aime Tiana parce qu'elle nous ressemble. Et Raiponce à cause de ses cheveux. Quand j'avais quatre ans, j'avais les cheveux longs. C'était l'époque où je voulais regarder la série *Barbie* sur Netflix, mais maman n'a pas voulu.

— Pourquoi ?

— Parce qu'il n'y avait pas de Barbie noire et qu'elle ne parlait que de garçons et de vêtements. Mais maman regarde une série qui s'appelle Carrie Bradshaw et il n'y a pas de personnages noirs non plus… et elle ne parle que de garçons et de vêtements.

Eric la regarda, admiratif.

— Tu es la personne la plus intelligente que j'ai jamais rencontrée.

— Je suis plus intelligente que les autres enfants de maternelle. Mais je ne le dis pas à mes amis parce que c'est mal élevé.

— Tu es super bien élevée, gamine. Je devrais prendre exemple sur toi.

— Les garçons sont mal élevés.

— C'est vrai.

— Tu sais ce qu'est un « mariage » ? Certains garçons ne le savent pas non plus.

— Oui, c'est quand un homme et une femme se marient. Ou deux hommes ou deux femmes. (Il avait grandi avec les deux pères de Tim, ce qui le rendait sensible à la question de la légitimité des couples homosexuels. Mais il ignorait si c'était une réponse appropriée à l'âge de May. Il recommença.) Je ne sais pas, c'est quand deux personnes…

— Tu vois ? Les garçons ne savent pas ce que c'est, répéta May. C'est la seule partie des films de princesses que j'aime. C'est ce qui arrive à la fin. Il y a toujours une chanson cool, elle porte une robe et elle a le droit d'épouser un prince.

— Je crois que maintenant je comprends.

— C'est marrant de voir le prince et la princesse aussi heureux parce qu'on ne sait jamais, ils pourraient mourir peu de temps après. Tout le monde meurt, tu sais. Et on ne peut pas savoir quand ça va arriver. Du coup, il faut s'amuser tous les jours.

— Je suis d'accord ! *Carpe diem.*

— Tu es marié ? lança May. Peut-être avec une princesse ?

— Non, je ne suis pas marié. Et toi ?

— Tu es vraiment bête ! Je viens juste d'avoir six ans. C'est trop tôt. (Elle lissa son tutu.) J'ai vu que tu es arrivé avec tante Jenna. Tu es son véritable amour ?

Eric recula en se demandant si elle avait deviné. Il ne serait pas surpris – elle avait l'air capable de faire appel à la magie noire pour voler des secrets à des victimes peu méfiantes.

— Non, on est juste amis.

May avait l'air dubitative.

— Tu peux peut-être l'épouser. Toutes les princesses ont un mari. Et tante Jenna est toute seule. Ça ne te rend pas triste ?

— Toutes les princesses n'ont pas besoin d'un mari, tu sais, expliqua Eric, qui avait du mal à croire qu'il était en train de débattre de ça avec une enfant. Le problème avec ces films, c'est qu'ils disent aux petites filles que le mariage est le but de la vie. Et ensuite, elles se dépêchent de trouver quelqu'un à épouser parce qu'elles pensent que c'est ce qu'on attend d'elles, au lieu d'attendre de rencontrer la bonne personne. Il vaut mieux prendre son temps, apprendre à se connaître soi-même, faire des erreurs et puis, quand c'est le bon moment, peut-être que tu rencontreras quelqu'un qui te donnera envie de te marier comme dans un dessin animé.

May hocha la tête, manifestement peu convaincue.

— Est-ce que tu veux un mariage de dessin animé avec tante Jenna ?

Eric prit la caméra dans l'autre main. Comment en était-il arrivé là ? Il était à peine vêtu et une gamine qui avait du mal à prononcer « ridicule » était en train de le juger. Mais comme il n'avait rien à perdre, il répondit la vérité.

— Oui, avoua-t-il en soupirant. Mais ce n'est pas encore la fin du film.

— D'accord.

— C'est un secret, Black Swan. Ne le dis à personne.

— Juré, craché.

Eric jeta un coup d'œil vers Jenna, qui était en train d'aider Billie à installer les cupcakes de May. Elle agita la main dans sa direction avec un sourire enthousiaste. Le voir avec l'enfant avait effacé son irritation. Il agita la main en retour, mais ne put se résoudre à sourire.

Tandis que May et Eric achevaient leur vidéo, Billie, Jay et Jenna s'approchèrent pour regarder. Lorsque l'enfant prononça la réplique qu'il lui avait apprise – « Je suis May Lane et c'était mon look quotidien pour *StyleZine* » –, ils l'applaudirent tous les trois.

— Tu as été fantastique, May-May ! s'exclama Jenna. Est-ce que je dois me faire du souci pour mon job ?

— On était venus pour te dire qu'il était temps de souffler les bougies, mais on n'a pas pu s'empêcher de regarder, admit Billie en serrant sa fille dans ses bras. Comment ça s'est passé, May ? Tu as eu le trac ? Quoi de neuf ?

Elle haussa les épaules.

— Je traîne.

Jay, qui était déguisé en Al Sharpton des années 1980 (avec une perruque à bouclettes) gloussa.

— Bien joué, E.

— Regarde ce qu'Eric m'a appris.

May serra le poing puis mima une explosion.

— Ma pote, Black Swan, fit Eric.

— C'est adorablissime, commenta Jenna.

— Salut, Elodie, dit Eric. T'étais où ?

Elodie était déguisée en Méduse, avec une perruque serpents, le visage peint en vert et des lentilles qui lui faisaient des pupilles de serpent.

— J'étais en train d'aider Jay avec les tickets pour les invités au manège. Un job ingrat. J'ai fumé de l'h-e-r-b-e avant de venir pour supporter les nez qui coulent et les caprices, mais ça m'a juste crevée. J'ai envie de faire une petite sieste sur une table de pique-nique. Si possible avec le mari de Chiquita Banana. Vous l'avez vu ? Celui qui ressemble à Idris Elba ?

— Quelle déception, se lamenta Billie. J'ai plein de copines brillantes, belles et n-o-i-r-e-s, et c'est une Danoise b-l-o-n-d-e qui se tape Idris Elba.

— Les copains, déclara Jenna, j'attendais impatiemment qu'on soit entre nous. Approchez. (Tout le monde obéit et May se retrouva au milieu du petit groupe.) On a une nouvelle incroyable à vous annoncer.

Eric aurait préféré qu'elle ne choisisse pas ce moment – alors que tout allait de travers – pour le leur dire.

— Attends, l'interrompit Billie. Une nouvelle ? Qui vous concerne tous les deux ?

— Oui, couina Jenna, radieuse. Et on voulait la partager avec vous avant le reste du monde. Vous allez être tellement heureux.

Billie lui arracha la main de celle de May, soulevant leurs bras.

— Vous êtes fiancés ?

— Attends, je ne..., commença Jay en voyait l'air sidéré de Jenna et Eric.

— Allons, Jay, c'est un moment incroyable. (Billie se faufila entre Jenna et Eric, et les enlaça tous les deux.)

Jenna, tu as enfin eu une conversation à cœur ouvert avec Eric, comme je te l'avais conseillé ? Tu vois ? Ça a marché. Et on a une nouvelle, nous aussi. Je suis enceinte de deux mois ! On aura peut-être un bébé en même temps, en fonction de quand vous commencerez à essayer ! (Elle embrassa Eric sur la joue.) Eric, c'est son désir le plus cher.

— Eric aussi, affirma May.

— Qu-quoi ? demanda Eric d'une voix à peine audible.

— Eric a dit qu'il voulait un mariage Disney avec toi ! Tu sais, quand le prince épouse la princesse à la fin ?

— Eric, tu as vraiment dit ça ? (Elodie battit des mains.) Oh ! là, là, vous êtes tellement dégoulinants de mignonnitude que j'en ai des caries !

Jenna regarda Eric, d'un air à la fois perplexe, ravi et incertain.

— Tu as dit ça ? Sur nous ?

L'idée lui coupait le souffle, mais elle observa Eric de plus près. Il ressemblait à Peter Pan sur la planche. Il n'avait certainement pas dit ça.

— Non… ce n'est pas exactement…, bafouilla-t-il, le cœur battant la chamade. On parlait des dessins animés de princesses et May s'est emballée.

— Bien sûr, dit Jenna, humiliée.

May grimaça.

— Oh ! nooon, j'ai oublié de garder le secret. Je suis désolée, Eric, c'était un axadent !

Sur ces paroles, comprenant qu'elle avait gâché quelque chose, Black Swan se faufila entre les jambes de sa mère et courut rejoindre ses amis.

Jenna s'était raidie. Elle trouva cependant la force de rester impassible et arbora un sourire contraint.

— Désolée. Non, on n'est pas... je ne suis pas fiancée. Mais, oh, Billie, bravo pour ta grossesse.

Tout le monde garda le silence ; ils étaient tous trop embourbés dans cet instant terrible pour dire quoi que ce soit. Jenna et Eric étaient englués dans une gêne pitoyable dont rien ni personne ne pouvait les sauver.

Billie les lâcha.

— Si vous voulez bien m'excuser, je vais me noyer dans l'East River.

— Billie a eu une longue journée, tenta de justifier Jay en lui lançant un regard meurtrier. Qu'est-ce que tu voulais nous annoncer, Jenna ?

Elle s'éclaircit la voix.

— Eric a été invité à South by Southwest, déclara-t-elle faiblement. Le festival.

Les félicitations furent longues et bruyantes – presque trop démonstratives.

— Le comité de sélection lui a téléphoné hier et lui a dit qu'ils étaient déjà amoureux de *Tyler on Perry Street,* expliqua Jenna en essayant de surmonter son enthousiasme douché. Mais après avoir lu l'article de *New York*, ils savaient qu'ils devaient agir avant que sa cote monte et que Sundance ne le leur vole. Ce sont leurs propres mots.

— Ouais, le mec m'a appelé « soupe de talent ». Je ne comprends pas trop ce que ça signifie.

Il déclara ça avec un sourire forcé. C'était le meilleur coup de fil de sa vie. Celui qu'il attendait depuis le CE2. Mais en cet instant décevant, c'était la dernière chose dont il avait envie de parler.

— Personne ne le mérite plus que toi, mec, affirma Jay en lui serrant la main. Je suis fier de toi.

— Merci, professeur, répondit Eric.

— N'oublie pas les petites gens, bourreau de cœurs, fit Elodie en l'embrassant sur la joue.

Puis, dans une tentative précipitée pour laisser derrière eux toute gêne, Billie les entraîna vers la table de pique-nique pour que May puisse souffler ses bougies. Eric et Jenna s'installèrent de part et d'autre de la table, et l'espace entre eux leur parut immense.

Après la fête, Jenna demanda à Eric de marcher avec elle le long de la jetée 6, qui s'étirait bien au-delà de l'endroit où s'était déroulé l'anniversaire. Aucun des deux n'avait envie de parler, mais Jenna ne pouvait se résoudre à rentrer chez elle en laissant les choses dans cet état déplorable.

Ils atteignirent le bout de la jetée sans prononcer un mot et s'adossèrent à la rambarde.

— Tu veux commencer ? lâcha Jenna.

— Oui. Pourquoi tu as essayé de me vendre comme ça à tes copains ?

— Comment ça ?

— « Il vit chez sa mère, mais il déménagera dès qu'il en aura les moyens… Je sais que ce n'est qu'un gamin, mais c'est pas grave parce qu'il a sa page Wikipédia… Il est assez bien pour vous, je le jure. »

— Chéri, tu as pris les choses de travers.

— Tu as honte d'être avec moi ?

— Tu es sérieux ? Tu sais à quel point je t'admire. Je suis ta groupie. (Elle le regarda.) Mais puisqu'on parle d'économies… tu paries vraiment sur des jeux vidéo ? Une personne qui essaye de mettre de l'argent de côté ne le dépense pas pour des choses aussi stupides.

— Dit la femme qui vit dans un quartier mal famé, mais possède un fauteuil à mille cinq cents dollars.

— Hilarant. (Jenna fronça les sourcils.) Tu n'étais pas toi-même aujourd'hui.

— Toi non plus. Tu as essayé de contrôler tout ce que je disais et tu m'attendais au tournant. J'avais l'impression de respirer de travers.

— Tu n'as presque rien dit et puis tu es devenu désagréable. L'allergie aux fruits était particulièrement mémorable.

Eric haussa les épaules.

— J'en avais assez.

— On n'était pas nous-mêmes, constata-t-elle d'une petite voix.

— Non. (Eric garda le silence un instant.) Tu as raison, cela dit, sur le fait que je gaspille mon argent avec les jeux vidéo. Je devrais peut-être commencer à lire *Forbes*. Pour apprendre à gérer mes finances comme un adulte.

Jenna cilla.

— Peut-être que Brian Stein cherche un stagiaire, poursuivit-il. Il pourrait m'apprendre à investir et m'enseigner l'étiquette du téléphone. Comment se comporter en société avec les femmes de cinquante ans. Il pourrait m'envoyer acheter son gel pour les cheveux. Ce serait génial.

— Oh ! non, gémit Jenna. Laisse-moi t'expliquer…

— Je sais que tu as du mal avec la technologie. Mais tu devrais effacer ton historique après avoir stalké ton ex.

Furieux, il s'écarta de la balustrade et se mit à faire les cent pas.

— « Tout ce que j'ai toujours aimé est dans les détails qu'elle a semés », reprit-il. C'est lui, Jenna ? Ce clown a vécu avec toi pendant presque vingt ans et ce qui lui manque le plus ce sont tes talents de décoratrice ?

— Elodie venait juste de m'envoyer le lien ! Comment aurais-je pu ne pas lire l'article ? Mais ça ne veut rien dire !

— Elle venait *juste* de t'envoyer le lien ? Tu ne sais vraiment pas mentir. Cette merde est sortie il y a un mois.

— Comment tu le sais ?

— Aucune importance. (Il continua à faire les cent pas.) Je parie que ça te plaît, hein, de savoir qu'il est toujours obsédé par toi ? Combien de fois tu l'as lu ? Tu l'as appelé ? Tu l'as vu ?

— Non ! (Elle tenta de ne pas montrer à quel point elle était troublée.) Je ne peux pas contrôler ce qu'il raconte sur moi. J'ai entendu dire qu'il m'avait mentionnée dans un article et j'étais curieuse, évidemment. C'est tout ! Je ne veux pas de lui. C'est toi que je veux.

— Mais pourquoi ? Je suis tout son contraire. Si c'est ça ton genre, je ne comprends même pas ce que je fous là.

— Tu es là parce que je t'aime ! (Elle s'interrompit pour reprendre son souffle.) Tu es là parce que je veux que les gens que j'aime te connaissent. Parce que je voulais leur raconter ton immense succès. Parce que je te veux dans ma vie, dans ma vraie vie.

— Tu me prends pour un con ou quoi ? Cette fête était une audition pour le rôle de ton petit ami dans ta vraie vie.

— C'est faux ! Ne sois pas contrarié, s'il te plaît.

— Je ne suis pas contrarié ! *J'ai l'air contrarié ?*

— Oui ! On dirait que tu t'apprêtes à souffler sur ma maison pour la démolir !

Eric leva les yeux vers le ciel pour sc calmer.

— Je veux que tu me dises la vérité. Tu veux la même chose que Billie et Jay. Et tu le veux tout de suite.

— Bien sûr, mais pas… tout de suite. Dans l'absolu.

— Ne minimise pas. Tu en meurs tellement d'envie que Billie a fait une attaque en croyant qu'on était fiancés.

Quand les sorcières d'Eastwick parlaient d'enfants, tu étais complètement abattue.

Eric avait envie de lui avouer que Darcy lui avait déjà tout déballé. Il ruminait les paroles de sa mère depuis qu'il avait quitté son bureau. Sa propre mère avait une meilleure connaissance de son couple que lui-même.

— Tu as tourné autour du pot l'autre soir, mais tu n'as rien dit de concret, poursuivit-il. « À quoi ressemble notre avenir, Eric ? Est-ce qu'on va y arriver, Eric ? » C'était tellement hypothétique. Tu sais comment je me suis senti quand j'ai vu à quel point tu étais excitée par l'idée d'un mariage Disney ? Comme une merde. Jenna, je viens juste d'avoir vingt-trois ans... Je ne peux pas t'offrir cette vie-là ! Quand est-ce que tu comptais me dire que je n'étais pas qualifié pour être ton homme ?

— À mes yeux, tu es parfait, répliqua calmement Jenna.

— Rends-nous service et dis ce que tu veux vraiment. Je veux l'entendre de ta bouche.

Elle en était incapable. Elle ne voulait pas l'effrayer avec ses rêveries irréalistes sur leur avenir.

Eric attendit cinq secondes, puis vingt, puis il capitula.

— Tu es lâche, dit-il.

— Et tu es trop jeune pour comprendre.

— C'est ça. J'ai dix-huit ans de moins que toi, je vis chez l'antéchrist et je parie sur des jeux vidéo débiles. Je t'ai rencontrée beaucoup trop tôt et je ne sais pas comment régler ça. Mais je t'aime. Je t'aime comme si c'était ma vocation. Tu ne le sais pas parce que je ne le dis jamais, mais parfois, ça me percute en plein cœur, Jenna. Le matin, quand tu t'étires pendant un quart d'heure de manière exagérée et que tu essayes de te lever, mais que tu t'effondres de nouveau sur le lit comme si quelqu'un t'avait tiré dessus. Quand tu ramasses quelque chose sur le sol avec le pied. Quand on est en réunion et que tu pinces les lèvres pour ne pas rire à une de mes blagues. Tu es toi et ça me tue. (Il plongea son regard dans le sien.) Mais ce qui s'est passé aujourd'hui ? Je ne le cautionne pas. Et je préfère partir avant que ça n'empire.

Il tenta de s'éloigner, mais Jenna lui saisit la main.

— Eric, est-ce que tout va s'arranger ?

Que pouvait-il répondre ? Il fallait que ça s'arrange. C'était évident. Mais il ignorait comment.

Il acquiesça vaguement. Jenna le lâcha et le laissa partir.

www.stylezine.com

Just Jenna : Secrets de style de notre intrépide glambassadrice !

Q : J'ai toujours adoré les doudounes, les pulls de ski et les bottes fourrées. Mon rêve serait de m'habiller comme Julie Christie dans Le Docteur Jivago. *Mais je vis à Taos, au Nouveau-Mexique ! Et j'adore. J'y ai toute ma famille, j'adore mon job d'instit de maternelle et le paysage m'émeut. Que faire de mon fantasme vestimentaire ? @MelissaJustDoingMeLopez*

R : Ma chérie, il est temps de voir la réalité en face. Il fait mille degrés au Nouveau-Mexique – j'ai bien peur que le look Chalet ne te donne de l'eczéma. Et je ne peux en toute conscience pas te conseiller de faire ce que j'appelle « Forcer la saison » (je vois ça à New York pendant l'hiver quand il fait soudain plus de 5 °C et que les femmes sortent leurs robes d'été). La vérité, c'est que la température est trop élevée pour ton rêve de style hivernal. Alors, certes, tu n'es pas près de mettre un cache-oreilles en fausse fourrure, mais tu as le privilège de vivre dans un endroit que tu aimes passionnément. Essaye d'ajouter des éléments hivernaux à ta garde-robe, comme associer une robe transparente avec un bomber léger et court (va chez Nordstrom.com ou Zara pour trouver mes essentiels préférés de la demi-saison !)

PS : Plus je vieillis, plus je me demande si le secret du bonheur ce n'est pas de savoir quels rêves on doit abandonner.

Chapitre 26

Le lendemain soir, Jenna essayait de masquer sa peine au bal de l'académie des arts de Tribeca, l'un des galas de charité les plus chics du printemps. Ce soir, le thème était « Croire en la chance », et la personne qui avait décoré l'espace l'avait pris au pied de la lettre. Toute la salle donnait l'impression d'avoir roulé une pelle à la fée Clochette. Le plafond et les murs disparaissaient sous un million de lucioles blanches clignotantes. Tout était beige, crème ou ivoire et saupoudré d'une fine couche de paillettes – des gants des serveurs aux nappes en satin sur les tables dressées autour de la pièce. Les invités étaient un éventail de personnalités new-yorkaises. Robert De Niro, Anna Wintour, Zac Posen, Puffy, Sarah Jessica Parker et Alec Baldwin frayaient avec des top models, des journalistes de mode, des socialites et des magnats de Wall Street.

Les tickets avoisinaient les mille dollars, mais Jenna avait été conviée par l'équipe de Ralph Lauren. Elodie, par un de ses clients. Lorsque Jenna avait reçu l'extravagant carton d'invitation dans son enveloppe en satin, elle avait d'abord décidé de refuser – ce qu'elle avait expliqué à sa meilleure amie un peu plus tôt.

— Ces bals mondains tellement new-yorkais sont faits pour humilier les gens qui n'appartiennent pas à ce monde. Ceux auxquels je me rendais avec Brian étaient chouettes. Mais si ton siège est payé par une relation de travail, tu as l'impression d'être la cousine pauvre et tu passes toute la soirée à éviter de renverser ton verre de vin rouge sur la robe Marchesa que tu as empruntée tout en étant mortifiée parce que la petite amie de John Hamm a demandé à son attaché de presse de te dire d'arrêter de le mater.

— Pardon ? fit Elodie.

— Je n'en suis pas très fière, répondit Jenna. Tu as un plus un ?

— Non, j'ai consulté récemment une voyante qui m'a dit d'arrêter les rencontres en ligne. D'après elle, mon âme sœur est au coin de la rue. Et tu sais quoi ? Elle m'a dit un truc encore plus bizarre. Mon âme sœur est dans un état ensoleillé. Tu crois que ça veut dire que cette personne est positive ou qu'elle vient d'une région dans laquelle il fait tout le temps beau ?

— Tu es gagnante dans les deux cas, déclara Jenna. Un mec heureux ou un mec qui a une propriété à Malibu, les deux sont cool. Mais attends, tu crois à cette histoire d'âme sœur ?

— Non. Et alors ? Je ne crois pas non plus à la chirurgie esthétique et je viens quand même de me faire botoxer les rides du lion.

— Pourquoi ? Tu es parfaite. Tu n'as vraiment pas besoin de Botox.

— Et toi tu n'as vraiment pas besoin de rester chez toi ce soir, asséna Elodie. Avec Eric, c'était juste une prise de bec.

— C'était plus que ça.

— Jenna, va au bal. Je sais que tu as passé la journée à broyer du noir dans ton short pourri en te gavant de cookies et en bingeant *Girlfriends.*

— *Purple Rain.*

— Il faut que tu sortes de chez toi. Tu vas t'amuser. Et en plus, on connaît plein de couples.

Jenna sirotait son champagne et repensant à cette conversation. « On connaît plein de couples. » Effectivement. La pièce grouillait de couples. Des femmes éblouissantes et glamour au bras d'hommes élégants et débonnaires aux tempes grises qui possédaient des maisons de campagne dans les Hamptons. Des couples mariés avec des vies trépidantes et riches – des familles, des enfants, des frais d'université et des assurances-vie bien garnies. Si et quand ces hommes trompaient leur femme, c'était dans le plus grand respect. Les femmes permettaient à leur prof de pilates de leur lécher la chatte, mais n'était-ce pas pour ça qu'ils avaient choisi ce métier ? Le gala aurait pu s'appeler Couples Mariés Respectables de Manhattan, parce que c'était exactement ce qu'ils étaient.

Jenna rajusta la délicate couronne de fleurs qui ornait ses cheveux et lissa sa robe Rodarte vert forêt à petites manches coupée en biais (« Nymphe des Bois Sexy Sans Effort en Deuil »). Elle dévisagea une célèbre dermatologue asiatique qui se trémoussait sur la piste de danse avec son renversant mari hongrois. Elle décida qu'elle avait l'air trop arrogante et lui lança un regard noir tout en avalant une gorgée de champagne. *Ton mec est sexy, mais le mien est délicieux et on n'est pas près de se marier parce qu'il était le Roi du Bal de Promo genre, hier. Et ça me donne envie de t'arracher tes parfaites extensions acajou, Dr Jennie. J'ai peut-*être l'*air célibataire, mais je* *ne le suis pas, je suis prise-prise-prise, pas comme toi, jamais comme toi, on n'aura jamais d'enfants comme toi et ce crétin du bloc de l'Est et ça me dévaste, et j'ai l'impression que tu le sais et je te déteste, toi, lui, et votre fille qui est à l'école primaire du Sacré-Cœur et dont la chanson emo était dans le Top 50 le mois dernier. Que toute la famille Ko-Stanislov aille se faire voir.*

Jenna acheva sa coupe de champagne d'un air mauvais. Elle était en enfer. Elle avait téléphoné à Eric, lui avait envoyé des SMS et des pigeons voyageurs – sans succès. Elle n'était guère surprise. Il était blessé et têtu.

De plus, il avait raison concernant l'anniversaire de May. Sans en avoir conscience, elle avait voulu vérifier qu'Eric était à la hauteur – et elle lui avait donné l'impression de vouloir le contrôler. Seuls dans leur bulle d'amour secrète, ils étaient en parfaite symbiose ! Mais devant d'autres gens, leurs différences étaient amplifiées. Elle avait l'impression d'être sa mère. Et il semblait avoir dix ans de moins que son âge.

Madonna, J. Lo et Demi Moore peuvent sortir avec des mecs qui ont vingt ans de moins qu'elles parce qu'elles ont déjà eu des enfants. Je les déteste, elles aussi.

Elle était là depuis une heure et elle n'avait toujours pas croisé Elodie dans la foule de plusieurs centaines de personnes. Elle s'était mêlée aux gens, grincheuse, s'était laissé entraîner dans des conversations avec d'anciens collègues, des contacts de la mode, des stylistes ; des gens qu'elle n'avait pas vus depuis son retour à New York presque un an auparavant. Et elle enchaînait les versions similaires des mêmes conversations.

— Jenna, on est en 2003 ou en 2013 ? lui avait demandé Markie Masters cinq minutes plus tôt. (C'était une

Américaine gauche mais chic qui gérait le département des achats pour Nicoletta, un grand magasin de luxe à Milan.) Tu as un teint merveilleux. Quels sont tes secrets ?

— Je ne fréquente pas le cabinet du Dr Jennie.

— Tu es venue avec qui ? Quelqu'un de nouveau ? Je dois bien avouer que le gamin dans l'article de *New York* hautement flatteur qui t'est consacré est particulièrement canon.

— Si tu savais, marmonna Jenna. Non, je ne vois personne. Pas depuis Brian.

— Je suis tellement désolée pour vous deux, déclara Markie, qui les avait souvent reçus dans sa villa pendant la Fashion Week milanaise. Lily L'Amour. Je suis certaine qu'un jour elle fera une overdose de Tory Burch. J'espère que tu te remettras vite en selle. Tu es un excellent parti. (Katie Couric adressa un clin d'œil à Markie à quelques groupes de là, et la rouquine salua d'un geste de la main la célèbre présentatrice.) Faut que j'aille faire de la lèche, mais je prédis que tu seras fiancée avant la fin de l'année. Ciao !

Jenna rit et lui envoya un baiser. *C'est ça, ouais. Comme si mon mec canon comptait me demander en mariage avant 2020.*

Elle s'empara d'une autre coupe de champagne sur le plateau d'un serveur et alla s'installer au bout du bar, à côté du groupe de musique extrêmement débridé. Qui payait pour ce ramassis de voyous ? On voyait la raie des fesses du guitariste, et le smoking du joueur de synthé était quinze fois trop grand pour lui. La perruque du chanteur glissait sur le côté de sa tête et il chantait une interprétation cabaret de « It's Getting Hot in Here », ce qui était gênant vu que le producteur de cette chanson, le célébrissime Pharrell Williams, était à cinq mètres de là.

Jenna remarqua soudain un homme qui fendait la foule pour se diriger vers elle.

— Bonsoir, dit-elle.

— Vous êtes Jenna Jones ?

Il lui tendit la main qu'elle serra machinalement. Mais elle n'entendait rien à cause du boucan infernal produit par le groupe.

— Quoi ?

— Vous êtes Jenna Jones ?

— Pardon ?

— JENNA JONES ?

— OUI ! cria-t-elle. Je suis désolée, mais ce n'est pas le bon endroit pour faire des rencontres. Vous êtes ?

— Je suis..., commença-t-il d'un ton normal avant de le hausser de dix décibels. Je suis James Diaz ! Le directeur du programme Théorie de la Mode à Fordham ! Jay Lane m'a beaucoup parlé de vous !

— Oh ! James Diaz !

Il hocha la tête. Il mesurait environ un mètre quatre-vingts et possédait une incroyable crinière bouclée poivre et sel. Il était athlétique et d'une beauté un peu brute comme s'il aimait gravir des volcans ou qu'il jouait les bergers d'immenses troupeaux à ses heures perdues.

— Allons dans un endroit où nous ne serons pas obligés de hurler ! hurla Jenna.

Ils slalomèrent entre les invités jusqu'à finir par trouver un coin relativement calme de l'autre côté du bar. Jenna posa sa coupe de champagne.

— C'est un plaisir de vous rencontrer, affirma-t-elle en lui serrant la main.

— J'avais prévu de vous envoyer un mail, mais j'ai été débordé par l'organisation du planning de cours. Je sais tout sur vous, j'ai suivi votre carrière. Quand Jay m'a dit que vous aviez déjà enseigné, je me suis aussitôt dit que je voulais absolument vous embaucher.

— Eh bien, vous savez, je suis chez *StyleZine* maintenant, indiqua-t-elle en cherchant comment la jouer fine. Et j'adore mon job, mais il est vrai que l'enseignement me manque terriblement. J'aimerais vous expliquer ce que j'ai en tête.

— Ce n'est pas le lieu idéal pour ça, répondit-il en souriant.

— Puis-je vous poser une question ? Vous êtes du Montana ? Ou du Wisconsin ? Vous ressemblez à un cow-boy, ce qui m'amène à la question suivante : Qu'est-ce qu'un cow-boy fait dans la mode ?

— Pour répondre à votre première question, je viens du Dakota du Sud. L'État du soleil.

L'État du soleil ?

— Et pour répondre à la deuxième, ma mère était la couturière la plus courue de la ville. (Il haussa les épaules.) J'adorais ce qu'elle faisait. Les tissus m'intriguaient. Le dessin, la construction. J'ai fait mes études à l'école d'art Parsons où j'ai découvert que j'étais fasciné par l'histoire sociale de la mode. Et ça m'est resté.

— Quand on tombe dans la marmite de la mode, on n'en sort plus, approuva Jenna en scrutant la salle à la recherche d'Elodie, la future femme de James.

— Exactement. Poursuivons cette conversation. Vous avez mes coordonnées, n'est-ce pas ?

— Oui. (Jenna lui tendit la main.) Ravie d'avoir fait votre connaissance, monsieur Diaz.

— James. À bientôt.

Il s'éloigna et Jenna commença à se ronger un ongle. C'était peut-être la solution. James Diaz pourrait être sa porte de sortie. Elle quitterait *StyleZine* et peut-être qu'avec Eric, tout serait résolu. Son contrat de huit mois arrivait bientôt à son terme et elle avait plus que rempli les conditions posées par Darcy. La première fois que Billie en avait parlé, il lui avait semblé trop tôt pour quitter son tout nouveau job de manière décente. Mais à présent, c'était différent.

Il fallait qu'elle en parle à Eric. Elle se pencha sur le bar, qui était un miroir, et sortit son téléphone de sa pochette de soirée.

Jenna Jones
iMessage
25 avril 2013 21 h 30

Jenna : Appelle-moi. S'il te plaît. Appelle-moi, c'est tout.

Elle porta le portable à son cœur et pria pour qu'il l'appelle. Mais après cinq minutes, elle perdit espoir. Elle rangea son téléphone dans son sac. Pour se débarrasser de la nausée persistante qu'elle ressentait depuis qu'Eric s'était éloigné dans le parc, elle chercha sa boîte d'anti-acides.

C'est alors qu'une main surgit dans son dos et glissa quelque chose sur le comptoir devant elle. Stupéfaite, elle laissa tomber les médicaments sur le sol. Jenna savait qui se tenait derrière elle ; elle aurait reconnu cette main n'importe où. C'est ce qu'elle posa sur le bar qui la secoua jusqu'aux tréfonds de son âme.

Le 12 mars 1991, moi, Brian Benjamin Stein, je veux : Devenir un magnat de l'immobilier plus riche que Donald Trump.

Être millionnaire avant mes trente ans.

Construire pour ma mère une maison sur Park Avenue.

Avoir une femme et des enfants... et toi. Je te veux, toi.

La serviette en papier qui portait le logo de The Tombs, avait jauni et était effilochée sur un côté. L'encre originale avait pâli, mais il y en avait une nouvelle. Les deux derniers points de la liste étaient entourés en rouge. Sans voix, Jenna attrapa la serviette et se retourna pour faire face à Brian, vêtu d'un smoking magnifique. Il avait l'air agité et ses traits exprimaient une émotion comme elle n'en avait jamais vu chez lui.

— Brian ?

— Elle est morte.

— Lily ?

— Non, ma mère. Anna. Elle vient de mourir. (Il la prit par la main.) Viens avec moi.

Tandis que Brian entraînait Jenna dans la foule, les commères frémirent de ravissement devant ce coup d'éclat public – ils s'étaient toujours demandé pourquoi ce couple s'était séparé. Elodie, qui flirtait avec un mystérieux cow-boy appelé James Diaz, faillit tomber dans son martini.

Jenna était trop secouée par la nouvelle pour se dégager. Ou protester. Ou entendre son téléphone sonner dans sa pochette.

De l'autre côté de la salle, Darcy Vale, qui pourtant ne

manquait jamais rien, avait raté la scène entre Brian et Jenna. Elle était occupée. Avec une tristesse parfaitement simulée, elle révélait à Lee James, le rédacteur en chef de *New York*, qu'Andrea Granger – la journaliste qui l'avait trahie et humiliée dans son article – vendait des informations confidentielles et des idées d'articles à *Vanity Fair*. Elle avait évidemment déjà persuadé un journaliste de *VF* de corroborer son histoire. Lundi matin, Andrea serait licenciée dans la honte la plus totale.

Suki Delgado surgit soudain à ses côtés en trébuchant. Elle passa le bras autour de l'épaule de Darcy.

— Vous vous souv'nez de moi ? bredouilla-t-elle dans son oreille.

Darcy leva les yeux vers elle.

— Bien sûr que je sais qui tu es, répondit-elle en tendant la joue à la bombasse bourrée. Tu veux parler de *La Trouvaille Idéale*, je suppose. Désolée, je suis une fan, mais on fait attention à ne pas filmer trop de mannequins. La série concerne les vraies filles qui aiment la mode.

— Oh ! j'en ai déjà discuté avec Eric et il a refusé. Non, vous vous souv'nez de moi ? J'ai emmené votre fils à mon bal de promo.

— Eric est allé à un bal de promo ?

— Trop triste, poursuivit Suki, trop ivre pour mener une conversation, que je sois pas votre belle-fille. Mais bon. Je respecte tellement Jenna Jones que je m'en fiche qu'elle ait gagné.

— Qu'est-ce qu'elle a gagné ?

— Eric ! Je les ai vus il y a des lustres et…

L'air terrifiant de Darcy réduisit immédiatement Suki au silence. Les deux journalistes en pleine discussion avec elle comprirent aussitôt qu'il se passait quelque chose. Ils se découvrirent tout d'un coup un besoin urgent d'aller socialiser ailleurs et disparurent dans la foule.

— Oh ! fit Suki en reculant lentement, je cr-crois que je vois Usher là-bas à côté de Julianne Moore, et il est sur ma *bucket list*, doooonc...

La minuscule femme – aussi glamour que jamais dans une robe fourreau noire et blanche Elie Saab – saisit le bras de la top model, enfonçant ses ongles fuchsia dans sa peau.

— Suki. Suis. Moi. Tout. De. Suite.

Chapitre 27

Jenna était assise à l'arrière d'une berline avec Brian, son ex-tout qu'elle n'avait pas vu depuis des années. Et maintenant son Anna chérie était morte. C'était irréel.

C'était pourtant bien réel : Brian était dévasté. Enfin, à sa manière. Il s'était installé à côté d'elle, le visage rouge et les mains tremblantes. Jenna ne l'avait jamais vu comme ça. Il était toujours imperturbable d'habitude, ce qui était très irritant. Mais là, il était effondré.

— Brian, commença-t-elle d'une voix étranglée. Raconte-moi. Qu'est-ce qui s'est passé ?

— Le cancer. La récidive a été rapide et agressive et l'a tuée, hier.

— Je suis tellement désolée. J'aurais aimé…

— Je savais que c'était très grave, les médecins m'avaient annoncé que les métastases s'étaient répandues partout, mais j'ai été incapable de l'affronter. Je l'ai placée en soins palliatifs dans une clinique luxueuse, j'ai embauché une nutritionniste, quatre infirmières, un hydrothérapeute, une thérapeute-thérapeute et je me suis arrangé pour qu'une coiffeuse et une manucure viennent la voir deux fois par semaine. La manucure la voyait plus souvent que moi. Je ne pouvais pas y aller. Je ne voulais pas me souvenir d'elle chauve, pesant quarante kilos, avec cinquante perfs dans le bras. La dernière fois que je suis allé lui rendre visite, elle ne m'a pas reconnu. Je n'y suis jamais retourné.

— Ne te flagelle pas, Brian. On ne sait jamais comment on va réagir quand quelqu'un qu'on aime tombe malade. Il n'y a pas de manuel. Tu as fait de ton mieux.

— Non, répliqua-t-il, le regard dans le vide, comme s'il se repassait tout le film dans sa tête. Je n'étais pas là quand elle est morte. Je ne suis jamais là.

Je n'étais pas là non plus. Elle m'a dit qu'elle était en train de mourir et je ne l'ai pas crue.

Jenna prit Brian dans ses bras. Il résista, tout raide – il n'avait pas l'habitude. Brian n'était jamais celui qui avait besoin d'être consolé (et il n'était pas du genre câlin). Mais en cet instant, ça n'avait pas d'importance. Elle le berça comme un enfant, l'obligeant à accepter le réconfort qu'elle lui offrait. Il finit par se détendre et l'enlaça.

— Ça va aller. Ça va aller, murmura-t-elle comme si elle s'adressait à un bébé. (En réalité, elle essayait de les calmer tous deux. Elle refusait de pleurer parce que c'était son moment à lui.) Anna ne voudrait pas que tu te tortures comme ça. Elle aurait voulu que tu verses du LSD en son honneur, organise une fête et invite tous les gens qu'elle a aimés.

— Je pense qu'elle a fait ça pour son dernier anniversaire.

— Elle était magique, tellement années 1960. Tu savais qu'elle avait eu une liaison avec Bob Dylan ?

— Comment tu sais ça ?

— Parce que c'est une histoire qu'on transmet à sa fille. J'étais sa fille adoptive, expliqua Jenna. C'était quand elle fabriquait des bougies dans le Village, avant qu'elle suive ton père à Philadelphie. Elle l'a rencontré dans un concert de Jimi Hendrix au Bitter End. Apparemment, Jimi et Dylan l'ont draguée tous les deux, mais c'est Dylan qui a gagné – parce qu'il lui a écrit une chanson. « Burning the Wick ». Il a écrit les paroles sur des feuilles de cigarette à rouler.

— Dylan ? Et il était où quand on vivait dans un taudis tellement mal isolé qu'il y avait des flaques dans mon lit les jours de pluie ? (Toujours blotti dans les bras de Jenna, il s'avachit un peu.) Je n'ai jamais aimé ce mec.

Après quelques minutes de silence, il se dégagea et s'adossa à la banquette avec un soupir lourd.

— Reviens à la maison, supplia-t-il.

— Ce n'est plus chez moi.

— C'est plus chez toi que chez moi.

— Je ne peux pas.

— S'il te plaît, JJ, fit Brian en passant sa main dans ses cheveux ébouriffés.

Lui d'ordinaire toujours tiré à quatre épingles semblait se désintégrer sous le poids du stress, de la culpabilité et du deuil.

Jenna se frotta la tempe, un geste qu'elle avait emprunté à Eric. C'était un phénomène qui arrivait aux amants, aux meilleurs amis et aux frères et sœurs – quand on est si intimes qu'on se met à reproduire les tics de l'autre par osmose. Elle avait complètement absorbé Eric.

— Juste pour une heure, supplia Brian.

Et parce qu'elle en avait envie aussi, Jenna accepta. Elle était dévastée par la mort d'Anna, elle aussi. Elle avait besoin d'être avec la seule personne capable de comprendre ce qu'elle ressentait. Même si cette personne était Brian. Pour ce soir, elle pouvait oublier la colère, le ressentiment et les questions sans réponse.

Jenna comprit que la nuit allait être surréaliste quand, alors qu'ils remontaient l'escalier qui menait à la porte de la magnifique maison de Jane Street, elle chercha ses clés dans sa pochette.

— Désolée, s'excusa-t-elle, gênée, tandis que Brian ouvrait la porte. Ça me fait un drôle d'effet.

Elle pénétra dans l'entrée et poussa un petit cri. Tout était exactement comme elle l'avait laissé. Jenna fut saisie par l'envie de tout toucher, de visiter toutes les pièces, de les sentir, de les ressentir. Elle le fit, Brian sur les talons. Elle fit courir les doigts le long du mur turquoise du salon, sur les photos vintage et les œuvres pop art. Elle caressa l'armoire qu'elle avait décorée elle-même, s'affala sur le canapé orange tufté et se pencha dans sa robe de soirée pour passer la main sur les tapis turcs de couleur vive qui recouvraient les sols peints en blanc. Elle s'assit dans son bureau pour contempler les livres d'art qui s'entassaient du sol au plafond – et cette possession qu'elle chérissait plus que tout : une vitrine remplie de chaussures vintage ayant appartenu à des stars du Hollywood muet que Brian avait achetée pour elle à une vente aux enchères chez Christie's. Et au premier étage, dans leur ancienne chambre à coucher chaleureuse et luxueuse qui était conçue pour que chaque surface ait une texture différente et charmante, elle caressa tout, du velours rembourré des fauteuils aux tables de nuit en miroir Art déco poli.

— Ouvre le tiroir, ordonna Brian en désignant le chevet de son côté à elle du lit.

Elle obéit et découvrit ses trois paires de lunettes de lecture rangées à leur place.

— Pourquoi sont-elles toujours là ? demanda-t-elle.

Il haussa les épaules.

— C'est leur place.

Elle ramena sa jupe sous elle d'une main et s'assit sur le bord du lit *king size* blanc. Sa vie s'était déroulée dans ces pièces. Brian lui avait fait l'amour dans chacune d'elles. Il l'attendait sur le canapé du salon avec un gin-tonic avant une soirée, pendant qu'elle se préparait à l'étage. Pour ses trente et un ans, elle avait passé son anniversaire sur le toit-terrasse. C'était le soir du black-out caniculaire de la côte Est de 2003 (toute la rue s'était retrouvée sans électricité et ils avaient fait cuire au barbecue tout ce qu'ils avaient dans le frigo pour ne rien perdre).

Le bureau de Jenna était son refuge, c'était là qu'elle s'isolait au milieu de la nuit pour ruminer quand Brian disparaissait pendant deux jours. Et c'était dans leur salle de bains au carrelage marocain, qui faisait la taille de son deux-pièces, qu'assise dans la baignoire vide avec Elodie, elle avait décidé de quitter New York tout en descendant une bouteille de merlot en pleurant.

Les bons souvenirs étaient brumeux, estompés et doux. Mais les mauvais – ceux qui avaient laissé des blessures tout juste refermées – étaient plus vifs.

Brian ôta sa veste et la posa sur le dossier d'un fauteuil. Puis il s'assit à côté de Jenna.

— À quoi tu penses ?

— Je suis émerveillée par la familiarité de tout ça. Et pourtant, ce n'est plus ma place.

Ce sont mes affaires, mais mon énergie a disparu. Je sens toutes les femmes qui se sont succédé dans ces pièces.

— Tu aurais pu prendre tes affaires.

— Impossible, répondit-elle. Il fallait que je m'en aille immédiatement.

— Je comprends pourquoi tu es partie. Je sais ce que

je t'ai fait. Je me suis débrouillé pour que tu ne puisses pas rester. Je ne m'en suis pas rendu compte à l'époque, mais… j'avais des circonstances atténuantes.

— Lesquelles ?

— Ça va être difficile à digérer pour toi, mais je veux que tu me promettes de m'écouter.

— Qu'est-ce qui s'est passé ?

— J'ai fait quelque chose de déraisonnable. (Il s'interrompit et défit les deux premiers boutons de sa chemise.) Je vais avoir besoin d'un cigare Montecristo pour arriver au bout de cette conversation.

— Qui était-ce ?

Elle prit une profonde inspiration, remonta sa robe et s'adossa aux oreillers. Elle ramena les jambes sous elle, prête à encaisser la vérité. Enfin.

— Il n'y avait personne.

— Bien sûr que si. Tu n'étais jamais à la maison. Et tu ne couchais plus avec moi, donc il devait bien y avoir quelqu'un d'autre.

Brian se passa les mains dans les cheveux, un éclat coupable dans ses yeux vert malachite.

— C'est pire que ça.

Jenna attrapa un oreiller qu'elle serra contre elle.

— Raconte.

Il obéit. Il lui expliqua que lorsqu'il avait atteint trente-cinq ans, il s'était senti différent. Son code moral avait commencé à changer. Pour réussir aussi bien dans le domaine immobilier, il fallait être un gangster. Un joueur. Et aucun joueur, après avoir remporté une partie, ne sort du casino pour emmener sa femme dîner chez Olive Garden et investir son argent pour prendre sa retraite plus tôt. Non, il en voulait plus. Il avait embauché des hommes de main qui… intimidaient et menaçaient pour qu'il puisse s'emparer des lots les plus intéressants. Son assistant passait la moitié de ses journées dans des berlines avec des traders de Wall Street et échangeait de la coke contre des tuyaux. Pendant un gala de la Fondation pour la lutte contre le SIDA, Brian avait entendu un collègue bavarder d'un projet immobilier à Sacramento qu'il était en train de finaliser – et, dans les vingt-quatre heures qui avaient suivi, il le lui avait volé. C'était tellement facile. L'argent coulait à flots ; ça semblait sans fond.

Quand on gagne vite, on perd vite.

Tout s'était écroulé. L'économie s'était effondrée et la plupart des propriétés de Brian avaient été saisies. En juin 2007, sa fortune était passée de cinquante à vingt millions de dollars. En décembre 2008, il ne possédait plus que cinq millions – et pas en liquide. Il avait presque tout perdu parce qu'il avait investi leurs économies dans le fonds spéculatif de Bernie Madoff.

Avec cette erreur fatale, sa soif de joueur l'avait définitivement aveuglé ; il avait délibérément ignoré son instinct qui lui criait que c'était trop beau pour être vrai.

À la fac, sa mineure était l'audit financier et pourtant il n'avait jamais pris la peine de consulter les reçus. Des hommes qu'il respectait, des capitaines d'industrie investissaient avec Madoff – et il ne lui en fallait pas plus. Tous les mecs cool faisaient ça.

Brian avoua à Jenna qu'ils avaient vécu à crédit pendant des années. Il lui raconta que la banque avait saisi la maison qu'il avait construite à Anna (à l'époque, il avait prétendu qu'elle avait déménagé parce que c'était trop grand pour elle). Il lui confessa qu'il avait emprunté à des organismes de crédit pour payer les avocats, qu'il avait eu huit mois de retard sur leur hypothèque, qu'il passait des nuits à l'hôtel en lui faisant croire qu'il était en déplacement professionnel parce qu'il était trop humilié pour rentrer l'affronter.

Il lui expliqua qu'il s'était senti comme un zombie. Comment un zombie peut-il aimer quelqu'un correctement ? Il ne voulait plus coucher avec Jenna, c'était vrai. Mais pas parce qu'il la trompait. Parce que sa virilité s'était évaporée. Il avait l'impression d'être devenu un putain d'eunuque.

Jenna ne prit la parole que lorsqu'elle fut certaine qu'il avait terminé.

— Bernie Madoff.

— Tout ce que tu penses, je me suis torturé avec des milliers de fois.

— Tu m'as trompée avec ce putain de Bernie Madoff ?

Brian voûta les épaules.

— J'ai aussi eu un petit problème avec la coke. Bernie Madoff, la coke et des millions perdus pendant la récession. Je suis officiellement un cliché new-yorkais.

— Notre monde était en train de s'écrouler, mais au lieu de me dire la vérité, tu as préféré me laisser croire que je ne comptais plus pour toi ? Que je ne méritais plus d'être aimée ni baisée ? Est-ce que tu t'es au moins demandé ce que j'éprouvais ? Pendant que tu te noyais dans ton propre mépris, est-ce que tu t'es demandé ce que je ressentais ?

— Non, admit-il. Je voulais juste que tu gardes ton train de vie.

— Comme avant.

— Oui. Je t'ai dit que ça allait être dur à digérer. Mais tu mérites la vérité.

— Des années plus tard, répliqua-t-elle, la bouche sèche.

— Je suis désolé pour tout le mal que je t'ai fait. Que je nous ai fait. Ça me hante tous les jours.

Jenna le regarda. Son histoire était monstrueuse et tellement aux antipodes de ce à quoi elle s'attendait qu'elle ne savait pas comment réagir. On aurait dit un article graveleux de *Vanity Fair* (« Un célèbre couple mixte ruiné par l'individu le plus louche du siècle ! La vie avec les Stein-Jones », page 67). Elle aurait dû le haïr. Si elle avait entendu ça un an plus tôt, elle n'aurait pas quitté son lit pendant des mois. Mais aujourd'hui, elle éprouvait exactement le contraire.

En contemplant Brian, assailli par la honte – et dévasté par la mort de sa mère –, elle se souvint qu'il n'était qu'un être humain. Il avait commis des erreurs colossales, il ressentait des choses, il était désolé et il essayait de trouver son chemin, comme tout le monde. La tragédie, c'était que s'il le lui avait permis, Jenna aurait pu le convaincre qu'il était plus que ses possessions : elle lui aurait prouvé qu'elle ne le quitterait jamais, quoi qu'il advienne.

Jenna était en colère, mais de manière superficielle et elle était consciente que ça lui passerait. Elle était surtout soulagée d'apprendre enfin la vérité. Mais une partie de son calme venait de ce qu'elle savait que les dernières années épouvantables de leur relation ne pourraient jamais arriver à celle qu'elle était devenue. Elle ne permettrait plus jamais à un homme de lui faire croire qu'elle était invisible pendant si longtemps.

Parce que maintenant, elle savait ce que ça faisait que d'être vue.

— Brian, dit-elle en repoussant l'oreiller et en se déplaçant pour s'asseoir près de lui sur le bord du lit, tu ne m'as pas fait de mal. Je me le suis fait toute seule.

— Non, je suis entièrement responsable. Ta dépression, ton déménagement en Virginie. Je t'ai privée de la famille qu'on avait programmée. Tout ça, c'est ma faute.

— Tu t'es effectivement comporté comme un enculé. Tu t'es montré lâche et égoïste. Mais ce n'est pas à cause de toi que j'ai pété un plomb. C'est à cause de moi. Je t'ai donné tellement de pouvoir que quand tu m'as retiré ton amour, je me suis dissoute. *Je* me suis placée toute seule dans ce rôle, dit-elle avec conviction.

Jenna le regarda, les yeux brillants. Elle ne pensait plus qu'elle avait subi la rupture. Parce que ce n'était pas vrai – elle était la masochiste et lui le sadique. De son plein gré.

— Brian, poursuivit-elle, tu as changé d'avis. Mais tu ne m'as pas privée d'une famille. J'aurais dû avoir le cran d'énoncer mes termes avec fermeté au lieu de souffrir en silence pendant des années.

Les paroles d'Eric – « tu es lâche » – résonnèrent dans ses oreilles.

— Si tu ne voulais pas d'un avenir avec moi, j'aurais dû avoir les couilles de me barrer et de faire ma vie avec un autre. Tu n'étais pas le seul homme sur Terre.

Brian tressaillit, désarçonné.

— Ce qui nous est arrivé était aussi ma faute, conclut Jenna. Mais je te pardonne le rôle que tu as joué.

Brian peinait à trouver ses mots.

— Qui… es-tu ? Tu es tellement équilibrée, tellement calme. J'ai l'impression qu'on t'a greffé le cerveau d'Iyanla Vanzant.

— Essaye de dire ça trois fois d'affilée le plus vite possible.

Brian sourit, d'un sourire plein de regret. Pendant un instant, elle le revit à dix-neuf ans, avec ses cheveux longs et son visage poupin, en train de lui avouer qu'il ne pouvait pas l'inviter à la pizzeria parce qu'il venait de dépenser jusqu'au dernier centime de ses économies pour régler la caution de deux de ses camés de frères. Il ne savait pas comment il ferait pour manger pendant un mois. Brian l'avait admis plein de honte. À cette époque, déjà, l'idée de ne pas pouvoir payer pour elle le rendait malheureux.

Jenna s'éclaircit la voix.

— Et toi, tu as changé aussi ?

— Oui. Tu veux que je te le prouve ?

— Comment ?

— Femme, tu sais que j'ai mes méthodes. Quelle heure est-il ? (Il consulta sa montre Bulgari. Il était 23 h 20.) Je veux t'emmener quelque part.

Elle ne répondit pas tout de suite. Tout ça était très familier. Brian en smoking, Jenna en robe du soir, en train de décompresser dans leur chambre après une soirée de gala. Mais dans toutes les séries policières, on disait bien que si on était enlevé, il ne fallait jamais accepter de changer de lieu. C'était toujours dans ce deuxième endroit que les victimes étaient tuées ou pire.

— Je devrais rentrer, dit-elle en faisant mine de se lever. Mais si un jour tu veux parler d'Anna, appelle-moi.

— Jenna.

Il ne l'appelait jamais par son prénom, uniquement JJ. Elle se rassit en soupirant.

— D'accord. Mais où comptes-tu m'emmener dans cette tenue ?

— Dans un endroit où j'aurais dû t'emmener depuis longtemps, répondit-il en sortant son portable.

Il chercha un numéro et porta le téléphone à son oreille.

— Tu appelles qui ? chuchota Jenna.

— Matthieu, souffla-t-il avec un sourire canaille.

Matthieu était son homme à tout faire. Son Alfred. Il avait les numéros de téléphone personnels de tous les propriétaires de restaurants et de boutiques importants. Armé de la carte bleue de Brian et de la détermination obstinée d'un commercial – et d'un accent français de Haïti si prononcé que la plupart des gens ne comprenaient pas à quelle extravagance ils venaient de souscrire –, Matthieu était capable de tous les miracles à toute heure du jour ou de la nuit.

— Je t'attends en bas dans cinq minutes, dit-il en quittant la pièce pour parler en privé à Matthieu.

Et la minuscule étincelle en elle qui répondait toujours à Brian – qui acceptait qu'il décide, qu'il contrôle – la poussa à hocher la tête en signe d'assentiment. Sans lui poser de questions, elle le retrouva dans l'entrée cinq minutes plus tard. Comme il le lui avait demandé.

Jenna savait qu'elle aurait dû rentrer chez elle. Mais, malgré tout, ça lui faisait du bien d'être avec Brian. C'était presque thérapeutique. En sa présence, elle était obligée d'affronter les marottes de son passé, d'évaluer qui elle avait été. Peut-être devait-elle en passer par cette nuit pour tourner enfin la page. Peut-être saurait-elle ensuite comment arranger les choses avec Eric. Peut-être aussi qu'en cette soirée émotionnellement intense – la mort d'Anna, l'histoire mélodramatique de Brian – elle avait baissé sa garde et que l'ancienne Jenna s'exprimait plus fort que la nouvelle.

Pour le meilleur ou pour le pire, elle changeait de lieu.

Chapitre 28

Tandis que Brian et Jenna traversaient Manhattan, à l'arrière de la berline de Brian, ils s'engagèrent dans un bavardage hésitant. Ils n'étaient pas tout à fait à l'aise, mais courtois, et vu la récente confession de Brian, c'était une surprise pour tous les deux.

Brian ne lui avait toujours pas dit où ils se rendaient, mais il était clair qu'ils se dirigeaient vers Brooklyn. Ce qui était étrange, vu qu'il détestait ce quartier. Il le trouvait trop affecté dans tous les domaines (bio, de gauche, artistique, urbain, etc.). Où diable allaient-ils ?

Lorsque la voiture s'immobilisa devant l'entrée de Prospect Park, elle comprit. Il ne pouvait s'agir que d'une chose.

Ils remontèrent côte à côte le sentier de terre, un chemin qui lui était familier, et s'arrêtèrent au niveau d'une vaste colline herbeuse recouverte de centaines de couvertures de pique-nique et de gens, tous venus assister à la diffusion hebdomadaire du classique de minuit.

C'était là qu'elle avait demandé à Brian de l'emmener, lors de leur terrible dernier dîner ensemble. Elle avait dit que c'était son rencard idéal, mais il avait ricané comme s'ils valaient mieux que ça. Non seulement il refusait d'aller à Brooklyn, mais il détestait les films en noir et blanc (et s'asseoir sur le sol froid et dur).

C'était aussi l'endroit où Eric l'avait emmenée spontanément – sans savoir qu'elle mourait d'envie de s'y rendre – et où elle lui avait dit qu'elle l'aimait pour la première fois. Et voilà qu'elle était revenue là où elle avait son souvenir le plus sublime, mais avec Brian au lieu d'Eric. Son passé bousculait son présent.

— Regarde, fit Brian en désignant un large chêne derrière la marée de spectateurs.

Devant l'arbre était étalée une immense couverture blanche duveteuse à côté d'une petite table qui croulait sous un assortiment de choses qu'elle ne distinguait pas. Debout près du chêne se tenait Matthieu, avec sa peau couleur moka, son costume sur mesure et son expression neutre qui proclamait ne-faites-pas-attention-à-moi-je-suis-là-uniquement-pour-assouvir-tous-vos-désirs. Brian avait créé leur carré VIP au beau milieu du parc.

Il la prit par la main et leur fraya un chemin entre les couples en jean et en sweat-shirt qui regardaient le film assis sur des couvertures mexicaines élimées – tous tournèrent la tête pour fixer le couple mystérieux en tenue de soirée. Pendant un instant, le film n'exista plus. C'était juste Jenna et Brian, entourés de gens qui se demandaient qui ils étaient et pourquoi ils étaient habillés comme pour décerner un Oscar.

C'était du Brian tout craché. Il adorait surprendre. Il vivait pour renverser les gens par son élégance. Son goût. Sa femme. Ils gagnèrent la couverture et Jenna examina la table pliante – qui était recouverte de framboises et de fraises (dont ce n'était pas la saison), de fromages, de raisins, de toasts, de caviar sur de la glace et de trois bouteilles de champagne. Il y avait un panier à pique-nique Louis Vuitton de la taille d'un porte-avions rempli de vaisselle en porcelaine, d'argenterie, de flûtes en cristal, d'une cafetière à piston et de serviettes en lin monogrammées LV.

La mise en scène était éblouissante et la prit par surprise – mais elle aurait dû s'y attendre. Bien sûr que Brian ne pouvait rien faire comme tout le monde et assister à la projection en treillis en mangeant du pop-corn et en buvant de la bière sur des serviettes de plage mal assorties.

*J'ai passé presque toute ma vie d'adulte dans cette opulence. Pourquoi est-*ce que je trouve ça excessif, à présent ?

Au grand déplaisir de Matthieu, Jenna l'étreignit avec un « Ça faisait longtemps ! » enthousiaste. (Il n'encourageait aucune forme d'affection. Il était là pour fournir un service et s'attendait à ce que tout le monde vive sa vie sans faire attention à lui.) Puis elle se tourna vers Brian avec un sourire perplexe.

— Tu as vraiment mis le paquet.

Jenna pouvait presque voir Brian se rengorger.

— Tu as toujours dit que tu voulais m'y emmener.

— Je sais, mais c'est supposé ressembler à un drive-in. C'est extravagant de fou !

— Extravagant de fou ? On est sur MTV ou quoi ?

— Je, euh… je bosse avec des jeunes, marmonna Jenna.

— C'est extravagant, JJ, mais je te connais. Tu aimes les détails exquis.

— Plus autant qu'avant, protesta-t-elle. C'est splendide, mais tu n'avais pas besoin de faire tout ça pour moi.

— Eh bien, disons que j'ai fait ça pour moi.

— Ha ha ! La vérité.

— Si je dois venir ici, m'asseoir sur cette satanée pelouse

pour regarder *Casablanca* entouré de directeurs artistiques, d'auteurs autoédités et de photographes féministes, je veux le faire en dégustant des hors-d'œuvre. Sur une couverture en alpaga imperméable.

Jenna le dévisagea, stupéfaite.

— Tu as demandé à Matthieu d'apporter une couverture en alpaga ? Pour un pique-nique ?

Il sourit jusqu'aux oreilles.

— Assieds-toi. Profite.

Brian lui tint la main tandis qu'elle ramassait sa robe puis s'installait sur la couverture. C'était vraiment luxueux. Brian s'assit aussi en soufflant comme un bœuf et allongea les jambes.

— Tu ressembles au bambin le plus élégant du monde qu'on forcerait à s'asseoir pour écouter l'histoire du soir.

— Mais tu es bien obligée de constater que j'ai changé. Je suis allé jusqu'à Brooklyn pour toi ! Je fais quasiment du *camping* pour toi.

Elle éclata de rire.

— Tu penses que tu t'es sacrifié ? Tu n'as pas changé d'un iota.

— Je regarde un film d'avant les années 1980. Je ne fais jamais ça.

— Tu n'as jamais compris ma passion pour le cinéma.

— Pourquoi regarder des gens qui sont morts depuis longtemps débiter des répliques ringardes et se retrouver dans des situations cucul et prévisibles ? (Il désigna l'écran.) Humphrey Bogart est censé être le premier rôle, mais il ressemble à un boucher.

Jenna soupira. Elle avait essayé maintes fois d'expliquer son amour du cinéma à Brian, mais il n'avait jamais caché son ennui. Ça ne l'avait pourtant pas agacée – après tout,

elle se fichait royalement des Giants ou de la technologie portable. Ce n'est que lorsque Eric était entré dans sa vie qu'elle s'était rendu compte à quel point c'était excitant de partager une obsession et des choses autres qu'eux-mêmes.
Matthieu surgit soudain de l'ombre et enroula un châle rose pâle sur les épaules de Jenna. Elle sursauta, surprise.
— Le fond de l'air est frais, madame, dit-il avec son inimitable accent français avant de disparaître.
— J'avais oublié comment il était, murmura-t-elle à Brian avant de reprendre leur conversation. Je ne comprends pas ce que tu reproches à Brooklyn. J'y vis, tu sais.
— C'est ce qu'on m'a dit. Et ça me déplaît profondément de savoir que tu habites dans un quartier infréquentable et dangereux. Je déteste te voir appauvrie.
— J'adore mon appartement. (C'était la vérité. Elle y avait de délicieux souvenirs.) C'est le premier endroit qui n'est qu'à moi.
— Mais tu ne vas quand même pas prétendre que ce n'est pas minable comparé à notre maison ? On avait tout.
— Et rien, affirma Jenna.
Elle ramena les genoux sur sa poitrine et enroula les bras autour de ses jambes.
— Je veux y remédier. Je regrette tant de choses. (Il s'interrompit.) Ces deux dernières années ont été… vides.
— Je doute que tu aies passé beaucoup de nuits seul.
— J'ai couché avec des femmes, admit-il. J'en ai apprécié certaines. La plupart étaient des transactions. Les *escorts* et les croqueuses de diamants n'ont fait qu'accentuer ma solitude.
— Je ne peux pas dire que j'ai attiré beaucoup de croqueurs de diamants, vu que je ne possède que quatre cents dollars sur mon compte, répliqua-t-elle.

— Quatre cents dollars ? s'exclama Brian, scandalisé. Pourquoi ne m'as-tu pas demandé de l'aide ? Tu as des tableaux et j'avais acheté des obligations à ton nom. Personne ne te décernera une médaille parce que tu es trop orgueilleuse pour réclamer ce qui t'appartient.

— Ce n'est pas une question d'orgueil, protesta-t-elle. Je n'ai pas besoin d'aide. Et surtout pas de ta part. Sans vouloir te vexer.

— Ça ne me vexe pas. (Il s'interrompit.) Enfin, si, un peu.

— J'ai appris à vivre très bien avec peu d'argent. Je paye mon loyer, je prends le métro au lieu du taxi et je ne vais presque jamais au restaurant. Quand je renégocierai mon contrat, j'espère pouvoir investir un peu dans des fonds sans risque. Tout va bien.

Brian l'observa. C'était une femme de quarante ans qui n'avait jamais vérifié combien d'argent elle avait sur son compte en banque, n'avait jamais fait d'économies et avait vécu grâce à l'argent de poche que lui avait alloué son mari toute sa vie d'adulte. Et voilà qu'à présent elle discutait finances avec l'aplomb querelleur de quelqu'un qui aurait géré de près un budget toute sa vie.

Elle n'avait jamais eu besoin de lui.

— Revenons aux femmes, dit Jenna. Qu'est-ce qui s'est passé avec Lily L'Amour ?

— Elle m'a quitté, répondit simplement Brian. Sans toi et sans Anna, je me sens seul au monde. Maintenant que je me suis refait une santé financière, pour qui je gagne tout cet argent ? S'il m'arrivait quelque chose, qui s'en soucierait ? Je n'ai pas de but.

— Je pense que tu es en pleine crise de la quarantaine. Tu n'as qu'à t'acheter un nouveau jet privé.

— Je ne plaisante pas. (Il la dévisagea.) Avant, quand

tu voulais te marier et avoir un bébé, je n'étais pas prêt. Maintenant, si.

Jenna avait entendu ce qu'il venait de dire, mais son cerveau n'avait pas imprimé.

— Je suis prêt à t'épouser demain si tu l'acceptes. Je veux être père. Je veux ton conte de fées.

Son conte de fées. Ça avait été son rêve pendant si longtemps que même si tout avait changé, elle n'était pas immunisée contre sa proposition. L'ancienne envie n'était plus là, mais elle avait des réminiscences de ce qu'elle éprouvait jadis, comme des picotements dans un membre fantôme. À son insu, son esprit songea au carton de vêtements de bébé de Brian qu'Anna lui avait donné. Elle se demanda où il était.

Jenna était blessée. Non pas pour elle maintenant, mais pour la femme qui avait gâché sa vie à attendre Brian. Elle avait voulu qu'il s'engage pendant des années.

— Tu dis ça parce que tu viens de perdre ta mère, affirma-t-elle. C'est ton chagrin qui parle.

— Non, répliqua Bria. Tu me manques depuis des années et je ne savais pas quoi faire.

Jenna opina. Elle leva les yeux sur l'écran où une Ingrid Bergman passionnée, écartelée et très mariée suppliait son amant, Humphrey Bogart, de prendre une décision pour eux deux.

Matthieu se matérialisa devant eux, effrayant Jenna. Elle était déjà sur les nerfs, mais chaque fois qu'il surgissait elle était encore plus à vif. Elle avait l'impression de subir une décharge électrique toutes les trente secondes.

— Fromages français, dit-il en lui présentant un plateau. Souhaitez-vous le Boursin ou le Brebicet, madame ? Je sais que vous aimez les fromages frais.

— Merci, je vais prendre le Boursin, répondit-elle en plongeant un couteau dans le fromage mou puis en l'étalant sur un toast.

Elle priait pour que Matthieu se détende, histoire qu'elle puisse se ressaisir.

Ils restèrent silencieux un moment, deux vieux amants dans l'obscurité, baignés par l'éclat argenté de l'écran. Jenna regarda Brian – son profil aristocratique de Philadelphie – et trouva enfin le courage d'évoquer le sujet.

— Je ne cesserai jamais de t'aimer, Brian. Mais pas de la même manière.

Il fronça les sourcils en grattant sa barbe naissante.

— C'est ce gamin, n'est-ce pas ?

— Pardon ?

— J'ai lu l'interview dans le magazine *New York*. Ça se voit comme le nez au milieu de la figure.

— Oh ! fit-elle en rajustant sa couronne de fleurs.

— À quoi tu joues ? C'est le fils de Darcy ! Tu sais à quel point c'est ridicule ?

— Non, répondit-elle sèchement. Ça ne m'a pas effleurée jusqu'à cet instant.

— Quel âge a-t-il ?

— Ça ne te regarde pas. Et en quoi est-ce important ?

— C'est important parce qu'il est en terminale. Tu couches avec lui ou tu l'aides à faire ses devoirs ?

Elle laissa tomber son toast et fit mine de se lever – mais Brian l'attrapa par le poignet pour l'en empêcher.

— Je suis désolé, s'excusa-t-il. Mais il faut que tu comprennes. Je n'étais pas assez arrogant pour croire que tu ne rencontrerais pas quelqu'un d'autre. Je supposais juste qu'il n'aurait pas l'âge de chanter dans un boys band.

Jenna ne voulait pas parler d'Eric avec Brian. C'était irrespectueux ne serait-ce que de l'évoquer.

— Dis-moi que c'est juste une passade pour te remettre en selle.

— Non. Je suis amoureuse de lui.

— On dirait une mauvaise plaisanterie.

— Tu ne peux pas imaginer à quel point ton opinion m'importe peu.

— Tu le choisirais vraiment plutôt que moi ?

— Ce n'est même pas un choix, Brian.

— Impossible, protesta-t-il, incrédule. Pourquoi ?

Jenna haussa les épaules et contempla le ciel sans étoiles.

— On est amis.

— On était amis, nous aussi.

— Nous ? (Jenna pouffa.) On ne l'a jamais été. Tu étais le patron et j'étais ta geisha. Parfois fougueuse, mais toujours soumise. J'étais là pour être celle que tu voulais que je sois.

— Je dirige. Je suis comme ça. J'ai pensé que tu aimais ça. Et tu ne peux pas dire que tu n'en as pas tiré profit.

Elle ignora sa dernière remarque, qui était détestable.

— J'aimais que tu diriges, oui. Mais, Brian, j'étais tellement jeune quand on s'est rencontrés. Je n'avais jamais couché avec personne avant toi. Je ne savais rien des mecs, des relations, ni de moi-même. Tu m'as appris ce que je devais aimer.

Avant que Brian puisse répondre, Matthieu émergea de nouveau de l'ombre, deux bouteilles de champagne à la main. Cette fois-ci, Jenna poussa un cri.

— Voulez-vous goûter le champagne, madame ? J'ai un Gaston Chiquet 1999 et un Dom Pérignon 1993. Nectar des dieux, tous les deux !

— Matthieu, je vais faire une crise cardiaque à cause de toi !

— Ce sera tout, le congédia Brian.

Il disparut de nouveau avec un haussement d'épaules froissé.

— Je ne comprends pas, poursuivit Brian, incapable de passer à autre chose. Pourquoi lui ?

— On se ressemble. On est de la même tribu d'âmes. Tu as déjà entendu cette expression ?

Brian ricana.

— On dirait le nom d'un western blaxploitation.

— C'est quand tu rencontres quelqu'un et que, peu importe qui c'est, d'où il vient ou à quoi il ressemble, tu sais que vous êtes de la même étoffe.

— Et donc, parce qu'il appartient à ta tribu d'âmes, tu refuses ce que tu as voulu toute ta vie ?

— Non. Même si je n'avais pas rencontré Eric, je ne pourrais pas t'épouser.

— Mais ce serait parfait, affirma Brian en passant outre ce qu'elle venait de dire. J'y ai beaucoup réfléchi. On pourrait se marier début mai avant que tout le monde parte en vacances. Une cérémonie intime avec nos amis sur notre terrasse. Une réception au MoMa. Tu te souviens l'année où la Fondation pour la lutte contre le SIDA y a organisé son gala de charité ?

— Le MoMa ? Je ne veux pas d'un mariage qui ressemble à un bal de charité.

Il l'ignora.

— Tu pourrais démissionner de ce job affreux. Je pourrais te financer une entreprise de décoration d'intérieur. De stylisme. Tout ce que tu veux.

— Je n'apprécie pas Darcy, mais j'ai extrêmement bien réussi dans ce job. Je suis fière de mon travail là-bas.

— Tu n'es pas fière. Ça doit être humiliant de travailler pour Darcy, déclara-t-il en balayant ce qu'elle venait de dire d'un revers de main. Quoi qu'il en soit, après la naissance du bébé, j'embaucherai une nounou et une nourrice. Et une fille au pair le week-end. Toutes les femmes de mes associés en ont. Je me suis renseigné.

— Trois nounous ? Quel est l'intérêt d'avoir un bébé si je ne le vois jamais ?

— Il faudra bien qu'on case cinq ou six dîners et autres mondanités par semaine. Tu sais bien que c'est comme ça.

La frustration donnait des bouffées de chaleur à Jenna, qui ôta son étole et la posa sur ses genoux.

— Non, mais Brian, tu t'entends ? Tu n'as pas changé du tout. Tu essayes toujours de me contrôler, or tu ne peux plus faire ça.

— J'essaye juste d'anticiper. Écoute…

— Non, c'est toi qui vas m'écouter, répliqua-t-elle d'un ton calme, mais sans appel. Il y a quelque temps, j'ai donné un conseil à une jeune fille à propos des hommes. Je lui ai dit qu'elle ne devait pas attendre qu'un mec décide de son avenir à elle. Que c'était à elle de prendre les choses en main. Je ne le savais pas alors, mais je parlais de moi. Je t'ai attendu pendant des années. Et maintenant… (Elle le regarda.) J'ai tourné la page.

Elle écouta ses propres mots et se demanda si elle écouterait enfin ses conseils. Allait-elle attendre qu'Eric soit prêt à être père – quand elle aurait presque cinquante ans et serait ménopausée – pour réaliser son rêve ? Il ne pouvait pas lui donner ce dont elle avait besoin tout de suite. C'était un fait. Il ne pouvait pas y avoir de compromis. S'ils restaient ensemble, l'un obligerait l'autre à se plier à ses conditions. Et l'un des deux perdrait – certainement elle.

Jenna en avait sa claque de faire passer ses besoins après ceux d'un homme. Et ce que ça signifiait pour elle et Eric, l'homme avec qui elle voulait vivre son conte de fées, la glaçait.

— C'est une proposition adorable, déclara Jenna, mais je n'en veux plus.

— Oh ! JJ, répondit Brian d'une voix éteinte, l'air déçu, je ne suis pas surpris. Tu es comme toutes les femmes.

— C'est-à-dire ?

— Tu veux ce que tu ne peux pas avoir.

Jenna ne répondit pas. Qu'il croie ce qu'il voulait. Son opinion n'avait plus aucune importance pour elle. Elle lui tendit sa flûte de champagne et se leva.

— Au revoir, Brian.

Elle savait que c'était la dernière fois qu'elle lui parlait. Elle s'éloigna dans la nuit, envahie par un sentiment de clarté qu'elle n'avait jamais ressenti – et en même temps elle était submergée par une peur tellement puissante qu'elle craignait qu'elle ne l'écrase.

Chapitre 29

— Comme c'est une compositrice-interprète, dit Eric, sa vidéo pourrait être la mise en images des paroles de son single. C'est un tube, les gens le connaissent bien. Elle dit qu'elle écrit des haïkus dans un champ de marguerites : je pourrais filmer quelques plans de ce genre. Il y a un vers où elle raconte qu'elle fume dans une douche en plein air. Je pourrais peut-être organiser ça.

— Bof, répondit Karen, qui les avait convoqués pour une réunion impromptue le lundi matin afin de décider comment aborder la vidéo de Misty Cox pour *La Trouvaille Idéale*.

La chanteuse était la plus grosse célébrité à participer à l'émission. La rédactrice en chef leur donnait en général carte blanche pour leurs vidéos – vu qu'elles cartonnaient. Mais Misty n'était pas une « vraie » personne ni un mannequin – c'était une pop star avec un agent, une équipe et des producteurs derrière elle. Lorsque Karen avait reçu un coup de fil lui annonçant que la chanteuse était intéressée, elle savait qu'il allait falloir se montrer très attentif.

— Je ne pense pas qu'on devrait montrer quelqu'un qui fume, poursuivit-elle. Ce n'est pas politiquement correct.

— C'est juste un vers dans une chanson, Karen. Ce n'est pas littéral.

— Quelles sont les autres paroles ?

— Honnêtement ? Ce sont les deux meilleures. Je tiens à dire que je trouve sa musique à chier.

— Je l'adore, intervint Jinx. C'est Taylor Swift, mais en plus salope.

— Taylor Swift est Taylor Swift en plus salope, protesta Mitchell.

— Je suis d'accord, fit Terry. Elle arrive à maintenir une image de fille bien alors qu'elle s'est tapé tous les mecs de *US Weekly*. C'est admirable.

— Pas de cigarette, Eric, trancha Karen. Je peux te garantir qu'Universal n'approuverait pas.

— Elle s'appelle Misty Cox, contra Eric d'un ton dédaigneux. Le label l'a lancée avec un nom de star du porno. Ça m'étonnerait qu'ils soient choqués par une Marlboro Light.

— Dois-je me répéter ? demanda Karen, surprise par son attitude. (Eric défendait toujours ses prises de position artistique, mais jamais de manière aussi irascible.) Trouve autre chose.

Il haussa les épaules. Son exaspération était palpablc.

— Comme tu veux.

— Pourquoi cette mauvaise humeur, E ? demanda Jinx de son habitucl ton gcignard.

Elle en profita pour poser la main sur son bras.

— Je ne suis pas de mauvaise humeur, mentit-il.

Il était d'une humeur exécrable. Jenna était assise à un mètre cinquante de lui, il ne lui avait pas parlé de tout le week-end et ne savait pas où ils en étaient. C'était ça le pire. Pas la dispute à l'anniversaire de May, mais ignorer ce qu'elle signifiait.

— Je ne suis pas de mauvaise humeur, répéta-t-il. J'essaye juste de réfléchir à comment faire quelque chose avec rien. J'essaye de trouver comment rendre intéressante une nana qui fait rimer « marguerite » avec « lit » parce que, ouais, la meuf prononce le « t » muet à la fin de lit. Je suis censé faire quoi ?

— C'est une vidéo super importante, rappela Karen. À toi de trouver un truc rapidement.

— Est-ce que ça m'est déjà arrivé de ne pas trouver ? Vu mes états de service, je pense que tu devrais me faire confiance.

— Je suis d'accord, renchérit Jinx. On devrait le laisser créer en paix, non ?

Karen lui lança un regard noir.

— Jinx, soit tu lui demandes de sortir avec toi, soit tu te tais. Ça commence à devenir pénible. (Jinx poussa un petit cri de gêne.) Jenna, qu'est-ce que tu en penses ?

Comme Eric, Jenna n'était pas de bonne humeur. Mais au lieu de se montrer susceptible, elle gérait cette situation embarrassante par le silence. Durant les deux jours qui venaient de s'écouler, ils s'étaient manqué, au sens propre comme au sens figuré. Eric avait commencé par ignorer ses appels puis elle avait manqué le sien quand elle était avec Brian – et quand elle l'avait rappelé, elle était tombée directement sur son répondeur.

De toute façon, elle n'avait aucune idée de ce qu'elle pourrait bien lui dire. La seule chose dont elle était certaine, c'était qu'elle ne pouvait pas lui raconter ce qu'elle avait fait samedi soir. Il ne comprendrait pas et ne le lui pardonnerait pas.

Mais ce que j'ai envie de lui dire est pire, songea Jenna.

— Jenna ? l'interpella de nouveau Karen.

— Pardon. (Jenna, qui n'avait pas consacré une seule seconde à réfléchir au tournage avec Misty Cox, décida de se montrer diplomate.) J'aime l'idée d'Eric de mettre en scène les paroles de sa chanson. Mais tu as raison, il faut trouver les bonnes. On va s'y atteler.

— J'adore, répondit Karen. Je sais que vous allez nous pondre un truc cool. Je veux une idée sur mon bureau d'ici ce soir.

Une heure plus tard, Jenna n'avait toujours aucune idée utilisable. Son cerveau était trop embrumé. Elle ne parvenait pas à se concentrer sur Misty Cox au nom idiot sans penser à Eric. Et elle ne pouvait pas penser à Eric sans se retrouver engluée dans des sables mouvants de confusion. Elle décida de se vider la tête, créativement parlant, et de se consacrer au reste du boulot qui l'attendait et qu'elle ne trouvait jamais le temps de faire. Elle venait juste de recevoir une énorme cargaison de pièces estivales – bikinis, robes, sandales, lunettes de soleil –, et il fallait désormais remballer les vêtements de printemps. C'était un travail de stagiaires (et *StyleZine* n'en manquait pas), mais Jenna avait envie de le faire. Et puisque le placard de son étage était plein à craquer, elle accrocha toutes les tenues sur un portant qu'elle fit rouler jusqu'à l'ascenseur puis qu'elle monta au dixième étage.

Elle était plongée dans le tri par couleurs des tankinis quand elle entendit frapper à la porte.

— Entrez, c'est ouvert, cria-t-elle.

Elle leva les yeux du tas de maillots de bain qu'elle tenait à la main.

— Salut.

C'était Eric. Il verrouilla la porte.

— Salut, répondit Jenna en laissant tomber les maillots sur le sol. Je te demande pardon. Pour tout.

— Non, c'est moi qui te demande pardon. Je ne sais pas ce qui s'est passé, ni qui avait tort ni pourquoi, mais je suis désolé.

— C'était moi, affirma Jenna en joignant les mains. C'est ma faute. Et je…

Eric posa les lèvres sur les siennes avant qu'elle ait eu le temps d'achever sa phrase. Ils s'embrassèrent avec un désespoir avide, comme deux mourants qui se rendraient mutuellement la vie. Lorsque Eric sentit Jenna s'affaisser un peu dans ses bras, il la souleva et l'allongea sur la table. Et le monde entier disparut.

Ils avaient fait ça des dizaines de fois dans une dizaine de positions différentes, et les détails du petit placard – les rangées de vêtements, les paniers bourrés d'accessoires – avaient toujours été les mêmes. Mais aujourd'hui, quelque chose avait changé. S'ils avaient levé les yeux, ils s'en seraient rendu compte. Au plafond, dans le coin droit, avait été installée une petite caméra de sécurité et la petite lueur rouge clignotante signifiait qu'elle enregistrait tout.

Jenna était assise sur son bureau, embrumée par le plaisir. Elle était encore essoufflée, le cœur battant la chamade et les jambes en coton. Eric lui faisait toujours cet effet-là. Il la désarticulait et c'était bon.

Mais alors pourquoi, alors qu'elle était de retour dans son bureau, avait-elle été pêcher dans son portefeuille la carte de visite de Rosie la Riveteuse ?

Appelle-moi si tu veux des conseils, avait-elle dit.

Congèle tes ovocytes. Adopte. Trouve un donneur. Je connais un excellent spécialiste de la fertilité.

Elle tenait la carte dans une main et son portable dans l'autre. Rosie la Riveteuse, de son vrai nom Lisa Defozio, avait proposé de l'aider. Mais à faire quoi ? À tomber enceinte avec le sperme d'un inconnu choisi à la banque du sperme (n'avait-elle pas lu dans un article que les camés SDF donnaient le leur pour se payer de la drogue) ? À avoir un bébé fertilisé dans un laboratoire (c'était tellement impersonnel) ? À adopter une fillette éthiopienne splendide qui ressemblerait à Zahara Jolie-Pitt (avait-elle une sœur quelque part à Addis-Abeba) ? Ce n'était pas comme ça qu'elle avait imaginé devenir mère, mais plusieurs choix s'offraient à elle. Ces options lui ouvraient un monde de possibilités. C'était la liberté.

Toutes les cellules de son corps s'embrasèrent à l'idée de pouvoir obtenir ce qu'elle voulait sans permission. Sans négocier avec quelqu'un d'autre.

Quelqu'un d'autre.

Elle froissa la carte. Elle ne pouvait pas se résoudre à appeler. Elle avait l'impression de laisser Eric en dehors de l'équation. Elle ne pouvait pas téléphoner à Lisa sans être prête à le laisser tomber. Et l'idée était terrible.

Comment pourrait-elle le quitter ?

Jenna se couvrit la bouche du dos de la main, nauséeuse. Elle posa la main sur son ventre, attrapa la poubelle et vomit.

En nage, elle se rassit et se cramponna au bord de son bureau. Elle avait une énorme boule dans la gorge et elle tremblait comme une feuille. Son estomac s'agita de nouveau, et elle prit deux profondes inspirations pour se calmer.

Pas maintenant, bon sang. Je ne peux pas me mettre à vomir à cause du stress.

Ça lui était arrivé toute sa vie. Avant le bac. Le soir où elle avait décidé d'arrêter ses études de médecine et de déménager à New York. Le pire, c'était quand elle était une jeune assistante de vingt-quatre ans et que sa patronne était en train d'accoucher – elle avait dû présenter seule les choix éditoriaux du numéro de mars dans une réunion avec Oscar de la Renta et Bruce Weber.

Paniquée, elle sut qu'elle devait rentrer chez elle. Il n'était que 13 heures, mais il fallait qu'elle sorte de là.

Elle attrapa son sac à main et quitta précipitamment son bureau en claquant la porte derrière elle. Tous les employés dans leurs box levèrent les yeux, y compris Eric. Ils revinrent tous à leurs tâches, mais quand il vit son visage – creusé, égaré, avec des taches roses sur les joues – il laissa tomber sa caméra sur son bureau.

— Ça va ? s'enquit-il à mi-voix.

Elle ne pouvait laisser personne la voir dans cet état, surtout pas lui. Elle baissa donc la tête et remonta le couloir à vive allure.

Eric était assis à sa place, agité par l'inquiétude. Il avait envie de lui courir après, mais il savait que cela les compromettrait. Il essaya de respecter un laps de temps raisonnable mais, après trente secondes à peine, il bondit hors de sa chaise, attrapa un ascenseur et disparut. Il se fichait de ce que les autres pouvaient bien penser ; Jenna avait des soucis.

Darcy, installée dans son somptueux bureau, mâchonnait le bout de son stylo. Elle vit Jenna jaillir de son bureau, suivie éhontément rapidement par Eric. Elle vit aussi que personne ne le remarquait. Darcy se demandait ce qu'elle méprisait le plus – qu'ils aient le culot de poursuivre cette liaison ou qu'elle se soit fait berner comme une bleue. C'était tellement évident.

Elle avait presque envie de rire. La suite s'annonçait délicieuse.

Chapitre 30

Luttant contre des vagues de nausée persistantes, Jenna se tenait à l'angle de Broadway et de Bleecker en attendant que le feu passe au vert.

Tout va s'arranger, calme-toi, prends le métro et rentre chez toi.

Où tu peux vomir en paix.

Cependant, juste au moment où le feu passait au vert et où elle s'apprêtait à traverser, elle vit Eric se ruer hors de l'immeuble. Elle n'était pas prête à faire face à ses propres sentiments sur la situation ; elle voulait juste rentrer chez elle pour réfléchir. Mais, avant qu'elle ait eu le temps de fuir, il l'aperçut, courut vers elle et l'étreignit fermement. Elle se cramponna à lui, étourdie.

— Bon sang, Jenna, qu'est-ce qui se passe ?

— Il faut qu'on parle. J'ai tellement de choses à te dire, mais je ne sais ni comment ni...

— Chut, hors de question de discuter ici. Viens, ordonna-t-il en hélant un taxi dans lequel il la traîna à moitié.

Elle s'affaissa contre son épaule, les yeux clos.

— 260 West Broadway, indiqua-t-il au chauffeur. Au coin de Beach.

— L'American Thread Building ? C'est là que tu vis ?

C'était un monument historique qui contenait un milliard de luxueux appartements.

— Mon beau-père lui a donné au moment du divorce. Je pense qu'elle l'a drogué avant qu'il signe.

Jenna ouvrit brusquement les yeux et se redressa.

— Attends, on va chez toi ? Chez *Darcy* ? Tu as perdu la tête ?

— C'est plus près. Jenna, tu es verdâtre. Il faut qu'on aille quelque part et vite.

— Non ! Et si elle rentre ?

— C'est l'heure du déjeuner, elle ne sera pas de retour avant 20 heures au plus tôt, affirma Eric. Détends-toi. Viens, allonge-toi.

Tandis que Jenna posait avec précaution la tête sur les genoux d'Eric en essayant de ne pas rendre son bagel matinal, elle tenta de digérer cette information. Ils allaient chez Darcy. Chez Eric. Pour des raisons évidentes, ça n'avait jamais été une option. Elle s'était toujours demandé à quoi ressemblait sa vie chez lui, sa chambre, ses affaires, comment il se déplaçait dans son environnement.

Le taxi se gara devant le colossal immeuble d'inspiration Renaissance et Eric fit franchir la porte battante à une Jenna chancelante. Il échangea un check avec le portier et lui murmura à l'oreille :

— Ça boume, Raul ? Oublie que tu as vu cette dame, d'accord ? Je te filerai les Jordan qui te plaisaient. Pour ton fils. Je ne les ai portées qu'une fois.

Raul leva le pouce en souriant. Puis, en tenant Jenna par la main, il lui fit contourner l'escalier imposant pour atteindre l'ascenseur et ils montèrent au septième étage.

Lorsqu'ils entrèrent dans l'appartement, Jenna eut l'impression de pénétrer dans un petit hôtel milanais chic.

C'était spacieux, tout blanc avec des touches d'acajou élégant (les parquets, les portes, l'escalier), des lustres éblouissants et des meubles imposants prune et or. Aucune photo de famille sur les murs, rien de personnel. L'appartement était époustouflant de chic – mais froid, nu et peu attirant.

Eric conduisit Jenna derrière la cuisine au carrelage métro et au plan de travail en marbre blanc et la fit entrer dans une vaste chambre qui ressemblait à un loft avec une salle de bains ultramoderne. Sa chambre. L'endroit en lui-même était ravissant. Mais, comme le remarqua Jenna, surprise, c'était la chambre d'un gamin qui vient de rentrer de la fac et qui ne l'a pas touchée depuis le lycée.

Eric possédait deux bureaux croulant sous les livres, les manuels de son lycée d'art, les albums de l'année, des calepins remplis de notes et tout un tas de fatras de lycéen. Des boîtes de baskets Nike, Adidas et Puma s'entassaient absolument partout. Elle vit un portemanteau plein de casquettes de base-ball dans un coin et des posters de Kobe Bryant accrochés aux murs. Une pile de linge à plier était posée sur une chaise de réalisateur. Un carton de pizza vide.

Pour la première fois, Jenna se rendit compte qu'il était vraiment jeune. La chambre était une ode à sa jeunesse – plus que le fait qu'il jouait aux jeux vidéo, qu'il parlait comme un millennial ou que lorsqu'il se penchait en avant, la peau de son ventre restait bien tendue. On aurait dit l'antre d'un puceau – un tout jeune adolescent qui vient d'obtenir son diplôme de Power Ranger. C'était la chambre de Theo Huxtable dans la première saison du Cosby Show. Ce n'était pas celle du partenaire d'une quadragénaire.

Eric lui fit couler un bain chaud dans sa baignoire encastrée. Pendant qu'elle s'y délassait, il s'assit sur les toilettes, les pieds sur le lavabo. Elle était trop patraque pour parler, aussi se contenta-t-il de lui tenir compagnie tandis qu'elle faisait trempette. Elle ferma les yeux et se laissa couler autant que possible sans se noyer – et ne bougea pas jusqu'à ce que l'eau refroidisse. Elle pria l'univers de leur fournir une solution facile à Eric et elle. Quelque chose qui fasse sens et qui lui convienne. Rien ne vint.

Au bout d'une heure, elle finit par sortir de la baignoire et Eric lui fit enfiler un de ses marcels et un caleçon. Il essaya en vain de trouver ce qui pourrait améliorer son état. Il la berça, lui caressa les cheveux, lui prépara un thé – mais elle se contentait de rester assise sur son bureau, adossée au mur, l'air apathique et elle ne décrocha presque pas un mot. Il se sentait complètement inutile.

Et de plus en plus effrayé.

— Est-ce que tu veux du paracétamol ? Tu as peut-être la grippe.

— Non, ça va mieux. Le bain m'a fait du bien.

— Tu ne vas pas mieux. Qu'est-ce que je peux faire ?

— Rien, avoua-t-elle. Pendant un bon moment. Trop longtemps.

— De quoi tu parles ?

— Tu ne peux pas me donner ce que je veux de toi. (Eric se raidit, comme pour se préparer à encaisser un coup.) Tu m'as demandé de l'admettre sur la jetée. Je n'ai pas pu. Parce que ce que je veux n'est pas réaliste. Je ne voulais pas te faire porter le poids de mes fantasmes idiots. Mais la vérité, c'est que j'aimerais t'épouser. Je veux un petit toi-et-moi. Un bébé qui ferait ta taille et… et qui aurait mon goût des accessoires. Et maintenant je sais que ce n'est pas possible, mais j'y pense tous les putains de jours.

— Pourquoi ne m'as-tu rien dit ? répliqua Eric. Rien de ce que tu me dis n'est un poids. C'est merdique quand on se rend compte que la femme qu'on croyait rendre heureuse t'en veut terriblement. Je me suis senti ridicule à l'anniversaire de May.

— Je suis vraiment désolée, murmura-t-elle.

— Est-ce que... on devrait... on pourrait peut-être, genre, on pourrait avoir un bébé.

Eric avait eu beaucoup de mal à venir à bout de cette phrase.

— Tu as perdu la tête ?

— Pourquoi pas ? demanda-t-il en se raccrochant aux branches. Les gens procréent dans des circonstances bizarres tout le temps. Regarde mon horrible mère. Et au final, je suis assez incroyable.

— À ce stade de ta vie, tu ne peux pas être père.

— Mais si ! J'aime les enfants. Si on en avait un comme May, tu imagines ?

— Chéri, je suis sérieuse. Ce serait trop pour toi.

Il aurait aimé que Jenna ait tort – mais il était bien obligé d'être d'accord avec elle. Il fumait des joints tout le temps, mangeait de la pizza à chaque repas, regardait beaucoup trop de films porno et sortait tous les soirs qu'il ne passait pas avec elle. Ce n'était pas des qualités de père. Ses deux centres d'intérêt étaient le boulot et Jenna – le reste de sa vie n'était qu'un immense point d'interrogation. Il ne voulait pas avoir d'enfant avant d'être bien installé.

Il voulait approcher la paternité avec prévenance et dévouement. Il voulait ressembler à un père de famille de sitcom d'ABC. Et tant qu'il ne sentirait pas prêt, il ne devait pas le faire.

— Ce serait trop pour moi, effectivement, reconnut-il à mi-voix. Je ne suis pas du tout prêt à avoir un bébé. Je ne suis même pas capable de plier mon linge.

Un silence tendu s'abattit sur eux. Eric sentait que Jenna s'éloignait et ça lui était insupportable – il essaya donc de les détourner de la lourdeur de la conversation.

— Je n'arrive pas à croire que tu sois dans ma chambre. C'est surréaliste de fou. Comme si Joe Biden se pointait à une de nos réunions éditoriales.

— En parlant de *StyleZine*, commença Jenna, on ne va pas y rester longtemps. Imaginons que les retombées du festival South by Southwest soient géniales pour toi. Et que j'accepte ce job à Fordham. Si Darcy n'était plus un problème, qu'est-ce qu'on deviendrait ?

— On n'aurait plus à se cacher. (Il haussa les épaules.) On serait ensemble, c'est tout. On pourrait… traîner.

— Traîner ? (Jenna sentait monter un fou rire hystérique.) Eric, quand tu es avec moi, est-ce que ça t'arrive de réfléchir à notre avenir ? Ou est-ce que ce n'est qu'une aventure sympa pour toi ?

— Bien sûr que j'ai réfléchi à tout ça.

— Où est-ce que tu nous vois dans un an, alors ?

Il ne répondit pas tout de suite.

— Mmm… est-ce que je peux te répondre plus tard ?

— Tu vois ? C'est facile de blâmer Darcy, de dire qu'on ne peut pas être vraiment ensemble à cause d'elle. On agit comme si elle était la méchante, mais…

— C'est la méchante.

— C'est *une* méchante, mais pas *la* méchante. Le grand méchant, c'est le temps.

Eric ricana.

— Le temps n'a jamais montré ses seins au père de Dave Getty pendant sa bar-mitsva.

— Est-ce que tout te fait rire ? (Jenna fut envahie par une colère aussi soudaine qu'aveuglante.)

— Non, ça s'est vraiment passé !

— Tu ne peux pas indéfiniment t'en tirer par un bon mot, Eric ! Il faudra bien que tu grandisses. (Elle se glissa à bas du bureau et se mit à faire les cent pas.) Je ne peux pas.

Eric la suivit.

— Tu ne peux pas quoi ?

— Je ne peux pas « traîner » avec l'amour de ma vie. Ça ne me suffira jamais.

— Suffira pour quoi ? demanda Eric d'une voix fébrile.

— Dans cinq minutes, j'aurai quarante et un ans. Puis quarante-deux, quarante-trois, et tu seras toujours au milieu de ta vingtaine. Qui sait quand tu seras prêt à te caser ? Tu n'as aucune idée de ce que j'ai traversé. Je suis tellement amoureuse de toi que je suis prête à abandonner quelque chose d'absolument vital.

— J'ignorais qu'être avec moi représentait un tel sacrifice.

— Ce n'est pas ce que j'ai dit.

— *Qu'est*-ce que tu dis, bon sang ?

— Je pense qu'il est temps de rompre.

Il la dévisagea, incrédule.

— Tu n'es pas sérieuse.

— Si, répondit-elle en se tenant le ventre.

Le regarder lui donnait le tournis. Son cœur, la partie d'elle émotionnelle et irréfléchie, crevait d'envie de rester – de s'enfermer dans une pièce avec lui pour l'éternité –, mais son cerveau savait que c'était impossible.

— Tu veux vraiment me quitter ?

— Cette idée est affreuse, déclara-t-elle d'une voix

brisée. Je ne sais même pas comment je vais survivre. Tu es tout pour moi.

— Mais alors... pourquoi... que...

— Eric, murmura-t-elle, le cœur volant en éclats.

— Comment je vais survivre à mes journées ? Plus rien ne m'attendra. Je n'aurai plus de but. Je veux dire... qui d'autre sait qui je suis ?

Il se décomposa.

— Arrête, sanglota-t-elle en faisant un pas vers lui.

Il recula, les larmes aux yeux, furieux de se laisser aller ainsi. Embarrassé, il s'essuya les yeux avant que les larmes n'aient eu le temps de couler.

— Pourquoi tomber amoureux de toi si je ne peux pas te garder ?

— Tu ne crois pas que je ressens la même chose ? Mais, Eric, j'ai toujours voulu un enfant.

— On s'en fout des gosses. C'est toi que je veux.

— Moi aussi, mais l'amour ne suffit pas toujours.

— Qu'est-ce qui compte, alors ?

— La vie ! Laisse-moi te demander quelque chose. On s'est cachés de Darcy, mais j'ai quand même essayé de te présenter mon monde. Tu connais mes meilleurs amis. Tu as même rencontré May. Mais je n'ai jamais vu à quoi ressemble ta vie en dehors de moi. Je n'ai vu Tim qu'une fois et uniquement parce que je t'ai obligé à l'inviter chez moi. Toutes ces boîtes que tu fréquentes, ces fêtes, ces concerts. Darcy n'y est jamais et pourtant tu ne m'y as pas conviée. Tu sais pertinemment qu'il n'y a pas de place pour moi dans ton monde.

Il leva les mains au ciel.

— Tu me largues parce que tu voulais assister au concert de Lil Wayne ?

— Eric !

— Non, c'est complètement idiot ! Tout ce qui compte c'est l'amour. Toi et moi.

— Tu dis ça parce que tu es jeune.

— Tu me traites d'immature, maintenant.

— Tu manques d'expérience.

— Très bien. Et si la voix de l'expérience que tu es m'expliquait ce qu'il faut pour entretenir une relation adulte ? Vu que ton instinct d'adulte a si bien marché avant.

— Pardon ?

— Est-ce que c'est à cause de Brian ? Tu me largues pour te remettre avec lui ?

— Tu sais très bien qu'il n'y a rien entre nous !

— D'accord, répondit-il sans la croire tout à fait. (Il secoua la tête en essayant de comprendre ce qui était en train de se passer.) C'était ça, le plan depuis le début ? J'étais censé te baiser jusqu'à ce que ton ego soit bien regonflé ? Et que tu te sentes assez sexy pour rencontrer ton prince charmant ?

— Arrête.

— Non, je veux savoir. Qu'est-ce que tu veux exactement ? Explique-moi ton plan après-Eric. Qu'est-ce que tu vas faire après moi ? Te trouver un Noir de Wall Street ? Tu seras fiancée dans quatre mois, enceinte dans six ? Il y aura des photos de ton mariage dans le *Times*, tu vivras dans un *penthouse* dans l'Upper West Side et tu adhéreras à l'association de parents d'élèves ? Et tu crois que ça te rendra heureuse ? Non, tu te feras chier, tu te sentiras étouffée et tu seras coincée avec un connard en costard à qui tu ne pourras pas parler, qui ne fera pas attention à toi et qui n'aura aucune idée de comment te faire jouir. Je suis l'air que tu respires, Jenna. Moi. Je te connais par cœur.

Il appuya brutalement son index sur son cœur en parlant. Elle recula, chancelante.

— Tu as fini ? demanda-t-elle.

— Ouais.

— Regarde-moi, bon sang, et arrête d'essayer de me blesser.

Eric lui jeta un coup d'œil puis se concentra sur le parquet.

— Tu me connais par cœur, donc tu sais bien que tu racontes des conneries. Toutes ces choses, la maison, l'association de parents d'élèves, je voudrais les vivre avec toi. Un plan après-Eric ? Je ne te quitte pas pour chercher quelqu'un d'autre.

Eric avait l'air sincèrement déboussolé.

— Comment tu vas faire un bébé, alors ? Par l'opération du Saint-Esprit ?

Jenna s'affaissa un peu. Elle ne pouvait pas lui expliquer son plan, vu qu'elle n'en avait pas.

— Je t'aime passionnément, Eric, mais tu n'es pas prêt, c'est tout.

Eric soupira, vaincu. Jenna devina qu'il réfléchissait à tout ce qu'elle venait de dire.

— Est-ce que je pourrais te supplier de rester ?

— Tu pourrais, répondit-elle. Et je le ferais. Mais il me manquerait toujours quelque chose.

— Ça me tuerait, affirma-t-il d'une voix à peine audible. J'aimerais tellement être tout ce que tu veux.

— Tu l'es. Il te manque juste vingt ans.

Eric recula, s'assit sur le bord de son lit et enfouit le visage entre ses mains.

— J'ai l'impression que ce n'est pas réel.

Il garda le silence pendant de longues minutes.

— Dis quelque chose, supplia-t-elle.

Il leva les yeux vers elle.

— Les gens cherchent en vain toute leur vie ce qu'on a trouvé. Je ne sais rien sur rien, Jenna, et je manque d'expérience, mais je sais que tu n'aimeras jamais quelqu'un d'autre comme tu m'aimes.

— C'est vrai, murmura-t-elle.

— Et pourtant, tu me quittes pour un bébé qui n'existe pas et un mari que tu n'as pas encore rencontré. Je suis là, je suis réel, et j'ai perdu face à un putain de fantasme. Tu n'as sans doute jamais été vraiment avec moi.

Eric avait l'air concentré, comme s'il essayait déjà d'effacer Jenna de sa mémoire. Il ne voulait pas souffrir. C'était trop.

— Tu devrais t'en aller, dit-il.

Jenna hocha la tête, les yeux embués de larmes. Elle ne s'attendait pas à ce qu'il comprenne. Elle se mit à parcourir la pièce à la recherche de ses vêtements. Au bout de dix secondes, Eric comprit enfin ce qui lui arrivait – il se précipita sur elle et l'écrasa contre sa poitrine. Elle le serra contre elle en pleurant.

— Tu es ma vie, chuchota-t-elle d'une voix rauque. Je veux que tu le saches.

— Ne t'en va pas tout de suite, implora-t-il d'une voix étouffée. Reste avec moi. Juste un peu. Je ne peux pas te laisser partir maintenant.

Ils s'allongèrent sur le lit d'Eric, celui dans lequel il dormait depuis qu'il était enfant – et ils s'y blottirent en cuillère. Durant les deux heures qui suivirent, ils restèrent étendus dans un silence désespéré. Alors que la vérité de leur séparation – ils ne seraient plus là l'un pour l'autre

– devenait tangible, la douleur se faisait de plus en plus aiguë. Le lendemain, Jenna aurait des bleus sur les bras aux endroits où Eric s'était cramponné à elle.

Les plaies d'Eric, elles, étaient invisibles.

Chapitre 31

Le lendemain matin, Darcy envoya un mail convoquant toute l'équipe devant son bureau à midi. Elle n'expliqua pas de quoi il s'agissait, juste que c'était une réunion d'urgence avant la réunion quotidienne de 14 heures. À midi, toute l'équipe était massée dans le couloir face au bureau de Darcy. Leur patronne n'avait jamais fait une chose pareille ; ils ignoraient complètement ce qu'elle voulait.

Jenna et Eric étaient séparés par cinq personnes. Personne n'aurait pu dire qu'ils étaient dévastés. Jenna avait recouvert de fond de teint les vaisseaux que des heures de sanglots avaient éclatés sur ses joues. Eric portait une casquette sur laquelle était brodé « Brooklyn » dont il avait rabattu la visière le plus bas possible afin de dissimuler ses yeux gonflés et rouges.

Tout le monde discutait – quelqu'un venait-il d'être embauché ? Viré ? Mais Jenna et Eric étaient tellement perdus dans leur chagrin qu'ils n'entendaient rien.

Lorsque Darcy finit par émerger de son bureau, elle vibrait presque sous l'effet de la rage.

— Il y a un voleur parmi nous. Quelqu'un a piqué dans le placard du dixième étage. J'y avais rangé pour mille dollars de bijoux que j'avais empruntés pour le gala et ils ont disparu. Il manque aussi des bricoles. Une pochette de soirée, un sac avec des boucles d'oreilles. Ça peut être quelqu'un de l'immeuble – une femme de ménage ou un vigile. Mais ça peut aussi être l'un d'entre vous. J'ai déjà vu des journalistes juniors dérober des pièces prêtées pour des shootings afin de les vendre. (Elle rejeta les épaules en arrière et rajusta son blazer rose pâle.) Si vous savez quoi que ce soit, je vous demande de parler.

Tout le monde échangea un regard et secoua la tête – tout le monde sauf Jenna et Eric qui n'avaient pas écouté un mot.

— Jenna, tu es toujours fourrée dans ce placard. Tu es sûre que tu n'as vu personne y traîner ?

— Au dixième étage ? demanda Jenna d'un air égaré, comme si elle sortait prématurément d'un sommeil sous somnifères. Non, je n'ai vu personne.

— De toute façon, j'ai fait installer une caméra de surveillance dans ce placard la semaine dernière dans l'espoir d'attraper le voleur. Avec un peu de chance, il y aura quelqu'un sur l'enregistrement.

Jenna se réveilla tout à fait, toutes les molécules de son corps en alerte.

Le cœur battant, horrifiée, elle jeta un coup d'œil à la dérobée à Eric. Il s'était figé, en état de choc, comme s'il venait de recevoir un uppercut dans l'estomac – ce qui était exactement ce qui venait de se produire.

Ils avaient baisé dans ce placard. La veille.

— Jinx, j'ai une mission à te confier, poursuivit Darcy. Les enregistrements sont sur un site sécurisé. Je vais te donner mon mot de passe pour que tu puisses visionner les films de la semaine passée. Vois si tu peux trouver quelle activité abjecte s'est déroulée là-dedans.

— Ooh, trop bien ! s'exclama Jinx en se frottant les mains tout en sautillant sur place.

Jenna porta la main à sa gorge. Darcy savait. Elle avait découvert la vérité. C'était un piège et sa vengeance. Et elle venait d'ordonner à Jinx de regarder Jenna en train de coucher avec son fils.

— Jinx, tu nous raconteras ce que tu as vu pendant la réunion de 14 heures. Vous pouvez disposer.

Darcy retourna à son bureau. Les rédacteurs photo, les journalistes, les stagiaires et l'équipe marketing se dispersèrent en se demandant si le voleur était parmi eux.

Jenna et Eric s'attardèrent dans le couloir en se regardant. Leur histoire allait être jetée en pâture de la manière la plus choquante, détaillée et humiliante possible. L'instant qu'ils redoutaient depuis le début était sur le point de se produire et il serait pire que tout ce qu'ils avaient imaginé. Jenna était envahie par une panique pure, comme un animal pris au piège – elle était paralysée. Eric pointa du menton son bureau et elle se mit à marcher dans cette direction d'un pas raide et lent.

Avant de regagner son propre bureau, Eric s'arrêta sur le seuil de celui de sa mère. Darcy leva les yeux vers lui et lui lança un regard triomphant.

— Tu as quelque chose à me dire ? demanda-t-elle en sirotant son *latte* au rhum.

Il la dévisagea, dérouté, comme s'il cherchait un peu d'humanité dans une lampe. Il finit par éclater d'un rire amer, abaissa encore davantage la visière de sa casquette et s'éloigna.

Jenna était adossée contre la porte fermée de son bureau, mortifiée jusqu'aux os. Elle se repassait le film de leurs ébats dans le placard en s'obligeant à voir exactement ce que Jinx allait voir – lorsque son téléphone vibra.

iMessage
Jenna Jones
27 avril 2013 12 h 11

Eric : Alors, ce n'est pas la méchante ?

Jenna : COMMENT ELLE SAIT ? Qu'est-ce qu'on a fait ?

Eric : Aucune importance. Fais tes cartons. C'est notre dernier jour ici.

Jenna contempla son portable jusqu'à ce que sa vue se brouille. Elle se laissa lentement glisser le long de la porte jusqu'au sol. Il ne restait que deux heures avant la réunion. Elle ne pouvait rien faire d'autre qu'attendre.

À 14 heures, toute l'équipe se dirigea vers la salle de conférences. Jenna et Eric s'assirent côte à côte – une première : ils éprouvaient le besoin tacite de faire front ensemble. Darcy s'installa en bout de table.

Jinx arriva la dernière, écarlate. Les yeux baissés, elle prit place dans un coin, à trois chaises vides de tout le monde.

Darcy annonça à Karen qu'elle comptait diriger la réunion – et elle se mit à disséquer méticuleusement tous les aspects du site. Les réunions éditoriales ne duraient jamais plus de vingt minutes, c'était juste un rapide déroulé de ce que chacun comptait mettre en ligne dans la journée. Pourtant, ce jour-là, au bout de cinquante minutes, Darcy ne donnait toujours pas l'impression de vouloir en finir.

Elle se montrait inhabituellement enthousiaste et étrangement intéressée par le travail de tout le monde.

Elle perdait du temps à poser des questions inutiles et à s'ingérer dans toutes les tâches.

Elle répondit même au téléphone au bout d'une demi-heure. Elle était en train de torturer Jenna et Eric.

Ils le supportèrent vu qu'ils n'avaient pas le choix. Eric était tellement avachi sur sa chaise qu'il était presque sous la table. Son attitude puait l'insolence. Près de lui, Jenna était raide comme la justice, les mains jointes comme à l'église. Pour contrer son angoisse, elle répondait brillamment à toutes les demandes chronophages de Darcy.

La pauvre Jinx était manifestement au plus mal. Elle était toujours au beau milieu de crises personnelles, mais là, elle avait l'air sur le point de faire une crise d'angoisse carabinée. Cachée derrière l'épais rideau de ses cheveux bouclés, elle répondait en marmonnant, le visage en feu. Elle contemplait ses mains et arrachait son vernis à ongles jaune pailleté.

Leurs collègues étaient désarçonnés par la tension évidente qui régnait. Pourquoi agissaient-ils tous les quatre comme s'ils étaient bipolaires ?

Au bout d'une heure, Darcy finit par croiser les bras et dire :

— Il est temps de passer à notre histoire de vol.

Jenna poussa un petit soupir. C'était parti.

— Jinx, tu as regardé les enregistrements ?

Tout le monde se tourna vers elle. Elle hocha la tête, les lèvres pincées.

— Alors ? Qu'est-ce que tu as vu ?

Elle ouvrit la bouche et la referma à deux reprises. Ses joues et sa gorge prirent une teinte encore plus rouge.

— Je t'ai posé une question.

Jinx secoua la tête.

— Je n'ai rien vu.

— Ton air dit le contraire. Tu as l'air toute secouée. (Darcy fit un geste pour désigner l'équipe.) Le voleur est parmi eux ?

Un silence.

— Tu transpires, constata Terry.

— Qui était dans le placard ? demanda Darcy d'une voix tranchante. Tu as intérêt à me répondre. Tout de suite.

Jinx jeta un coup d'œil en direction de Jenna et d'Eric.

Tous les yeux se posèrent aussitôt sur eux – des regards sidérés et incrédules. Jenna se sentit rougir. Eric fit tourner la visière de sa casquette sur sa nuque et croisa les bras.

— Jenna et Eric sont les voleurs ? Tu les as vus prendre les bijoux ?

— Non !

— Oh. (Darcy avait l'air perplexe.) Mais alors qu'est-ce qu'ils ont fait pour te mettre dans tous tes états ?

Jinx émit un petit bruit misérable. Elle était à présent rouge jusqu'aux cheveux.

— Qu'est-ce qu'ils faisaient ? Ils résolvaient la crise économique ? Ils jouaient à *Candy Crush* ? Quoi ?

— Laisse-la tranquille, ordonna Eric dans sa barbe.

— Je… je ne peux pas le dire, lâcha Jinx d'une voix tremblante.

La première à comprendre fut Terry, qui posa sa main sur sa bouche.

— OH LÀ LÀ ! Ils n'étaient pas… tu les as vus en train de…

— Jinx, je te conseille de répondre, fit Darcy.

— Laisse-la tranquille, répéta Eric, plus fort cette fois. Jinx, tu n'es pas obligée de lui répondre.

— C'est toi son chef, peut-être ? éructa sa mère. Jinx ? Réponds. Moi. Tout. De. Suite.

— Darcy, ça suffit, souffla Jenna en jetant un coup d'œil à Eric.

Il lui serra la main sous la table.

La lèvre inférieure de Jinx tremblait.

— Ils étaient... ils étaient en train de...

— De faire une crise d'épilepsie ? De prendre le thé ? Ils faisaient quoi, bordel ?

— On baisait, lâcha Eric. Je l'ai baisée. Elle m'a baisée. On baisait.

Jenna ferma les yeux.

Des cris d'étonnement montèrent de l'assemblée.

Les bouches s'ouvrirent, les téléphones tombèrent.

Darcy prit l'air de la P-DG/mère tellement trahie par ses employés qu'elle ne pouvait en croire ses oreilles.

— Es-tu en train de me dire que ma journaliste superstar et mon fils unique copulaient dans le placard ? Jenna, est-ce vrai ?

— Oui. (Elle joignit de nouveau calmement les mains. Maintenant que c'était dit, elle se sentait certes humiliée, mais aussi étonnamment sereine. Les mensonges et les secrets, pour le meilleur et pour le pire, étaient terminés.) Oui, c'est vrai.

— Je n'arrive pas à le croire, cracha Darcy.

— Tu veux qu'on rejoue la scène pour toi ? demanda Jenna.

Eric ricana.

La pièce bruissait d'excitation : quel ragot juteux ! Jenna Jones et Eric ? Ils avaient une liaison à l'insu de tout le monde ? L'équipe était tellement abasourdie par la nouvelle que chacun se mit à commenter sans se soucier de la présence de Darcy. Terry était exaltée.

— Je savais qu'elle l'aimait bien, s'écria-t-elle. Eric, t'es qu'un putain de menteur ! Vous êtes deux coquins !

— Bravo ! siffla Mitchell, le rédac chef photo avant de lever le pouce en direction d'Eric pour qui il éprouvait un respect tout nouveau.

— Jenna, je suis choquée, murmura une stagiaire obsédée par l'industrie de la mode et qui la vénérait vu qu'elle avait connu le glamour de la presse écrite. Tu es toujours tellement tirée à quatre épingles. Comment tu as fait pour éviter d'avoir des fringues froissées après ?

Darcy frappa du poing sur la table.

— Ça suffit ! C'est répugnant. Je ne peux même pas continuer cette réunion. Eric, je t'ai élevée mieux que ça. Jenna, je ne peux même pas imaginer comment tu as été élevée. Jinx, tu es virée. Quand ton supérieur te demande de parler, tu parles.

Jinx éclata en sanglots silencieux et un silence de mort s'abattit sur la pièce. Darcy était dans une de ses humeurs imprévisibles – si elle était capable de virer Jinx, n'importe qui pouvait être le suivant. Tout le monde essaya soudain de se faire le plus petit possible.

— Darcy, tu ne peux pas virer Jinx ! s'écria Jenna. Elle n'a rien à voir là-dedans ! C'est…

Il y eut alors une explosion sur le mur derrière la tête de Darcy. Elle bondit hors de son siège. Eric avait lancé la bouteille d'Évian à moitié pleine de Jenna à travers la pièce. De l'eau coulait sur le mur jusqu'au sol.

— On a fini ? demanda Eric en donnant un coup de pied dans sa chaise. Oui ? Non ? Des questions ? Je serais ravi d'y répondre. Vous voulez savoir combien de fois ?

innombrables, depuis des mois, de toutes les manières dépravées possibles. Est-ce qu'entre nous c'était juste un plan cul entre collègues ? Pas le moins du monde. Jenna est mon alpha et mon oméga. Vous voulez nous voir à l'œuvre ? Moi aussi, regardons l'enregistrement ! Non, mieux encore, balançons-le à la presse, on pourrait peut-être en faire un *reality show* ! Prends ma sextape dans la gueule, salope !

L'assistant photographe éclata de rire et Karen se leva.

— Eric, calme-toi. Si tu dois péter un plomb, fais-le ailleurs.

— Tu as raison, je me barre. (Il s'arrêta au niveau de sa mère en sortant.) J'espère que ça t'a plu, espèce de connasse perverse.

Terry porta la main à sa bouche. Mitchell poussa un petit cri. La moitié de la pièce était en train d'envoyer des textos à tout son répertoire.

— Ne faites pas attention à Eric, j'aurais dû le punir davantage quand il était enfant. (Darcy s'éclaircit la voix.) La réunion est terminée. Jenna, dans mon bureau dans cinq minutes. Va chercher Eric. Et essaye de garder tes vêtements, cette fois.

Jenna se leva.

— Darcy, tu es une femme mesquine, triste et folle. Je te suggère une longue thérapie et un exorcisme. Jinx, je suis vraiment désolée. Si tu… as besoin d'une lettre de recommandation… ou d'autre chose, tu as mon numéro. (Elle déglutit.) Je m'excuse auprès de toute l'équipe. Je me suis comportée d'une manière irresponsable, imprudente et offensante face à votre professionnalisme. Je ne sais pas trop ce qui m'a pris… mais bon, on fait tous des erreurs.

Elle se dirigea vers la porte, s'immobilisa à mi-chemin et pivota pour faire face à tout le monde.

— En réalité, je ne suis pas désolée. Et ce n'était pas une erreur. Eric est la meilleure chose qui me soit arrivée. C'était... (Elle esquissa un sourire mélancolique.) C'était sacrément fabuleux.

Elle rejeta les épaules en arrière et sortit à grands pas – rassemblant toute la dignité qui lui restait.

Assise derrière son bureau, Darcy lançait des regards meurtriers à Jenna et Eric, installés de l'autre côté. Ils gardaient le silence dans l'attente de leur châtiment – mais leurs attitudes étaient complètement opposées. Jenna attendait juste que Darcy ait fini de fulminer afin de pouvoir recoller les morceaux de sa vie. Mais Eric avait envie d'en découdre. Elle ne l'avait jamais vu aussi furieux. De la vapeur sortait presque de ses oreilles.

— Je voudrais commencer par dire que vous êtes virés tous les deux.

— Naturellement, fit Jenna.

— Heureusement, déclara Eric.

— J'ai hésité avant de prendre cette décision parce que *La Trouvaille Idéale* est très importante pour le magazine. Mais, Eric, sache que tu n'es pas le seul jeune réalisateur talentueux en ville. Quant à toi, Jenna, tu es remplaçable. Si j'arrive à trouver le budget pour sa garde-robe et son chauffeur, je pourrai débaucher Nina Garcia. (Elle fit un geste vers Jenna.) Je commence par toi, Cougar ?

— Vas-y.

— Je ne suis pas arrivée à mettre le doigt dessus pendant des années, mais maintenant je sais exactement ce qui m'irrite chez toi. Tu as l'air toute mielleuse, tu fais croire à tout le monde que tu es tellement parfaite, tellement sophistiquée et tellement au-delà de la vulgarité qui est notre lot, à nous pauvres mortels. Et en même temps, tu as couché avec mon petit ami et avec mon fils. Mon fils unique.

— Ne fais pas comme si ça signifiait quoi que ce soit pour toi, intervint Eric. C'est comme si tu disais qu'elle a couché avec ton unique bonzaï.

Elle l'ignora.

— Et tu as agi comme ça alors que je t'avais donné une deuxième chance. Est-ce que tu es animée par le besoin obsessionnel de coucher avec tous les hommes qui me sont proches ? Voudrais-tu emprunter mon ex-mari pour la nuit ? Mon ostéopathe ? Je ne comprends pas comment tu as pu passer pour la bonne fille toutes ces années, alors qu'en réalité tu es une pute.

Jenna était atterrée. Darcy, entre toutes, la traitait de pute ? Elle garda cependant le silence.

Eric se passa la main sur le visage.

— Écoute, Schtroumpfette satanique. Je sais que ça fait partie du jeu et que tu aimes te prendre pour le Parrain et nous balancer des menaces à la gueule comme dans un film de série B, ce que j'accepte uniquement parce que je ne veux pas que Jenna subisse ça toute seule, mais je t'interdis de la traiter de pute.

— Oh ! mais comme c'est mignon de vouloir la protéger. J'ai bien aimé ce que tu as dit tout à l'heure, c'était quoi déjà, qu'elle était « ton alpha et ton oméga » ? Tellement romantique. C'était son alpha ou son oméga que tu baisais au milieu de milliers de dollars de fringues haute couture ?

— Si on est virés, est-ce qu'on peut juste se barrer ? (Il se tourna vers Jenna.) On est accusés ? Tu crois que je devrais passer un coup de fil à Gloria Allred ? Qu'est-ce qu'on fait ici ?

— C'est ton entretien de départ, déclara Darcy, et c'est mon droit.

— Eric, ce n'est pas grave. (Jenna lança un regard noir à son ancienne cheffe.) Darcy, je comprends que tu sois contrariée. Mais je n'avais pas prévu de tomber amoureuse d'Eric. C'est arrivé comme ça.

— Tomber amoureuse d'Eric…

Darcy bafouilla un instant, luttant pour trouver ses mots. Elle laissa complètement tomber sa garde de salope glaciale. Elle ne parvenait pas à cacher à quel point elle était déroutée par l'idée qu'ils puissent former un véritable couple.

— Jenna, on ne parle même plus de faire la sortie des écoles. C'était… c'est mon bébé. Tu pourrais être sa mère… (Elle agita l'index dans la direction de son fils.) Et toi ! Tu as douze ans. Comment as-tu réussi à la séduire ?

Il la regarda, impassible.

— Je possède une surprenante maturité émotionnelle.

— C'est vrai, acquiesça Jenna.

— Bien sûr. « Prends ma sextape dans la gueule, salope » est le summum de la maturité. (Elle leva les yeux au ciel d'un air théâtral.) On dirait que vous êtes tous les deux défoncés.

— J'en ai rien à foutre de ce que tu penses, répliqua Eric.

— C'est clair. Sinon, tu serais humilié. On dirait un ado en chaleur qui a un *crush* sur sa prof nympho. Jenna, tu n'as pas pensé un seul instant que ça aurait été une bonne idée de refouler ce prétendu amour pour mon fils ?

— Non, rétorqua Eric.

— Si, au début ! Et puis après… non, pas vraiment.

— De toute façon, constata Darcy, les reines du bal sont toujours des salopes.

— Je peux te poser une question ? ne put s'empêcher de demander Jenna. Comment tu as su ? Comment tu as eu l'idée d'installer une caméra au dixième étage ?

— Parce que vous n'êtes pas malins. (Il était hors de question qu'elle avoue que c'était Suki Delgado qui les avait balancés.) C'était facile de vous attraper. Ce n'est pas la première fois que je vois ça. Quand deux collègues ont une liaison, ils baisent toujours au bureau. Et où auriez-vous pu le faire ? Dans le bureau de Jenna, dans les toilettes et dans les placards de fringues. J'ai fait installer des caméras partout et il ne vous a pas fallu trois minutes pour vous faire gauler comme des bleus.

— J'ai une question, dit Eric. Qui se met en quatre pour surprendre son fils en train de baiser ? C'est ignoble, même pour toi.

— Je refuse de te laisser critiquer les décisions que je prends en tant que parent. Est-ce que tu sais à quel point je suis gênée ? Mon fils pris dans un scandale sexuel sous mon nez.

— C'est la malédiction des Vale, pas vrai ? On est condamnés à baiser de manière inconvenante pour humilier nos parents.

Jenna tourna brusquement la tête vers lui.

— De quoi tu parles ? demanda Darcy.

— Tu as eu ton propre scandale sexuel au lycée. Moi. Et ta famille t'a déshéritée. Tu comptes faire pareil ? Heureusement que je ne compte pas sur toi.

— Comment tu sais ça ?

— J'étais censé croire que tu n'as pas de parents ? Je sais qu'ils existent, ils sont dans le New Jersey. Tu n'as jamais essayé de reprendre contact avec eux pour moi. (Il secoua la tête.) Tu es le seul membre de ma famille. Tu sais à quel point c'est dingue ?

Jenna ressentit le besoin d'intervenir avant que les choses n'empirent.

— Eric et moi allons partir. Il n'y a aucune raison pour aggraver encore la situation. Darcy, tu es déjà allée trop loin. Nous prendre au piège, nous humilier devant toute l'équipe ? Ça ne te suffit pas ?

— Oh ! non, loin de là. C'était gonflé de ta part, Jenna, de mettre en péril ton retour en attachant un nouveau scandale à ton nom. Personne ne se souviendra de tes succès. Tu seras toujours l'idiote qui a gâché sa carrière à cause de ses erreurs personnelles. La nana dont le fiancé est devenu un héros de romance pour une blogueuse. La cougar désespérée qui a couché avec le fils de Darcy Vale chez *StyleZine*. Tu crois que tu as neuf vies ? Tu penses vraiment que les blogs à scandale n'en sauront rien ? Tes anciens collègues sont en train de tout raconter en ce moment même, ricana Darcy. J'ai pris des risques en t'embauchant, Jenna. Tu n'aurais jamais dû te mettre en travers de mon chemin. Je vais te traîner dans la boue et je vais adorer ça.

— Tu vas empêcher les blogs de fuiter, déclara Eric.

— Et pourquoi ça ?

— Si tu la traînes dans la boue, je te ferai subir le même sort.

— Personne ne traînera personne dans la boue, protesta Jenna. On est des vraies gens, pas *House of Cards* !

— Et comment tu pourrais me faire quoi que ce soit, Eric ?

— Je suis le seul qui le peut. Je sais qui tu es vraiment.

Eric se dirigea vers la porte, l'ouvrit et s'attarda sur le seuil.

— Ne m'oblige pas à t'humilier devant toute la ville, dit-il assez fort pour que tous les employés l'entendent.

Jenna pivota sur sa chaise et vit qu'une dizaine d'employés avait passé la tête par-dessus la cloison de leur box.

Darcy poussa un cri d'étonnement.

— Qu'est-ce que tu fais ?

— Jenna possède les mêmes contacts que toi, ce qui veut dire que d'un seul mail je peux révéler à toute la presse comment tu as obtenu de l'argent pour lancer Belladonna Media. Tu ne t'es pas contentée de piquer un millionnaire à sa femme. Non, quand il a été accusé de blanchiment d'argent et de fraude bancaire, ce qui l'aurait ruiné et t'aurait empêchée de financer ton projet, tu as demandé à ton avocat de tout mettre sur le dos de son ancienne associée. Qui n'a jamais été sa partenaire que de nom, mais était surtout sa femme. À cause de toi, la mère de ses enfants croupit dans une cellule italienne.

Jenna eut un mouvement de recul.

— Bon sang, Darcy, tu as vraiment fait ça ?

— Non ! De toute façon ce n'est pas vraiment une prison, plutôt une résidence surveillée, et puis elle le méritait. Eric Vale Combs, éloigne-toi de cette porte.

— Et quand tu as demandé à un mec de la sécurité de l'aéroport de LaGuardia de me surveiller cinq minutes pendant que tu allais chercher un café ? Mais tu n'es revenue que le lendemain matin parce que tu avais un plan à trois avec DMX et Foxy Brown. J'ai passé la nuit dans un commissariat.

Jenna poussa un cri horrifié.

— Foxy Brown et toi ?

— Tais-toi, Eric ! Tu mens parce que tu es furieux et tout le monde le sait.

— Oh ! ça s'est bien passé comme ça. Mais l'anecdote que je préfère te concernant, c'est l'enterrement de mon père.

Darcy se leva de sa chaise comme une fusée.

— Ferme la porte.

— Tu m'as fait rentrer plus tôt pour que je puisse ouvrir à ton décorateur d'intérieur. J'avais dix ans, j'ai pris trois métros différents pour aller au cimetière dans le Queens... mon père venait de mourir, assassiné, et je n'ai pas eu le droit de rester plus d'un quart d'heure. Pourquoi ? Parce que tu avais enfin les moyens de vivre à Manhattan et que tes rideaux étaient plus urgents. J'étais son fils unique et je n'ai pas pu assister à son enterrement.

Jenna déglutit. Elle avait une grosse boule dans la gorge.

— Je déballerai toutes tes merdes, maman. Si cette histoire sort d'ici, si tu fais du mal à Jenna de quelque manière que ce soit, tu es foutue.

Il claqua la porte si fort que l'encadrement trembla puis il se rassit calmement. Le bureau tout entier l'avait entendu. Secouée, Darcy se rassit lentement.

— Tu vendrais ta propre mère ?

— Tu viens juste de me piéger. Avec délectation. Bien sûr que je le ferais. Et quand t'es-tu comportée comme une mère ?

— Comment oses-tu me juger ? Après la vie que je t'ai donnée ? Tu ne m'as jamais appréciée ! Tu as délibérément fait tout ce que je ne voulais pas avec cette histoire avec Jenna. Tu n'as pas pensé à moi une seule seconde. Comme d'habitude. Tu as dédié ton premier film à Otis, ton loser de père. Si c'est pas une manière de me dire d'aller me faire foutre, qu'est-ce que c'est ?

C'est bien là qu'est le fond du problème, songea Jenna.

— J'ai tout sacrifié pour être ta mère. J'ai perdu ma famille pour toi.

— A, tu n'as jamais fait un seul choix désintéressé me concernant. B, aucune mère saine d'esprit n'aurait piégé son fils comme ça, rétorqua Eric. Pourquoi tu me détestes ? Parce que j'existe ?

— Tu es mon fils. Je ne te déteste pas.

— Tu sais quoi ? Je te crois. La haine nécessite de l'investissement.

— C'est ta faute, éructa-t-elle en direction de Jenna. Tu l'as empoisonné.

— Tu crois vraiment que c'est ma faute ? (Pour la première fois, Jenna avait de la peine pour Darcy.) Crois-moi, ça me brise le cœur. Je trouve tragique que tu aies raté l'opportunité de savoir qui il est et qu'il ait grandi sans mère. Tu es malade, Darcy, et ce que vous avez accompli tous les deux malgré ça est un miracle. Je ne l'ai pas monté contre toi. Je me suis contentée de l'aimer. Tu peux me balancer à la presse à scandale, répandre des rumeurs, tout ce que tu veux. Je serai gênée pendant quelque temps, mais en définitive je n'ai rien à me reprocher. Je suis tombée amoureuse et j'ai perdu la tête. Je n'aurais peut-être pas dû coucher avec lui, mais à part faire mon job avec brio… Je ne te dois rien, Darcy. Si c'était à refaire ? (Elle regarda Eric dont l'expression lui brisa le cœur.) Je referai tout pareil. Exactement.

Eric croisa son regard.

— Sans hésitation.

— Eh bien, vous êtes tous les deux virés une deuxième fois, exactement et sans hésitation, aboya Darcy. Alors que le nombre de chômeurs ne cesse d'augmenter. Ça valait le coup ?

Jenna opina.

— Oui.

— Tu es une idiote qui s'autosabote, Jenna Jones, mais au moins tu es cohérente, ce que je respecte, déclara Darcy. J'espère que tu n'écarteras pas les cuisses si tu retrouves du boulot un jour.

Darcy et Jenna se serrèrent la main. Darcy tendit la main à son fils qui la considéra avec mépris.

— Oh ! c'est fini entre nous. Je propose qu'on coupe les ponts. D'ici demain, j'aurai déménagé.

Darcy eut l'air sonné.

— Où iras-tu ?

— N'importe où sauf chez toi.

— Comme tu veux, Eric. Tu es adulte, à présent, je… je ne peux pas t'en empêcher.

Il prit Jenna par la main et ils se levèrent. Ils quittèrent le bureau de Darcy et s'arrêtèrent dans celui de Jenna afin qu'elle récupère son sac à main et son affiche. Eric prit sa caméra dans son box et abandonna toutes les babioles qu'il avait accumulées. Les employés, trop sidérés et curieux pour faire autre chose que les saluer timidement d'un signe de la main, les regardèrent comme des voyeurs s'éloigner vers les ascenseurs – main dans ma main, invincibles de nouveau, même si c'était temporaire.

Jenna et Eric s'immobilisèrent sur le trottoir devant l'immeuble. Les dernières dix-huit heures les avaient lessivés. Et maintenant que tout était fini, ils ne savaient pas quoi faire ni quoi dire.

— Je pense qu'on y est, commença Jenna.

— La fin d'une ère.

— Tu ne vas pas vraiment déménager, pas vrai ?

— Si, je ne peux plus vivre sous son toit, répondit Eric. Et après ce qui s'est passé aujourd'hui ? C'était le truc le plus œdipien, le plus dysfonctionnel et le plus flippant que j'ai vu dans la vraie vie. Pauvre Jinx.

— Tu imagines ce qu'ils doivent penser ? On devrait lancer un groupe de parole pour les employés de *StyleZine* qui ont survécu au scandale Erica.

— On est Erica ? Comme Brangelina ?

— Après ce qu'on a vécu aujourd'hui, on mérite bien un sobriquet de couple célèbre.

Il gloussa.

— Mignon.

Il y eut une pause embarrassée. Ils n'étaient plus un couple ; c'était une remarque étrange.

— Où habiteras-tu ?

— Aucune idée.

— Tu as assez d'argent ? Si…

— Ne t'inquiète pas.

— Mais tu iras où ? Je peux t'aider…

— Je n'ai pas besoin d'aide, affirma-t-il d'un ton qui laissait entendre que ce n'était plus son problème.

Jenna acquiesça.

Puis ils restèrent silencieux au milieu des bruits des passants.

— Tu sais, tu n'avais pas besoin d'aller aussi loin pour me défendre, dit soudain Jenna. Tu n'étais pas obligé d'exposer Darcy devant tout le monde.

— Si. Je ne peux pas laisser qui que ce soit te faire du mal. Ma religion me l'interdit.

— Même maintenant ?

— Pour toujours.

Il regarda par-dessus son épaule, vers Broadway.

Plus personne ne m'aimera comme ça, songea Jenna.

— Je vais attendre un taxi. Tu rentres en métro ?

Jenna hocha la tête.

— Mais... ton affiche est encombrante.

Ils contemplèrent tous les deux l'affiche vintage de *Hallelujah* qui leur avait permis de se trouver un premier point commun, il y avait une éternité de cela.

— Elle me fend le cœur, avoua Jenna.

Ils échangèrent un regard avant de détourner les yeux.

— Promets-moi de m'appeler quand tu sauras où vivre.

— Promis, dit-il tout en sachant qu'il n'en ferait rien. Ça va aller ?

— J'ai déjà recommencé ma vie à zéro une fois ; je peux le refaire.

Il y eut un autre silence gêné. Jenna savait qu'il était temps de se quitter, mais l'idée de ne jamais revoir Eric lui paraissait insurmontable.

— Bon, dit-elle, je devrais aller prendre le métro.

Elle ne bougea pas.

— Ne rends pas les choses plus difficiles, Jenna. Vas-y.

— Je sais qu'il faut que je parte, mais je ne peux pas.

— Vas-y. Sinon, je vais t'emporter avec moi.

Elle se jeta soudain au cou d'Eric et se pressa contre lui pour essayer de mémoriser son odeur et la forme de son corps contre le sien. Il fallait qu'elle soit près de lui une dernière fois. Mais il ne lui rendit pas son étreinte.

— Va-t'en, Jenna.

Elle secoua la tête.

— Pas tout de suite.

— C'était ce que tu voulais.

Eric tentait de lui résister, raide. Finalement, avec un

gémissement de frustration, il pencha le visage vers elle et l'embrassa passionnément. Il l'embrassa comme s'il voulait imprimer son souvenir dans son cerveau ; comme s'il voulait qu'elle sache qu'elle était sienne, quels que soient les hommes qui lui succéderaient. Comme s'il voulait la marquer à vie.

Il la lâcha trop tôt. Quelques secondes de plus et ils savaient tous deux qu'elle ne serait pas partie. Elle serait restée avec lui une nuit de plus, un jour de plus, une semaine de plus – mais ça n'aurait fait que retarder l'inévitable.

— Au revoir, Jenna, dit-il en posant le front contre le sien.

— Au revoir, Eric, murmura-t-elle.

Et il disparut dans la foule.

Chapitre 32

C'était un jour d'été légèrement venteux, presque quatre ans plus tard. Les oiseaux gazouillaient, les violettes avaient éclos, et Jenna et Billie buvaient des *latte* sur un banc près du terrain de jeux. Le parc coloré et plein de structures ultramodernes pour enfants se tenait près du campus de Pratt University, à quelques centaines de mètres de ce qu'elles appelaient la Résidence Lane-Franklin-Jones. Jenna avait déménagé dans l'appartement du dernier étage de l'immeuble d'Elodie, et Billie vivait dans la rue voisine. Ils ressemblaient à une grande famille un peu dysfonctionnelle, se partageaient les baby-sittings et dînaient tous ensemble le dimanche soir (James Diaz, le nouveau fiancé plein aux as d'Elodie, cuisinait en général des fajitas super authentiques – avec la sauce à part pour Jenna).

— Mais c'est un enfant tellement rebelle, dit Jenna à Billie avec une fierté à peine dissimulée. (Elle rajusta son blazer en lamé doré, si peu pratique pour le parc mais si sympa – « Cher Bosse en Entreprise »). Je suis sûre qu'il va chanter à pleins poumons « Thomas le train » en allant à l'autel.

— C'est certain qu'il va faire une bêtise, approuva Billie. Mais ce sera un adorable porteur d'alliances ! Et il aura ses deux fausses sœurs aînées avec lui pour lancer les pétales.

Dans la Résidence, May, Gracie, la deuxième fille de Billie qui adorait les fanfreluches, et le fils rebelle de Jenna – que tout le monde appelait Le Bébé, vu qu'il était le plus jeune – étaient élevés presque comme les membres de la même fratrie. Ils passaient la moitié de leur temps les uns chez les autres.

— La robe en taffetas noir de May est prête. Gracie sera déguisée en Elsa, expliqua Billie. Dire qu'en 2016, *La Reine des Neiges* est toujours à la mode.

Ce que Jenna trouvait plus étonnant encore c'était qu'Elodie se marie. Mais elle était follement amoureuse, de manière incroyablement fonctionnelle et permanente – et elle se mariait selon ses propres termes. Pas d'alliances, pas de robe meringue ni de lancer de bouquet. Juste une cérémonie cool sur un toit-terrasse où tout le monde porterait ce qu'il voudrait – et une réception très adulte dans un cabaret trempé dans l'absinthe qui s'appelait Moist.

— Le Bébé sera si beau dans son sweat-shirt smoking et son pantalon en treillis ! (Jenna tendit son téléphone à Billie.) Regarde, j'ai pris une photo. Tu meurs, non ?

— Aaaaah, gémit Billie en élargissant le cliché. Il ne te ressemble tellement pas, c'est fou.

— L'ADN est un truc de fou, répondit Jenna. N'importe qui pourrait être sa mère. Oprah, Ariana Grande, Gwyneth, Viola Davis. N'importe qui.

Jenna regarda Le Bébé pourchasser Gracie, qui portait d'immenses ailes à sequins, autour du terrain de jeux avec un ballon de basket pour enfant : il voulait la convaincre de faire des paniers. Elle était née avec une baguette de fée à la main et ne voulait rien entendre de ces jeux de garçon.

Le ballon jaillit de nulle part et percuta Jenna juste entre les sourcils.

— Ouuuuuupch ! Ze ne me contrôle plus, maman !

Il se précipita vers elle et lui frotta le front de sa paume potelée.

— Fais attention, mon chaton ! dit-elle en l'attirant sur ses genoux où elle le chatouilla jusqu'à ce qu'il couine de rire.

Elle l'embrassa sur la joue et il se tortilla pour lui échapper. Il sortit son iPad du son sac à main de sa mère et ouvrit *Lego Movie*. Il enfila ensuite ses écouteurs pour enfant et partit en courant le visionner près des balançoires.

— Mon petit miracle, commenta Jenna en riant. Parfois, j'ai du mal à croire qu'il est bien réel. J'ai l'impression de regarder un hologramme.

— Je ne le dis pas assez, commença Billie, mais je suis super admirative. Faire le choix d'élever un enfant seule ? Tout en enseignant à Fordham ? Tu es la femme la plus courageuse de mon entourage.

— Vraiment ? Je suis touchée, répondit Jenna, sincère.

Les quatre années qui venaient de s'écouler avaient été un tourbillon ; elle n'avait pas eu une seconde à elle pour se poser et réfléchir.

Le jour où Darcy l'avait licenciée, elle n'avait pas perdu un instant à se flageller. Elle avait envoyé un mail à James Diaz alors qu'elle était encore dans la rue et lui avait demandé s'ils pouvaient discuter autour d'un café de sa proposition d'enseigner à Fordham. Ils étaient restés assis au Starbucks pendant des heures, et Jenna avait exposé ses idées, sa façon d'enseigner et sa volonté d'encourager les adolescents. Avant même de toucher à son *chai latte*, elle lui avait expliqué pourquoi enseigner à mi-temps à l'université publique de Virginie avait été l'une des expériences les plus enrichissantes de sa vie professionnelle. Aider à former la prochaine génération de journalistes, stylistes, acheteurs et couturiers ? Elle avait l'impression qu'ils lui rendaient service et ravivaient sa créativité – tout en lui rappelant pourquoi elle aimait la mode. Elle venait juste de mordre dans son croissant lorsque James lui proposa le poste.

Jenna se sentait chanceuse. Elle était la mère de l'enfant le plus drôle et le plus tendre de Brooklyn. Elle avait un job de rêve. Elle se sentait exactement au bon endroit au bon moment.

Bien sûr, tout n'était pas parfait. Le travail était exigeant et, malgré l'aide d'Elodie et de Billie, elle avait l'impression d'être tout le temps débordée. Elle courait pour amener Le Bébé à la crèche et le récupérer, essayait de ne se consacrer qu'à lui quand elle n'enseignait pas et bossait comme une dingue – bref, elle était perpétuellement épuisée. Mais c'était un épuisement satisfaisant. Comme après une baise fabuleuse ou un entraînement sportif incroyable. Un épuisement qui en valait la peine.

Jenna bâilla, s'étira et détourna son attention de Gracie et du Bébé. Elle regarda les étudiants de Pratt dans leurs shorts en jean et leurs T-shirts moulants qui traînaient en groupe dans le parc – ils discutaient et riaient comme on le fait à vingt ans. Elle plissa soudain les yeux. L'un d'eux lui paraissait familier. Debout près du terrain de jeux coloré, il pianotait quelque chose sur son téléphone. Il portait un énorme sac à dos plein d'équipement vidéo – un sac à dos qu'elle reconnaîtrait n'importe où.

— Oh ! mon Dieu, Jenna, murmura Billie en baissant

lentement son gobelet de café sur ses genoux. Est-ce que… c'est…

Jenna se leva si vite que son sac se renversa à terre. Des couches de grand garçon, des Transformers et des gobelets en plastique avec couvercle volèrent.

— ERIC ! hurla-t-elle.

Tous les regards se tournèrent vers elle. Il ne l'entendit pas : ils étaient séparés par un trottoir et la moitié du parc et il portait des écouteurs.

Elle ne prit pas la peine de ramasser son sac et courut vers lui. Elle trébucha en chemin sur une poussette double, écarta à coups de coude deux ados aux cheveux couleur arc-en-ciel en train de se rouler des pelles et bondit par-dessus un SDF élégant qui se coupait la frange sous un arbre.

À bout de souffle, elle s'arrêta derrière lui, le cœur au bord de l'explosion. Était-il vraiment là devant elle ? Ils ne s'étaient pas parlé depuis leur départ de chez *StyleZine*.

Elle pensait à lui tout le temps, il lui manquait terriblement et elle se demandait tous les jours si elle n'allait pas le croiser par hasard. Elle s'était entraînée à lui dire un millier de choses différentes si ça se produisait un jour et, maintenant que le moment était venu, elle les avait toutes oubliées.

Elle arrangea ses cheveux, se pinça les joues pour les rosir et s'éclaircit la voix. Il ne bougea pas. Elle lui tapota l'épaule. Il pivota. Et arracha ses écouteurs.

— Putain de merde !

Jenna éclata de rire.

— Salut !

Un sourire radieux étira les lèvres d'Eric, celui qu'il lui avait adressé le soir où ils s'étaient rencontrés. Celui qui, au bout de trente secondes, avait chamboulé sa vie de fond en comble.

— Jenna ! C'est toi ! Qu'est-ce que tu fais là ? Tu es tellement... je ne... je ne sais même pas comment réagir !

— Moi non plus !

— Je peux te serrer contre moi ? Je veux te serrer contre moi.

— T'as intérêt !

Il le fit, d'une manière polie – le salut de deux personnes qui n'avaient plus l'habitude de se toucher et qui se demandaient jusqu'où elles pouvaient aller –, puis ils retrouvèrent une certaine familiarité. Eric la souleva de terre et elle embrassa sa joue à plusieurs reprises. Après dix secondes, à bout de souffle, il la reposa à terre. Ils s'écartèrent l'un de l'autre, tous les deux un peu gênés d'avoir trouvé ça aussi bon.

— Qu'est-ce que tu fais là ? demanda Jenna.

— Des repérages pour mon prochain film.

— Un film ? Un long métrage ?

— Oui, grâce à des investisseurs fous et à Kickstarter ! C'est inspiré de la dernière journée de mon père. Je ne sais pas ce qui s'est passé, mais c'est ma façon de reconstituer le puzzle. (Eric parlait à toute allure. On aurait dit qu'il avait mis de côté des années d'informations qu'il voulait partager avec Jenna et qu'il ne pouvait pas tout déballer assez vite.) C'est une ode au vieux Brooklyn, avec beaucoup de couleurs, des personnalités de rue. Je le suis dans le quartier pendant vingt-quatre heures. Très *Do the Right Thing*.

— Tu écris cette histoire dans ta tête depuis toujours.

— Tu me connais bien, répondit-il en souriant. C'est un peu difficile de se concentrer parce que je voyage sans arrêt. Je viens juste de rentrer de San Francisco où j'ai tourné une pub pour Travelocity.

Jenna lui donna un coup de poing appréciateur dans le bras.

— C'est génial ! Tu as dû prendre un agent depuis South by Southwest. En fait, je sais que tu l'as fait. Est-ce que c'est là que je suis censée prétendre que je n'ai pas googlé ton nom tout le temps durant le festival ?

— Espèce de stalker. (Eric avait l'air ravi.) Oui, j'ai pris un agent. J'ai commencé comme assistant réalisateur pour un mec que j'ai rencontré par hasard en boîte avec Tim il y a des années. Je me suis bâti une certaine réputation et maintenant, c'est moi qui ai un assistant réalisateur. J'ai passé presque toute l'année à Barcelone pour tourner des publicités internationales. Reebok, Cottonelle. Ça a été dingue, Jenna. Les budgets sont hallucinants.

Jenna secoua la tête, admirative.

— Je suis tellement fière de toi. Tu t'en sors super bien.

— Mais attends, j'ai même mon appart' !

— Non !

— Pendant deux ans, avec Tim on a loué le studio le plus miteux de Midwood. Nos clés ne marchaient jamais, on n'avait que de l'eau brûlante, et crois-moi, c'est pire que de n'avoir que de l'eau froide. Tim trouvait que l'adresse était mauvaise pour sa marque.

— Sa marque !

— Oui, hein ? J'étais genre, quelle *marque*, fiston ? Tu as un engagement Snapchat modéré et des strip-teaseuses te payent tes pompes. Explique-moi en quoi c'est une marque.

Jenna pouffa.

— Mais maintenant j'ai un appart' génial à Crown Heights. Je suis tellement mature. J'ai de vrais tableaux

aux murs et une assurance-vie. Et je ne fume plus des joints qu'occasionnellement. (Il s'interrompit.) Non, en fait je fume toujours autant.

— Tant mieux, je commençais à penser que tu n'étais plus du tout le même, remarqua Jenna en souriant. Eh ben, être viré de *StyleZine* est la meilleure chose qui te soit arrivée.

— À toi aussi. Est-ce que c'est là que je suis censé prétendre que je n'ai pas mémorisé ta page sur le site de Fordham, lu tous tes programmes et même trouvé une vidéo de toi en train de faire cours sur YouTube ?

— Et c'est moi le stalker ?

— Je suis responsable de six cents des mille deux cents vues. Je n'ai pas peur de l'avouer.

Jenna éclata de rire et il sourit. Et puis ils s'observèrent comme des jumeaux perdus de vue depuis longtemps dans une émission télé. Les étudiants passaient autour d'eux. Les terrains de jeux résonnaient de rires d'enfants. Le quartier vibrait d'activités, mais ils restaient immobiles.

— Je suis tellement contente de te voir, fit Jenna.

— Moi aussi. Il faut que je te serre de nouveau contre moi.

Jenna se blottit dans ses bras. Cette fois-ci, leur étreinte dura plus longtemps.

— C'est toujours aussi bon d'être dans tes bras, dit-elle en s'écartant avec difficulté. (Elle enfonça les mains dans les poches de son short et lui posa la question qui la hantait beaucoup trop.)

— Il faut que je sache. Tu as quelqu'un ?

— Eh bien… en quelque sorte. Tu sais. Ici et là.

Jenna sentit son ventre se nouer. Ça n'aurait pas dû la

surprendre, mais elle ne parvenait pas à l'imaginer avec une autre femme qu'elle.

— Oh ! Eric, dit-elle d'un ton léger. Tu les attires toutes.

— Non, répondit-il, c'est juste que je n'aime pas être seul.

— Pourquoi ?

Il baissa les yeux sur la pelouse, réfléchit et croisa son regard.

— Parce que sinon tu me manques trop. Je commence à avoir envie d'être où je ne peux pas être et je déteste ce sentiment.

Jenna acquiesça. Elle le savait. Il ne pouvait pas supporter longtemps quelque chose qui le contrariait.

— Moi aussi je vois des hommes parfois. Pas souvent et pas très bien. Ça ne me paraît jamais... normal.

Quelques instants passèrent. Une rafale les cingla soudain et Jenna frissonna un peu.

— Tu crois qu'on finira par tourner la page ? demanda Eric.

— Moi non. Mais peut-être que c'est pas grave. Peut-être que je finirai par rencontrer quelqu'un que j'aimerai différemment et que je serai heureuse.

— Tu y crois vraiment ?

— C'est ce que je me dis quand tu me manques tellement que j'ai envie de vomir.

Eric tendit la main et enroula une mèche de cheveux autour de son doigt. Puis il laissa retomber sa main.

— Je devrais..., commença Jenna.

— Moi aussi.

Ni l'un ni l'autre ne bougea.

— Je continue à attendre que ça fasse moins mal, finit par avouer Eric. Chaque fois que je rencontre une femme, je voudrais qu'elle soit toi. Et ces filles sympas, jolies et intelligentes échouent lamentablement. Rien ne cloche chez elles ; elles ne sont juste pas toi. Tu sais cette « autre moitié » que les gens cherchent toute leur vie ? Je l'ai déjà trouvée. Elle est quelque part en train de regarder *Inside the Actor's Studio* en mangeant des Skittles jaunes sans moi. Je sais qui c'est. Mais je ne peux pas être avec elle. (Il garda le silence un instant.) C'est comme mourir d'une maladie mystérieuse en sachant qu'il existe un remède, mais qu'il est hors de portée.

— Ne me fais pas ça, supplia-t-elle d'un ton tremblant.

— Je suis désolé, dit-il en lui prenant la main. C'est la vérité.

— Pour moi aussi, répondit-elle en l'embrassant sur la joue. Merci, Eric.

— Qu'est-ce que j'ai fait ?

— Tu m'as aidée à me reconstruire quand j'étais en morceaux. Tu m'as donné confiance en moi et m'as rappelé que je pouvais être aimée. Tu m'as sauvée.

— Personne ne sauve personne, Jenna. Tu t'es sauvée toute seule. Je t'ai juste aidée. J'ai éclairé les parties de toi que tu avais oubliées.

Ils restèrent comme ça, les doigts entrelacés – baignant dans l'énergie intense qu'ils généraient toujours quand ils étaient ensemble. Même si le moment était triste, c'était bon de la sentir de nouveau.

Eric finit par attirer Jenna à lui.

— Hé ?

— Oui ?

Jenna retint son souffle. Sa proximité l'étourdissait.

— Est-ce que tu… est-ce que tu crois qu'on pourrait être amis ? demanda-t-il timidement. Bon, je sais que je ne peux pas te fréquenter sans penser que tu es ma copine. Mais je ne peux pas te perdre une deuxième fois.

Jenna sourit.

— Essayons. On verra bien.

— On peut y arriver, Jenna. Et si j'essaye accidentellement de te sauter dessus, je compte sur toi pour me rappeler que tes orifices sont interdits d'accès.

— Je refuse d'endosser cette responsabilité. Un soupir de travers et ma culotte s'enfuit de son plein gré.

— C'est pour ça que je t'ai donné cette responsabilité, répondit-il, un éclat rieur dans les yeux. Règle suivante : je ne veux pas entendre parler des autres mecs.

— Et je ne veux pas entendre parler des meufs au taquet que tu fréquentes.

— Arrête de parler comme Terry.

— Ses expressions ont imprégné mon cerveau, répliqua-t-elle en gloussant.

Puis elle lâcha sa main et jeta un coup d'œil vers le terrain de jeux. Billie, éternelle romantique, les observait, une main sur le cœur.

— Qu'est-ce que tu regardes ? Oh ! mais c'est Billie ! Mais pourquoi elle pleure ?

Il agita la main. Elle lui rendit son salut avec un enthousiasme démesuré.

— Eric, commença Jenna avec appréhension, j'ai quelque chose à te dire. Beaucoup de choses ont changé dans ma vie. Avant que tu décides d'être mon ami, il faut que tu saches une chose.

— Quoi ?

Jenna se mordit la lèvre. Puis elle fit signe à Billie de lui envoyer son fils. Billie appela Le Bébé et lui dit de courir rejoindre sa mère, ce qu'il fit, cramponné à son iPad.

Eric vit le petit garçon se précipiter vers eux et, au moment où il s'apprêtait à demander à Jenna de qui il s'agissait, il devint muet. L'enfant attrapa la main de Jenna et leva vers lui un visage curieux et passionné – et Eric cessa de respirer.

Ce visage curieux et passionné.

— C'est mon fils, annonça Jenna avec un mélange d'hésitation et de fierté.

— Oh.

Eric hocha la tête avec une lenteur exagérée. Comme s'il flottait dans l'éther, libéré de toute gravité. Parce que cet enfant n'était pas uniquement celui de Jenna. L'identité de son père était évidente. Il avait la même tête qu'Eric. Il était même habillé comme lui, dans un short treillis et un T-shirt qui proclamait « Brooklyn c'est de la bombe ».

— Vas-y, dit Jenna en donnant un petit coup de coude au Bébé. Présente-toi.

Il secoua la tête.

— Ze ne parle pas aux inconnus.

— Ce n'est pas un inconnu. Tu peux y aller, je te promets.

— Ze m'appelle Otich, dit Le Bébé.

Eric cilla à plusieurs reprises.

— Comment ?

— Otich.

Eric était figé, bouche bée, avec l'impression que le monde venait de se mettre à tourner à l'envers.

— Je connaissais quelqu'un qui s'appelait Otis. (Il laissa échapper un petit rire hésitant.) T-tu as quel âge ?

Otis brandit trois doigts.

— Trois ans ?

Eric fit le calcul dans sa tête puis lança un regard

incrédule à Jenna. Elle hocha la tête. Soudain étourdi, il laissa tomber son sac à dos sur le sol.

— Bon sang.

— Ze suis un grand garçon, déclara Otis à Eric. Ze vais sur le pot tout cheul, des fois, et z'ai une petite amie qui ch'appelle Coco.

— Coco n'est pas ta petite amie, c'est ta copine de rang.

— Ch'est pareil.

Eric éclata d'un rire fou.

— *Yo, qu'est-*ce qui se passe ?

— Tu veux faire des paniers avec moi ? (Il sautillait sur place, tout excité à l'idée d'avoir enfin trouvé un garçon pour jouer au basket avec lui.) Ze m'appelle Otich, mais ze devrais m'appeler LeBron parche que ze suis aussi doué que lui. Ze suis chuper fort. Tu veux zouer ?

— Oui, répondit Eric d'une voix lointaine. Je veux jouer.

— Chaton, tu veux bien aller chercher ton ballon à côté de tante Billie ?

— D'accord. Ze reviens tout de chuite, bro.

Puis il tendit son petit poing vers Eric. Eric se raidit sous le choc, déglutit violemment puis frappa son poing sur celui de l'enfant et ils mimèrent tous les deux une cxplosion avcc un grand BOUM.

Otis partit en sautillant dans la direction de Billie. Eric se tourna vers Jenna. Trop bouleversé pour évoquer le vrai problème, il se mit à parler du check d'une voix fébrile :

— C'est toi qui lui as appris ça ? C'est toi ? Ou c'est héréditaire ? Je perds la boule !

Jenna lui saisit le bras.

— Calme-toi. Respire. C'est moi qui lui ai appris. Respire, mon chéri.

Eric prit deux profondes inspirations puis, dans un brouillard, dit :

— Jenna, c'est moi. C'est moi. Il a même mon zézaiement.

— Il est plus que toi. Fanfaron et assuré. Il est quasiment sorti de mon utérus en braillant : « Je suis génial ! »

— C'est moi, répéta Eric, abasourdi. Et toi ?

— Nous.

— Comment est-ce possible ?

— Tu te souviens de cette horrible sinusite que j'ai eue ? Il s'est avéré que, malgré mes ovocytes de quarante et un ans, je faisais partie du 1 % de femmes dont les antibiotiques annulent les effets de la pilule, expliqua Jenna. J'étais enceinte le jour où on a été virés. Je pensais que j'étais malade de stress, mais c'était Otis. Je l'ai découvert plus tard, mais on avait déjà rompu.

Jenna s'interrompit, inondée de souvenirs de sa grossesse solitaire et sans Eric. C'était tellement déroutant. Elle avait été envahie par la joie et le bonheur – mais aussi terriblement triste.

— L'avoir sans toi a été la décision la plus difficile à prendre de ma vie. Mais je ne voulais pas te handicaper. J'ai eu l'opportunité d'être ambitieuse et de poursuivre mes rêves quand j'avais vingt ans… et tu méritais la même chose. Je t'aimais trop pour me mettre en travers de ton chemin. Je te connais. Je savais que tu aurais tout lâché pour nous.

Eric opina. C'était vrai. Il avait passé les quatre dernières années à bosser comme un dingue, sans dormir, à faire de la lèche, à bâtir sa réputation, à pourchasser (et décrocher) les contrats les plus en vue, à rassembler des financements pour son film, à voyager partout où son boulot l'envoyait. Pas d'attaches.

Mais pour Otis et Jenna, à vingt-trois ans, il aurait pris un job alimentaire n'importe où. Il n'aurait jamais déménagé en Espagne. Il n'aurait rien fait. Il aurait oublié son talent, ses études, ses buts. Il aurait été fini avant de commencer.

— Je ne pouvais pas ne pas le garder, poursuivit Jenna. Tu sais que je voulais cet enfant, ce morceau de toi, de nous, plus que tout au monde. Je...

— Je comprends, dit-il d'une voix si basse qu'elle l'entendit à peine.

— Vraiment ?

Chaque fois qu'elle s'était imaginée lui annoncer la nouvelle – et elle savait qu'elle le ferait un jour, elle ne savait juste pas quand –, il la détestait.

— Je suis furieux d'avoir raté tout ça. Mais je sais pourquoi tu l'as fait. Tu n'as pas besoin de t'expliquer.

Il avait d'autres choses à lui dire, à lui demander, mais les mots lui manquaient. Après un long moment passé à regarder son fils sur le terrain de jeux – son fils bien réel –, il retrouva la voix.

— Il est... parfait. Et tu lui as donné le prénom de mon père.

— Oui. Je voulais rendre hommage à l'homme responsable des deux grands amours de ma vie.

Eric la regarda comme s'il la voyait pour la première fois.

— Je... je n'aurais jamais cru... (Sa voix se brisa. Il s'arrêta et recommença.) Je n'aurais jamais cru que je pourrais t'aimer plus que je ne le fais déjà.

Des larmes brûlantes montèrent aux yeux de Jenna.

C'est à ce moment qu'Otis les rejoignit, son petit ballon à la main.

— Ze suis là !

Eric s'accroupit pour se mettre à sa hauteur.

— Yo, t'es prêt ? Je veux absolument voir tes talents presque dignes de LeBron.

— OUAIS ! s'écria Otis en sautillant sur place. (Puis il posa la main sur l'épaule d'Eric.) Ze vais gagner, mais n'oublie pas… ch'est qu'un zeu.

— J'aime ton attitude, O. (Il se leva et baissa les yeux sur les fausses Jordan Gap que l'enfant avait aux pieds.) Tu sais, si on traîne ensemble, va falloir passer à la vitesse supérieure pour tes pompes. Ta mère est une vraie *fashionista*, mais niveau basket, elle assure pas.

— Ze sais ! Les chauchures de maman rechemblent à des gratte-chiel.

— Elle va à l'épicerie en escarpins, pas vrai ?

— Comment tu le chais ? Tu as des chuper pouvoirs ?

— Non, gloussa Eric. Non, je connais juste très bien ta mère.

— Ch'est vrai ? Comment cha che fait ?

Eric regarda Jenna et ils échangèrent un sourire complice.

— Tu le sauras bientôt.

Puis il ramassa son sac à dos, prit la main de son fils et ils se dirigèrent ensemble vers le panier de basket.

Jenna resta derrière à les observer. Quand ils parvinrent au terrain miniature, Eric s'accroupit près d'Otis et fit tourner le ballon sur son index. Otis couina en battant des mains. Puis Eric lui apprit comment dribbler avant de le soulever, de courir avec lui jusqu'au panier et de lui faire mettre un panier en faisant un saut périlleux à l'envers. Ce fut le *dunk* enfantin le plus spectaculaire de tous les temps. Jenna éclata de rire et applaudit Otis – Otis et Eric – et essuya ses larmes de joie.

Son amour et leur fils.

Cet instant, tous les trois réunis, était son fantasme par défaut : il était toujours présent dans un coin de sa tête. Mais elle s'était interdit de penser un seul instant qu'il était réalisable. Après tout, était-il possible de tout avoir ? Les fins heureuses existaient-elles vraiment dans la vraie vie ?

Peut-être que oui. Peut-être que c'était la sienne.

Jenna marcha vers le terrain de jeux. Ses pieds ne touchaient pas terre. Elle se dirigeait vers son rêve éveillé. Maintenant, il ne restait plus qu'à le vivre.

Et c'est ce qu'elle fit.

Remerciements

Je n'aurais pas écrit un seul mot sans l'amour et le soutien des familles Williams, Gantt et Shareef. Mes remerciements infinis à Tricia, Renae, Abby et Lori pour m'avoir empêchée de baisser les bras quand les choses se sont compliquées – et à Charlotte, pour le brainstorming sur la web-série. Je m'incline devant le dévouement et le remarquable instinct littéraire de mon agente, Brettne Bloom. Tu m'as aidée à insuffler une vie énorme à l'histoire de Jenna ! Merci à mon éditrice, Cherise Fisher, qui est originaire de la même ville que moi – ce roman n'aurait pas vu le jour sans ta passion, ta patience et les séances de thérapie (#chapeau). Je suis ici grâce à toi. Point. ReShonda, Victoria et l'équipe des Brown Girls, merci de m'avoir permis de réaliser mon rêve. Dawn, tu es une déesse des Relations publiques. Et Lina Lina Bobina, ma petite fille adorée, tu es ma plus grande inspiration. Et je t'interdis de lire ce livre avant tes vingt-cinq ans.

S. – merci d'avoir prêté ton deuxième prénom à un personnage important. Et merci pour tout. Tu es partout dans ce roman.

Vous avez aimé *Tout à fait son style* ?
Découvrez *Meilleurs Ennemis*,
la comédie romantique best-seller
de Sally Thorne

Tournez vite la page pour découvrir un extrait !

Harper Collins POCHE

Chapitre 1

J'ai une théorie : l'amour et la haine se ressemblent étrangement. Vous pouvez me croire sur parole, j'ai pu les comparer en de nombreuses occasions, et voici ce que j'ai remarqué…

L'amour et la haine sont des sentiments profonds. Il vous suffit de penser à la personne que vous détestez ou que vous aimez pour que votre estomac se noue. Votre cœur se met à battre violemment dans votre poitrine. Vous perdez l'appétit et le sommeil. Chaque contact avec cette personne diffuse une dangereuse dose d'adrénaline dans votre sang, et vous avez l'impression d'être au bord du gouffre. Vous perdez le contrôle, et c'est effrayant.

Finalement, l'amour et la haine sont deux variantes d'un même jeu que vous *devez* gagner. Pourquoi ? Pour protéger votre cœur et flatter votre ego. Faites-moi confiance, j'en sais quelque chose.

Vendredi après-midi. Je suis emprisonnée au bureau pour quelques heures encore. Dans mes rêves les plus fous, je suis seule, mais malheureusement ce n'est pas le cas : je dois partager mon espace de travail avec un codétenu.

Extrait

Chaque tic-tac des aiguilles de sa montre résonne comme une croix gravée sur le mur de notre cellule.

En ce moment même, nous avons commencé une partie d'un de nos nombreux jeux puérils – le Jeu du Miroir – qui ne requiert aucune parole. Comme tout ce que nous faisons ensemble, c'est complètement immature.

La première chose à savoir à mon sujet, c'est mon nom. Je m'appelle Lucy Hutton. Je suis l'assistante de direction d'Hélène Pascal, la codirectrice générale de Bexley & Gamin.

L'histoire de Bexley & Gamin tient en quelques lignes : il y a de cela très peu de temps, notre petite maison d'édition, Gamin Publishing, était sur le point de déposer le bilan.

La situation économique est telle que la littérature est devenue un luxe pour tous les gens qui n'ont déjà pas l'argent pour rembourser leurs prêts. Et, en voyant les librairies fermer partout dans la ville aussi rapidement et aussi silencieusement que des bougies soufflées par le vent, nous savions que nous n'allions pas tarder, nous aussi, à mettre la clé sous la porte.

Mais, à la dernière minute, un accord fut conclu avec une autre maison d'édition, elle aussi en difficulté. La petite société Gamin Publishing fut ainsi mariée de force avec l'empire du mal, Bexley Books, dirigé par l'insupportable M. Bexley lui-même.

Chaque société croyant obstinément qu'elle sauvait l'autre de la faillite, tous, directeurs et employés, firent leurs cartons la tête haute et emménagèrent dans le nouveau nid conjugal. Mais personne n'était très enthousiaste. Les Bexley regrettaient leur vieille table de baby-foot à la cantine et en parlaient avec une nostalgie couleur sépia… Et, surtout, ils ne comprenaient pas comment les employés excentriques et décontractés de Gamin avaient pu survivre aussi longtemps avec leurs objectifs ICP[1] si laxistes et leur persistance à considérer la littérature comme un art.

Pour les Bexley, les chiffres étaient plus importants que les mots. Et leur mot d'ordre était : vendre le plus possible. Encore et toujours. Sans jamais faiblir.

Les Gamin, eux, frémirent d'horreur en voyant leurs nouveaux demi-frères turbulents et bruyants traiter avec autant d'irrévérence leurs exemplaires sacrés de Charlotte Brontë et Jane Austen. Comment Bexley avait-il réussi à constituer une telle armée de clones ? Tous ses employés semblaient partager les mêmes opinions et avaient la même attitude rigide et prétentieuse. Les Gamin refusaient cette façon de voir les livres comme de simples marchandises. Les livres étaient et seraient toujours des objets sacrés qu'il fallait chérir et respecter.

Un an plus tard, on peut toujours deviner qui vient de quelle société rien qu'en observant les employés. Les Bexley ressemblent à des figures géométriques, les Gamin à des formes un peu floues. Les Bexley se déplacent en bande, comme des requins, discutent de chiffres, de bénéfices, et réservent tous les créneaux des salles de réunion pour leurs inquiétantes séances de planification. Ou plutôt leurs séances de « conspiration ». Les Gamin, eux, se rassemblent dans leurs box comme de jolies colombes lovées en haut d'une tour, plongés dans des manuscrits à la recherche de la prochaine révélation littéraire. L'air qui les entoure est parfumé de thé au jasmin et de papier. Shakespeare est leur idole.

Le déménagement a donc été légèrement traumatisant,

1. Indicateur clé de performance.

surtout pour les Gamin. Prenez une carte de la ville. Reliez les deux anciens immeubles des sociétés par une ligne droite, dessinez un point rouge exactement à mi-chemin entre les deux emplacements : et voilà ! Vous êtes arrivés à Bexley & Gamin. Le nouvel immeuble est une sorte de crapaud géant en ciment gris bas de gamme. Il est situé dans l'une des rues principales de la ville où il est absolument impossible de circuler en plein après-midi. Il y fait un froid polaire le matin, et l'après-midi on se croirait sous les tropiques. Le seul avantage, c'est le parking souterrain, malheureusement pris d'assaut tous les matins par les lève-tôt, c'est-à-dire les Bexley.

Lorsque Hélène Pascal et M. Bexley ont visité le bâtiment avant d'emménager, il s'est passé une chose incroyable : ils sont tous les deux tombés d'accord. Un seul bureau de direction au dernier étage ? Un affront. Une insulte. Un réaménagement complet de l'étage s'imposait.

Après une heure de brainstorming saturée de tant d'hostilité que les yeux de l'architecte d'intérieur brillaient de larmes contenues, Hélène et M. Bexley s'accordèrent seulement sur un mot pour définir la nouvelle esthétique : brillant. Ce fut la dernière fois où ils réussirent à s'entendre. Le dixième étage ressemble donc maintenant à un cube en verre, chrome et carrelage noir. On pourrait s'épiler les sourcils en se servant de n'importe quelle surface comme d'un miroir : murs, sols, plafonds. Même nos bureaux sont de grandes tables vitrées.

À cet instant précis, je suis au beau milieu d'une partie de Jeu du Miroir. En face de moi se trouve mon adversaire – et codétenu –, Joshua Templeman, l'assistant de direction de M. Bexley. Il reproduit chacun de mes mouvements comme s'il était mon propre reflet.

Je lève la main, il lève la main. Je regarde mes ongles, Joshua suit le mouvement. Je caresse mes cheveux et redresse mon col. Il fait pareil.

Je pose mon menton dans la paume de ma main et soupire profondément. Comme en écho, un autre soupir retentit presque immédiatement. Je hausse ensuite mon sourcil gauche, sachant pertinemment que Joshua ne sait pas le faire, et sans surprise je le vois essayer, en vain. Voilà, j'ai gagné la partie. Pourtant, malgré le frisson de la victoire qui me parcourt, je ne laisse rien paraître. Je reste aussi impassible qu'une poupée de cire. Et nous continuons tous les deux, assis l'un en face de l'autre avec nos mentons dans nos mains, à nous regarder fixement.

À ce propos, je crois qu'il est temps de parler de ce qui est certainement la deuxième chose la plus importante à savoir à mon sujet : je HAIS Joshua Templeman.

Je me révolte intérieurement à la seule pensée de devoir partager mon espace de travail avec ce mec. C'est un peu comme si j'avais été poussée dans l'arène du Colisée et que je m'y retrouvais face à mon pire ennemi.

Je sais que je ne peux rien y faire : si nous sommes vissés ainsi devant la porte des nouveaux bureaux de nos patrons, c'est parce que, tels des généraux assoiffés de pouvoir, ils ont besoin de petites mains pour faire le sale boulot. Et partager un assistant leur aurait demandé à tous les deux de faire des concessions.

Pour en revenir à Joshua, régulièrement et sans aucune raison, il se met à reproduire tous mes mouvements. Ce petit passe-temps est tellement subtil qu'il pourrait passer inaperçu aux yeux de n'importe qui. Mais, en nous observant attentivement, on constaterait que chacun de mes gestes est reproduit de l'autre côté du bureau avec un léger décalage.

Je relève la tête et je pivote vers mon bureau. D'un mouvement naturel, Joshua fait exactement la même chose.

Je m'appelle Lucy, j'ai vingt-huit ans et je suis manifestement une victime des failles du système du paradis et de l'enfer puisque je me retrouve bloquée au purgatoire. En maternelle. Dans un asile de fous.

Je tape mon mot de passe sur mon clavier d'ordinateur : JEHAISJOSHUA@JMS. Mes mots de passe sont toujours des variantes du même sujet : ma haine pour ce type. @ JMS, à jamais. Son mot de passe à lui ne doit pas voler très haut non plus. Ça doit être un truc du genre : Je Hais Lucinda Pr Tjs.

Mon téléphone sonne. C'est Julie Atkins, du département des droits d'auteurs et d'exploitation. Une autre source d'exaspération. Rien qu'en voyant son nom s'afficher, j'ai envie de débrancher mon téléphone, de le jeter par la fenêtre et de le regarder chuter du dixième étage et s'écraser au sol.

— Bonjour, comment vas-tu ?

Je prends quand même un ton charmant, parce que je fais partie de ces gens – aimables – qui aiment être chaleureux quand ils répondent au téléphone. Je sais, sans même le voir, que Joshua lève les yeux au ciel avec un air exaspéré tout en continuant de malmener son clavier.

— Que puis-je faire pour toi, Julie ?

— J'ai une faveur à te demander, me dit-elle de son ton penaud que je connais maintenant si bien.

Je peux d'ailleurs articuler en silence chacun de ses mots en même temps qu'elle les prononce.

— J'aurais besoin d'un délai supplémentaire pour le rapport mensuel. J'ai une migraine de dingue depuis ce matin et, sans mentir, je n'arrive plus à regarder mon écran.

Julie fait partie de ces personnes horripilantes qui ne souffrent pas de maux de tête comme tout le monde, mais de « migraines de dingue ». Évidemment, un cachet d'aspirine ne peut rien faire pour elles.

Je lui réponds d'un ton blasé.

— Bien sûr, je comprends. Quand crois-tu pouvoir me le rendre ?

— Merci, Lucy, tu es vraiment la meilleure ! Je ne serai pas au bureau lundi matin, mais je te le dépose lundi après-midi au plus tard.

Si je lui dis oui, je vais devoir rester au bureau tard lundi soir afin que le rapport soit prêt pour la réunion des cadres qui a lieu le lendemain matin, à 9 heures. C'est bien, la semaine prochaine s'annonce déjà complètement pourrie. J'ai l'estomac noué rien que d'y penser.

— OK, Julie, mais fais au plus vite, s'il te plaît.

— Ah, et j'allais oublier, Brian m'a chargée de te dire que lui non plus ne pourra pas te rendre le sien aujourd'hui. Tu sais, Lucy, heureusement que tu es là. Tu es tellement sympa… Nous sommes tous d'accord : tu es vraiment la seule personne avec qui traiter là-haut, à la direction. Je suis désolée de le dire, mais *certains individus* à ton étage sont quand même de vrais tyrans…

Ses mots mielleux aident un peu à faire passer la pilule.

— Pas de problème. On se voit lundi.

Je raccroche et j'évite de regarder vers Joshua. Je suis prête à parier qu'il secoue la tête pour signifier à quel point il trouve la situation inacceptable.

Après quelques minutes, je me décide à jeter un regard dans sa direction. Il me dévisage.

Imaginez que vous êtes sur le point de passer l'entretien le plus important de votre vie. En baissant les yeux, vous remarquez que votre stylo-plume à encre bleue a fui dans la poche de votre chemisier blanc. La panique vous prend, des piques de stress transpercent votre estomac, vous n'êtes pas loin de la crise de nerfs. Vous vous sentez ridicule, stupide. Tout est foutu. Eh bien, voilà exactement ce que Joshua essaie de me faire ressentir en me regardant comme ça.

J'aimerais en plus pouvoir dire que ce mec est moche. Il aurait pu être une sorte de troll, petit et gros, avec un bec-de-lièvre et le regard vitreux. Ou un bossu boiteux. Constellé de verrues et de boutons purulents. Avec des dents jaunes, pourries, et une odeur corporelle fétide, proche de celle de la tarte aux oignons. Mais c'est loin d'être le cas. Il est même à l'opposé de tout ça. Encore une preuve qu'il n'y a aucune justice dans ce monde.

Un bip me signale que je viens de recevoir un mail : c'est Hélène. Elle me demande des prévisions budgétaires. Il est grand temps de me remettre au travail. Après avoir sorti le rapport mensuel de mes dossiers, je m'y plonge sans plus tarder.

Je doute fort que les perspectives de ce mois-ci se soient améliorées. Le monde de l'édition avance chaque jour un peu plus vers sa fin. Le mot « restructuration » résonne souvent dans les couloirs, et je sais très bien où tout cela va nous mener. Alors, à chaque fois que je vois Joshua en sortant de l'ascenseur, je ne peux pas m'empêcher de me demander pourquoi je ne cherche pas dès aujourd'hui un nouveau boulot.

Ma fascination pour les maisons d'édition m'est venue suite à une sortie que nous avions faite avec ma classe quand j'avais onze ans. J'étais déjà une grande lectrice : je dévorais les livres, et ma vie entière s'organisait autour de la sortie hebdomadaire à la bibliothèque de notre ville. J'y empruntais le maximum de livres autorisé et je connaissais si bien l'endroit que j'étais capable d'identifier les bibliothécaires au seul bruit de leurs chaussures sur le sol des allées. J'étais alors déterminée à devenir bibliothécaire. J'avais même établi une sorte de système de classement pour ma collection personnelle. Je pense que j'étais ce qu'on peut appeler une vraie « geek des livres ».

Je ne m'étais encore jamais vraiment interrogée sur le processus de fabrication d'un livre avant d'avoir visité une maison d'édition. Et ce fut une révélation. On pouvait être payé pour découvrir des auteurs, lire des livres et en plus les fabriquer ? Avec des couvertures flambant neuves et des pages non cornées, vierges de toute annotation ? Je n'en revenais pas. J'adorais les livres neufs. C'était même ceux que je préférais emprunter à la bibliothèque. De retour chez moi ce soir-là, j'annonçai ma décision à mes parents : « Quand je serai grande, je serai éditrice. »

Aujourd'hui, je réalise mon rêve d'enfant, et c'est génial. Mais, pour être honnête, la vraie raison pour laquelle je ne me suis pas déjà mise à chercher un nouveau boulot, c'est parce que je ne peux pas laisser Joshua gagner.

Le silence règne dans la pièce tandis que je prépare consciencieusement le compte rendu pour Hélène. Seul le cliquetis des doigts de Joshua frappant son clavier et le léger sifflement de l'air climatisé viennent troubler le calme ambiant. De temps en temps, Joshua attrape sa calculatrice et tape dessus comme un forcené. Je suis prête à parier que M. Bexley lui a demandé les mêmes données. De cette façon, chacun des deux P-DG de la société pourra entrer en conflit armé de chiffres qui ne correspondront peut-être même pas. Voilà un carburant tout à fait idéal pour entretenir les flammes de la guerre.

Je romps soudain le silence studieux de notre bureau.

— Excuse-moi, Joshua.

Évidemment, il laisse quelques minutes s'écouler avant de me répondre. Il se contente de frapper encore plus fort sur son clavier. Beethoven sur un piano n'aurait rien à lui envier à cet instant précis.

— Oui, qu'est-ce qu'il y a, Lucinda ? finit-il par dire sans cesser de pianoter.

Même mes parents ne m'appellent pas Lucinda. Je commence à serrer les mâchoires, mais je m'arrête tout de suite en me souvenant que mon dentiste m'a suppliée de faire des efforts.

— Serais-tu en train de faire un rapport sur les prévisions budgétaires du prochain trimestre, par hasard ?

— Non, répond-il en levant les deux mains de son clavier et en me regardant droit dans les yeux.

Je soupire bruyamment et retourne à ma tâche.

— Je l'ai fini il y a deux heures, ajoute-t-il en se remettant à taper.

Je garde mon regard rivé sur mon tableau Excel et compte jusqu'à dix dans ma tête.

Joshua et moi travaillons tous les deux de manière efficace et rapide, et avons chacun la réputation de ne reculer devant rien – ce genre d'employés prêts à accomplir sans broncher les tâches désagréables et difficiles que tout le monde évite.

Mais nous ne sommes pas faits du même bois. J'aime rencontrer les gens pour discuter des choses. Joshua, lui, écrit des mails. Qu'il signe toujours de la même manière : Cdt, J. Est-ce que ça le tuerait d'écrire : « Cordialement, Joshua » ? Apparemment, ça ferait trop de lettres à taper. Ce type est du genre à savoir au pied levé combien de minutes par an il fait ainsi économiser à B & G.

En fait, nous sommes des forces égales mais contraires. Je fais de mon mieux pour la jouer *corporate*, mais tout en moi jure avec l'identité de Bexley. Je suis une Gamin jusqu'au bout des ongles. Mon rouge à lèvres est trop rouge, mes cheveux indisciplinés. Les talons de mes chaussures claquent trop bruyamment sur le sol carrelé. Et je n'ai pas envie de faire chauffer ma carte de crédit pour un tailleur noir. Je n'étais pas obligée d'en porter chez Gamin, alors je ne vois pas pourquoi je devrais adopter les codes vestimentaires des Bexley. Ma garde-robe est 100 % « tricot, rétro ». Un style bibliothécaire cool et chic, enfin, c'est ce que j'espère.

Quarante-cinq minutes plus tard, j'ai terminé mon analyse. Je me suis lancée dans une course contre la montre, même si les chiffres ne sont pas mon fort, parce que j'imagine que Joshua, lui, a mis une heure pour la faire. Même dans ma tête, je suis en compétition avec lui.

— Merci, Lucy ! me lance Hélène derrière la porte étincelante de son bureau, quelques secondes à peine après que je lui ai envoyé le document par mail.

En recontrôlant ma boîte de réception, je constate que tout est à jour. Un coup d'œil à l'horloge m'indique qu'il est 15 h 15. Après avoir vérifié la tenue de mon rouge à lèvres dans le reflet du mur brillant près de mon écran d'ordinateur, je regarde Joshua. Il me fixe lui aussi, mais avec un air totalement méprisant. Je lui rends son regard. Et voilà comment nous commençons une partie de Jeu du Regard.

Je crois que je dois vous dire que le but de chacun de nos jeux est soit de faire sourire l'autre, soit de le faire pleurer. Quelque chose dans ce goût-là. En tout cas, je sais quand je gagne.

J'ai commis une grave erreur la première fois que j'ai rencontré Joshua : je lui ai souri. De mon plus beau sourire. De toutes mes dents. Les yeux pétillants. J'étais pleine d'optimisme – et naïve – quant à la fusion de nos deux entreprises. Je ne savais pas encore que ce serait la pire chose qui pouvait nous arriver. Il m'a regardée de haut en bas, du sommet de mon crâne jusqu'à la semelle de mes chaussures. Je ne mesure qu'un mètre cinquante-deux, donc autant dire que ça a été plutôt rapide. Puis, il s'est tourné vers la fenêtre sans me rendre mon sourire, et depuis ce jour j'ai l'impression qu'il le retient prisonnier dans la poche de sa veste. Un point pour lui. Après ce très mauvais premier contact, il ne nous a fallu que quelques semaines pour succomber à une hostilité mutuelle. Et, comme l'eau qui coule dans une baignoire, un jour, ça a fini par déborder.

Je bâille derrière ma main et observe la chemise de Joshua. On dirait qu'il porte la même tous les jours, mais d'une couleur différente. Blanc uni, fines rayures, beige, jaune pâle, jaune moutarde, bleu ciel, bleu turquoise, gris perle, bleu marine et noir. Portées dans un ordre invariable comme une séquence immuable.

Ma préférée est la turquoise, et celle que j'aime le moins, la jaune moutarde. Celle qu'il porte aujourd'hui justement. Mais je dois reconnaître qu'il les porte bien. Et que toutes ces couleurs lui vont. Moi, si je porte du jaune moutarde, c'est simple, je ressemble à une momie. Mais lui, ça lui donne un teint hâlé et un effet « bonne mine ».

— Jaune moutarde aujourd'hui. Vivement lundi pour le bleu ciel.

Je ne peux pas m'empêcher de le provoquer. Et j'ai à peine fini ma phrase qu'il me lance un regard suffisant et irrité.

— Tu es tellement perspicace, Shortcake[1]. Mais permets-moi de te rappeler que les commentaires sur l'apparence sont contraires au règlement de l'entreprise.

Ah, le Jeu des RH. On n'y avait pas joué depuis des lustres.

— Arrête de m'appeler Shortcake ou je leur envoie un mail.

Nous tenons une sorte de dossier l'un sur l'autre. Enfin, je suppose qu'il le fait, car il se souvient de chacune de mes infractions. Le mien, c'est un document protégé par un mot de passe, caché dans ma session personnelle sur mon ordinateur où sont relatées comme dans un journal toutes les disputes qui ont éclaté entre Joshua Templeman et moi. Rien que cette année, nous nous sommes déjà plaints quatre fois chacun aux RH.

Joshua a reçu un avertissement écrit et verbal à propos

1. *Shortcake* est le terme anglais pour « charlotte aux fraises » (*strawberry shortcake*). (NdE)

du surnom qu'il me donne. Pour ma part, j'en ai eu deux : pour une agression verbale et pour une blague puérile qui a totalement dégénéré et dont je ne suis pas fière.

Apparemment, cette fois, Joshua ne trouve rien à me répondre, et nous recommençons à nous dévisager.

Je suis impatiente à l'idée de voir les chemises de Joshua s'assombrir. Celle d'aujourd'hui est bleu marine, annonçant immanquablement du noir pour demain. Et qui dit noir dit jour de paie !

À ce propos, c'est le moment de réaliser un bref état des lieux de mes finances. Je m'apprête à faire vingt-cinq minutes de marche pour aller récupérer ma voiture d'où suintait un truc huileux et sombre depuis quelques jours. Heureusement, la paie tombe demain, et je vais pouvoir payer la réparation sans risquer le découvert bancaire. Je dois appeler Jerry, mon garagiste, pour le prévenir de ma visite. Ensuite, eh bien, je n'aurai qu'à tenter de survivre avec un budget serré.

Tandis que je réfléchis à ma situation économique, je vois Joshua dans l'encadrement de la porte du bureau de M. Bexley grâce au reflet du mur près de mon écran. Son corps remplit presque tout l'espace. J'entends résonner un rire rauque mais doux, rien à voir avec les grognements de ce porc de M. Bexley. Pour me distraire, je ne trouve rien de mieux à faire que de caresser mes avant-bras pour aplatir mes petits poils. Non, je ne tournerai pas la tête pour essayer de voir ce qu'il se passe dans ce bureau ; Joshua me remarque à chaque fois et me gratifie d'un magnifique froncement de sourcils.

Enfin, les aiguilles de l'horloge se déplacent jusqu'à

indiquer 17 heures. Je peux voir à travers les fenêtres poussiéreuses que le temps est à l'orage. Hélène est partie il y a près d'une heure – l'avantage d'être codirectrice, c'est qu'on a les mêmes horaires de travail qu'un écolier et qu'on peut en prime presque tout déléguer à son assistante, c'est-à-dire moi. M. Bexley, lui, passe de longues heures ici parce que son fauteuil est très confortable et que, lorsque le soleil de l'après-midi décline, il ne peut résister à la tentation de piquer un petit somme.

Loin de moi l'idée de sous-entendre que c'est Joshua et moi qui dirigeons le dernier étage mais, honnêtement, parfois c'est tout comme. Les équipes financières et commerciales font leurs rapports directement à Joshua. C'est lui qui analyse les incroyables quantités de données et en fait ensuite le résumé le moins indigeste possible afin de ne pas incommoder M. Bexley, toujours cramoisi et agressif.

Les équipes éditoriales et marketing, quant à elles, s'adressent à moi et, tous les mois, je fais le compte rendu de leurs rapports à Hélène… Je suppose que je lui mâche le travail, moi aussi. Ensuite, je relie le document avec de belles spirales, pour qu'elle puisse l'étudier sur son *stepper*. Ah, et j'utilise toujours sa police préférée.

Chaque jour passé dans ce bureau est un défi à relever, un privilège, un sacrifice et une source de frustration. Mais, quand je pense à chaque petite marche que j'ai dû gravir pour arriver jusqu'ici – et j'ai commencé à onze ans –, je me remotive. Et je supporte un peu mieux Joshua.

Moi, je suis le genre d'employée qui apporte des gâteaux faits maison aux réunions avec les chefs de division. D'ailleurs ils m'adorent tous. Je « vaux mon pesant d'or » comme ils disent. Joshua, lui, apporte les mauvaises nouvelles, et son poids est évalué avec d'autres substances.

M. Bexley passe maintenant devant mon bureau d'un pas lourd. Cet homme doit faire son shopping chez « Monsieur Patate, Vêtements discount pour petits et grands », ce n'est pas possible autrement. Où pourrait-il trouver des costumes si larges, si courts et si mal coupés sinon ? Il est chauve, constellé de taches de vieillesse et aussi riche que Crésus. C'est son grand-père qui a fondé Bexley Books. Il aime d'ailleurs rappeler à Hélène qu'elle a simplement été *embauchée* ici. C'est un vieux dégénéré. Hélène et moi sommes tout à fait d'accord là-dessus. Malgré tout, je me force à lui sourire. Il s'appelle Richard. Mais je lui ai trouvé un surnom bien plus adapté : Micropénis.

— Bonsoir, monsieur Bexley.

— Bonsoir, Lucy, me répond-il en marquant une pause pour jeter un coup d'œil au décolleté de mon chemisier rouge en soie.

— J'espère que Joshua vous a bien transmis l'exemplaire de *The Glass Darkly* que j'avais pris pour vous ? C'est le tout premier volume !

Micropénis a une énorme bibliothèque remplie du premier exemplaire de toutes les publications de B & G – une tradition instaurée par son grand-père. Il aime s'en vanter auprès des visiteurs mais, en passant un jour en revue les volumes alignés sur les étagères, j'ai remarqué qu'ils étaient tous intacts, comme si on ne les avait jamais ouverts.

— Vous l'avez récupéré, n'est-ce pas ? insiste-t-il en cherchant Joshua du regard. Vous ne m'en avez pas parlé, Docteur Josh.

Je pense que Micropénis le surnomme Docteur Josh parce que Joshua est aussi froid et aseptisé qu'une clinique. J'ai d'ailleurs entendu dire que c'est Joshua qui s'est chargé de l'ablation chirurgicale d'un tiers de l'effectif de Bexley Books quand la situation est devenue critique. Je ne sais pas comment il fait pour dormir la nuit.

— Le plus important, c'est que vous l'ayez récupéré, répond calmement Joshua, rappelant immédiatement à son patron qui est *le* patron.

— Oui, oui, acquiesce celui-ci d'un ton satisfait. Puis, replongeant son regard dans mon décolleté, il ajoute : vous faites du bon boulot tous les deux.

Lorsque les portes de l'ascenseur se referment sur lui, je jette un coup d'œil à mon chemisier. Tous les boutons sont fermés. Que pouvait-il bien admirer ? Je lève les yeux au plafond miroitant, mais même de là-haut il n'y a pas grand-chose à voir.

— Si tu le boutonnes plus haut, on ne verra plus ton visage, commente Joshua en fermant sa session sur son ordinateur. Je me déconnecte également.

— Eh bien, peut-être que tu pourrais dire à ton patron de me regarder dans les yeux une fois de temps en temps ?

— Il cherche probablement à voir ce que t'as sous le capot. Ou alors il se demande avec quel type de carburant tu fonctionnes.

Je hausse les épaules en enfilant mon manteau.

— Ma haine pour toi est mon seul carburant.

Je remarque que la lèvre inférieure de Josh frémit. Cette fois, j'ai bien failli l'avoir. Mais il reprend rapidement une expression neutre.

— Si ça te pose un problème, *tu* devrais lui en parler. Apprends à te défendre toute seule. Et sinon, quoi de prévu ce soir ? Pose de vernis en solitaire ?

— Absolument. Et pour toi, Docteur Josh ? Masturbation et pleurs étouffés dans ton oreiller ?

Il jette un regard au bouton supérieur de mon chemisier.

— Oui. Et ne m'appelle pas comme ça.

Je ravale un éclat de rire.

En entrant dans l'ascenseur, nous nous bousculons comme deux gamins qui se détestent. Il appuie sur le bouton pour le sous-sol, et moi pour le rez-de-chaussée.

— Auto-stop ?

— Voiture chez le garagiste.

J'enfile mes ballerines et fourre mes talons dans mon sac. Maintenant, je suis encore plus petite. Dans le vernis mat des portes de l'ascenseur, je peux voir que j'arrive presque à mi-hauteur de ses pectoraux. Mon Dieu, on dirait un chihuahua à côté d'un dogue allemand.

Les portes de l'ascenseur s'ouvrent sur la réception de l'immeuble. Le monde à l'extérieur de B & G est recouvert d'une brume bleue, froide comme celle d'un frigo, et arrosé d'une légère bruine. Le temps idéal pour les violeurs et les meurtriers. Une feuille de journal poussée par le vent vole devant la porte d'entrée, comme si l'ambiance n'était pas assez glauque comme ça.

Joshua retient la porte de l'ascenseur avec sa main puissante et se penche pour regarder au-dehors. Il pose alors ses yeux bleu foncé sur moi et fronce les sourcils. La bulle familière de sous-titres commence à se former dans ma tête. *Si seulement nous étions amis.* Je la crève aussitôt avec une épingle.

— Je vais te raccompagner, se sent-il obligé de dire.

— Ah non, pas question.

Et je pars en courant.

Composé et édité par HarperCollins France.

Achevé d'imprimer en juillet 2023.

CPI
FIRMIN-DIDOT

à Mesnil-sur-l'Estrée (Eure)

Dépôt légal : août 2023.

Pour limiter l'empreinte environnementale de ses livres, HarperCollins France s'engage à n'utiliser que du papier fabriqué à partir de bois provenant de forêts gérées durablement et de manière responsable.

Imprimé en France